ein Ullstein Buch

ein Ullstein Buch
Nr. 20193
im Verlag Ullstein GmbH,
Frankfurt/M – Berlin – Wien

Ungekürzte Ausgabe

Umschlagentwurf:
Hildegard Morian
Mit Genehmigung der
Deutschen Verlags-Anstalt GmbH,
Stuttgart

Printed in Germany 1982
Druck und Bindung:
Hanseatische Druckanstalt GmbH,
Hamburg
ISBN 3 548 20193 8

April 1982

Von derselben Autorin
in der Reihe der
Ullstein Bücher:

Dunkle Erzählungen: Unser Freund Peregrin, Die Fahrt in den Abend, Vor Tau und Tag (20167)
Lennacker (20176)

CIP-Kurztitelaufnahme
der Deutschen Bibliothek

Seidel, Ina:
Das unverwesliche Erbe: d. Buch vom
Glauben; Roman / Ina Seidel. –
Ungekürzte Ausg. – Frankfurt/M; Berlin;
Wien: Ullstein, 1982.
(Ullstein-Buch; Nr. 20193)
ISBN 3-548-20193-8
NE: GT

Ina Seidel

Das unverwesliche Erbe

Das Buch vom Glauben

Roman

ein Ullstein Buch

»Das Verwesliche wird nicht erben
das Unverwesliche.«

1. Kor. 15, 50

I

VORGESCHICHTE

Ein gewisser junger Mensch namens Hans Jakob Lennacker, der im Spätherbst 1918 als ein müder Soldat des ersten Weltkrieges in sein besiegtes Vaterland zurückkehrte, wo ihm inzwischen durch den Tod seiner längst verwitweten Mutter die Kinderheimat verlorengegangen war, erlebte, wie an anderer Stelle ausführlich berichtet worden ist[1], unter besonderen Umständen eine Begegnung mit der Welt seiner Vorfahren väterlicherseits, die ihm, mochte es sich hier auch ebenso wie im Fall seiner mütterlichen Familie um eine hinter dem Horizont von 1914 endgültig versunkene Welt handeln, doch dazu verhalf, den ihm durch Herkunft und geistiges Erbe angewiesenen Ort der Beheimatung im Raum der chaotischen Gegenwart zu erkennen. Der Mensch in seiner irdischen Bedingtheit aber ist niemals allein seines Vaters Kind, und dieser junge Lennacker empfing den verpflichtenden Anruf der Vorausgegangenen, deren Namen er trug, wie aus einem vorgeburtlichen Bereich, da er den Vater verloren hatte, noch ehe er zu denken vermochte, und seine ganze Kindheit und Jugend bis zum Ausbruch des Krieges, also die ersten neunzehn Jahre seines Lebens, nur Mütter gekannt hatte. Denn nicht nur seine Großmutter, sondern auch deren greise Mutter hatte mit in dem alten Hause gelebt, in dem er in der Obhut seiner früh verwitweten Mutter aufgewachsen war.

[1] Lennacker, Ullstein Taschenbuch 20176

Das Zustandekommen dieses matriarchalischen Haushaltes, aus dessen Umfriedung der eben Erwachsene im August 1914 hinaus in den Krieg ging, eher mit der Erwartung, daß er nicht zurückkehren, als daß er hier einmal nur noch Gräber vorfinden würde, sei im folgenden gegeben – eine Familienchronik, die freilich nicht so tief in die Jahrhunderte zurückreicht wie die seit der Reformation immer wieder nachweisbaren Spuren der Väter. Sie setzt vielmehr erst um die Wende des achtzehnten zum neunzehnten Jahrhundert ein und kann somit nur in Parallele zu den Lebensdaten der drei letzten Vertreter der Lennackerschen Familie gesehen werden. Hans Jakobs Urgroßvater, Wilhelm Traugott Lennacker, der 1884 starb, war 1811 geboren – zwei Jahre, ehe seine Urgroßmutter mütterlicherseits als Tochter des Schauspielers Ludwig Lantz und seiner Ehefrau Delphine, geb. Loriot, in Würzburg zur Welt kam.

Die Unklarheit, in der sich selbst ihre eigenen Kinder bis nach ihrem Tode über diese Herkunft Charlottens befanden, hing damit zusammen, daß sie von den Vinzentinerinnen, in deren Spital die Mutter niedergekommen war, als ein Waisenkind bei der Familie eines Weingutverwalters Dornblüh in Pflege gegeben war, wo sie aufwuchs und schließlich die Frau des ältesten Sohnes wurde. Die Veranlassung zu dieser Unterbringung aber war von einer der ersten Damen des damaligen Würzburg, der Gräfin Maximiliane von Walbrun, ausgegangen, die der Kongregation der »Damen vom Heiligen Herzen Jesu« vorstand und zu der die ratlose junge Mutter sich beim Herannahen ihrer schweren Stunde geflüchtet hatte, wozu eher die Verzweiflung über ihre Lage sie trieb als das Bewußtsein, infolge gewisser Familienbeziehungen ein Recht auf diese Zuflucht zu haben: Delphine war die Nichte einer Schwägerin der Gräfin, jener Frau Cornelie Echter von Mespelsbrun, die Mutterstelle bei ihr vertreten und sie zusammen mit ihrem gleichaltrigen Sohne, Christoph, großgezogen hatte. Fast gleichzeitig mit Christophs Eintritt ins Heer, dem bald darauf, im Mai 1813, sein Soldatentod in der Schlacht bei Großgörschen gefolgt war, hatte Delphine sich unter dem Einfluß des Berliner Schauspielers Lantz heimlich einer Schauspielertruppe angeschlossen, mit der dieser auf Reisen zu gehen beabsichtigte, womit sie die letzte Konsequenz einer von ihren Angehörigen vergeblich bekämpften Leidenschaft zur Bühne und, wie man mutmaßte, auch zu diesem Manne gezogen hatte. Die Gräfin bestand darauf, daß Lantz und Delphine sich im Anschluß an die gleich nach der Geburt des Kindes vorgenommene Taufe trauen ließen; als die Truppe, die sich einen Monat in Würzburg aufgehalten hatte, weiterzog, verschwand auch Delphine, ohne das Kind mitzunehmen, und unter Hinterlassung eines Briefes, in dem sie die Gräfin anflehte, sich des Kindes anzunehmen – sie könne nicht anders, als ihrem Schicksal folgen.

Es scheint so, daß die Gräfin dann im Einvernehmen mit Frau von Echter darauf verzichtete, dieser verlorenen Tochter weiter nachzuforschen; aus einigen persönlichen Dokumenten, von denen noch die Rede sein wird, ist zu schließen, daß man auf irgendeine Weise Kenntnis von einem frühen Tode Delphines erhielt und daß Ludwig Lantz für immer verschollen blieb. Jedenfalls hat er niemals den Versuch gemacht, sich dem Kinde, das seinen Namen trug, zu nähern.

Die Gräfin hatte eine glückliche Wahl getroffen, als sie das kleine Mädchen in die Obhut der Familie Dornblüh gab, aber sie begnügte sich nicht damit, es geborgen zu wissen, sondern ließ es sich häufig in das schöne Haus bringen, in dem sie mit ihren Konventualinnen ein frommer Betrachtung, guten Werken und der Pflege kirchlicher Kunst, vor allem der Musik und der Paramentenstickerei, aber auch ein der Erziehung eines begrenzten Kreises junger Mädchen aus den Familien des fränkischen Adels gewidmetes Leben führte. Mit der Erinnerung an die fürstliche Erscheinung ihrer Gönnerin blieb Charlotte durch ihr ganzes Leben die Vorstellung hoher Gemächer mit weißen Flügeltüren und Deckengemälden, edlen Geräts und eines heiteren Gartens mit wohlabgezirkelten Blumenbeeten, beschnittenen Hecken und Sandsteinputten verbunden; vornehme Besucher, geistliche und weltliche Würdenträger gingen im Empfangszimmer ein und aus, und in dem schimmernden Sanktuarium der Hauskapelle schienen Engel zu musizieren. Wie die Gräfin sich während der ersten Jahre immer wieder mütterlich oder vielleicht großmütterlich mit dem Kinde beschäftigt, ihm Gebete und kleine Handfertigkeiten beigebracht und ihm Geschichten erzählt hatte – sie handelten immer von Delphine und Christoph, zwei Kindern, von denen Charlotte noch im hohen Alter sprach wie von zwei Spielgefährten, die sie gleich Schutzgeistern durch ihr langes Leben begleitet hatten –, so sorgte sie dafür, daß das Mädchen von seinem sechsten Jahr an am Unterricht in der Schule der Ursulinerinnen teilnahm. Doch scheint Charlotte hier nur eben zum Lernen als besonderer Schützling der Gräfin aufgenommen worden zu sein, ohne daß sich Beziehungen zu ihren Mitschülerinnen, Kindern der Würzburger Gesellschaft, hätten bilden können. Dagegen war sie in der kinderreichen Familie ihrer Pflegeeltern von Anfang an der von allen geliebte und verwöhnte Nestling; hier sah man in der Anmut und Zierlichkeit ihrer kleinen Person, aber zweifellos auch in dem Interesse, das die Gräfin an ihr nahm, eine Gloriole, deren Abglanz auf die Familie zurückstrahlte. Besonders der älteste Knabe, Franz, der zwölf Jahre alt war, als Charlotte ins Haus kam, faßte in der Folge eine anbetende Zuneigung zu der kleinen Pflegeschwester, warf sich zu ihrem Beschützer auf und entdeckte dann in späteren Jahren, als er nach weltweiten Wanderfahrten im Dienst eines Standesherrn in die Heimat zurückkehrte und ein Forstamt im Spessart übernahm, daß diese kindliche Zuneigung der Keim einer Liebe gewesen war, die nun völlig von ihm Besitz ergriff und schließlich von Charlotte erwidert wurde.

Franz Dornblüh war kurz vor dem Zeitpunkt heimgekehrt, zu dem Charlotte ihr Noviziat bei den Ursulinerinnen antreten sollte, denn darauf hatte sie ihre von der Gräfin geleitete Erziehung hinführen wollen, sanft zwar und ganz ohne Zwang, aber doch als auf das Ziel, mit dem sie unmerklich von früh an vertraut gemacht worden war. Ihr selbst war das bisher nur schön und begehrenswert erschienen. Hatte die Gräfin dem vorzubeugen gewußt, daß Charlotte sich außerhalb des Unterrichtes in freundschaftliche Beziehungen zu ihren Mitschülerinnen einließ, da sie diesem Kinde dunkler Herkunft von vornherein bittere Erlebnisse durch den Standeshochmut und die gesellschaftlichen Vorurteile der Kreise, um die es sich hier handelte, ersparen wollte, so wirkte sie doch darauf, daß das Mädchen, sobald es die erste Kindheit hinter sich hatte, nach den Schulstunden einen großen Teil seiner Freizeit im Kloster zubringen durfte, in manchen Fächern besonders unterrichtet und außerdem zu kleinen Hilfeleistungen herangezogen wurde, so daß sie sich bald ganz zu Hause dort fühlte, in dem Flügel, der die Schule umschloß, so gut wie im Wirtschaftstrakt, in der Küche, den Nähstuben, im Obst- und Gemüsegarten und nicht zuletzt in dem Teil, in dem die Zellen der ehrwürdigen Mütter und die Schlafräume der dienenden Schwestern lagen. War sie aber zu Hause, so war sie doch nicht zugehörig, daheim nur wie ein flüchtiger Zugvogel, wie die Schwalben, die im Sommer durch die hohen schmalen Fenster der Gänge ein und aus strichen, ihre Nester in den Zwickeln der Deckengewölbe bauten und zu ihrer Zeit wieder entschwanden. So wie auf die Schwalben mochten die Klosterfrauen auf diesen ihnen zugeflogenen kleinen Vogel Charlotte blicken, liebevoll und kopfschüttelnd nachsichtig, doch auch zur Strenge geneigt, niemals vergessend, daß dies ein Kind der Sünde war – eine holde Blume, gewiß, über deren Frucht aber Ungewißheit bestehenblieb, bis sie ausgereift sein würde –, ein Geschöpfchen voll guten Willens, das bezweifelte keine, aber doch bedenklich dessen unbewußt, daß es ein Erbe von Weltverstrickung, von Sünde und Schuld trug, dessen es nur durch Buße und wiederum Buße ledig zu werden hoffen durfte. Wenn die Gräfin ihre Vormundschaft nicht strenger ausübte, wenn sie immer empfahl, dem Kinde gegenüber Langmut und Milde walten zu lassen, und wenn sie auch der Heranwachsenden gegenüber nicht dazu überging, sie nachdrücklich zu

Übungen anzuhalten, die eine Erkenntnis des Abgrundes, aus dem ihre Seele vorläufig gerettet war, über dem sie sich nun aber doch allzu unbefangen im Lichte wiegte, hätten herbeiführen können – nun gut, es mußte ihrer Einsicht und Verantwortung überlassen bleiben; aber es ließ wieder einmal Schlüsse zu, Schlüsse auf die zu Konzessionen der Welt gegenüber nur allzu geneigte Haltung in gewissen Kreisen der Kirche, man sprach besser nicht darüber. War aber die Haltung der guten Ursulinerinnen dem Mädchen gegenüber grundsätzlich von jener sorgenvollen Skepsis erfüllt, mit der die Kapitalisten des Seelenheils auf arglos Gläubige blicken, die ihrer Meinung höchstens ein überlastetes Guthaben in Gottes Barmherzigkeit besitzen, im übrigen aber dringend auf Fürbitte angewiesen sind, so kam das wohl nur in der gesteigerten Fürsorglichkeit zum Ausdruck, mit der sie sich ihrer annahmen.

Daß dem so war und daß aus diesem umhegten Bereich kein Schatten auf ihre behütete und glückliche Jugend fiel, geht auch aus den schon erwähnten Dokumenten hervor, einer Anzahl alter Briefe, die sich in Charlottens Nachlaß fanden, wohlverpackt, versiegelt und von ihrer Hand mit der Aufschrift »R. i. P.« versehen, was sie ebenso auf die Schreiberinnen dieser vergilbten Blätter bezogen haben mochte wie auf den Inhalt der Briefe, in dem ein Stück ihrer eigenen Vergangenheit, Fragmente jener Wirklichkeit, aus der ihr Leben hervorgegangen war, beschlossen lagen, der sie keinen Einfluß mehr auf die Wirklichkeit der Frau des Forstmeisters Dornblüh, die sie inzwischen geworden war, zugestehen wollte.

Diese Briefe mochten nach dem Tode ihrer Großtante Cornelie von Echter etwa 1840 in ihre Hände gekommen sein; die meisten waren von der Gräfin Walbrun an Cornelie gerichtet, ein besonders umfangreicher aber war von Cornelie selbst während eines Aufenthaltes in Würzburg geschrieben, und zwar an eine Madame Corinne Valdemaire, die als Hausgenossin und Freundin Frau von Echters bei ihr auf ihrem märkischen Gutshof gelebt haben muß. Cornelie mag sich diesen Brief zurückerbeten haben, um ihn als Tagebuchblatt von dieser Reise aufzubewahren, vor allem wohl deshalb, weil ihre Eindrücke von dem Kinde Charlotte, das sie damals zum erstenmal gesehen hatte, darin niedergelegt waren.

»Du siehst also, meine Liebe«, schreibt da Cornelie im Jahr 1823 an Madame Valdemaire, nachdem sie zunächst ihre Reise, ihr Wiedersehen mit der Gräfin Walbrun und ihre Umgebung flüchtig geschildert hat, »daß mich die Atmosphäre, die ich hier vorgefunden habe, weniger bedrückt, als ich befürchtet hatte. Aber ich verzichte darauf, mich länger mit Beschreibungen und Betrachtungen aufzuhalten, weiß ich doch, daß Du auf nichts so sehr brennst, als von dem zu hören, was ja für mich der eigentliche Anlaß zu dieser Unternehmung gewesen ist – von dem Kinde. Ach ja – dieses Kind! Du wirst es mir glauben, daß ich am liebsten noch vor den Toren Würzburgs umgekehrt wäre, so sehr bangte mir die ganze endlose Reise lang vor dem Augenblick, der mir zum mindesten eine Erschütterung – wahrscheinlich aber auch die Erneuerung einer gewissen schmerzlichen Anfechtung – immer der gleichen – zum drittenmal in meinem Leben bereiten würde. Was ich mit meiner Schwester Charlotte, was ich dann mit ihrer Tochter Delphine erlebt habe – Du weißt es. Und nun Delphines Kind, unter dem gleichen Unstern geboren wie ihre Mutter, vielleicht noch im Mutterleibe mit dem Gift des Widerstandes, der Aufsässigkeit, vielleicht des Hasses gegen mich geimpft, aber zugleich – ach, wir werden es nie mit Sicherheit wissen – aber vielleicht doch nicht das Kind des Mannes, dessen Namen es trägt! Du weißt, welche Versuchung zu unbeweisbaren Vermutungen diese Ungewißheit von Anfang an für mich bedeutete, zehn Jahre habe ich nun dagegen angekämpft, aber diese Reise war ein Nachgeben, ein Erliegen. Ich wollte das Kind wenigstens sehen, ich meinte, sein Anblick würde mir Klarheit geben, ich würde dann wissen – und wissend verzichten können. Denn daran, Maximiliane das Kind zu nehmen, habe ich niemals gedacht, durfte das nicht in Erwägung ziehen, nicht nur, weil sie ja schon auf die kleine Delphine, die sie in den letzten Mainzer Jahren an Kindes Statt hatte nehmen wollen, hatte verzichten müssen – nein, auch weil ich meine Vermutung, weil ich Christophs letztes Geheimnis vor niemandem ausbreiten kann und darf. Du, Gute, Schweigsame, die alles miterlebt hat – Du ahnst es wohl – und weißt auch, wie dankbar ich Dir bin, daß Du niemals mit Worten daran rührst. Genug!

Maximiliane richtete es so ein, daß ich Charlotte das erstemal sehen konnte, ohne daß sie selbst durch eine förmliche Vorstellung besonders aufmerksam auf mich zu werden brauchte. Sie nahm mich mit in das benachbarte Kloster der Ursulinerinnen, dessen Schule Charlotte besucht, und nachdem wir der Mère Supérieure eine Visite abgestattet hatten, ergab es sich von selbst, daß eine Besichtigung der Schule angeschlossen wurde. Es waren mehrere Jahrgänge zum Handarbeitsunterricht in einem großen Raum versammelt; die Lehrerin, eine freundliche, behäbige Nonne, ging von einem der im Kreise sitzenden Kinder zum anderen, prüfte ihre Arbeiten und gab Anweisungen, während eine junge Novize ihre Vorlesung aus einem Legendenbuch abbrach und sich zugleich mit den Kindern bei unserem Eintritt ehrerbietig erhob. Maximiliane bat, im Unterricht fortzufahren, und wandte sich der Gruppe der Zehn- bis Zwölfjährigen zu, die mit den für dieses Alter obligaten Sticktüchern beschäftigt waren, ließ sich die Kreuzstichbuchstaben und Muster zeigen, lobte und plauderte mit halblauter Stimme, während ich ihr zur Seite blieb und mit Herzklopfen die Kinder betrachtete – ja, ich muß gestehen, daß mir die Knie wankten. Maximiliane hatte mir gesagt, das Charlottchen sei dunkelhaarig – aber das waren sie beinahe alle; sie sei zierlich und für ihr Alter klein – aber da war mehr als eine, auf die das zutreffen konnte. Doch war da ein Persönchen, das wippte wie ein Vögelchen auf der Kante des Stuhles, auf dem es mit baumelnden Füßen saß, denn der Stuhl war viel zu hoch für das kleine Ding. Es schien es gar nicht erwarten zu können, daß der ehrwürdige Gast sich ihm näherte, und es schien auch, als wüßte Maximiliane das und ließe die Kleine absichtlich ein wenig zappeln, indem sie sich länger als unbedingt nötig bei ihren Nachbarinnen aufhielt und dabei zuweilen einen lächelnden Seitenblick nach jenem Kinde hinübergehen ließ. Sie war noch zwei Stühle von ihm entfernt, als das Kind es plötzlich nicht länger aushielt: es glitt von seinem Sitz, warf die Arbeit hin und flog stürmisch auf die hohe Gestalt zu, mit beiden Armen den Faltenwurf des weiten Kleides umfangend, wobei es einen jauchzenden Zwitscherlaut ausstieß und das Gesichtchen in verzückter Freude zu ihr emporrichtete. ›Aber – aber, Charlotte!‹ sagte Maximiliane, legte ihr aber die Hand auf das Köpfchen und wehrte mit der anderen der Lehrerin, die mit einem aufgeregten: ›Mais, Charlotte – quelle conduite!‹ herbeieilte. Freilich stach dieser Ausbruch von dem Verhalten der anderen Mädchen ab, die sich in respektvoller Verlegenheit eine nach der anderen erhoben hatten, als die Gräfin zu ihnen trat, ihre Anrede errötend und schüchtern beantwortet hatten und dann zu tiefer Reverenz und zum Handkuß ins Knie gesunken waren. Charlottchen begab sich indes, ohne die geringste Verlegenheit zu bekunden, zu ihrem Sitz zurück, verharrte dort stehend mit innig vergnügtem Strahlen, bis die Visite sie erreicht hatte, und schien sich nichts daraus zu machen, daß ihre Gefährtinnen sich mit Blicken und Achselzucken über ihr unerhörtes Benehmen verständigten. Während wir dann vor ihr standen und Maximiliane, wohl um mir Zeit zu lassen, die Lehrerin über den Kopf des Kindes hinweg in eine Unterhaltung zog, hob Charlottchen die Augen mit schüchterner Schelmerei zu mir auf, und ich werde es nie vergessen, wie dann unvermittelt ein tiefer, fast erschrockener Ernst in das kleine Gesicht trat und diese dunklen Augen mich scheu und nachdenklich betrachteten, als sei hinter ihnen der Schatten einer Erinnerung, eines ahnenden Wiedererkennens aufgetaucht. Das war aber wohl nur eine unwillkürliche Spiegelung meines eigenen Gesichtsausdruckes, der dieses Forschen, ja, auch ein schmerzhaftes Wiedererkennen enthalten haben muß – und es waren ja auch nur wenige Augenblicke, dann folgte ich Maximiliane, die sich nun verabschiedete, wie im Traum aus dem Zimmer.

Ich habe das Kind seitdem noch mehrmals gesehen; sie

erfuhr, daß ich ihre Großtante sei, und wir sind ganz gute Freunde geworden. Es kam ganz natürlich dazu, daß ich ihr von ihrer Mutter erzählte und daß sie immer mein kleines Mädchen gewesen sei, da denn auch ihre Mutter schon so früh gestorben wäre. Sie schien das alles schon zu wissen; Maximiliane bestätigte mir, daß sie ihr von früh an viel von Mainz erzählt, und daß das Kind nie genug davon habe hören können. Aber es durchfuhr mich doch, als sie beim erstenmal, als ich von der kleinen Delphine zu sprechen anfing, ganz ruhig sagte: ›Ja – und der Christoph, das war ihr Bruder...‹, und als ich dann entdeckte, daß Delphine und Christoph in ihrem Herzen eine Einheit bildeten, – daß sie auch wußte, der Christoph sei ein Soldat geworden und im gleichen Jahr gestorben wie ihre Mutter. Als ich ihr dann erklärte, Christoph sei eben mein kleiner Junge gewesen, mein Sohn, und Delphine das Kind meiner Schwester Charlotte, nach der sie benannt worden sei: denn meine Schwester, das sei eben ihre Großmutter gewesen – da nickte sie mit der ernsten Zustimmung, die Kinder oft Mitteilungen entgegenbringen, deren Inhalt noch nicht voll von ihnen aufgefaßt werden kann. Und was sollten diese genealogischen Angaben auch einer Zehnjährigen sagen, der ich die Zusammenhänge noch nicht erklären konnte, meinem Gefühl nach auch gar nicht weiter erklären durfte, denn es hätte Beunruhigung in ihr Kinderherz getragen und die schöne Sicherheit zerstören können, in der sie hier lebt. Doch ist in diesem Kinde ein ihm selbst noch verborgenes Wissen, eine geheime Einweihung scheint an ihrer Seele vollzogen zu sein, in der eine gelassene Vorwegnahme auch der Bitternisse der Erde beschlossen liegt. Und darin, eigentlich nur darin, erinnert sie mich an Delphine, eben in diesem Ausdruck angeborenen Wissens um die Tiefen des Lebens – nur eben mit dem Unterschied, daß bei Delphine dies Wissen von Anfang an von Gleichgültigkeit, von passiver Hingabe an die Gefahren begleitet war, und bei diesem Kinde – ich kann es nicht anders sagen, als ich es fühle – von dem heiteren Zutrauen, die Gefahren besiegen zu können durch die Kraft des eigenen

Herzens. Und darum – nein! sie erinnert mich nicht an Delphine. Am wenigsten in ihrem Äußeren. Delphine hatte dies aschblonde, silbrig überschimmerte Haar, wie auch meine Schwester es hatte, und auch ihre merkwürdig grünblauen Augen mit einem goldenen Funken darin. Delphine war gleich ihrer Mutter wohlgebaut, doch nicht eigentlich grazil; sie hatte nur schon als Kind dieses beherrschte Maß in jeder Bewegung, das gelegentlich auch Grazie vortäuschen konnte. Beide, meine Schwester und Delphine, glichen meiner Stiefmutter, die einer bretonischen Familie entstammte und deren eigene Mutter Engländerin gewesen war. Wem aber gleicht dieses Kind – wem gleicht das Charlottchen? Nicht ihrer Mutter und nicht jenem Menschen, den ich nie mit Bewußtsein erblickt habe – also dem, dessen Namen sie führt. Man hat mir gesagt, daß er blond und grauäugig gewesen sei – das Kind ist, ich schrieb es ja schon, sehr dunkel, mit glattem, schwarzbraunem Haar, einer rosig durchschimmerten bräunlichen Haut und Augen – ach, Corinne, frage mich nicht, wem ich in diesem leuchtenden Blick immer wieder zu begegnen glaube! Maximiliane meinte in aller Unbefangenheit, daß das Kind wohl in Loriots Familie hineinschlage und auf eine brünette kleine Französin herauskommen werde – ich ließ sie dabei. Sie hat Loriot niemals gesehen; ja, dunkel war er freilich, aber seine Augen – diese spiegelnd blanken, diese Augen eines aufmerksamen, gutmütigen Jagdhundes – *diese* Augen hat das Charlottchen nicht! Wir wollen darüber schweigen, Corinne – wir wollen schweigen. –

Charlotte ist bei aller Winzigkeit – sie hat die zierlichsten Hände und Füße, die Du Dir denken kannst – rund und fest wie eine kleine Haselnuß und tanzt mehr, als daß sie geht. Sobald sie Zutrauen zu mir gefaßt hatte, und ich hielt das wohl durch meine Angst, meine Bewegung zu verraten, eine Weile hintenan, also, seit das Eis zwischen uns gebrochen ist, ist sie mir gegenüber so allerliebst zutunlich, daß es mich glücklich macht, aber es liegt auch in ihrer Natur, nur Gutes von ihrer Umgebung zu erwarten, auch dort, wo man ihr, wie es die braven Klosterfrauen wohl für ihre Pflicht halten, mit Strenge begegnet. Und obwohl sie voll unschuldiger Kapriolen, Späße und Possen steckt, hat sie doch einen besonderen Takt und ist eines süßen Ernstes fähig, der vor allem in den frommen Übungen hervortritt, zu denen sie von früh an angehalten wird und denen sie sich so natürlich hingibt, als sei dies der eigentliche und wahre Ausdruck ihres kindlichen Wesens.

Ich muß es gestehen, mein vorgefaßter Entschluß, unter keinen Umständen Rechte auf dieses Kind geltend zu machen, auch wenn die Begegnung mit ihm meine geheime Hoffnung, daß solche Rechte begründet wären, bestätigen sollte, ist während der ersten Zeit meines Hierseins immer wieder ins Wanken gekommen. Maximiliane würde, daran zweifle ich jetzt nicht mehr, darüber hinwegkommen, Charlotte aus ihrem Umkreis zu verlieren; ihr Leben ist von den Verpflichtungen ihrer Stellung so ausgefüllt, daß sie sich kaum noch persönliche Neigungen und Bindungen gestatten kann. Und es ist nicht allein ihre Stellung, es ist etwas, was mit dem Alter, mit einem nun ganz vollzogenen Verzicht zusammenhängt – Maximiliane scheint mir allem Menschlichen so ganz entrückt zu sein. Ich werde Dir von ihr erzählen. Aber wenn ich mich von neuem nun endgültig dazu durchgerungen habe, auf Charlotte zu verzichten, so ist es um ihrer selbst willen. Ich habe eingesehen, daß es Anmaßung, ja, frevelhaft wäre, ein Leben, das dort, wo es Wurzel geschlagen hat, alle Bedingungen zu einer Entfaltung findet, willkürlich unter einen anderen Himmel, in ein viel härteres Erdreich zu verpflanzen. Auch darüber läßt sich nicht schreiben, ich muß Dich bitten, Geduld zu haben, bis ich versuchen kann, darüber zu sprechen. Und das wird vielleicht noch eine Weile dauern – ich brauche Zeit...«

Das erschütternde Erlebnis dieser ersten Begegnung mit Charlotte, die entsagungsvolle Liebe, die Cornelie von diesem Zeitpunkt an dem Kinde entgegenbrachte, lassen es begreiflich erscheinen, daß sie nicht nur ihren eigenen Brief, sondern in der Folge auch alle Briefe, die sie von ihrer Schwägerin empfing, sorgfältig aufhob – (ganz zu schweigen von den artigen kleinen Briefen, die das Charlottchen nun gelegentlich selbst an sie richtete, um sich für Geschenke zu bedanken oder zum Geburtstag zu gratulieren, die ebenfalls in dem Päckchen enthalten waren). In den an sich unpersönlichen und wenig charakteristischen Briefen der Gräfin Walbrun sind alle Stellen, die von »notre petite fille« handeln, durch zarte Bleistiftstriche der Empfängerin hervorgehoben, und in den letzten dieser Briefe nehmen die Berichte über Charlotte immer mehr Raum ein. Von 1829, dem sechzehnten Lebensjahre des Mädchens an, handelt es sich zunächst um den bevorstehenden Eintritt Charlottens in das Ursulinenkloster; die Gräfin läßt sich ausführlicher, als es sonst ihre Gewohnheit war, über das Für und Wider dieses nun immer näher rückenden Schrittes aus und kommt zu dem Schlusse, daß »dies holde, aber doch durch die Schuld der Eltern überschattete und gefährdete Kind« – so drückt sie sich aus – »nirgends sicherer geborgen sein könne als im Schoße der Kirche, daß es auch nirgends als in dieser Umgebung durch ein Leben des Gebetes und der Demut, als eine getreue Magd im Weinberg des Herrn so viel dazu würde beitragen können, diese Schuld abzutragen und den Zorn des Höchsten in Gnade zu wandeln ...«

Als sei sie sich ihrer Begründung jedoch selbst nicht ganz sicher, bittet sie dann, Cornelie möge ihr schreiben, ob nicht auch sie dieser Ansicht sei, und sie fügt mit einer rührenden Wendung hinzu: »Ich weiß, ich weiß, meine Teure, was es sagen will, zu entsagen – ich habe es in meiner Jugend auch ohne Gelübde lernen müssen. Aber die Gelübde sind kein Joch – sie sind eher das Eingreifen der helfenden, stützenden Hand.«

Was Frau von Echter auf diesen Brief auch geantwortet haben mag – ernstliche Meinungsverschiedenheiten scheint es zwischen den Schwägerinnen über diesen Plan für die Zukunft Charlottens jedenfalls nicht gegeben zu haben. Wohl kommt der nächste Brief Maximilianes flüchtig auf gewisse Bedenken zurück, die Cornelie geäußert haben muß, aber es geschieht nur in dem Sinne, daß sie zugibt, diese Bedenken zu verstehen, ja, zu teilen. Sie schreibt, daß Charlottens Beichtvater das Kind eine anima christiana naturaliter nenne, die von innen her gefeit sei gegen die Gefahren der Welt, und daß er der Meinung sei, daß ihr Engel immer vor Gottes Angesicht stehen würde, welcher Weg auch dieser Seele vorbestimmt sei. Damit verbindet sie die Versicherung, daß niemand einen Zwang auf Charlotte ausüben werde und daß ihr Eintritt ins Kloster ganz ihrem freien Entschluß anheimgestellt bleibe. Man würde auch ihrem bisher unbezweifelbaren Wunsch, dem Kloster ganz anzugehören, nicht vor Abschluß ihres zwanzigsten Jahres stattgeben, so daß sie noch reichlich Zeit habe, sich ernstlich zu prüfen...

In den nächsten zwei Jahren aber sollte sich die entscheidende Wendung begeben. Ende 1832 schreibt Maximiliane ihren vorletzten Brief, und hier geht sie zum erstenmal auf die Familie Dornblüh ein, bei der Charlotte von ihren ersten Lebenstagen an ihr Zuhause gehabt hatte, mochte sie auch seit Abschluß ihrer Schulzeit zuweilen Wochen und Monate zu ihrer weiteren Ausbildung, zu Arbeitsleistungen und zu frommen Übungen bei den Nonnen zugebracht haben. »Unser wackerer Dornblüh – die vortreffliche Mutter Dornblüh« – in solcher Form war der Pflegeeltern Charlottens bisher gelegentlich Erwähnung getan und betont worden, wie gut es das Kind dort habe und daß es von dem nun schon alternden Paar, nachdem die eigenen Kinder aus dem Hause gegangen seien, mehr denn je wie eine geliebte eigene Tochter gehalten werde. Von den Dornblühschen Kindern war bisher niemals mit Namensnennung die Rede gewesen. In diesem Brief aber erscheint auf einmal der Name des ältesten Sohnes, Franz, und keineswegs nur am Rande oder zwischen den Zeilen. Vielmehr widmet ihm die Gräfin mehrere Seiten ihrer ungewöhnlich ausführlichen, enggeschriebenen Epistel.

Franz Dornblüh sei, so schreibt sie, im Spätsommer nach Würzburg zurückgekehrt, nachdem er während der letzten fünf Jahre den Grafen Schönborn, in dessen Forsten er seine Ausbildung erhalten und in dessen Dienste er dann getreten sei, auf Reisen in Nordamerika begleitet habe. Der Graf habe ihn vorerst beurlaubt, er habe ihn aber als Nachfolger seines bisherigen obersten Forstbeamten, der wegen seines hohen Alters zum Frühjahr pensioniert werden solle, in Aussicht genommen. Der Posten eines Gräflich Schönbornschen Jägermeisters sei eine Versorgung, wie man sie sich nicht vorteilhafter denken könne, und diese ehrenvolle Bestallung falle einem Würdigen zu, denn Franz Dornblüh sei ein ausgezeichneter, wohlunterrichteter und in seinem Fach hervorragender Mann geworden, dessen lauteren Charakter und dessen Zuverlässigkeit der Graf nicht genug loben könne. Das habe seinen Grund darin, fügt die Gräfin in Klammern hinzu, daß er ein getreuer Sohn der heiligen Kirche, reinen Herzens und untadeligen Wandels vor Gott und den Menschen sei. Außerdem sei er heiteren Gemütes, wennschon von Kind an ein wenig eigensinnig und zornmütig, aber das sei oft nur der äußere Aspekt einer echten inneren Kraft, die sich mit den Jahren den Aufgaben des Lebens gegenüber zu zielbewußter Wirksamkeit kläre und an ihnen bewähre. Mit seinen etwa dreißig Jahren sei er nun ein sehr stattlicher, gut aussehender Mann, blauäugig, mit vollem rötlichbraunem Haar, dem der grüne Rock überaus gut zu Gesicht stünde, und so sei es kein Wunder, daß er, wie ihr zugetragen worden sei, bei den Bürgerstöchtern der Stadt Furore mache, und daß jede Familie, bei der er um die Tochter anhalten würde, ihm die Türe weit aufmachen und es sich zur Ehre anrechnen würde.

»Warum ich Dir das alles erzähle, meine teure Cornelie?« heißt es dann weiter – »Ja, es geht Dich an, wie es mich angeht und mir nun schon seit geraumer Zeit Kopfschmerzen schafft! Dieser Franzl, den ich über die Taufe gehalten habe und den sein Vater als Buben manchmal zu mir geschickt hat, damit ich ihm den Kopf zurechtsetzte, was mir auch immer gelungen ist – ich war es dann auch, die ihn dem Schönborn seinerzeit rekommandiert hat –, der kommt jetzt daher und behauptet, daß er unser Charlottchen heiraten möchte, und wenn nicht sie, dann nie eine andere...«

Daß das Charlottchen erst darüber gelacht habe, denn er sei

doch ihr großer Bruder, daß sie dann ernstlich mit ihm gestritten und ihm vorgeworfen habe, er wolle sie dem himmlischen Bräutigam, dem sie sich doch schon als Kind angelobt habe, abspenstig machen; daß sie ihm dann aus dem Wege gegangen sei und eines Tages die Gräfin unter heißen Tränen angefleht habe, sie jetzt schon ihr Noviziat antreten zu lassen oder ihr wenigstens zu erlauben, im Kloster zu wohnen, bis der Franz eine andere gefunden habe – das alles steht in dem Brief, aber auch, daß die Gräfin nach einiger Überlegung darauf bestanden habe, daß das Mädchen dieser Anfechtung nicht ausweichen dürfe, sondern sie als von Gott gesandt zu betrachten habe, damit sie sich darüber klarwerde, zu welchem Wege sie sich wirklich berufen fühle: der Welt zu entsagen oder Gott in der Welt als Frau eines braven Mannes zu dienen. »Denn, meine Cornelie«, schreibt Maximiliane, »wir können uns ja nicht darüber täuschen, daß Charlotte dem Kloster nicht als eine geborene Nonne zugetan ist, sondern als dem Paradiesesgarten, in dem sie von Kindheit an wohlgelitten war, wo alles ihrer Natur, als der Natur eines wahren Gotteskindes, entgegenkam, daß sie aber den Gegensatz zur Welt, der das Kloster zu einem Felsen mitten in dem reißenden Strom, der Natur und Himmelreich trennt – zu einer Zuflucht der Seelen, denen die Natur zum Fallstrick zu werden droht, macht – daß sie von diesem Gegensatz gar nichts empfindet, eben als die anima christiana naturaliter, die sie ist, sondern daß Welt und Natur sich ihr in demselben Licht offenbaren wie der Klosterbezirk –, daß sie, mit einem Wort, noch gar keine Erkenntnis des Bösen haben kann oder gar meint, es sei nicht mehr als ein Schattenspiel, ohne das wir das Gute gar nicht als solches – das Licht nicht in seinem Wesen begreifen könnten. Nun ist ja aber Charlotte keine einfältige Kreatur, der man solches nachsehen könnte, um sie, unbeschadet ihres inneren Friedens, eben als schlichte Dienerin des Herrn einzustellen. Sie ist von einer besonderen Klugheit des Herzens, und ohne es zu wissen, denn im Grunde ist sie sehr demütig, glaubt sie sich mit ihrem Vertrauen in sich selbst und in alle Welt immer im

Recht, als sei sie mit ihrer Auffassung von Gottes Willen von vornherein auf der richtigen Seite. Und solchen Menschen wird meiner Erfahrung nach das Kloster oft nicht zum Heil, sondern zur Versuchung – sie erkennen die Notwendigkeit der Unterwerfung des Willens und des Zerbrechens in Reue und Buße nicht an. Jedenfalls ist es ein Wagnis, sie aufzunehmen, ehe sie durch das Leben von dieser Notwendigkeit überzeugt worden sind ...«

»Kurz und gut, und um endlich zum Tatsächlichen zu kommen«, schreibt Maximiliane nach solchen Betrachtungen: es stehe nun so, daß sie Charlotte weder abgeraten noch ihr zugeredet habe; sie habe es ihr anheimgestellt, selber mit ihrem Herrgott, ihrem Herzen und dem Franz ins reine zu kommen. Denn dieses eine sei deutlich erkennbar gewesen, daß Charlotte, als sie sich mit ihrer flehentlichen Bitte, gleich eintreten zu dürfen, zu ihr geflüchtet habe, schon in ihrer anfänglichen Abwehr der Zumutung einer Verheiratung unsicher geworden sei, und daß sie gewußt habe, daß der Franz schon sehr bald nach seiner Heimkehr aufgehört habe, ihr nur als brüderlicher Freund zu gelten. –

Es ist dann nur noch ein einziger eigenhändiger Brief Maximilianes an Cornelie vorhanden, und wenn nicht aus ihm hervorginge, daß inzwischen noch einmal ein Wiedersehen der beiden Frauen stattgefunden hatte, so müßte angenommen werden, daß der eine oder andere Brief von Maximiliane aus diesem Jahr 1833 nicht erhalten geblieben ist, denn dieser zwischen Weihnachten und Neujahr datierte Brief berichtet über die am zweiten Weihnachtstage vollzogene Trauung Charlottens mit Franz Dornblüh und setzt voraus, daß dies keine Überraschung für Cornelie bedeutet haben könne. Da aber Maximiliane nicht ohne Wehmut auf »schöne Tage des Zusammenseins mit Cornelie und der lieben Madame Valdemaire« Bezug nimmt, so ist wohl nicht zu bezweifeln, daß Cornelie im Lauf des Jahres noch einmal eine Reise nach Würzburg, diesmal in Begleitung ihrer Freundin, unternommen hatte, und daß die Verlobung Charlottens vielleicht während ihrer Anwesenheit stattfand. Es mag auch sein, daß Cornelie durch eine in den Briefen zuweilen erwähnte Schwester Benigna, die der Gräfin häufig Sekretärsdienste leistete, über die Entwicklung der Angelegenheit auf dem laufenden gehalten wurde, denn Maximiliane sagt am Schluß dieses Briefes, dessen Handschrift im Vergleich mit früheren Briefen müde und zitterig wirkt: »Diesen Bericht wollte ich Dir doch persönlich geben, geliebte Cornelie, wenn mir das Schreiben auch immer schwerer fällt und weder die Augen noch die Hand mir gehorchen wollen. Ja, mir ist nun, da ich unser Kind in der Obhut dieses braven Mannes geborgen weiß, als habe sich wiederum ein Band, das mich noch an das Leben dieser Erde fesselte, sehr sanft gelöst, und als dürfte ich recht in Frieden den Tag erwarten, der die Tür für mich öffnen wird ...«

Nach der gedruckten Anzeige, die den Briefen beilag, ist dieser Tag denn auch sehr bald gekommen. Am 21. Januar 1834 ist »die Ehrwürdige Mutter, Maximiliane, Gräfin von und zu Walbrun, geb. Edle Echter von Mespelsbrun, Vorsteherin der Kongregation der Damen des Hl. Herzens Jesu zu Würzburg, nach Empfang der hl. Sterbesakramente sanft in dem Herrn entschlafen«.

Cornelie überlebte ihre Schwägerin nur um sechs Jahre. Nur Charlottens 1835 geborener zweiter Sohn, Dominikus, erinnerte sich später unklar eines Besuches der alten Dame auf dem Jägerhof und des Tages, der bald darauf folgte, an dem die Mutter beim Empfang der Todesnachricht geweint habe. »Ich habe das behalten«, sagte er, »weil ich die Mutter sonst niemals habe weinen sehen.« Auch glaubte er zu wissen, daß Cornelie die Patin seines älteren Bruders Christoph gewesen sei, der 1870 in Frankreich gefallen war. Im übrigen waren alle verwandtschaftlichen Beziehungen, die mit der Herkunft der Mutter zuammenhingen, schon für diese Generation zum Mythus geworden, denn Charlotte scheint mit dem Erlöschen der Verbindung zu dieser letzten Angehörigen ihrer Mutter das R. i. P., das sie auf die eingesiegelten Briefe schrieb, für lange

Jahre auch über den Ort ihres Herzens gesetzt zu haben, wo das Angedenken an die beiden Frauen, die ihre Jugend behütet hatten, ruhte – was indessen nicht hieß, daß sie ihrer vergessen hatte. Es steht zu vermuten, daß sie vermied, von ihnen zu sprechen, da sie eben vor den Kindern nicht weinen wollte. In ihrem hohen Alter, als der geheimnisvolle Bogen des inneren Lebens sich zum Kreise zu runden begann, stieg dann noch einmal alles zutage wie ein Quell, der versickert und unterirdisch fortgeströmt war, um fern von seinem Ursprung noch einmal alte Gestirne zu spiegeln.

Wenn sie in jenen späten Jahren ihrem Urenkel von dem Leben auf dem Jägerhof, von dem Urgroßvater und von ihren Kindern erzählte, so ging das durcheinander mit der Aufzählung der Pferde und Kühe, der Hühner, Gänse, Enten und Tauben und nicht zuletzt der Hunde und Katzen, die den Forsthof belebt hatten. Bäume, mit denen sie Umgang gehabt oder die sie hatte aufwachsen sehen, spielten nicht weniger persönlich hinein; es war nicht von irgendeiner Linde oder Birke, von einem beliebigen Apfel- oder Birnbaum die Rede, sondern es waren Bäume mit ausgeprägter Gestalt und von unvergleichlichem Verhalten; jene uralte Eibe war die einzige auf Meilen im Umkreis, und der mächtige Maßholder am Waldrand hinter dem Gartenzaun verschmolz für den Knaben zuweilen mit der Vorstellung des Urgroßvaters, der ihm ähnlich gewesen sein mußte, weitausgreifend mit schirmenden Ästen und fast in die Wolken ragend, zuweilen gütig nur Schatten und Schutz spendend, zuweilen zornig, brausend durchstürmt, furchterweckend, doch mit unerschütterlich verwurzeltem, tragendem Stamm. Dann wieder war sein Bild lebendig, wie er im grünen Jägerrock, mit dem rötlichen Bart, den er sich hatte wachsen lassen, zu Fuß oder zu Pferde, allein oder einen Jäger zur Seite und später in Begleitung der Söhne die Wälder durchstreifte, ein Vater und Heger des scheuen Wildes ebenso wie sein gelassener, weidgerechter Verfolger und Töter – ein Waldgott, dem die Herren, die ihn eingesetzt hatten und die im Herbst mit Hörnerklang und stolzem

Gepränge zur Jagd kamen, doch nicht gebieten konnten, denn in seinem Revier war er der Herrscher und niemand sonst.

Sieben Kinder wurden auf dem Jägerhof geboren – vier nur blieben am Leben, von denen das einzige Mädchen, Elisabeth, das jüngste war, aber den Brüdern nichts nachgab an Wildheit und Übermut. Zwischen den beiden älteren Knaben, Christoph und Dominikus, und den in den ersten Jahren nach 1840 geborenen jüngeren Kindern, Leonhard und Elisabeth, lag der Abstand des Alters, den der frühe Tod zwischen ihnen geborener kleiner Geschwister aufgerichtet hatte.

Die großen Brüder – Christoph zum künftigen Offizier, Dominikus zum Geistlichen bestimmt – waren vom zwölften Jahr an nur noch Feriengäste im Elternhause; der eine wurde in einer Militäranstalt, der andere in einer Klosterschule erzogen. In Leonhard sah der Vater gern seinen künftigen Nachfolger und ließ ihn zusammen mit Elisabeth durch den alten Kaplan unterrichten, der auf dem Jägerhof wohnte und in der Kapelle für die Hausgemeinschaft und die im nächsten Umkreis ansässigen Waldbauern die Messe las und sie seelsorgerisch betreute; er lebte mit in dem patriarchalisch geführten Haushalt, an dessen Tisch auch die Jägerburschen und Dienstleute saßen. Von den vier Kindern war Dominikus der Mutter sehr ähnlich, Leonhard und Elisabeth aber – rotblond, blauäugig und von heftigem Temperament – schlugen dem Vater nach, und diese Wesensgleichheit bestimmte ihr Verhältnis ihm gegenüber ebenso in Bewunderung, Anhänglichkeit und Abhängigkeit, wie in einer Neigung, sich ihm gegenüber in trotziger Widersetzlichkeit zu behaupten. Äußerte sich das bei Leonhard, der in der gemeinsamen Liebe zum Walde und zu den Tieren ein Herz und eine Seele mit dem Vater war, darin, daß er sich vor der zuweilen bis zur Härte gehenden Strenge, die jener ihn bei geringfügigen Anlässen fühlen ließ, in sich selbst zurückzog und in stolzem Schweigen eine Haltung zur Schau trug, hinter der sich Verzweiflung verbarg, so herrschte zwischen Franz Dornblüh und seiner einzigen Tochter oft offener Krieg, der freilich immer wieder von Zeiten vollkommener Eintracht abgelöst wurde, bis die angesammelten Spannungen eine neue Entladung erforderten. Wenn Elisabeth in späteren, viel späteren Jahren gelegentlich noch Äußerungen tun konnte wie: ja, die Mutter wäre eigentlich wie die älteste und liebste Tochter des Vaters gewesen, die einzige, an der er nie etwas auszusetzen gehabt hätte – oder, und das mit bitterer Betonung: die Eltern seien wohl dann erst richtig glücklich gewesen, als alle Kinder aus dem Hause gewesen wären und als schließlich, nach der Pensionierung des Vaters, auch kein Kaplan, keine Forsteleven, Jägerburschen oder anderes Volk mehr mit am Tische gesessen hätte; da hätten sie dann wie Philemon und Baucis miteinander gelebt – so geht daraus hervor, daß sogar etwas wie Eifersucht auf die Mutter in ihr Verhältnis zum Vater hineinspielte, obgleich ihr das wohl selbst ganz unbewußt war. Denn auch an der Mutter hing sie sehr, wennschon mit der wehrlosen, blinden Ergebenheit, die ein Wesen unbegreiflich von der eigenen Natur unterschiedener, notwendig als höher empfundener Art beanspruchen kann.

In der Kameradschaft mit Leonhard wuchs Elisabeth selbst fast bubenhaft auf. Obgleich sie nicht ohne Geschick für die weiblichen Handfertigkeiten und häuslichen Pflichten, zu denen sie angehalten ward, war, liebte sie es doch am meisten, sich mit dem Bruder in den Wäldern, auf dem Hof, in den Ställen umherzutreiben und allerlei Streiche mit ihm auszuführen, bei denen sie nicht selten die treibende Kraft war. Wenn sie eine körperliche Betätigung schätzte, so waren es Pirschgänge und Forellenfischen, in zweiter Linie aber die Fürsorge für Pflanzen und Tiere, worin sich denn wenigstens eine besondere weibliche Neigung ankündigte und entfaltete. Auch im Lernen hielt sie mit Leonhard Schritt, sie zeigte den Ehrgeiz, Latein und Mathematik zu betreiben, und überflügelte den langsamer auffassenden Knaben in manchen Stücken. Als Leonhard schließlich ebenfalls in ein Internat kam, von wo aus er dann auf die Forstakademie übergehen sollte, begann für die damals

Vierzehnjährige eine einsame Zeit, in der sie sich zum erstenmal ganz auf die Eltern angewiesen sah. Die Mutter hatte mit dem großen Haushalt zu tun, der von ihr bestellt wurde wie in einem Spiel, dessen Beherrschung vorzüglich vom richtigen Einsatz der Mitspieler, nämlich der Dienstleute, abhing; diese tanzten wie Marionetten in ihren kleinen Händen und gehorchten ihr wie einer Königin, obgleich sie mit ihnen umging wie mit ihresgleichen, mit ihnen sang und ihnen Geschichten erzählte, und dann wieder manche Tage nur mit ihren Blumen, ihrem Klavier und ihrem Stickrahmen lebte, als gäbe es keine Flickwäsche, keinen Gemüsegarten, keine Obsternte oder dergleichen: sie wußte, es lief alles weiter, als sei sie allgegenwärtig, denn die Leute taten rein aus Liebe zu ihr ihre Pflicht, ob sie hinter ihnen her war oder nicht. Der Kaplan, der Elisabeth in einigen Fächern weiter unterrichtete, war ein gelehrter Sonderling und lebte, abgesehen von den Stunden, in denen er Verpflichtungen zu erfüllen hatte, versponnen in seine Studien und Spekulationen, an denen er nur die Hausfrau zuweilen teilhaben ließ, die ihm mit großer Langmut zuhörte und ihn durch ihre wunderlichen Einwürfe zu immer gewagteren Beweisführungen seiner Theoreme, sei es über die Natur der Engel, sei es über die Formen des Eingreifens des Heiligen Geistes in das Leben der Heiligen, steigerte. An solchen Unterhaltungen fand Elisabeth keinen Geschmack, desto mehr an den Erzählungen des Vaters, die mit kräftigem Jägerlatein durchsetzt waren und bei denen er es darauf anlegte, zu erproben, wie weit seine Tochter auf dies oder jenes hereinfallen würde. Er nahm sie nun, da Leonhard ihm fehlte, häufiger als sonst zur Begleitung auf seinen Waldgängen mit und behandelte sie so lange als Kameraden, bis es ihm plötzlich einfiel, zu kritisieren, daß sie es vorzöge, den Jägerburschen zu spielen, anstatt sich im Haushalt zu beschäftigen und sich in all den weiblichen Künsten zu vervollkommnen, die ihrer Mutter in so natürlicher Weise eigen waren wie einem Vogel der Nestbau, – das Weben und Wabenbauen den Spinnen und Bienen. Ohne zu bedenken, daß er selbst es immer gewesen

war, der ihren Neigungen und Liebhabereien Vorschub geleistet hatte und sie jetzt noch mehr als früher willkürlich zu seiner Begleitung und zu Hilfeleistungen heranzog, ganz gleich, ob die häuslichen Pflichten liegenblieben oder nicht, warf er ihr dann vor, daß sie dergleichen nur lässig und ohne jeden Ehrgeiz betriebe, es lediglich hinter sich brächte, um dann wieder zu ihren Büchern und zu den Hunden, den Pferden, dem Federvieh und dem Umherschweifen im Forst zurückzukehren. Gerade, weil ihr alles widerstände, was nun einmal Frauenarbeit sei, habe sie es von Grund auf zu lernen und zu üben, unablässig zu üben, bis es ihr in Fleisch und Blut überginge, sonst würde sie nie und nimmer einen Mann finden. Solche Betrachtungen, denen er sich überließ, wenn es ihm bewußt wurde, daß seine Tochter in der Tat dem Idealbild echter Weiblichkeit, das ihm seine Mutter, seine Schwestern und vor allem seine Frau in ihm genehmen Variationen verkörperten, nicht entsprach, machten sich in Ausbrüchen zorniger Ungeduld Luft, je mehr das Mädchen heranwuchs, und da Elisabeth ihnen in streitbarer Selbstverteidigung begegnete, wurden die Perioden des Waffenstillstandes, während derer die beiden ungleichen Gegner sich jedesmal von neuem begeistert miteinander versöhnten, immer seltener.

So kam es schließlich unter dem behutsam vermittelnden Einfluß der Mutter dazu, daß Elisabeth, als sie siebzehn Jahre alt war, zum Abschluß ihrer Erziehung zu den Ursulinerinnen in Würzburg geschickt wurde. Es ist anzunehmen, daß sie es wie eine Verbannung empfand, daß sie der konzentrierten weiblichen Beeinflussung, der sie nun unterzogen ward, zunächst einen dumpfen, hilflosen Widerstand entgegensetzte; jedenfalls aber war sie zu jung, um selbst zu erkennen, was sie eigentlich wollte, und bei allem Widerspruchsgeist, über den sie verfügte, bedeutete die elterliche Autorität in entscheidenden Fragen doch noch die Schicksalsgewalt für sie, gegen die ernstlich sich aufzulehnen unmöglich schien.

Als sie nach zwei Jahren in den Jägerhof zurückkehrte, war sie völlig erwachsen und, wie sich aus einem Porträt, das ein unbekannter Maler damals machte, schließen läßt, ein sehr schönes Mädchen geworden, mit rötlich goldenem Haar und den gleichen blauen Augen, die auch aus den ebenfalls abkonterfeiten Gesichtern des Vaters und des Bruders Leonhard herausschauen, bei ihr aber einen von innerer Scheu und Schwermut gleichsam abgeblendeten Blick haben. Es scheint, daß ihre Eigenwilligkeit gebrochen war oder daß sie es doch gelernt hatte, sich dem Wunschbild des Vaters äußerlich anzupassen, aber wenn sie in den nächsten vier Jahren Gelegenheit gehabt haben sollte, sich zu verheiraten, so hat sie diese Gelegenheiten jedenfalls vorbeigehen lassen, und darin lag wiederum ein Anlaß, daß der Jägermeister unzufrieden mit seiner Tochter war. Sie war dreiundzwanzig Jahre alt, als sie, und zwar mit seiner vermutlich resignierten Einwilligung, das Elternhaus zum erstenmal wieder verließ, um für einige Zeit eine Stellung als Erzieherin auf einem Gutshof in der Nähe von Gerdesheim anzunehmen.

Gerdesheim, eine bis ins achtzehnte Jahrhundert hinein blühende Handelsstadt, an einer Kreuzung großer, von Nord nach Süd, von Ost nach West führender Verkehrsstraßen gelegen, hat nicht nur wegen seines in vielen kirchlichen und profanen Bauten wohlerhaltenen mittelalterlichen Stadtbildes, sondern auch als eine der vereinzelten Enklaven der römischen Kirche im nördlichen Deutschland seinen besonders geprägten Charakter. Das unter den Sachsenkaisern begründete Bistum stellte noch im neunzehnten Jahrhundert, als die Stadt und ihre Umgebung längst vom evangelischen kirchlichen Leben durchsetzt waren, einen vorgeschobenen Posten Roms, ein Bollwerk des Katholizismus dar, dessen Institutionen – Klöster, Seminare, Schulen, karitative Anstalten – jenes außerordentliche Niveau aufwiesen, das sich dort herauszubilden pflegt, wo es um die Bewährung einer Minderheit geht. Jener Gutshof nun vor den Toren der Stadt war ursprünglich im Besitz einer gut evangelischen Familie des niedersächsischen Adels gewesen, die in den fünfziger Jahren auf den zwei Augen einer Erbtochter gestanden hatte; unter ihren Bewerbern hatte ein süddeutscher Baron das Glück gehabt, nicht nur die Braut, sondern mit ihr auch Haus und Hof und stattlichen Landbesitz zu erobern, und sein Sieg schloß selbst die Unterwerfung des Fräuleins unter die für ihn zwingende Bedingung, daß sie zur katholischen Kirche überträte, ein. Dies mag ein Roman für sich gewesen sein, den wir hier auf sich beruhen lassen; jedenfalls war es dieses Paar, das nun durch Vermittlung einer Gerdesheimer kirchlichen Stelle eine Erzieherin für seinen Nachwuchs gesucht und in Elisabeth Dornblüh gefunden hatte, nachdem die Suche durch die weitverzweigten Kanäle geistlicher Verbindungen bis an die Leitung der Ursulinen-Schule in Würzburg gelangt war, die sich hierauf in dieser auszeichnenden Weise ihrer ehemaligen Schülerin erinnerte. Es mag auch sein, daß Charlotte Dornblüh auf Grund ihrer alten Beziehung einen häufigen Verkehr mit dem Kloster pflegte, und daß man dort im Bilde über die innere Verfassung Elisabeths war und ihr durch eine wohl überlegte Einmischung Gelegenheit zu einer richtigen Anwendung ihrer Begabung und ihres starken Dranges nach Selbständigkeit geben wollte. Jedenfalls scheint Elisabeth im Herbst 1866 die Reise nach Gerdesheim angetreten zu haben, ohne daß der Vater versucht hätte, ihr etwas in den Weg zu legen. Mochte er für seine Tochter eine andere Lebenserfüllung bevorzugt haben, zu einer Heirat zwingen konnte und wollte er sie nicht, und so sollte sie es in Gottes Namen einmal ausprobieren, wie es unter fremdem Dach wäre – vielleicht würde sie dann zur Vernunft kommen. Auch eine seiner Schwestern hatte diesen Weg eingeschlagen, also gab es einen Präzedenzfall in der Familie, und diese, Annette Dornblüh, hatte in den Kreisen, wo sie seit zwanzig Jahren von einem guten Hause an das andere weiterempfohlen worden war, eine Art von stiller Berühmtheit erworben; die Ursulinerinnen hatten wahrscheinlich nicht versäumt, darauf hinzuweisen, als sie Elisabeth für die Stellung in Vorschlag brachten. Endlich boten eben diese Vermittlung der Klosterfrauen und außerdem der bekannte Name der Familie, in die seine Tochter aufgenommen werden würde, dem Jägermeister eine hinreichende Gewähr dafür, daß dies Experiment, für das vorläufig eine Probezeit von einem Jahr vereinbart wurde, keine unliebsame Entwicklung nehmen könnte. Jedenfalls war er in keiner Weise darauf vorbereitet, daß Elisabeth, einmal dem Banne seiner Autorität entrückt, mit einer Vorbehaltlosigkeit zu ihrem eigenen Schicksal erwachte, daß ihr selbst zunächst alle Maßstäbe für die Tragweite ihrer Handlungen verlorengehen sollten.

Es muß sich nach der Sprengung des Rahmens einer im Grunde einsamen und gleichsam verzauberten Waldjugend ein wunderliches, rauschhaftes Freiheitsgefühl ihres von bisher mehr oder weniger unterdrückten Wünschen und Hoffnungen gespannten Wesens bemächtigt haben; es mag auch so gewesen sein, daß eben jetzt die Stunde ihrer vollen Wesensentfaltung gekommen war und zusammentraf oder auch heraufbeschworen ward durch die Begegnung mit einem Manne, dessen Werbung sie mit einer, bei der bis dahin bewiesenen Herbigkeit ihrer Natur, erstaunlichen Wehrlosigkeit verfiel. Richard Alves war ein damals etwas über dreißigjähriger junger Gelehrter, der neben seiner Stellung als Assistent im Archiv der Stadt Gerdesheim am Gymnasium unterrichtete und in dem Hause, in dem Elisabeth mit der Erziehung der kleinen Töchter betraut war, auch die private Vorbereitung der beiden Knaben für den Eintritt in eine vorgeschrittene Gymnasialklasse übernommen hatte. Er pflegte mehrmals in der Woche nach Abschluß seines Unterrichtes die Mittagsmahlzeit mit der Familie zu teilen, und wenn die Gleichartigkeit der pädagogischen Aufgaben die erste Anknüpfung zwischen Elisabeth und ihm erleichterte, so bedurfte es doch bald keiner anderen Begründung für die Verständigung der beiden als die gegenseitige unwiderstehliche Anziehung des Blutes.

Bedenken wir, daß sich dies in einer Zeit und innerhalb eines Gesellschaftskreises vollzog, die sehr enge Begriffe hinsichtlich des Erlaubten und Schicklichen hegten, bedenken wir nicht nur die rigorose Strenge, mit der der Vater Dornblüh, ganz unbeschadet seines Wunsches, die Tochter zu verheiraten,

Richtlinien für ihr Verhalten dem anderen Geschlecht gegenüber aufgestellt hatte, sondern auch, daß Alves als Niedersachse eher zur Verhaltenheit des Gefühls, zur Beherrschung leidenschaftlichen Ungestüms neigte, so ist die Entwicklung, die diese Liebesgeschichte nahm, um so erstaunlicher. Erstaunlich vor allem, daß Elisabeth anscheinend von Anfang an die Hauptgefahr übersah, die ihre Liebe bedrohte, oder daß sie doch jeden Gedanken daran vermied, jede Überlegung verdrängte und sich nur ihrem Gefühl überließ, obgleich es ihr schon vor der Begegnung mit Alves bekanntgeworden war, daß er Protestant war, denn dieses Faktum hatten die Eltern ihrer Zöglinge eingehend mit ihr erörtert, als sie ihr den Religionsunterricht auch der Knaben übertrugen, wobei zugleich mit dem hohen Lob, das der menschlichen Zuverlässigkeit, der Gelehrsamkeit und den pädagogischen Fähigkeiten des Doktors gezollt wurde, auch das Bedauern, daß er eben doch dem höchsten und wichtigsten Anspruch nicht zu genügen vermöge, zum Ausdruck kam. So war Elisabeth ihm zunächst wohl mit einem Vorurteil und, wenn nicht streitbar, so doch bereit zu heftigen Diskussionen entgegengetreten; aber gerade aus dieser Bereitschaft ergab sich auch die Möglichkeit zu einer gegenseitigen Annäherung, bei der die sachliche Auseinandersetzung über Themen dogmatischer Art und ähnliche Fragen bald den Charakter eines Scheingefechtes annahm, die Argumente einen doppelten Boden bekamen, und in deren Triumphen und Kapitulationen das alte, ewig neue Spiel gegenseitiger Bezauberung sich während der ersten Wochen in erlaubten und anerkannten Formen vollzog, bis die beiden, mit der Zeit weniger beachtet und gelegentlich sich selbst überlassen, erkannten, um was es ihnen eigentlich ging, und die gemeinsame Sprache fanden, in der es nicht mehr um Symbole und Lehrsätze, sondern um unmittelbare Wirklichkeit ging. Diese Wirklichkeit muß über ihnen zusammengeschlagen sein wie die Flammen und Fluten über das Paar in der »Zauberflöte«. Sie brachten eben noch so viel Besinnung auf, ihrer Umgebung gegenüber den Schein zu wahren, indem sie die anfängliche

Gegnerschaft weiter zur Schau trugen und ihre immer häufigeren Zusammenkünfte geheimhielten, wobei ihnen Elisabeths von den ersten Tagen ihres Aufenthaltes an bewiesene Vorliebe für einsame Waldspaziergänge in ihren dienstfreien Stunden zugute kam. Man sah es nicht gerne, es schickte sich nicht recht für eine Dame – aber immerhin, eine Försterstochter – und was sollte ihr schließlich auch zustoßen... Aber mochte es ihnen gelingen, ihr Geheimnis einige Monate allein zu besitzen, sie lebten schließlich nicht unter Blinden und Tauben, und wenn sie in der lebhaften Geselligkeit des ländlichen Haushaltes in ihrer Eigenschaft als gehobene Angestellte nur eben am Rande geduldet waren, so war doch Elisabeths ungewöhnliche Erscheinung keineswegs unbemerkt geblieben, und die Annäherungsversuche vor allem der jungen Offiziere der Gerdesheimer Garnison, die nicht immer in geschmackvoller Form geschahen, machten die Baronin allmählich aufmerksam und hellhörig, vielleicht auch ein wenig eifersüchtig, so daß sie anfing, an der Erzieherin ihrer Kinder Kritik zu üben, sie zu beobachten und gelegentlich zur Rede zu stellen, ohne doch auf das Naheliegende zu verfallen und auch Richard Alves in das Beobachtungsfeld einzubeziehen. Dazu kam es erst, als während eines Maibowlen-Abends, in dessen Verlauf auch getanzt wurde, ein junger Gutsbesitzer aus der Nachbarschaft sich in beschwingter Laune Elisabeth gegenüber eine Zudringlichkeit erlaubte, angesichts derer Alves, der sich nicht zufällig in der Nähe des Paares aufgehalten hatte, sich nicht beherrschen konnte. Es kam zu einem Wortwechsel zwischen den beiden Männern; der peinliche Auftritt wurde durch den Hausherrn kurzerhand beigelegt, aber die Folge war, daß dem Doktor am nächsten Tage gekündigt und Elisabeth jedenfalls durch die Baronin argwöhnisch verhört wurde, woher der Doktor sich das Recht anmaße, ihren Ritter zu spielen. Elisabeth konnte demgegenüber ihre Haltung nicht wahren und verriet weniger durch Worte als durch stumme Tränen und trotziges Schweigen, was Alves ihr bedeutete. Von diesem Zeitpunkt an war ihre Lage verzweifelt, denn sie mußte nun endlich die Frage einer öffentlichen Verlobung, die Alves bisher immer wieder, aber immer vergeblich mit ihr zu besprechen versucht hatte, in sich selbst zur Entscheidung bringen, und sie wußte, daß diese Entscheidung, wie sie auch ausfallen würde, sie mit Schuld belasten mußte, entweder Alves gegenüber, der sie nicht im Zweifel darüber gelassen hatte, daß sein Leben zerstört sein würde, wenn sie ihn aufgäbe, oder gegenüber der Welt, die ihr bisher die einzige, unerschütterlich geglaubte Heimat gewesen war – gegenüber den Eltern, gegenüber ihrer Kirche, die schon verraten zu haben sie sich bewußt war. Aber noch war die Tür ja nicht zugefallen.

Alves zu bekehren, wie sie sich zuerst im Übermut vorgenommen hatte, war von ihr längst als unmögliches Unterfangen erkannt worden. Seine Überzeugung von der strengeren und wahrhaftigeren Forderung seines evangelischen Glaubens war ebenso aufrichtig und in seinem ganzen Wesen begründet wie die Folgerung, daß der Christ allein Gott unmittelbar gegenüber verantwortlich sei – dem Gott, der, in Christus offenbart, Mensch geworden sei, um die Menschen zu erlösen. Sie war bei all ihrer Bücherweisheit zu weltfremd, um zu erkennen, daß es eben vorwiegend diese Grundwahrheiten christlichen Glaubens waren, die er anerkannte und die ihm Maßstab für seine Ethik waren, daß er aber ungeachtet seiner theoretischen Beherrschung dogmatischer Lehrsätze und kirchengeschichtlicher Entwicklungen keineswegs eigentlich kirchlich gebunden war, sondern daß dieses Wissen für ihn einen Sektor seines Faches, der Geschichte, darstellte, und daß wohl die Grundsubstanz seines Geistes gleichsam in der Wolle protestantisch gefärbt war, aber eben so vorherrschend, daß er unter Umständen ebenso bereit gewesen wäre, an den Dogmen der eigenen Kirche dieselbe Kritik zu üben wie am Lehrgebäude und an gewissen Institutionen des Katholizismus. Diese Art von Geistigkeit, diese liberale Betrachtungsweise waren ihr ihrer eigenen Herkunft und Erziehung nach so ungewohnt, daß sie nicht einmal imstande war, zu begreifen, daß es sich bei diesen Auseinandersetzungen weniger um den Gegensatz der

Konfession als vielmehr um die Unvereinbarkeit zweier verschiedener Arten des Denkens handelte. Schließlich, und da denn das, was sie beide überwältigt und zusammengeschmolzen hatte, so eindeutig und zwingend, elementar und naturhaft war, hatte sie sich an das eine gehalten, daß er gut sei, und daß er nichts dafür könne, wenn er dazu erzogen worden wäre, Christus in anderen Formen zu dienen als sie – und weiter zu denken, war ihr nicht möglich gewesen, sie wußte nur, daß sie ihn niemals würde lassen können. Wenn er davon gesprochen hatte, daß er nicht von ihr verlangen würde, daß sie ihren Glauben aufgäbe, daß er auch von seiten seiner Familie keine Schwierigkeit zu erwarten haben würde, wenn er eine Katholikin heiratete, so hatte es nur bei dem ersten solchen Anlaß den Schatten einer Verstimmung gegeben, als sie, ihrem unterdrückten ahnenden Angstgefühl unwillkürlich nachgebend, ausgerufen hatte: »Aber die Kinder, Richard – wenn wir Kinder haben sollten...« – worauf er, sie verwundert anblikkend, als sei ihm diese Erwägung noch niemals gekommen, dann sich langsam verdunkelnd, zögernd gesagt hatte: »Die müßten ja erst einmal da sein – die Kinder...« Und dann war sie viel zu verwirrt gewesen, um noch etwas zu antworten, denn er hatte sie an sich gerissen und sein: »Sei du nur erst einmal meine Frau!« hatte sie um alle Gedanken gebracht. Seitdem war sie jeder Berührung der Frage einer Verheiratung, auch jedem eigenen Gedanken daran, ausgewichen, hatte nur von einem Wiedersehen zum anderen, von einer heimlichen, dem Gleichmaß der Arbeitstage abgestohlenen Stunde überschwenglichen Glückes zur nächsten gelebt – bis zu dem schlimmen Abend, der sie in einen Abgrund der Verzweiflung stürzte, denn nun gab es kein Ausweichen vor der Entscheidung mehr.

Alles vollzog sich unaufhaltsam wie ein längst über sie verhängtes Geschick. Sie wußte, daß die Baronin mit ihrer Ankündigung, das Kloster in Würzburg von »der Gefährdung dieser jungen Person, die man ihr empfohlen hatte« – so hatte sie sich in ihrer Strafpredigt ausgedrückt – unterrichten zu wollen, Ernst machen würde; sie sah die Folgen voraus, nämlich, daß man es ihren Eltern nahelegen würde, sie nach Hause zurückzurufen, und war sich klar darüber, daß sie Richard dann niemals wiedersehen würde. Dies erschien ihr so gewiß wie der Tod, nur daß das Sterben dann ein langes Leben hindurch währen würde, eine nicht abzusehende, unerträgliche Pein. Vorläufig konnte sie annehmen, daß niemand ahnte, wie weit ihre heimliche Einigung schon gediehen war; man schien vorauszusetzen, daß es sich um eine gegenseitige Anziehung handele, die den beiden Beteiligten erst durch den Zwischenfall an jenem festlichen Abend zu Bewußtsein gekommen sein möge und deren Auswirkung noch rechtzeitig unterbunden werden könne, wozu eben die Verhinderung jeder Möglichkeit eines Wiedersehens das gegebene Mittel sein würde. Von dem Hausherrn, zu dem Elisabeth nun zitiert wurde, wurde ihr in Gegenwart der Baronin, die sich jetzt aber nachsichtig und zurückhaltend zeigte, gesagt, daß es von ihrem Verhalten in der nächsten Zeit abhängen würde, ob man »es weiter mit ihr versuchen wolle«; außerdem aber wurde ihr nahegelegt, sich mit dem Beichtvater der Familie, dem auch sie zugewiesen war, auszusprechen, und sie bekam so viel über die Verwerflichkeit auch nur des leisesten Entgegenkommens eines katholischen Mädchens einem Protestanten gegenüber zu hören, daß sie keinen anderen Ausweg fand, als nach außenhin stoische Unterwerfung an den Tag zu legen und eine Form zu wahren, die ihr einstweilen Schutz bot, innerlich einigermaßen zur Fassung zu kommen. Ihre Hoffnung, daß Alves Mittel und Wege finden würde, mit ihr in Verbindung zu bleiben, ward nicht enttäuscht, und sie ließ sich durch die Zuversicht, die aus seinen durch den täglich in die Stadt fahrenden Milchkutscher eingeschmuggelten Briefen sprach, nur allzu gern überzeugen, daß jetzt nur unbedingte Offenheit denen gegenüber, die das nächste Anrecht auf ihr Vertrauen hätten, zum Ziel führen könne. Sie täuschte sich selber vor, daß sie allen bevorstehenden Kämpfen gewachsen sein würde; der Vater, der ihr doch immer die Ehe als die einzig würdige Lebenserfüllung der Frau gepredigt hatte, würde nachgeben müssen, wenn sie es ihm begreiflich machte, daß jetzt die für dieses Leben einmalige Möglichkeit eingetreten sei, daß seine Tochter diesem Ideal nachkommen könne. Wenn er erst einwilligen würde, Alves kennenzulernen, würden alle seine Bedenken hinschwinden müssen.

In einem langen und wahrscheinlich überschwenglichen und verworrenen Briefe an die Mutter schrieb sie sich nun alles vom Herzen, was ihr das erste halbe Jahr der Trennung von zu Hause an Glück, aber auch an fast unerträglicher seelischer Spannung gebracht hatte; was sie dem Beichtiger nur ungenügend und ausweichend beantwortet hatte, die Fragen, ob Alves ernstlich um sie geworben habe, ob sie Zuneigung für ihn empfinde, ob sie wisse, daß die Kirche die Mischehe mit ihrem Anathema verfolgte – alles brachte sie nun mit der Unbefangenheit zur Sprache, die dem letztlich unerschütterlichen Vertrauen in die Liebe der Eltern entsprang, und die Unsicherheit, die sie nicht ganz zu unterdrücken vermochte, bezeugte sich einzig darin, daß sie den Brief an die Mutter allein und nicht, wie gewöhnlich, an beide Eltern richtete. Sie bat, die Eltern, besonders der Vater, möchten nicht urteilen, ehe sie Richard nicht kennengelernt und sich mit ihm ausgesprochen hätten – sie erwähnte, daß ihr Verlobter – und absichtlich gebrauchte sie dieses verbindliche Wort – nur auf ein Wort der Ermutigung warte, um nach dem Jägerhof zu kommen und in aller Form um sie anzuhalten. Sie vergaß nicht – wennschon erst in einem ausführlichen Postskriptum – das Ansehen zu erwähnen, das seine alteingesessene Familie in Gerdesheim genoß, daß sein Vater Arzt sei und viele Jahre ein großes Krankenhaus geleitet habe, seine Mutter aber nicht mehr lebe – schließlich, daß seine eigenen beruflichen Aussichten die besten seien. Wenn der Brief es an einem fehlen ließ, so war es jede Andeutung, daß sie sich der Entscheidung der Eltern, wie immer sie auch ausfallen möge, unbedingt zu unterziehen bereit sei.

Es kam dann so, wie es nicht anders kommen konnte und wie

es das Mädchen selbst schaudernd geahnt hatte, ob es sich auch entgegen dieser Ahnung gezwungen hatte, anzunehmen, daß die Kraft seiner Liebe imstande sein müsse, auch jenes Gesetz zur Abweichung zu bringen, dessen Unbeugsamkeit es ebensogut kannte wie die patriarchalische Machtvollkommenheit, die der Vater seinen Kindern gegenüber empfand und auszuüben gewohnt war – das Gesetz der Kirche. Dornblüh war christkatholisch gesinnt, wie nur ein Bauer, ein Soldat, ein Schiffer und eben ein Jäger es sein kann – das will besagen, daß Männer, die sich von Berufs wegen nach außenhin, ihrer Anlage nach aber auch innerlich, fortwährend mit Naturgewalten herumzuschlagen haben, *wenn* sie gläubig sind, dies in einer kindlich einfältigen Weise, zugleich aber auch mit jenem Fanatismus zu sein vermögen, der einem unbewußten Anklammern an den einzig sicheren Anker gegenüber der Unberechenbarkeit der Naturgewalten auch des eigenen Wesens gleichkommt. Sohn einer Familie, die seit Generationen der Kirche in der Verwaltung und Bewirtschaftung ihrer Güter gedient hatte – aufgewachsen in einer Tradition, die die weltlichen Interessen des Fortkommens und der sicheren Geborgenheit mit der unbedingten Treue kirchlicher Obrigkeit gegenüber zusammenfallen ließ, ohne daß diese Verquickung himmlischer und irdischer Bereiche jemals in Frage gestellt worden wäre, gab es für ihn nur diese eine Richtschnur, nur dieses eine Gesetz, wonach er zu leben, seinen Beruf zu erfüllen, sein Hausregiment zu führen hatte, und wenn er davon abwich – und was war das tägliche Leben anders als eine ständige Versuchung, abzuweichen? –, so war er dafür der Kirche gegenüber verantwortlich, und sie war die einzige Autorität, die das wieder in Ordnung bringen konnte, streng, aber langmütig, eine Vollstreckerin der himmlischen Gerechtigkeit, aber zugleich im Besitz der Gnadenmittel, das Gericht zu mildern, ja, abzuwenden, wenn nur kräftig Gebrauch von diesen Gnadenmitteln gemacht wurde. Elisabeth kannte ihren Vater; sie mußte im voraus wissen, was sie sich von ihm zu gewärtigen hatte.

Die einzige Bestätigung vom Eintreffen ihres Briefes, die sie nach Tagen verzweifelter Unruhe mittelbar erhielt, ließ sie erstarren. Es war ein an den Baron gerichtetes Telegramm des Vaters, des Inhaltes, daß er seine Tochter unverzüglich nach Hause zurückerwarte – »der Grund dürfe bekannt sein«. Er war am Abend eines Tages angekommen, an dem der Baron mit seiner Frau zu einer Hochzeit über Land gefahren war. Der Verwalter hatte es auftragsgemäß geöffnet und machte dem Fräulein Mitteilung davon, in der Voraussetzung, daß es sie anginge und daß sie entscheiden müsse, ob sie die Rückkehr der Herrschaften abwarten oder dem väterlichen Befehl ohne weiteres Folge leisten wolle. Elisabeth, zunächst wie vom Blitz getroffen, faßte sich gewaltsam, fand eine Erklärung, indem sie von einem Krankheitsfall sprach, der sich augenscheinlich verschlimmert habe und ihre Anwesenheit zu Hause erfordere, und bestand darauf, am nächsten Morgen reisen zu müssen. Sie würde den Herrschaften einen Brief hinterlassen und zweifellos auf ihr Verständnis rechnen dürfen; die Kinder seien ja bei der alten Dienerin, die für ihr leibliches Wohl zu sorgen hatte, für die kurze Zeit bis zur Heimkehr der Eltern in bester Hut. Man willfahrte ihr ohne weiteres und brachte sie am nächsten Morgen im Wagen zum Bahnhof nach Gerdesheim, wo sie dann in aller Form abreiste, nachdem sie ein Billett bis zur nächsten Schnellzugsstation gelöst hatte. Dort stieg sie aus und telegraphierte an Alves. Als er wenige Stunden später eintraf, fand er sie in fanatischer Entschlossenheit vor, dem Vater Trotz bieten und jeden Ausweg gutheißen zu wollen, der auf das Ziel ihrer Vereinigung vor Gott und den Menschen hinzuführen geeignet sei. Sie wisse, was dieser Befehl des Vaters zu bedeuten habe und daß auf eine gütliche Lösung nicht mehr zu hoffen sei.

Alves zeigte sich nach der ersten Bestürzung über diese dramatische Wendung der Lage den Anforderungen, die sie an seine Ehre stellte, vollkommen gewachsen, aber was er einzig vorzuschlagen vermochte, war kaum geeignet, die Möglichkeit einer Verständigung mit Elisabeths Vater offen zu halten. Er fand keinen anderen Ausweg, als Elisabeth zu seiner Schwester zu bringen, die, mit einem Pfarrer verheiratet, in einem Dorf des nicht weit entfernten Harzgebirges lebte. Diese beiden Menschen wußten als einzige von seiner Liebe und den Hindernisssen, die ihre Erfüllung bedrohten; Elisabeth wurde liebevoll von ihnen aufgenommen, und hier verbrachte sie die nächsten Monate, während derer sie durch eine wahre Hölle innerer und äußerer Kämpfe gegangen sein mag. Hier empfing sie die Antwort der Mutter auf ihren Brief, den jener ihr und Alves ergebene Gutsangestellte abgefangen und Alves zugeleitet hatte; er enthielt kaum mehr als eine ratlose Beschwörung, diese Prüfung – nur in dieser Form war Bezug auf ihre Mitteilung genommen – im Gebet zu bestehen und es nicht auf eine bittere Heimsuchung ihrer aller ankommen zu lassen. Elisabeth las zwischen den Zeilen: dies hieß, daß die Mutter keine, aber auch gar keine Hoffnung sah, den Vater umzustimmen; sie fragte sich jetzt, wie sie überhaupt je selbst eine Hoffnung mit ihrem Brief hatte verbinden können. Hierher, in das alte, efeuberankte Pfarrhaus kamen, höflich begrüßt und wohlaufgenommen, Vertreter des Gerdesheimer katholischen Klerus, um ihr ins Gewissen zu reden und zu versuchen, sie zu bewegen, sich für einige Zeit in ein Kloster zurückzuziehen und sich dort zu besinnen – Beeinflussungsversuche, denen Elisabeth sich nicht entzog, denen sie aber standhafte Ablehnung entgegensetzte. Hierher kam eines Tages auch der Bruder Dominikus, eigens aus Rom herbeigereist, wahrscheinlich ohne Wissen des Vaters, aber wohl in Vertretung der Mutter, um mit ihr selbst und dann auch mit Richard Alves um ihre Seele und um eine Versöhnung mit dem Vater auf der einzig möglichen Grundlage, durch Nachgeben, Verzicht und Buße, zu ringen. Es endete damit, daß er, nachdem auch ein Kolloquium mit dem Pfarrer Rolffs zu keinem anderen Ergebnis geführt hatte als zur deutlichen Markierung der einander entgegengesetzten, unvereinbar verschiedenen Standpunkte, tief bekümmert, aber als Freund von Alves Abschied nahm und jedenfalls die Gewißheit hinterließ, daß er der Mutter Tröstliches sagen und, soweit er Gehör finden würde, den Vater zu einer gerechteren Haltung zu bestimmen versuchen würde. Hier schrieb Elisabeth endlich, nicht aus eigenem Antrieb, aber auf das Zureden des Pfarrers hin und in Erfüllung eines Wunsches von Alves, einen Brief an den Vater, den ersten, den sie je unmittelbar an ihn allein gerichtet hatte und der auch der letzte blieb; sie stellte ihm darin eindringlich vor, daß es keine andere Lebenserfüllung für sie geben könne als die Ehe mit Richard Alves – daß ihre Ehe eine christliche Ehe sein würde, auch wenn sie jedes an den Formen der Kirche, in denen sie erzogen worden wären, festhalten würden – daß sie wisse, daß Gott sie zusammengeführt habe und daß sie ihn anflehe, er möchte ihnen nun seine Zustimmung und seinen väterlichen Segen gewähren. Der Brief, geschrieben in dem Bewußtsein seiner Vergeblichkeit, war kaum der Appell eines Kindes an einen strengen, aber geliebten Vater, sondern eher eine Aneinanderreihung von Argumenten, an deren Wirkung die Schreiberin selbst nicht glaubte. Vor allem war Elisabeth sich völlig klar darüber, daß der Vater die Gleichwertigkeit evangelischen Christentumes, die sie selbst im Umgang mit Richard, seiner Schwester und ihrem Mann erkannt zu haben glaubte, niemals zugeben werde – daß für ihn vielmehr gerade die Einhaltung der Formen kirchlichen Brauchtums, ganz abgesehen von den Nuancen dogmatischer Unterschiede, mit zum Entscheidenden gehörte, und so begegnete sie der Antwort, die ihr zuteil wurde und auf die sie innerlich vorbereitet war, mit steinerner Ruhe. Sie lief darauf hinaus, daß der Jägermeister schrieb, daß eine Tochter, die von der Kirche exkommuniziert werden würde, heute schon für ihn als tot gelten müsse, als sei sie schon ohne christliches Begräbnis dahingefahren und der ewigen Verdammnis überantwortet.

Die Heirat war inzwischen von Alves vorbereitet worden; er hatte auch die ihren Stolz bedrückenden Bedenken, daß sie nun bettelarm und ohne jede Ausstattung seine Frau werden müsse, zu überwinden gewußt, indem er ihr vorstellte, daß sie in einen wohleingerichteten Haushalt käme. Er hatte bisher mit seinem verwitweten Vater, dem durch ein schweres Altersleiden beeinträchtigten Sanitätsrat, in dem Alvesschen Familienhause gewohnt; nun würde ihm ein Stockwerk des Hauses mit allem nötigen Hausrat eingeräumt werden, der Vater würde mit seiner Pflegerin im Erdgeschoß wohnen, und das alles würde auch so gekommen sein, wenn sie eine Mitgift, ob groß oder klein, in die Ehe zu bringen gehabt hätte, denn die Söhne des Hauses hätten schon seit drei Generationen ihre Frauen in dies alte Haus heimgeführt. Ob Elisabeth sich hierbei beruhigte oder nicht, schließlich war es gerade ihr Stolz, der ihr eine weitere Erörterung dieses Themas verbot; sie sagte sich, daß auch diese Demütigung zu dem Opfer gehörte, das sie um Richards willen zu bringen hatte.

Was nach jenem Brief des Vaters in ihr vorgegangen sein mag, hat Alves damals vielleicht noch nicht zu begreifen vermocht; dies nämlich, daß sie ihren Schmerz nicht anders zu beschwichtigen wußte als durch ein verborgenes Wüten gegen alles, was ihr Dasein bisher erfüllt und gerechtfertigt hatte; daß sie begann, die Vergangenheit in sich selbst gleichsam auszubrennen. Sie fing nun an, an den Gottesdiensten ihres Gastfreundes teilzunehmen, was sie bis dahin vermieden hatte. Sie trat an ihn heran mit dem Wunsche, im evangelischen Glauben unterrichtet zu werden, ohne daß dies Alves vorerst mitgeteilt werden sollte. Vier Wochen vor der Hochzeit, die auf einen Oktobertag festgesetzt worden war, sagte sie ihm, daß sie überzutreten gedenke, nicht ihm zuliebe, sondern aus Überzeugung, weil die Erfahrungen der letzten Monate sie gelehrt hätten, daß das Gebot der Liebe von evangelischen Christen gehorsamer erfüllt werde.

Da Alves sich mit gutem Gewissen sagen konnte, daß er sie niemals zu diesem Schritte gedrängt hatte – daß er auch seine Geschwister gebeten hatte, sie völlig unbeeinflußt zu lassen, so mag ihm diese Mitteilung wie ein unvermutetes Geschenk erschienen sein. Das eine war unbezweifelbar, daß es seine eigene Situation, seine Stellung in der kleinen, in zwei konfessionelle Lager aufgespaltenen Stadt vereinfachen würde, wenn seine Frau derselben Kirche angehörte wie er. Seine

Ernennung zum Nachfolger des alten Stadtarchivars war schon lange in Erwägung gezogen worden, es würde nur noch ein halbes Jahr dauern, bis der alte Herr in den wohlverdienten Ruhestand träte; aber Alves wußte, daß noch ein anderer Bewerber in Betracht gezogen war, daß es auch innerhalb des vorwiegend protestantischen Stadtrats Parteien gab und daß es zweifellos gegen ihn ausgespielt werden könnte, wenn seine Frau Katholikin wäre. Dies riskieren zu müssen, war bisher für ihn nicht ins Gewicht gefallen; er hatte Elisabeth gegenüber niemals davon gesprochen, dessen gewiß, daß seine Fähigkeiten und seine Verbindungen ihm unter allen Umständen ein befriedigendes Arbeitsfeld gewährleisten würden, sei es, wo auch immer, doch bestimmt an führender Stelle und wahrscheinlich in jedem Fall mit der Möglichkeit zu breiterem Wirken als gerade in Gerdesheim. Da er aber seiner Vaterstadt in ungewöhnlicher Weise verbunden war, nicht nur gefühlsmäßig, sondern weil es ihre uralten Denkmäler der Vergangenheit, ihre zum großen Teil noch unerschlossenen Schätze an historischen Akten und Dokumenten waren, die ihn von seiner Knabenzeit an beschäftigt und angezogen, seinen Studiengang bestimmt und den Grund für frühzeitig in ihm entstandene Arbeitspläne gelegt hatten, so war ihm die Lebensstellung, die hier in Frage stand, von jeher als das ihm zustehende Ziel erschienen, und er hätte weit mehr aufgeben müssen als eine sichere Versorgung, wenn sie ihm jetzt, und das würde heißen, für die nächsten Jahrzehnte, entginge. Er hatte es um Elisabeths willen bereitwillig darauf ankommen lassen, hatte auch schon Erkundigungen über andere für eine Bewerbung in Frage kommenden Plätze eingeholt und sich ganz darauf eingerichtet, alles aufs Spiel zu setzen – nun aber, da Elisabeth von sich aus und anscheinend aus innerster Überzeugung diesen Entschluß gefaßt hatte, dessen Ausführung seine Aussichten wieder begünstigen mußte, war er doch viel zu befriedigt darüber, um sie nochmals zu bitten, ihre Beweggründe bis ins letzte zu prüfen. Es scheint auch so gewesen zu sein, daß mit dieser Aussprache eine große Ruhe über sie beide gekommen –

daß die Krise damit zum Abschluß gekommen war; keine verzweifelten Selbstvorwürfe und Tränenströme Elisabeths bedrohten das Zusammensein der Verlobten fortan mit leidenschaftlich gesteigerten Auseinandersetzungen, und die letzten Wochen vor der Hochzeit waren schon ganz von der tiefen Harmonie durchdrungen, die auch die ersten Jahre der Ehe bestimmen sollte. Durch eine Abendmahlsfeier im Kreise ihrer neuen Familie ward Elisabeth am Vorabend der Trauung in die evangelische Kirche aufgenommen, und das gemeinsame Leben nahm seinen Anfang, ohne daß die unterdrückten Gewalten, über denen dies Glück errichtet wurde, sich im Boden rührten. Der alte Sanitätsrat Alves erlebte eben noch die Ernennung seines Sohnes zum Stadtarchivar und die Hoffnung auf ein erstes Enkelkind, ehe er wenige Monate nach dem Einzug des Paares seinem Leiden erlag. Sein friedlicher Heimgang vermochte wohl Wehmut, nicht aber eine lang andauernde Beschattung heraufzubeschwören, da er eindeutig unter dem Vorzeichen gnädiger Bewahrung vor dem Versinken in ein Schattendasein geistigen Versagens stand. Ja, es schien, als könnte das neue Leben sich jetzt erst richtig ausbreiten und das mehr als hundertjährige Haus bis unters Dach mit seinem Frühlingsatem erfüllen.

Es hatte zu Elisabeths vorläufiger Beruhigung beigetragen, daß sie während der ersten Zeit ihres Lebens in Gerdesheim durch ihren Bruder Dominikus wieder in eine wennschon mittelbare Verbindung mit ihrer Mutter gekommen und zunächst niemals lange ohne Nachricht von den Ihren geblieben war. Es muß so gewesen sein, daß sie im stillen niemals die Hoffnung aufgab, der Vater würde sich schließlich mit den Tatsachen aussöhnen. Das Heimweh nach dem Jägerhof muß damals wie der Keim einer schleichenden Krankheit in ihr geruht haben: noch war er nicht virulent, noch konnten die Anfälle von Unrast und Schwermut, die er zuweilen verursachte, durch immer neue Steigerung ihres Glückes, durch die Erwartung der beiden ersten Kinder, durch die Pflichten, die sich in zunehmendem

Maße für sie ergaben, überwunden werden. Der zweite Knabe war Ende 1869 geboren, sie hatte ihm in abergläubischer Hoffnung den Namen des Vaters gegeben: einmal mußte diese Prüfungszeit ja zu Ende sein! Dann brach der Krieg mit Frankreich aus. Richard mußte als Hauptmann der Reserve einrücken; in ihrer von der verzweifelten Sorge um ihn zur Folter gewordenen Verlassenheit traf sie die Nachricht, daß ihr ältester Bruder, Christoph, Anfang September bei Bazeilles gefallen war, als vernichtender Schlag, der ihre Gemütsverfassung für Monate schwer gefährdete. Die Angst, die sie umtrieb, die bösen Ahnungen, die ihr einflüstern wollten, dies sei nur der Anfang eines Gerichtes – die selbstquälerischen Gedanken, daß der Himmel eine furchtbare Strafe für sie beschlossen habe, hatten durch die glückliche Heimkehr ihres unversehrten Mannes und den für Deutschland befriedigenden Ausgang des Krieges kaum eine Beruhigung erfahren, als eine zweite Unglücksbotschaft, die Nachricht vom Tode ihres Lieblingsbruders Leonhard, alles wieder zerstörte. Durch einen Jagdunfall, hieß es, sei er ums Leben gekommen; als die Mutter ihr dies durch den alten Kaplan, dessen toleranter, neutraler Haltung sie vertrauen konnte, schonend mitteilen ließ, lag das Unglück schon Wochen zurück. Allein aus diesem Zurückhalten der Nachricht meinte Elisabeth schaudernd anderes, Furchtbareres schließen zu müssen, um ihre Befürchtungen dann durch einen bald darauf eintreffenden, schonungslos offenen Bericht des Bruders Dominikus grauenhaft bestätigt zu sehen.

Leonhard, hieß es darin, habe seinem Leben mit eigener Hand ein Ende bereitet, da er sonst denselben Weg wie Elisabeth hätte gehen müssen, und weder die Kraft zum Verzicht auf seine Liebe zu einem Mädchen protestantischer Konfession, noch, angesichts der unerbittlichen Haltung des Vaters der Schwester gegenüber, den Mut zum Bruch mit der Vergangenheit und dem Elternhause habe finden können. Dominikus mochte dies alles menschlich und brüderlich, ohne betonte eigene Stellungnahme, in persönlicher Erschütterung und nicht in richterlich priesterhafter Weise geschrieben haben, aber doch wohl im Glauben, eine Pflicht erfüllen zu müssen, indem er der Schwester diese tragische Lösung des Zwiespaltes, über den hinwegzusetzen sie die fragwürdige Kraft aufgebracht hatte, vor Augen hielt. Seinem von früh an weltabgewandten, asketischen Geiste mochten die Schicksale beider Geschwister und wohl auch das durch sie auf die Eltern heraufbeschworene Unglück letztlich nur wie Spielarten des verworrenen Wesens dieser Welt erscheinen, und wahrscheinlich ist sogar, daß er nicht einmal unbedingt Partei für den Vater ergriff, dessen streitbares, unduldsames Wesen ihm seiner angeborenen und kultivierten Auffassung nach, daß nämlich in Glaubensfragen Taubensanftheit sich mit Schlangenklugheit durchdringen müßte, nicht als überzeugende Bewährung christlichen Verhaltens erscheinen konnte. Doch meinte er augenscheinlich, und von seinem Standpunkt aus wohl mit Recht, daß Elisabeth die ganze Wahrheit erfahren müsse, auch auf die Gefahr hin, daß ihr Gewissenskampf dadurch von neuem aufgewühlt würde; dieses konnte in jedem Falle nur heilsam sein und, ob auch auf Umwegen, schließlich der Errettung der Seele dienen. Einer Rückwirkung dieses Briefes konnte er sich freilich entheben wissen, denn es war zugleich ein Abschiedsbrief vor seiner Ausreise nach Afrika, wohin er für die nächsten Jahre als Leiter einer Missionsstation abgeordnet war. Er hielt sich in der Folge bis in sein hohes Alter nur noch vorübergehend in Europa auf.

Elisabeth erwartete ihr drittes Kind, als diese beiden Briefe sie erreichten und sie in einen Abgrund neuer Verzweiflung stürzten. Ihr schwergetroffener Lebenswille war ungeachtet der Beschwörungen ihres Mannes und der Mahnungen des Arztes, sich um des Kindes willen aufrechtzuhalten, nicht mehr imstande, einem Zusammenbruch entgegenzuarbeiten, zumal da sie vom Beginn dieser Schwangerschaft an gekränkelt hatte und schweren Stimmungen unterworfen gewesen war. Der irre Wunsch, den beiden Brüdern in den Tod folgen zu dürfen und damit einen Fluch, der, wie sie sich vorwarf, durch ihre Schuld ausgelöst worden sei, zum Erlöschen zu bringen, bekam so viel

Gewalt über ihren Körper, daß er das Kind ausstieß wie eine unzeitige Frucht und sich dabei fast verblutete.

Wochen und Monate der Krankheit, zeitweiliger geistiger Störung und endlich des Aufdämmerns zögernder Genesung aus tiefster Apathie und Schwermut folgten; schließlich war es der Einfluß eines in jenen Jahren wegen seiner Heilerfolge weithin berühmten schwäbischen Pfarrers, zu dem Alves seine Frau, ohne selbst viel Hoffnung zu hegen, brachte, der sie wieder ins Leben zurückkehren ließ. Aber die Frau, die Mutter, die Mann und Kindern wiedergeschenkt war, die ihre Pflichten wieder aufnahm und es nirgends an Liebe und Fürsorge fehlen ließ, war eine andere als die rasche, feurige Elisabeth Dornblüh, die geglaubt hatte, das Leben nach ihrem Willen zwingen zu können. Dennoch war es nicht so, daß die Ehe unter ihrer Veränderung litt, vielmehr schien diese Ehe jetzt erst den Tiefgang, die unabweichbare sichere Fahrt gewonnen zu haben, die sie bis zu ihrem Ende behielt. Denn wenn auch die Segel zunächst zerschlissen niederhingen, wenn auch das Schiff mit schwerer Schlagseite vielleicht eine Weile hin und her geworfen vor dem Winde trieb – es fand seinen Kurs wieder, und der Ballast des Leidens, den es aufgenommen hatte, verbürgte nun eine stärkere Seefestigkeit als die über Bord gegangene Fracht der Träume und Hoffnungen, mit der es ausgefahren war.

Ausgleich für das überschwengliche Glück der ersten Jahre, das unwiederbringlich dahin war, wie jeder Frühling dahingeht, fand Alves in seiner Berufsarbeit, die ihn immer stärker in Anspruch nahm und auf dem Gebiet der Erforschung der frühmittelalterlichen Geschichte Nordwestdeutschlands Erfolge zeitigte, die seinen Namen bekannt machten und ihm mehr als eine Berufung auf wichtige Lehrstühle eintrugen. Er blieb in Gerdesheim, nicht nur, weil er sich dort verwurzelt fühlte und seine Stellung ihm die für seine schriftstellerische Tätigkeit notwendige Muße bot, sondern nun auch deshalb, weil er wußte, daß es besser war, das wiedererlangte seelische Gleichgewicht Elisabeths nicht durch Zumutungen einer

Ortsveränderung zu gefährden. Wie es um dieses seelische Gleichgewicht bestellt war, davon drang kaum etwas an die Außenwelt. Hatte Elisabeth während der ersten Zeit ihrer Verheiratung im Kreuzfeuer einander widersprechender, mißgünstiger Klatschgeschichten gestanden, mit denen die alteingesessenen saturierten Kreise der Provinzstadt die Sensation dieser romantischen Brautwerbung kommentierten und in denen sich die Enttäuschung der Familien austobte, die auf diesen vielversprechenden Schwiegersohn spekuliert hatten, so war doch dies zweifelhafte Interesse an ihrer Person bald durch andere Gegenstände abgelenkt worden, nachdem es sich erwiesen hatte, daß die junge Frau alles andere als exzentrisch wirkte und sich mit ruhiger Anmut den herkömmlichen Voraussetzungen unterordnete. Als dann vollends das herausfordernd triumphierende Glück, das diese Ehe umstrahlte, durch den Schicksalsschlag ihrer jahrelangen Erkrankung, über deren Hintergründe nichts bekannt war, gedämpft wurde, als der Alltag es einebnete und ein nach außenhin völlig normal erscheinendes Familienleben keinen besonderen Blickpunkt für über den Zaun spähende Beobachter bot, ging man allmählich zu neutralem Wohlwollen, zu achselzuckendem Geltenlassen über – immer mit dem Vorbehalt, daß Dr. Alves wahrscheinlich doch zu bemitleiden sei. Alves nun war nicht der Mann, sich über Persönliches ausholen zu lassen, am wenigsten, wo seine Ehe in Frage stand; sein einziger Vertrauter während Elisabeths Krankheit war ihr Arzt, sein Jugendfreund Karl Bennemann, gewesen, und er wußte, daß er sich auf ihn verlassen konnte. Was er selbst in jenen Jahren gelitten hatte – was er immer noch zu tragen hatte – er gestand es sich selber kaum ein. Elisabeth gegenüber verhielt er sich so, als sei die mit ihr vorgegangene Veränderung etwas Gegebenes; ihre stumme, dankbare Hingabe bestätigte ihm immer wieder, daß sie keine Aussprache suchte, daß sie keine Frage, kein Zureden erwartete, wohl aber die schweigsame, umfangende Zuflucht brauchte, die er ihr bot.

Ahnte er, was der Grund der sie immer wieder überkommenden undurchdringlichen Schwermut war, so konnte er an diesem Grunde ja auch nichts ändern, so wenig wie an den Gräbern, die sich nun gleich einem unübersteigbaren Wall endgültig zwischen ihr und der Heimat erhoben. Einmal hatte er sie gefragt, ob sie in ihre Kirche zurückkehren wolle; aber ihre Antwort: »Nicht ehe die Kinder erwachsen sind!« war nicht geeignet gewesen, ihn je wieder von selbst auf dies Thema zurückkommen zu lassen. Erinnerte er sich ihrer, so fühlte er sich dunkel beunruhigt wie durch die Erinnerung an etwas Gefahrdrohendes, das sich einmal gemeldet hatte, aber dann nicht eingetroffen war; es war am besten, es immer wieder von neuem zu vergessen.

1875 ward ihnen noch ein Kind, eine Tochter, geboren, und wie Elisabeth durch ihren ältesten Knaben, Dietrich, immer wieder schmerzlich und zugleich tröstlich an ihren Bruder Leonhard und – was sie niemals zugab – an ihren Vater erinnert wurde, so kam das kleine Mädchen Maria mit den Jahren, nachdem sein zunächst lichtblondes Haar der goldbraunen Farbe seiner Augen entsprechend nachgedunkelt war und die zierliche Gestalt in der Leichtigkeit und dem Ebenmaß ihrer Bewegungen zwischen den ein wenig ungeschlachten älteren Brüdern fast fremdartig wirkte, immer mehr auf die Großmutter, Charlotte Dornblüh, hinaus. Elisabeth war eine gute, eine peinlich gewissenhafte Mutter – eine zärtliche, eine Spiel- und Märchenmutter, wie sie selbst sie besessen hatte, war sie nicht. In ihrer Art, die Kinder zu erziehen, muß eine gewisse rauhe Nüchternheit obwaltend gewesen sein, sie verlangte von ihnen die gleiche Pflichterfüllung und Pünktlichkeit, die ihr selbst den dunklen Gewalten ihrer Natur gegenüber zum unentbehrlichen Halt und Schutz geworden waren; sie hielt auch mit Bezug auf bestimmte religiöse Übungen eine unabänderliche Tagesordnung ein, sie überwachte die Schularbeiten und Klavierstunden, sie ging regelmäßig und bei jedem Wetter mit den Kindern ins Freie. In den Intervallen aber dieser strengen Tageseinteilung, wenn sie selbst durch häusliche oder gesellschaftliche Pflichten in Anspruch genommen war, blieben die

Kinder sich selbst überlassen und fielen dann gleichsam durch die Maschen dieses für so kleine Fische zu weit geknüpften Netzes zurück in die unbegrenzte Flut des sie geheimnisvoll umwogenden und tragenden Lebens. Dann beobachtete Elisabeth zuweilen ihre Spiele und ihr frohes Getümmel mit schwermütiger Ratlosigkeit wie eine Gefangene, die vielleicht nur eine Tür aufzustoßen brauchte, um in den Genuß der eigenen Freiheit zu kommen, die aber den Mut zu dieser Freiheit verloren hat. Sie war niemals hart mit ihnen, aber die trockene Sachlichkeit, die ihren Ton fast immer bestimmte, dämpfte in ihrer Gegenwart das lebhafte und heitere Temperament, das doch vorherrschend im Wesen dieser Kinder war, wie bei ihr selbst einst in ihrer eigenen Kindheit; auch Franz, der ruhigste von den dreien, der Alves mit den Jahren immer ähnlicher wurde, ließ ihr gegenüber den besonderen Humor, der in seinem nachdenklichen niederdeutschen Wesen angelegt war, kaum je zu Worte kommen. Alle begegneten der Mutter mit unbedingtem Gehorsam und mit einer Art von schonender Achtung, die sie wohl unwillkürlich der Haltung des Vaters nachahmten; Elisabeth fühlte das, aber so war es nun einmal, sie konnte nichts daran ändern. Sie war wie durch eine Glasscheibe von ihnen getrennt – aber darüber nachzudenken bedeutete, sich in einem Labyrinth zu verlieren, wo Dämonen Gewalt über sie bekamen. Es war nur die Arbeit, die sie schützen konnte, einzig der eng abgesteckte Weg der Pflicht, den sie einzuhalten hatte jahrein, jahraus, um nicht von neuem in Sünde zu fallen und das ihr anvertraute Leben mit in den Abgrund zu reißen.

Der Pfarrer, zu dessen Gemeinde sie gehörte, kannte die Vorgeschichte ihrer Ehe, und da sie in jenen ersten Jahren aus innerem Antrieb eine eifrige Kirchgängerin war und sich auch am Gemeindeleben beteiligte, soweit Mann und Kinder ihr Zeit dazu ließen, kümmerte er sich auch um sie, hatte sie während ihrer Krankheit regelmäßig besucht und es schließlich erreicht, daß Alves sich ohne viel Hoffnung dazu entschloß, sie zu jenem Pfarrer Blumhardt zu bringen, dem er selbst nicht ohne Skepsis gegenüberstand – aber sie in einer Nervenheilanstalt unterzubringen, davor graute ihm, und etwas mußte ja geschehen. Zu seinem dankbaren Staunen erlebte er es, daß Blumhardt jedenfalls das eine erreichte, nämlich, Elisabeths Verantwortungsbewußtsein neu zu erwecken; wie ihm das angesichts der Lethargie, in die sie damals rettungslos versunken zu sein schien, gelungen war, das mochte zum Geheimnis der Gnade, die ihm verliehen war, gehören. Wahrscheinlich hatte er hellsichtig erkannt, daß es galt, den einzig noch in ihr glimmenden Lebensfunken, die Anhänglichkeit an den Mann und die kleinen Söhne, anzufachen und mit seiner Hilfe die erloschene Aktivität ihrer Natur wieder zu beleben. Der Geist, in dem er vorging, besaß die Gewalt, den Menschen zu ergreifen und auf ein Ziel auszurichten, dessen Anziehung, sobald die kranke Seele sich ihr unterwarf, ordnend auf sie einzuwirken und sie einem Zusammenhang wieder einzugliedern begann, aus dem sie sich hatte fallen lassen. Der alte Mann, der diesen Zusammenhang durch die Kraft seines Glaubens und seines Gebetes wieder herzustellen verstanden hatte, konnte dann freilich nichts weiter tun, als die solchermaßen Geheilten auf Hoffnung wieder in die Welt zu entlassen.

Elisabeth war also eine Veränderte, eine allem Anschein nach Genesene; es dauerte Jahre, bis diese Genesung sich dennoch als unzulänglich, ja vielleicht als nur eine andere, gleichsam positive Erscheinungsform ihrer Krankheit erwies. Obgleich sie zweifellos lange und nachhaltig von den in Bad Boll empfangenen Kräften gestützt und getragen worden war, verlangte sie niemals dorthin zurück, um einer Erneuerung dieser Wirkung teilhaftig zu werden. Hatte sie ihre Teilnahme am kirchlichen Leben nach ihrer Heimkehr mit großer Gewissenhaftigkeit wieder aufgenommen, so setzte sie doch den seelsorgerischen Bemühungen des Pfarrers jetzt eine höfliche Unzugänglichkeit entgegen, bis er am Ende von ihr abließ, indem er achselzuckend erklärte, er müsse wohl einsehen, daß sie seines Rates nicht mehr bedürfe; immerhin glaube er, an ihr seine Pflicht so weit getan zu haben, daß er das Weitere getrost Gott überlassen könne.

Was nun hinter all ihrer eifrigen Werktätigkeit und persönlichen Zurückhaltung vorging, und ob und in welcher Weise Gott das ihm Überlassene wahrnahm und etwa an ihr arbeitete, davon hätte in der Folge nur Richard Alves einiges sagen können, aber er legte sich Schweigen auf, auch ihr selbst gegenüber. Nur sich selbst gestand er es ein, daß das Übermaß der täglich durchgeführten Gebräuche und Übungen, wie sie Elisabeth als von der Kirche erwünscht und in der Erziehung der Kinder zu ihrer Gewöhnung an eine beständige Verknüpfung des Alltäglichen mit einer höheren Führung nützlich und notwendig erschienen, allmählich zu peinigen begann. Das Tischgebet – gut, das war eine Sitte, mit der er selber großgeworden und an die er gewöhnt war. Aber sie ergänzte es noch durch ein Dankgebet nach den Mahlzeiten, sie führte, als die Kinder größer wurden, kurze und kräftige Morgen- und Abendandachten ein. Außerdem, und das erschien ihm als das Erfreulichste, ließ sie die Kinder viel singen und stellte dabei die geistlichen Lieder in den Vordergrund. Diese Stunden am Flügel, die jahrelang vielleicht die lebendigste Form der Gemeinschaft zwischen Mutter und Kindern gebildet hatten, fanden jedoch ihr Ende, als die beiden Knaben mit dreizehn und vierzehn Jahren ziemlich gleichzeitig in den Übergang des Stimmwechsels kamen; nach ihrer bald darauf folgenden gemeinsamen Konfirmation schränkte Elisabeth die Beeinflussung der beiden mit Bezug auf ihre religiösen Gepflogenheiten unvermittelt von heute auf morgen in der Weise ein, daß von nun an nur noch das gemeinschaftliche Tischgebet und der sonntägliche Kirchgang, an dem sie selbst jetzt immer seltener teilnahm, bestehenblieben. Es war, als glaubte sie, ihre Aufgabe auf diesem Gebiet zu einem Abschluß gebracht zu haben; was die kleine, erst achtjährige Maria betraf, so betete sie wohl weiter regelmäßig mit ihr, hielt darauf, daß sie den Kindergottesdienst besuchte, und antwortete dem nachdenklichen Kinde geduldig auf seine oft sonderbar tiefsinnigen Fragen, aber im übrigen begab sie sich auch ihr gegenüber der bisher so unabänderlich festgelegten Ordnung.

Als Maria im späteren Leben einmal zu ihrem Sohn über ihre Kinderjahre, ihre Jugend und vor allem über ihre damals eben verstorbene Mutter sprach, meinte sie, es müsse wohl so gewesen sein, daß die Mutter den Söhnen gegenüber die Pflicht, sie christlich, und zwar im Sinne der Kirche, der sie nun einmal angehörten, zu erziehen, deshalb mit solcher Strenge durchgeführt habe, weil sie an ihrem Teil nichts hätte versäumen wollen, den beiden, die, echte wilde und übermütige Jungen, die sie waren und dabei beide mit einem Hang zu verstandesmäßigem Grübeln und vorschneller Kritik begabt, von sich aus nicht zu einem ursprünglichen inneren Verhältnis zur Religion veranlagt gewesen wären, jedenfalls durch Gewöhnung einen Zugang zum Heil zu verschaffen, während sie bei ihrer kleinen Tochter vielleicht immer etwas verspürt hätte wie einen »erblichen Gnadenstand«. Diese wunderliche Wendung habe sie einmal gebraucht, und zwar als die Großmutter Charlotte Dornblüh so leicht und selig entschlafen sei – da habe sie bitter und verzweifelt gesagt, daß sie selbst sich von diesem Erbgang ausgeschlossen fühle – daß sie niemals etwas von Gnade verspürt – daß »alles ihr zur Sünde und zum Gericht geworden sei...«.

Wenn auch diese Erinnerung der Tochter wohl nicht höher zu veranschlagen ist als die Wiedergabe des Aufschreis einer leidenschaftlichen Seele aus einer Stunde besonders tiefer Verdunkelung, so ist doch anzunehmen, daß das Leben von Elisabeth Alves sich immer wieder und wieder aus solchen Stunden zum Licht hat emporringen müssen, und daß sie auch dann nicht zur inneren Ruhe kam, als es ihr, nachdem auch Maria herangewachsen war, gelungen war, wieder in die katholische Kirche aufgenommen zu werden. Wann dies geschah, dies freilich entzog sich jeder chronologisch einwandfreien Feststellung durch teilnehmende Mitbürger und Nachbarn; jedenfalls war das Gerücht, daß Frau Alves in die katholische Kirche zurückgekehrt sei, schon seit Jahren im

Umlauf gewesen, ehe dieser Schritt Ende 1892 in aller Stille endgültig vollzogen wurde. Übrigens hatte das Gerücht auch nicht viel Staub aufgewirbelt. Elisabeth war für Gerdesheim immer eine Außenseiterin geblieben, und ihre Person hatte niemals ganz aufgehört, zum unveränderlichen Bestand des Gesprächsstoffes der in der Stadt florierenden Damenkränzchen zu gehören, schon deshalb, weil sie für ihre Person jede Teilnahme an dieser Art von Geselligkeit liebenswürdig, aber fest abgelehnt hatte und darum einesteils als hochmütig, anderenteils zum mindesten als »merkwürdig« (mit der Bedeutung von »nicht völlig normal«) betrachtet wurde. Hatte man sich aber allmählich mit ihr abzufinden gewußt, nicht zuletzt um ihres Mannes willen, auf den die Stadt allen Grund hatte, stolz zu sein, so nahm man auch das an- und abschwellende Gerede über ihren bevorstehenden oder vielleicht schon vollzogenen neuen Glaubenswechsel nur beiläufig zum Anlaß, die Vergangenheit wieder aufzurollen. Man behauptete, dergleichen schon immer vorausgesehen oder erwartet zu haben, munkelte mit einem Seitenblick auf die regierende Kaiserin und mit entsprechend behutsam vorgehaltener Hand über »Kryptokatholizismus in allen Schichten des Volkes«, bemitleidete gebührend den Mann »mit seiner Engelsgeduld«, ging dann aber, da sich an der Harmonie des Alvesschen Familienlebens offensichtlich nicht das geringste geändert hatte, sehr bald gelangweilt zu interessanteren Gegenständen über – bis irgendeine Störung das Thema vorübergehend erneut an die Oberfläche brachte. Dies war zuletzt der Fall, als sehr viel später von den verschiedenen evangelischen Kanzeln der Stadt gelegentlich Anspielungen hinsichtlich »schwankender Rohre« und der »Lauen im Geiste« fielen, deren Abtrünnigkeit keinen Verlust für eine Gemeinde bedeuten könne. Es war diese Form, in der die Vertreter der evangelischen Kirche öffentlich Stellung zu dem damals vollzogenen Übertritt nahmen, um ihn dann höchstens noch im engsten Kreise als billigen Triumph der »Brüder von der anderen Fakultät«, als Scheinsieg über eine schwache Seele in einem Fall, der von vornherein keines Kampfes wert gewesen sei, zu erörtern. Dabei ward völlig willkürlich vorausgesetzt, daß die Gegenseite es sich habe angelegen sein lassen, jene Renegatin zurückzugewinnen, und jede andere Möglichkeit einer Begründung, wie sie von dem oder jenem versucht werden mochte, achselzuckend in Frage gestellt.

Weder Richard Alves noch Elisabeth selbst waren jemals auf jenes Gespräch zurückgekommen, bei dem sie ihm gesagt hatte, daß sie keinen Versuch machen würde, in die alte Kirche zurückzukehren, ehe die Kinder erwachsen sein würden – erwachsen in dem Sinne, daß sie durch die Konfirmation in die evangelische Kirche aufgenommen wären. Sie wußte, daß es nicht nötig war, ihn daran zu erinnern, ebenso wie sie es wußte, daß ihm, auch ohne daß sie je davon sprach, nichts von den dunklen Ängsten und Anfechtungen verborgen blieb, denen sie durch den kunstvollen Aufbau ihrer Zeiteinteilung wie hinter einer Brustwehr immer wieder standhielt. Und dies – zu wissen, daß ihr Leiden ihm offenbar war und daß er mit ihr und um sie litt, daß aber weder sie zu ihm noch er zu ihr in Worten über diese Einigkeit im Dulden zu sprechen brauchte, um sie sich gegenseitig zu bestätigen – die Überzeugung, daß sie einander nicht wirksamer beistehen konnten als durch dies eine, daß sie einander das wortlose Vertrauen unbedingter Zusammengehörigkeit gewährten und eins das andere schonend davor behütete, daß Fragen, Erklärungen, Klagen, Selbstvorwürfe, Beruhigungs- und Überredungsversuche jemals das *Trennende* – das, was letztlich jedes nur allein in sich selbst austragen konnte – in schauriger, zerstörerischer Nacktheit ins Licht des Bewußtseins durchbrechen ließen: dieses Wissen und diese Überzeugung waren allmählich zu einem sie im tiefsten verbindenden Lebensgewebe geworden, in dem das gegenseitige Verstehen sich lautlos wie in einem Atem, einem Pulsschlag vollzog.

War nun Alves stoisch gefaßt darauf, daß sie eines Tages die Wiederaufnahme in die alte Kirche beantragen würde – war er längst so weit, dies geradezu herbeizuwünschen als einen letzten Versuch, ihr inneres Gleichgewicht wieder herzustellen, so zögerte sie die Ausführung ihres Entschlusses doch standhaft hinaus, bis auch Marias Einsegnung im Frühjahr 1889 stattgefunden hatte. Inzwischen aber starb in hohem Alter ihr Vater Franz Dornblüh, ohne daß es ihr vergönnt wurde, ihn noch einmal wiederzusehen und sich mit ihm zu versöhnen, und jetzt war es einzig der Ausblick auf die Verwirklichung der innerlich längst vollzogenen Umkehr, der ihr die Kraft gab, die Frist, die sie sich gesetzt hatte, einzuhalten, ohne vorher zusammenzubrechen. Hätte nun die Kirche sie gelassen, wie eine Mutter ihr ungehorsames Kind, das zu Schaden gekommen ist und reuig heimflüchtet, in ihrem Mantel geborgen, sie sich ausweinen und zur Ruhe kommen lassen – vielleicht wäre so etwas wie ein Genesungsschlaf eingetreten, ein sanfter Übergang in die alte Ordnung, der Beginn einer Versöhnung mit der Vergangenheit – mit sich selbst. Indessen, dies konnte es nicht sein, was die Kirche oder ihre Vertreter ihr bieten durften; und schließlich war es wohl auch gar nicht Betreuung, Pflege und Heilung, was diese Frau sich erwartete, sondern sie verlangte – bewußt oder unbewußt – nach endlosen Jahren fruchtloser Selbstquälerei danach, diese Qual in Zukunft gerechtfertigt zu wissen, indem sie sie im Namen des göttlichen Gesetzes durch die Kirche als Strafe und willig angenommene Buße empfing.

Es sollte sich jetzt erweisen, daß die katholische Kirche, ob sie gleich Elisabeth vom Augenblick ihrer Verheiratung, ihres gleichzeitigen Übertritts und ihrer darauf erfolgenden Exkommunizierung an anscheinend völlig aufgegeben hatte, doch ein längeres Gedächtnis hatte als die Welt, zu der sie bei aller zur Schau getragenen Duldsamkeit auch jede sich nicht auf Rom gründende Form des Christentums zählte. Alles nahm seinen Gang wie in einem längst vorbereiteten Verfahren. Der Pfarrer an St. Katharinen, zu dessen Sprengel Elisabeth gehörte und an den sie sich zunächst gewandt hatte, ein milder alter Mann, den sie vom Sehen gekannt und auf den sie ihre Hoffnung, einen guten Hirten zu finden, gesetzt hatte, empfing sie mit Güte, richtete aber nur wenige Fragen an sie und forderte sie auf, in den nächsten Tagen wiederzukommen. Dann sagte er ihr, daß er ihr Anliegen an die bischöfliche Kanzlei weitergeleitet habe und daß er dahin beschieden worden sei, sie an die Domdechanei zu verweisen. Hier, also an der höchsten zuständigen Stelle, lernte sie nun kennen, was hinter der Kirche ihrer Jugend stand und ihre Macht mitbegründete. Sie erfuhr, daß hier jede Einzelheit nicht nur ihres Übertrittes zum Protestantismus und seiner unmittelbaren Veranlassung, sondern auch ihrer Herkunft, des Zusammenhanges ihrer Familie mit Würzburger klerikalen Ämtern und Institutionen, ihres Elternhauses und ihrer Erziehung, endlich auch der unversöhnlichen Haltung ihres Vaters, seines Todes und des jetzigen Wohnortes ihrer Mutter bekannt war, als sei hier durch Jahrzehnte hindurch unermüdlich Buch geführt worden über ein Kapital, das sie immer noch besaß, das aber wie in toter Hand geruht hatte, einzig mit der Gültigkeit eines Pfandes, dessen Auslösung ihr bis jetzt vorbehalten bleiben sollte, wenn anders sie es nicht mit ihrer Seligkeit verfallen lassen würde. Die Bewußtwerdung dieser Überwachung, von der sie nichts geahnt hatte, dieser gelassenen Allwissenheit, die von ihrer Macht nie Gebrauch gemacht, erschreckte sie zunächst ebenso, wie sie ihr das Gefühl, den richtigen Weg eingeschlagen zu haben, bestärkte. War sie bereit gewesen, sich zu unterwerfen, jetzt gab es nur noch wehrlose Auslieferung an jede Forderung – um denn das Pfand auszulösen, um nicht endgültig verstoßen zu werden und enterbt. Wenn sie aber geahnt hatte, was ihr an Prüfungen bevorstehen würde und diese Prüfungen in der Dumpfheit ihres Schuldgefühls herbeigesehnt hatte, um endlich mit Gott und sich selbst ins reine zu kommen – wenn sie willig gewesen war, auch die härtesten Übungen auf sich zu nehmen, um vor allem das zu büßen, was sie gegen den Vater gesündigt zu haben glaubte, um wenigstens einer posthumen Versöhnung mit ihm teilhaftig zu werden, so hatte sie doch nicht vorausgesehen, durch welches Labyrinth neuer Verzweiflung sie durch die vorbereitenden Aussprachen mit dem ihr zugeteilten Beichtvater gejagt werden würde.

Dieser Priester, ein gewiegter Kasuistiker, dabei ein unerbittlicher Seelenkenner und Pädagoge, sah seine Aufgabe nicht darin, hier einen göttlichen Gnadenakt zu erwirken. Er hielt nichts von blitzartigen Bekehrungen, er soll selbst über den heiligen Paulus gesagt haben, daß das Erlebnis von Damaskus, obgleich es nicht angezweifelt werden könne, dennoch nicht ohne die vorhergegangene Schulung des Rabbiners Paulus im Geiste des göttlichen Gesetzes, nicht ohne seine Gewöhnung beständiger Selbstprüfung am Maßstab dieses Gesetzes, nicht ohne den erwiesenen blinden Gehorsam dem Gesetz gegenüber hätte zustande kommen können, und daß seine Verfolgung Christi nicht als Sünde im gemeinen Sinne, vielleicht nicht einmal als Irrtum, anzusehen sei, sondern als Annäherung an das ihm selbst bis zuletzt verhüllte Ziel der ihm zugedachten Gnadenwahl, seine Bekehrung aber mit ihren visuellen und akustischen Begleiterscheinungen als triumphale Offenbarung dieses Zieles betrachtet werden müßte. Ob dieser und ähnliche andere Aussprüche, die ihm in den Mund gelegt wurden, wirklich in der überlieferten Form von ihm getan worden waren, bleibe dahingestellt, daraus aber, daß dem Pater Chrysostomus Herdegen derartige im Sinne landläufiger kirchlicher Auffassung paradoxe Äußerungen unterstellt werden konnten, ist zu schließen, daß er alles andere als ein Mystiker war. Der gute Wille – er sprach nur von »dem sogenannten guten Willen« – Schuldgefühl, Zerknirschung, Heimweh nach dem Heil – das alles wog ihm nichts gegenüber der Notwendigkeit der Erkenntnis, *was* das denn sei, was der Wille anstrebe, warum denn die Schuld als solche empfunden würde und wem gegenüber, ob die Zerknirschung echt, nämlich eine vollkommene Überwältigung und Zermalmung des Menschen in der Bejahung der klar und rückhaltlos erkannten Schuld, ohne alle Vorbehalte, ohne jede Selbstverteidigung sei – und, was das Heimweh nach dem Heil betreffe: was denn wohl eigentlich unter dem Heil verstanden werde? Diese letzte Frage, die zusammenfiel mit der ersten, was denn der gute Wille anstrebe, und auf die es nur eine Antwort gab:

Vergebung – Tilgung der Schuld – Erlangung der entsühnenden Gnade – war der Ausgangspunkt und war zugleich das Ziel, zu dem nur der Weg der Gewissenserforschung zurückführen konnte, und eins war gewiß, daß nämlich der Pater seinem Beichtkinde keine Station auf diesem Wege erließ, daß er keine noch so geringe Verzweiflung des unter Tage liegenden Ganges in den Schächten der Seele übersah. Als Elisabeth nach mehr als einem halben Jahr dieser unerbittlichen Exerzitien schließlich erfuhr, daß die Verwirklichung ihrer Wiederaufnahme in die Kirche von einem Dispens aus Rom abhänge, der längst beantragt, aber bisher nicht eingetroffen sei, war sie nach den durchgestandenen Krisen dieser Prüfungszeit einem völligen Zusammenbruch näher als je in den Jahren, die seit ihrer Erkrankung und ihrer scheinbaren Genesung verstrichen waren. Daß diese Genesung eine Täuschung gewesen war, erwies sich nun auch darin, daß sie sich nach diesen Monaten, in denen sie unter Herdegens Führung ihr ganzes bisheriges Leben gleichsam Schicht für Schicht abgetragen hatte, ohne etwas zu entdecken, was standhielt und sie der ersehnten Gnade hätte würdig machen können, wieder vor dem gleichen Trümmerhaufen sah wie nach dem Tode der Brüder, nach ihrer Krankheit, mit dem einzigen, durchaus negativen Unterschied, daß die Zerstörung nun auch den Notbau in sich schloß, den sie damals über den Trümmern errichtet hatte. Jedoch war der durch Herdegens kühne und gefährliche, aber ganz planmäßig vorgenommene Unterminierung eines verhärteten Bodens herbeigeführte Zustand einer nun wahrhaft eingetretenen Zerknirschung insofern ihrer früheren Verfassung einer katastrophal über sie hereingebrochenen Verzweiflung überlegen, als er unter den Vorzeichen einer therapeutisch erwünschten und mit altbewährten Mitteln herbeigeführten Krise stand, bei der der Arzt oder in diesem Fall der Priester unablässig wachsam bemüht blieb, das zuvor gewonnene Vertrauen des Kranken, daß das Leiden nicht zum Tode, sondern zur Ehre Gottes sei, und daß er um den Weg zur Heilung der Schmerzen, die zuzufügen zu seiner Aufgabe gehöre, wisse, aufrechtzuerhalten und durch klug dosierte Arkana zu stärken. Jetzt aber trat eine Stockung ein; der Rückschlag, den das vergebliche Warten auf die Aufhebung ihrer Exkommunizierung bewirkte, ließ Elisabeth in eine Schwermut und Unzugänglichkeit versinken, durch die Herdegen den Erfolg seiner Arbeit in Frage gestellt sehen mußte. So mochte er es freudig begrüßen, daß Alves, mit dem eine Verbindung herzustellen er bisher vermieden hatte, nun die Initiative ergriff und ihn aufsuchte. Alves seinerseits war im Anfang fest entschlossen gewesen, sich auf stillschweigende Zustimmung zu beschränken und sich nicht in die Entwicklung der Angelegenheit einzumischen. Hatte er aber die Hoffnung gehegt, daß nun die Wendung zu endgültiger seelischer Genesung geschehen sei, so hatte er dann doch bald den beständigen seelischen Tiefdruck, unter den Elisabeth geraten war, mit wachsender Beunruhigung beobachtet, und die Passivität, in die sie sich schließlich sinken ließ, erschien ihm so sehr wie ein Rückfall in die schlimmste Zeit ihrer Krankheit, daß er in der Verzweiflung, die ihn nun überkam, keinen Ausweg mehr sah als den, seine Zurückhaltung aufzugeben und ohne ihr Wissen Fühlung mit dem Pater zu nehmen.

Was auch zwischen den beiden Männern im Verlauf ihrer Unterredung zur Sprache gekommen sein mochte – *ein* wohltätiges Ergebnis zeitigte sie jedenfalls. Es kann nur auf Herdegens behutsamen Vorschlag zurückgeführt werden, daß Richard Alves in der Folge eine Reise nach Süddeutschland unternahm, die er den Seinen gegenüber mit Studienzwecken begründete, die aber den einzigen Zweck hatte, daß er die Mutter seiner Frau aufsuchen und sie bewegen wollte, für einige Zeit nach Gerdesheim zu kommen. Ihm selbst mag dies Vorhaben zunächst als aussichtslos, nur als ein Versuch, den unterlassen zu haben er sich nicht vorwerfen wollte, erschienen sein.

Charlotte Dornblüh war nach dem Tode ihres Mannes zu ihrer ehemaligen Schwiegertochter, der Witwe ihres Sohnes Christoph, gezogen, und zwar auf das alte Weingut bei

Würzburg, wo diese, in zweiter Ehe mit einem Vetter ihres Mannes verheiratet, lebte. Wenn schon Elisabeth durch all die Jahre hindurch immer wieder Beweise erhalten hatte, daß die Mutter ihr nicht grollte – eine Haltung, die mit dem Wesen dieser Frau unvereinbar gewesen wäre –, daß sie ihrer vielmehr immer in bekümmerter, fürbittender Liebe zugetan geblieben war, so wußte sie doch auch, daß es der Mutter unmöglich sein mußte, einen Mittelweg zu finden, der gleichermaßen ihrem Pflichtgefühl der Kirche und ihrem Manne gegenüber und ihrer Mutterliebe gerecht werden konnte. Hinzu kam, daß Charlotte niemals eine Briefschreiberin gewesen war und daß sie von jeher allen leidenschaftlich auf die Spitze getriebenen menschlichen Gegensätzlichkeiten und Auseinandersetzungen gegenüber eine fast rat- und hilflos wirkende Abwehr an den Tag gelegt hatte, als sei mit der Zumutung, dergleichen anders als im verborgenen Ringen der Seele vor Gott oder im Beichtstuhl zur Sprache zu bringen, eine Verletzung des Schamgefühles verbunden, oder auch, als läge hier eine frevelhafte Überschätzung des Persönlichen zugrunde. Von den Kindern war nur Dominikus ihr darin ähnlich; die drei anderen hatten es früh lernen müssen, ihre Temperamente zu dämpfen und ihre Händel und Zwistigkeiten untereinander zum Ausgleich zu bringen, auch später mit allem, was ihnen ihr heftiges Blut an Kümmernissen einbrachte, allein fertig zu werden, denn im Umkreis der Mutter schien alles, was nicht heiter und friedfertig war, sein Daseinsrecht einzubüßen. Der Vater wiederum nahm solche Anlässe, seine Überlegenheit geltend zu machen, in einer Weise wahr, deren Auswirkungen sie auch lieber aus dem Wege gingen. Alves erinnerte sich nun daran, daß Elisabeth in früheren Jahren zuweilen geäußert hatte, sie würde viel darum geben, die Mutter ein einziges Mal allein sprechen zu können, was sich freilich nie würde herbeiführen lassen, da die Mutter sich nie bereit finden würde, ohne Wissen und Zustimmung des Vaters etwas zu unternehmen. Elisabeth mußte das ihrem Wesen nach billigen, nicht nur, weil sie die Autorität des Vaters nach wie vor anerkannte und ihr Leiden weitgehend darin bestand, daß sie ihm entgegen hatte handeln müssen, sondern ebenso, weil ihr als Frau die unbedingte Redlichkeit dem Manne gegenüber die Voraussetzung der Ehe war. So hatte sich mit der Zeit etwas wie ein Solidaritätsgefühl mit der Mutter in ihr herausgebildet, aber der Erschütterung, die sie durch den Tod des Vaters erfuhr, hielt dies Vertrauen nicht so weit stand, daß sie es vermocht hätte, nun von sich aus die Verbindung mit der Mutter aufzunehmen, es war vielmehr zunächst wie verschüttet. Auch dies war zwischen Alves und dem Pater zur Sprache gekommen; Herdegen hatte ihm dann nahegelegt, er möge versuchen, ein Wiedersehen zwischen Mutter und Tochter herbeizuführen – er verspreche sich davon für Elisabeth eine heilsame Überbrückung der gegenwärtigen Lage, der noch nicht abzusehenden Verzögerung der Wiederaufnahme Elisabeths in die Kirche. Er beschränkte sich darauf, seinen Rat vor allem mit einem Hinweis auf das hohe Alter Frau Dornblühs zu begründen, das es als wünschenswert erscheinen lasse, eine Begegnung nicht mehr hinauszuschieben, aber er schien auch durch ein für Alves schwer durchschaubares Wissen um die Persönlichkeit Charlotte Dornblühs dazu berechtigt zu sein, sich von ihrer Anwesenheit eine wohltuende Wirkung auf Elisabeth zu versprechen, und jedenfalls gelang es ihm, Alves von der Zweckmäßigkeit eines Versuches zu überzeugen.

So kam es denn, daß bald nach seiner Heimkehr von jener Reise, deren eigentliches Ziel auch in Zukunft ein Geheimnis blieb, das er nur mit Charlotte Dornblüh teilte, ein Brief der ehemaligen Schwägerin an Elisabeth eintraf, der die Mitteilung enthielt, die Mutter habe nun nach Ablauf des Trauerjahres den großen Wunsch, Elisabeth wiederzusehen und ihre Familie kennenzulernen, und zwar habe sie die Absicht, zu einem Besuch nach Gerdesheim zu kommen. Kurze Zeit darauf, an einem Oktoberabend des Jahres 1890, hielt die alte Frau ihren Einzug in Gerdesheim; aus dem ursprünglich beabsichtigten Aufenthalt von wenigen Wochen wurden Monate, und am Ende ergab es sich, daß sie bei ihren Kindern blieb. Sie bezog jene große zweifenstrige Stube, die sich im Erdgeschoß zur linken Seite des fliesenbelegten Flures an das Arbeitszimmer und die Bibliothek des Hausherrn anschloß und nach dem Garten hinausging. Es war eigentümlich, wie ihre Anwesenheit sich schon nach kurzem bemerkbar machte, als sei der dunklen, langsamen Gärung in der Atmosphäre des Hauses endlich der Tropfen eines Elementes zugesetzt worden, der nötig gewesen war, um sie in kräftigere Wallung geraten, die trübenden Stoffe sich niederschlagen und den Geist sich klären zu lassen. Es kam darauf hinaus, daß das Haus wie aus einem dumpfen Schlummer erwachte – jenem Schlummer, in den es verfallen war, als Elisabeths Schwermut sein Leben zu bestimmen begann. –

II

GÄRUNG UND KLÄRUNG

Häuser, deren Bestimmung es ist, mehreren aufeinanderfolgenden Generationen derselben Familie als Wohnung und Zuflucht zu dienen, entfalten mit der Zeit ein Eigenleben, das sie aus einem zweckbestimmten Gebilde unbeseelter Materie zu einem zwar äußerlich unabänderlich ruhenden, aber geheimnisvoll atmenden, von einem verborgenen Herzen durchpulsten, wissenden und schicksalsmächtigen Wesen werden läßt. Sie haben dann ihre Gezeiten wie Geschöpfe der Natur, und mehr noch, sie sind ihnen hingegeben gleich dem Menschen selbst in rätselhafter Abhängigkeit von Erinnerung, Erwartung oder Verzweiflung. Ihre Wände, vollgesogen mit dem Anhauch von menschlichem Glück und Leid, mit dem Stöhnen und Seufzen der Lust und des Schmerzes, der Geburt und des Todes, mit dem Stammeln der Liebe, den nächtlichen Zwiegesprächen der Jugend, den bitteren Monologen des Alters – mit den unnennbar wirksamen Ausstrahlungen niemals lautgewordener haßvoller, sehnsüchtiger, rastlos sich wiederholender Gedanken – diese Wände umschließen allmählich einen unsichtbaren Organismus, der, von dem sich innerhalb seines Kreislaufes abspielenden Treiben der jeweiligen Bewohner genährt, es aufsaugt und in mehr oder weniger vitale Perioden des eigenen traumhaften Daseins wandelt. Ein altes Haus ist denen, die es beherbergt, an persönlichen Werten, soweit sie sich aus Erleben, Erinnern, endlich aus Erfahrung zusammensetzen und eine Summe von Weisheit bilden, in unwägbarer Weise überlegen; aber seine Art, dieser Überlegenheit Ausdruck zu geben, wird nicht immer verstanden, und wo es überhaupt aufgefaßt wird, da kommt es den Menschen meist nur zu Bewußtsein wie eine Auswirkung der Wetterlage, wie eine Abhängigkeit von unerforschten Strahlungen, unterirdischen Wasseradern – wie eine der gewohnheitsmäßig hingenommenen Bedingtheiten des täglichen Lebens.

Das Alvessche Haus, »Hinterm Dom Nr. 7«, hatte sein erstes Jahrhundert hinter sich gehabt, als Richard Alves Ende 1867 Elisabeth heimgeführt hatte; es hatte seine heitere und glanzvolle Jugend unter seinem Erbauer, dem Tuchfabrikanten und Ratsherrn Reinhard Alves, gehabt und bedeutete nun der vierten Generation seiner Nachkommen die unerschütterliche Geborgenheit der Heimat. Schweigsam und duldsam hatte es sich dem Wandel unterzogen, mit dem jedes neu in seinen Besitz gekommene Geschlecht es seinen Bedürfnissen angepaßt hatte, geringfügigen Veränderungen übrigens, die im Grunde nichts weiter betrafen als etwa eine andere Verteilung der Räume, einen Umbau des Küchenherdes, die Anlage eines Badezimmers, den Wechsel von Tapeten und Anstrichen und die allmähliche Erneuerung der Innenausstattung, in der jetzt das Mahagoni des späten Biedermeier vorherrschte, ohne gewisse überlebende und liebevoll gepflegte Zeugen der Frühzeit – bauchige Kommoden, schön eingelegte Schränke, Vitrinen und Sekretäre – verdrängt zu haben, aber in siegreichem Widerstand gegen den mit der Gründerzeit aufgekommenen Plüschgeschmack. Elisabeth war die erste Hausfrau gewesen, die der Einrichtung nichts Neues hinzugefügt, die nichts von dem Vorhandenen ausgeschieden hatte; hatte die Tatsache, daß sie kaum mehr als sich selbst in die Ehe zu bringen vermocht hatte, sie zunächst bedrückt, so hatte das Haus sie doch bald mit einem unwiderstehlichen Bann vertrauter Heimatlichkeit umfangen, da es sie eben in seiner die Zeiten einschmelzenden Gewordenheit, ihr selbst vielleicht kaum bewußt, an den Jägerhof erinnerte. Richard Alves seinerseits hatte sich gehütet, etwas Wesentliches zu verändern, nachdem er durch den Tod seines Vaters zum Hausherrn und dann auch zum Alleinbesitzer geworden war, denn er hatte es einem Verzicht auf den Alleinbesitz des Hauses vorgezogen, seine Schwester durch einen Teil der ihm zugefallenen Hälfte des Barvermögens abzufinden. Er begnügte sich damit, die

Räume des Erdgeschosses, die der ärztlichen Praxis seines Vaters gedient hatten, für seine eigenen Zwecke einzurichten, indem er ihnen unter Verwendung von Möbeln, die jahrzehntelang unbenutzt auf dem großen Boden gestanden hatten, den Charakter gab, den sie zu Lebzeiten seines Großvaters, des 1840 verstorbenen, gelehrten und ehrwürdigen Stadtsyndikus Hermann Uwe Alves, gehabt hatten – einen Charakter heiteren Ernstes und unaufdringlicher, gradliniger, doch seinem Formgefühl wohltuend entsprechender Sachdienlichkeit, mit dem das erste Drittel des Jahrhunderts sich manifestiert hatte. Im übrigen hatte er Elisabeth hinsichtlich jener sich fast naturhaft vollziehenden Änderungen und Umschichtungen in der Einteilung der Räume, der Einrichtung der Zimmer freie Hand gelassen, wie sie das allmähliche Anwachsen der kleinen Familie und zeitweise auch die Berücksichtigung gewisser gesellschaftlicher Pflichten, denen er sich nicht entziehen konnte, erforderten. Er wußte, daß sie das innere Gesicht des Hauses von Anfang an mit derselben Feinfühligkeit begriffen hatte, die sie seinem eigenen Wesen entgegenbrachte: So wenig sie je versucht hatte, auf ihn einzuwirken, auch dort, wo sie ihn vielleicht manchmal anders – weniger versponnen in seine Arbeit, aufgeschlossener für die praktischen Voraussetzungen des Tages – gewünscht hätte, so wenig würde sie jemals etwas unternehmen, was dem Gesicht des Hauses fremde Züge aufprägen würde. Dies war es ja, was ihn immer wieder ergriff, diese vollkommene, demütige Einfühlung und Unterordnung, zugleich mit dem einsamen, ratlosen Leiden, das ihr aus der wehrlosen Liebe zu ihm und allem, was sein war, erwachsen war!

Als er sich an jenem Oktoberabend mit den Kindern auf den Weg machte, um die Großmutter vom Bahnhof abzuholen, fühlte er diese, eben diese Ergriffenheit als vorherrschend in der fast unerträglichen inneren Spannung, an der er seit Tagen litt; der Rest aber – der Rest war einfach Angst, und diese Angst hatte sich seiner bemächtigt, seit die Nachricht gekommen war, daß Dominikus eben in diesem Monat einen längeren Europa-

Urlaub angetreten hatte und es sich nicht nehmen lassen würde, die Mutter nach Gerdesheim zu begleiten und auch seinerseits die Schwester wiederzusehen...

Dietrich und Maria, die in freudiger Stimmung vorauseilten, waren sich offensichtlich nur eines festlichen Anlasses, nicht wie ihr Vater der Möglichkeit eines entscheidenden Wendepunktes ihres gemeinsamen Lebens bewußt. Daß die Mutter nicht mitgekommen war und die Verwandten, die sie doch, wie sie wußten, mehr als zwanzig Jahre nicht wiedergesehen hatte, zu Hause erwarten wollte, schien sie keineswegs zu verwundern. Alves glaubte darin die Bestätigung einer ihm von jeher vertrauten Beobachtung zu sehen, daß nämlich in diesen beiden immer die unzerstörbare Verbindung Elisabeths mit ihrer Familie verkörpert gewesen war, die sich durch seinen Anteil an diesen Kindern mit auf ihn selber erstreckte, während sich in dem schwerblütigen Franz, obgleich gerade er der Mutter nicht nur äußerlich, sondern auch dem Wesen nach unähnlich war, ein ahnungsvolles Wissen um die vor den Kindern niemals deutlich zur Sprache gekommene Spaltung und um den Unterstrom des Leidens, den sie bewirkte, niedergeschlagen zu haben schien, das eine abwartende Zurückhaltung, ein ungewisses Mißtrauen gegenüber der fremden süddeutschen Sippe in sich schloß. Auch dieser nun einundzwanzigjährige Sohn war Student wie sein älterer Bruder, und daß er sich für die Theologie entschieden hatte, mochte in den heimlich ausgetragenen Kämpfen seiner grüblerischen Natur begründet sein, indem er einerseits die Berechtigung der von den Vätern übernommenen Geistesart unter Beweis zu stellen und Front gegen die von ihm als fanatische Unduldsamkeit empfundene Haltung der mütterlichen Familie zu machen gedachte, andererseits aber ein Bedürfnis erfüllte, das ihn von Kindheit an tief beunruhigt hatte, nämlich, dem Wesen dieser Gegensätzlichkeit des christlichen Bekenntnisses auf den Grund zu kommen. Der absonderliche Abstand zwischen Eltern und Kindern, der zu den wenig glücklichen Konventionen des Jahrhunderts gehörte und so ängstlich eingehalten ward, als könne sonst bei den Eltern die Unantastbarkeit ihrer Vorrechte, bei den Kindern der unbedingte Respekt leiden, hatte es niemals zu einer offenen Aussprache zwischen Alves und seinen Söhnen kommen lassen; ihr Vertrauensverhältnis beruhte auf stillschweigenden Voraussetzungen, unter denen die, daß die Mutter unter allen Umständen zu schonen sei, die vorherrschende war. Jetzt, auf diesem Wege zum Bahnhof, der doch etwas wie die Gewähr einer letzten kurzen Zeitspanne, einer Möglichkeit, den Sohn ins Vertrauen zu ziehen, bedeutete, hätte er ihm gerne gesagt, daß kein Grund bestehe, sich der alten Frau gegenüber, die vielleicht bangen Herzens dem Ziel ihrer langen Reise entgegenfuhr, mit Abwehr zu wappnen – daß er sich aber ganz ungewiß darüber sei, was für Nebenzwecke Dominikus mit seiner Begleitung verbinde. Was ihn bedrückte, es war vor allem die Frage, welchen Gebrauch Elisabeth in ihrer gegenwärtigen Lage von dem Rückhalt, den ihr Dominikus bieten mußte, machen und ob sie ihn zu jähen Entschlüssen und unvorhergesehenen Schritten ausnützen würde. Wovor ihm in seinem eigenen Zustand seelischer Erschöpfung bangte, es war, er mußte dem ins Auge sehen, die Möglichkeit einer Trennung, diese Gefahr, die er über sich drohen gefühlt hatte, seit ihm Elisabeth die ersten schweren Gewissensbeunruhigungen nicht mehr hatte verbergen können. Und er hatte es sich in den letzten Monaten zugeben müssen, daß er sich jetzt, da er alt wurde, einer Sprengung seiner Ehe weit weniger gewachsen fühlte als in den ersten Jahren dieser verhängnisvollen Beschattung ihres Zusammenlebens, als er noch die Kraft gefühlt hatte, einen neuen Anfang finden zu können, wenn es um ihretwillen sein müßte.

Während er, den schweigsamen Franz zu seiner Linken, durch die feierabendlich belebten Straßen ging, den Blick in unbewußtem Wohlgefallen auf die vor ihm herschreitenden jungen Gestalten Dietrichs und Marias gerichtet und immer wieder die Grüße Vorübergehender mechanisch erwidernd, sagte er sich, daß ihm die Verzweiflung wohl noch nie so bis zum Halse gestanden hatte wie in dieser Stunde, die eine letzte

Entscheidung einleiten mußte. Die Überzeugung, daß das ganze stumme Leiden von zwanzig Jahren, daß alle zwischen Elisabeth und ihm aufgebrachte Geduld und gegenseitige Anpassung, daß der unerhörte Willensaufwand, dessen es bedurft hatte, um in Abwehr der witternden Neugier der Kleinstadt, vor allem aber um der Kinder willen, den Anschein unerschütterlicher Harmonie aufrechtzuerhalten, in ihrer letzten Bewährung nun, da er einem Zusammenbruch nahe war, der schwersten Bedrohung ausgesetzt sein würden; daß der Katastrophe kaum noch auszuweichen sei, schien auf einmal unwiderlegbar. Die furchtbarste Erkenntnis, die diese letzten Monate ihm eingebracht hatten, war ja die, daß er eben in völliger Zermürbung nicht mehr anders konnte, als zu wünschen, diese Qual, den beständigen Wechsel von Unrast und Apathie bei Elisabeth mit ansehen und mitfühlen zu müssen, möchte ein Ende nehmen. Seine Widerstandskraft war gebrochen, er hatte immer wieder Anfälle krankhafter Sehnsucht nach Alleinsein und fand sich dann mit Gedanken darüber beschäftigt, wie er sein Leben einrichten wollte, wenn alles überstanden sein würde, mit Erwägungen, daß nun, da die Söhne erwachsen und auch Maria nicht mehr als Kind zu betrachten sei, kein zwingender Grund mehr bestünde, Elisabeth festzuhalten. Müdigkeit betäubte ihn so tief, daß er Schmerz nur noch wie ein dumpfes, stumpfes Pochen an der Bewußtseinsgrenze zu empfinden vermochte; jedoch war er sich der als zynisch und widerwärtig empfundenen Einsicht klar bewußt, daß das, was ihn jetzt noch ausharren und auf eine gütliche Lösung hoffen ließ, sein Zurückschaudern vor einem öffentlichen Skandal, seine Abneigung, in den Augen der Welt zum Märtyrer zu werden, kurz, der Standpunkt eines konventionellen männlichen Ehrgefühls war; er hatte sich niemals in diesem Lichte gesehen und mußte nun erkennen, daß er den Boden unter sich wanken fühlte bei der Vorstellung, wegen seines persönlichen Schicksales, wegen des Zusammenbruches dieser einst in überlegener Verachtung der Meinung seiner Umgebung geschlossenen Ehe bemitleidet, über die Achsel angesehen und hinter seinem Rücken bespöttelt zu werden. Die sich ihm anbietende Erklärung, daß ein gealterter, mit der angewachsenen Verantwortung des durch Jahrzehnte von ihm versehenen und liebevoll ausgebauten Amtes einsgewordener Mann hier anders zu empfinden geneigt sein mußte, als derselbe Mann in unerfahrener Jugend es war, ließ er vor sich selber nicht gelten, ebensowenig wie die Rechtfertigung, daß der patriarchalische Stolz des alteingesessenen Bürgers sich erst mit den Pflichten und Rechten des Familienvaters in ihm entwickelt hatte und sonderbar mächtig geworden war. Alles, alles, sagte er sich resigniert, waren Alterserscheinungen, als solche verfrüht, aber eben die Folge uneingestandener seelischer Überanstrengung durch zwanzig Jahre hindurch. Was jetzt auch kommen mochte – er würde es kampflos über sich ergehen lassen müssen, und wenn gerade diese Haltung ihn die letzte Kraft kosten würde. Er hatte die Würde ihrer Ehe bis zuletzt zu wahren – dieser Ehe, die für ihn jede Trennung, auch die durch den Tod überdauern würde, mochte sie sich in Elisabeths armer gequälter Seele immer wieder als Sünde dargestellt haben – mochte sie sich selber und ihn und alles Glück, das sie einander trotz allem wieder und wieder geschenkt hatten, in Selbstvorwürfen, die ihm an Irrsinn zu grenzen schienen, verleugnen und unter die Füße treten.

Er war nach seiner Heimkehr aus Würzburg, nach seiner ersten Begegnung mit Elisabeths Mutter so weit gewesen, sich aufatmend zu sagen, daß von dieser alten Frau jedenfalls nichts zu befürchten sein würde. Er war unklar gerührt und bewegt durch seinen Eindruck von der zierlichen, beweglichen Greisin gewesen, deren unbefangene Freundlichkeit von einer Würde und Überlegenheit getragen war, die ihm von vornherein ein Eingehen auf die problematische Vorgeschichte ihrer gegenseitigen Beziehung als ausgeschlossen hatten erscheinen lassen. Sie hatte ihn empfangen wie einen lange erwarteten Gast, und zwar einen Gast, der ihr durchaus nicht unbekannt war. Hatte ihn dies zunächst verwirrt, und war er geneigt gewesen, diese Haltung auf die Geistesabwesenheit hohen

Alters zu schieben, indem er sich fragte, wie er es anfangen sollte, ihr den Zweck seines Besuches bewußt zu machen, so hatte er bald wahrgenommen, daß nicht er, sondern sie die Unterhaltung lenkte, und daß sie ihn nicht anders behandelte als einen Menschen, dem sie über die allein von ihm empfundene Schwierigkeit der Situation hinwegzuhelfen hatte, indem sie ihm bewies, daß er ihr keineswegs ein Fremder war, sondern daß sie ihn längst als einen der Ihren anerkannt hatte. Später fiel ihm ein, daß sie bei der Begrüßung ganz nebenbei festgestellt hatte, daß sie ja voneinander wüßten: »als die Unbekannten und doch bekannt...«. Merkwürdigerweise war es dieser zunächst kaum von ihm aufgefaßte Satz, den er dann als den auskristallisierten Rückstand dieser Begegnung in seinem Gedächtnis vorfand, während sich anderes, worüber sie gesprochen hatten, mehr oder weniger in Atmosphärisches aufgelöst hatte. Mit einer gewissen Verwunderung aber erinnerte er sich auch daran, daß sie ebensowenig bei ihren Fragen nach Elisabeth und den Kindern, wie ihm selbst und den Verwandten, bei denen sie lebte, gegenüber, das verwandtschaftliche, familienhafte Verhältnis in irgendeiner Weise betont hatte. Sie schien aus ihrer Stellung als Mutter, als Großmutter keinerlei Ansprüche auf besondere Berücksichtigung, auf Autorität abzuleiten, ja, der Unterschied der Generationen schien in ihren Augen kaum von Bedeutung zu sein. Hier war, wie er fast verwirrt fühlte, ein anderes Gesetz menschlicher Zusammengehörigkeit und Gemeinschaft maßgeblich, das die naturgegebenen Schranken, diese unsichtbaren Abgrenzungen der Selbstbehauptung zwischen den Altersschichten einer Familie, nicht gelten, gar nicht erst aufkommen ließ, sondern eine gleichberechtigte, allgemeine Geschwisterlichkeit voraussetzte. Er machte sich aber weiter keine Gedanken darüber; es war ihm ja alles etwas fremd und beklemmend gewesen, diese ganze Welt, aus der Elisabeth gekommen sein sollte, aus der sie aber, wie es ihm schien, völlig herausgewachsen war und in der er kaum etwas anderes mit ihr in Beziehung zu bringen vermochte als die Mundart, die diese Menschen sprachen und deren Anklang auch bei Elisabeth immer noch spürbar war. Das Wesen der alten Frau mochte, so sagte er sich, eine besondere und dabei eine ihn aufs angenehmste ansprechende Spielart des süddeutschen Charakters sein. Er war ihr dankbar, daß sie ihm alles so leicht gemacht hatte, und er hatte ihrem Besuch ohne jede Beunruhigung entgegengesehen – bis eben die Nachricht gekommen war, daß Dominikus sie begleiten würde; von diesem Augenblick an hatte diese tiefe Hoffnungslosigkeit sich seiner bemächtigt.

In dem Augenblick, als Franz ihn mit der Frage: »Wie ist er eigentlich – dieser Onkel Dominikus?« aus seinem Brüten aufschreckte, war ihm dies gerade wieder unausweichlich bewußt geworden. Er hatte sich während der letzten Minuten bemüht, sich die Persönlichkeit des Schwagers ins Gedächtnis zu rufen, dieses Dominikus, der vor dreiundzwanzig Jahren versucht hatte, sich zwischen Elisabeth und ihn zu stellen, wie er es damals zornig aufgefaßt hatte. Das Dreimännergespräch, dessen Partner außer Dominikus und ihm selbst sein Schwager, der Pastor Bernhard Rolffs, gewesen war und das in dem Rolffsschen Pfarrhause stattgefunden hatte, war in seinen Einzelheiten aus seiner Erinnerung entschwunden. Er hatte es von Anfang an vor sich selbst bagatellisiert, es bedeutete ihm das letzte Hindernis, das genommen werden mußte, um Elisabeth zu gewinnen; daß die Aussprache mit diesem Abgesandten der Familie Dornblüh nur eine Formalität darstellte, der eben Genüge getan werden müsse, das hatte von Anfang an für ihn festgestanden. Eine peinliche Formalität allerdings, bei der es darauf ankam, Überlegenheit zu beweisen, wozu er sich angesichts der Zumutungen, die diese Dramatisierung der konfessionellen Frage an seine Geduld stellte, kaum in der Lage sah; und darum eben war er dankbar gewesen, die Diskussion wesentlich Bernhard überlassen zu können, und hatte der Auseinandersetzung der beiden Theologen mehr oder weniger passiv beigewohnt, indem er sich darauf beschränkte, seine eigenen Argumente, die wesentlich in der Behauptung der Rechte, die Elisabeths persönliche Entscheidung ihm einräumte, bestanden hatten, von Zeit zu Zeit als das für ihn einzig Maßgebliche geltend zu machen. Es hatte damit geendet, daß Dominikus sich zurückzog, und er hatte es mit gelassenem Anstand getan, völlig ohne den Eindruck zu hinterlassen, daß er sich geschlagen gegeben hatte – er hatte einfach angefangen, von etwas anderem zu sprechen, indem er irgendeine am Rande der Debatte gefallene Anmerkung Bernhards zum Ausgangspunkt einer Frage über die in jenen Jahren in ihrer ersten Entfaltung stehende Innere Mission der evangelischen Kirche machte und das Gespräch dann in dieser Bahn weiterlenkte, mit so viel Sanftmut, Toleranz und Brüderlichkeit, als sei es einzig sein Anliegen, den gemeinsamen Urgrund der christlichen Konfessionen aufzuzeigen, auch als sei es ihm ganz unbewußt, daß die Männer vor ihm auf der Hut waren und erwarteten, daß er vor seinem Aufbruch, dessen durch den Fahrplan bestimmter Zeitpunkt näher rückte, nochmals auf den eigentlichen Gegenstand der Zusammenkunft zurückkommen würde. Das war nicht geschehen. »Hora vacat!« hatte er mit einem Blick auf die Uhr plötzlich liebenswürdig lächelnd festgestellt und sich erhoben. »Ja – wir sind von unsrem Thema abgekommen«, hatte er abschließend nachdenklich bemerkt; – »aber ich glaube, wir begannen schon, uns im Kreise zu bewegen. Vielleicht war es nach dem Stand der Dinge, wie sie sich einmal entwickelt haben, nicht anders möglich, als daß wir aneinander vorbeiredeten. So wird uns nichts anderes übrigbleiben, Herr Doktor« – damit hatte er sich Alves allein zugewandt –, »als daß wir später einmal auf diese Fragen zurückkommen ...«

»Später einmal?!« hatte Alves unwillig aufbegehrt, – »ich meine, Hochwürden, Sie müßten eingesehen haben, daß es für diese Erörterung von Anfang an bereits zu spät gewesen ist!«

»Verzeihen Sie«, hatte Dominikus unbetont, ja, bescheiden geantwortet, »für das, worauf es mir ankam, gibt es eine zeitliche Einschränkung nicht. Ich bediene mich hier des Zeitbegriffs nur der Verständigung halber. Und so können wir ebensogut sagen: früher oder später wird dies Gespräch wieder aufgenommen werden müssen, weil es in seinem Gegenstand begründet liegt, daß es nicht durch – Zwischenlösungen zum Abschluß zu bringen ist. Gewiß« – er war einer Erwiderung mit einer entschuldigenden Geste zuvorgekommen – »gewiß, Sie wollen mir jetzt sagen, daß Sie uns demnächst vor eine vollendete Tatsache stellen werden und daß eine solche Tatsache dann als endgültige Lösung zu betrachten sei. Glauben Sie mir aber, daß sich dies auf Grund dessen, um was es hier eigentlich geht, als Täuschung erweisen wird, wenn diese Täuschung sich auch – nach menschlichen Maßstäben – vielleicht sehr spät offenbaren wird...«

Während Alves mechanisch auf die Frage des Sohnes antwortete: »Ich habe Dominikus nur ein einziges Mal gesehen, und das ist jetzt dreiundzwanzig Jahre her...«, war die Erinnerung an diese Begegnung in ihm zusammengeschossen, zugleich mit dem Wiedererwachen des Unbehagens, das sie in ihm und wahrscheinlich auch in Bernhard Rolffs hinterlassen hatte. Damals hatten sie sich darüber hinwegzusetzen vermocht, und er hatte sich wohl gehütet, er hatte es sich verboten, daran zurückzudenken, so viel Anlaß dazu er auch inzwischen gehabt hatte. »Dreiundzwanzig Jahre« – fuhr er hastig fort – »Zeit genug für jeden von uns, sich zu verändern. Ich weiß gar nicht, ob ich ihn wiedererkennen würde, obgleich dieser Beruf seine Leute ja oft schon in jungen Jahren für das ganze Leben unveränderlich prägt. Was ich sicher weiß, ist nur, daß er seinem Äußeren nach nicht als Bruder eurer Mutter zu erkennen war. Er schlägt der Großmutter nach, wie es von euch dreien...« – sein Blick hing wieder an der zierlichen Gestalt seiner dunkelhaarigen Tochter, die leichtfüßig neben dem schlanken Dietrich dahineilte und immer wieder lachend zu ihm aufblickte – »ja, wie von euch dreien nur deine Schwester. Und Dietrich ist wieder ganz der Sohn eurer Mutter – ein Dornblüh mithin.«

»Und ich?« fragte Franz lächelnd. Alves streifte ihn von der Seite mit einem raschen zufriedenen Blick; gleich groß wie er selbst, breitgestirnten Hauptes mit wohlausgebautem Hinterkopf, dichten aschblonden Haarwuchses und klarer grauer, tiefliegender und forschend blickender Augen in schmalem, von innen her belebtem Gesicht, erschien ihm Franz, seit er erwachsen war, oft wie das fleischgewordene Spiegelbild der eigenen Jugend, und er empfand dadurch eine wunderliche Bestätigung. »Du? Du bist mein Sohn – du bist ein Alves«, sagte er trocken. Eine Feststellung, die keineswegs zum erstenmal geschah; aber noch niemals hatte sie, wie eben jetzt, gleichsam ein Siegel unter ein unausgesprochenes Bündnis gesetzt. Wenn es nun doch dazu kommen sollte – wenn es nicht mehr zu vermeiden wäre, daß der von ihm und Elisabeth so viele Jahre hindurch vor den Kindern ängstlich und kunstvoll überbaute Abgrund offenbart werden müßte – wenn die Kinder dann vor eine innere Entscheidung gestellt würden: seines Sohnes Franz konnte er jedenfalls sicher sein. Dietrich, das war ihm nicht zweifelhaft, würde sich mit jener Wendigkeit, mit jener gewissen rabulistischen geistigen Eleganz, die er an diesem Sohn immer mit Erstaunen wahrnahm, zu Kompromissen bereit finden und jedenfalls in keiner Weise Partei ergreifen; auch diesen Sohn würde er nicht verloren zu geben brauchen. Maria aber, die kleine Maria, mit ihren fünfzehn Jahren in seinen Augen noch ein vollkommenes Kind, beiden Eltern gleichmäßig vorbehaltlos zugetan und eben darin die Aufrechterhaltung des elterlichen Einvernehmens, die häusliche Harmonie, die Unantastbarkeit des Familienlebens besser garantierend, als irgendeine ausgesprochene Übereinkunft zwischen ihm und Elisabeth das vermocht hätte – wie würde eine Trennung sich auf Maria auswirken? Wieder fühlte er den schnürenden Griff der Angst um die Brust und wußte, daß er es nicht ertragen würde, wenn ihm ein Verzicht gerade auf dieses Kind zugemutet werden sollte.

Die Straße öffnete sich jetzt auf den Bahnhofsplatz, die gilbenden Kronen der Lindenbäume gaben den Blick auf die rußgeschwärzte rote Backsteinfassade des Gebäudes und damit auch auf die in seinen Giebel eingelassene Uhr frei. Dietrich und Maria wandten sich um und winkten dringlich, um sich dann anzuschicken, den Platz im Laufschritt zu überqueren.

Franz ergriff den Vater beim Arm: »Nur noch eine Minute!« rief er – »schnell!«

Er lief den Geschwistern nach; Alves folgte ihm mäßig beschleunigt mit dem dumpfen Gedanken, daß es kaum darauf ankäme. Er grübelte jetzt darüber nach, ob es nicht besser gewesen wäre, wenn er vorher mit den Kindern gesprochen hätte, wenigstens mit den Söhnen. Waren sie wirklich ahnungslos? Schätzte er mit dieser Voraussetzung die Intelligenz seines Nachwuchses nicht sehr gering ein? War diese ganze Taktik des Verschleierns und Verschweigens nicht ein schwächlicher Versuch gewesen, die eigene Würde zu wahren, elterliche Unfehlbarkeit zu veranschaulichen, sich selbst mehr noch als diesen gutgläubigen, bereitwilligen Geschöpfen Überlegenheit vorzutäuschen, nur um nicht an *der* Überlegenheit, die ihnen das unbedingte Vertrauen verlieh, versagen zu müssen? Wie stand es heute noch um dieses Vertrauen? Mußten sie ihre Eltern nicht längst durchschaut haben? Ihre unveränderte Bescheidenheit, ihr Verzicht auf jegliche Erklärung für den immer wechselnden Gemütszustand der Mutter, ihre ehrerbietig aufmerksame Haltung ihm selbst gegenüber – war das am Ende alles nicht mehr als stummer, schonender Vorbehalt eigener Meinung? War die Loslösung, vor der er sich fürchtete, vielleicht längst vollzogen? –

Im Portikus des Bahnhofs blieb Richard Alves stehen. Er nahm den Hut ab, trocknete sich die Stirn und blickte zurück nach der Stadt, hinter deren Türmen der Abendhimmel golden brannte. Dann wandte er sich entschlossen um, durchschritt die Vorhalle und betrat den Bahnsteig in dem Augenblick, als der Zug mit ächzenden Achsen zum Stehen kam.

Von zehn Uhr an hatte sich der Familienkreis, der nach dem Abendessen noch in der sogenannten »Sofaecke« des Saales zusammengeblieben war, allmählich aufgelöst. Zuerst hatten die jungen Leute auf einen Wink der Mutter hin gute Nacht gesagt und waren hinaufgegangen; dann hatte sich Elisabeth mit ihrer Mutter zurückgezogen, und zugleich hatte Alves, wie er es mit einem etwas kränklichen Versuch, zu scherzen, ausdrückte, »die Sitzung« in sein Arbeitszimmer verlegt, nachdem er es dem Schwager vergeblich nahegelegt hatte, daß doch auch er nach der langen Reise sehr müde sein müsse. Dominikus hatte darauf nur heiter geantwortet, daß er ganz andere Strapazen gewöhnt sei und überhaupt nur sehr wenig Schlaf brauche.

Dietrich und Franz hatten seit ihrer Schülerzeit zwei Giebelstuben als ihr Reich angewiesen bekommen, wo sie Wand an Wand hausten, zwei sehr verschiedene, aber im Grunde verträgliche Brüder. Der Zündstoff, der in ihrer Gegnsätzlichkeit lag, pflegte sich, seit sie erwachsen waren, in harmlosen Hänseleien zu entladen, die nur selten zu ernsthaften Wortkämpfen oder zu einer leidenschaftlichen Behauptung der jeweiligen eigenen Standpunkte führten. Kam es doch dazu, so war es immer Franz, der sich dazu hinreißen ließ, und Dietrich der, der auswich und nachgab, indem er von dem, was er als Prinzipienreiterei erklärte, abrückte und sich für die Maxime, daß jeder nach seiner Fasson selig werden müsse, entschied. Das führte wohl dazu, daß einer sich dem anderen stillschweigend überlegen fühlte, daß Dietrich Franz im geheimen für verbohrt, dickköpfig und vor allem für weltfremd hielt – Franz den anderen für oberflächlich, unsystematisch und streberhaft –, konnte aber nichts an der verpflichtenden Verbundenheit ändern, in der sie das Verhältnis zu den Eltern mit den Jahren immer stärker zusammengeschlossen hatte – ein Verhältnis, das ebenso von Liebe und Anhänglichkeit wie von Ratlosigkeit bestimmt war. Aber erst, seit sie dem Elternhause den größten Teil des Jahres fern waren und hier nur in den Universitätsferien zusammentrafen, hatten sie begonnen, ihre Beobachtungen und Besorgnisse zuweilen vorsichtig auszutauschen, auch jetzt noch gehemmt durch die ihnen von früh an selbstverständliche Unantastbarkeit eines Bannkreises, den zu mißachten bedeutete, ungeschriebenes, aber heiliges Gesetz zu verletzen – kurz, einen Frevel.

Nachdem Maria sich im ersten Stock von ihnen getrennt

hatte, waren die Brüder schweigend die gewundene Treppe zum Dachgeschoß hinaufgestiegen und hatten in wortloser Übereinkunft zusammen Dietrichs Stube betreten, wo Franz an das offene Fenster trat und in die vernebelte Herbstnacht hinausstarrte, während Dietrich die Lampe anzündete und sich in den leise krachenden Korbstuhl warf. Nun schloß Franz das Fenster und drehte den Schreibtischstuhl so, daß er sich dem Bruder zugewandt niederlassen konnte.

»Tja – das wäre nun das!« sagte Dietrich, indem er dem Bruder eine angebrochene Schachtel mit Zigaretten hinhielt und sich achselzuckend selber bediente, als Franz »das neumodische Zeug« wieder einmal unwillig abgelehnt hatte. Eine Weile sprach keiner von ihnen; Dietrich versuchte erfolglos, Ringe zu blasen, Franz saß mit aufgestütztem Kopf vergrübelt vor sich hinstarrend da. »Na also – was sagst du denn nun zu dem Familienzuwachs?« stieß Dietrich endlich ungeduldig hervor. »Was mich betrifft – ich bin einigermaßen erleichtert. Es hätte schlimmer sein können...«

Franz seufzte auf. Er änderte seine Haltung, zog aus seiner Brusttasche eine Zigarre und setzte sie etwas umständlich in Brand. Vorgebeugt dasitzend und ohne den Bruder anzublikken, sagte er dann langsam: »Erstens – von Familienzuwachs kann wohl gar nicht die Rede sein. Das war vor uns da – war immer da – und wir wußten es ja auch immer. Aber – wir kannten bisher nur das eine Ufer des Stromes, auf dem wir fuhren – das andere war immer im Nebel. Wir wußten nicht einmal, ob es nah oder fern war.«

»Du mit deinen ewigen Metaphern! Meinetwegen. Aber ebensogut könntest du sagen, wir wären immer nur auf der rechten Straßenseite gegangen und hätten das gegenüberliegende Trottoir nicht erkennen können...«

»Nicht ganz so zutreffend«, schob Franz ein.

»Ach, reden wir nicht um die Sache herum! Wir wußten eben bisher nicht, was es mit Mutters Familie auf sich hatte.«

»Ich denke«, sagte Franz schwerfällig, »daß wir nach dem, was Mutter *ist*, keinen Grund hatten, anzunehmen...«

»Mensch, bleib bei der Sache! Darum handelt es sich hier nicht. Das bleibt außerhalb der Debatte. Du mußt mir aber doch zugeben, daß die ganze Familie Dornblüh bisher eine unbekannte Größe für uns war – sozusagen ein sagenhafter Begriff!«

»Was ich bereits feststellte – auf meine Weise«, sagte Franz. »Sagenhaft – bis auf die Schlüsse, die wir aus Selbstbeobachtung ziehen konnten.«

»Damit willst du sagen?« – »Etwas sehr Naheliegendes. Schließlich ist ja diese Familie mit fünfzig Prozent mindestens an unserer – erblichen Belastung beteiligt.« Franz richtete den Blick seiner grauen Augen zum erstenmal voll auf den Bruder; etwas wie ein Lächeln zuckte um seinen schmallippigen Mund.

»Wenn du durchaus den Darwinismus heranziehen mußt«, erwiderte Dietrich, »dann wirst du mir wohl die Bemerkung gestatten, daß du selbst von diesem Erbe am wenigsten mitbekommen hast.«

Franz sah wieder ins Leere. »Ich weiß es nicht«, sagte er nachdenklich; »ich habe es zwar oft selber gedacht, denn ich bin ja nicht blind – abgesehen davon, daß man mir von Kindheit an immer wieder versichert hat, daß ich ›ganz der Vater – auf und nieder ein Alves‹ sei. Aber es gibt ja wohl noch andere Vererbungsweisen als die physisch feststellbaren. Jedenfalls – ich hätte mich wohl kaum für die Theologie entschieden, wenn ich nicht auch – der Sohn unserer Mutter wäre.«

»Womit du auf ein Gebiet übergreifst, das wir doch unberührt lassen wollen«, sagte Dietrich unbehaglich. »Können wir nicht einfach einmal über unsere heutigen Eindrücke sprechen? Ich bekam auf dem Bahnhof zunächst keinen schlechten Schreck. Daß sie dritter Klasse ankamen ...«

Franz wiederholte: »Dritter Klasse?« Er tat es ohne jede Betonung, nur fragend. Dietrich lachte auf und schlug sich mit der Hand aufs Knie. »Hat der Mensch das überhaupt nicht bemerkt! Das war es ja, warum wir plötzlich den ganzen Zug entlanglaufen mußten, weil wir uns selbstverständlich an der richtigen Stelle – also diesmal an der falschen! – dort, wo die zweite Klasse hält, aufgehalten hatten! Nun frage ich dich, hatten sie das nötig? Welcher Mensch aus unseren Kreisen...«

»Ach so...«, sagte Franz gedehnt. Er hatte das Bild wieder vor Augen: die schmale dunkle Erscheinung des Onkels Dominikus mit dem niedrigen, breitrandigen schwarzen Filzhut auf dem Kopf in der geöffneten Tür des Abteils stehend und dem Träger Gepäckstücke zureichend; auf dem Bahnsteig davor aber, ihnen entgegengewandt, die kleine zierliche alte Dame, mit beiden Händen lebhaft winkend, was auf ihn, zusammen mit der auf und nieder wallenden Pelerine, den Eindruck eines vogelhaften Wesens, das auffliegen will, gemacht hatte. Es ist die Großmutter – aber sie ist doch gar nicht alt! hatte er staunend gedacht.

»Nein – ich habe es nicht bemerkt«, sagte er, »ich habe gar nicht darauf geachtet. Und schließlich«, fügte er etwas unsicher hinzu, »warum eigentlich nicht dritter Klasse?« Allerdings war es auch ihm bisher selbstverständlich gewesen, daß man zweiter Klasse fuhr, wenn man reiste, die dritte Klasse kam niemals in Frage. Man saß dort enger, die Bänke waren ungepolstert, die Luft war schlechter... Er dachte nach – die Reise von Würzburg nach Gerdesheim dauerte über zehn Stunden, fast einen ganzen Tag... Plötzlich sagte er: »Das ist eine Idee! Wenn die Großmutter das kann mit ihren siebenundsiebzig Jahren, das werde ich jetzt auch immer tun. Denke bloß, was man dabei für andere Dinge sparen kann!«

»Du bist unmöglich!« Dietrichs Ton klang verärgert. »Wirklich höchste Zeit, daß du in ein Corps eintritts und dir dort die simpelsten Voraussetzungen beigebracht werden! Man muß doch wissen, was man sich schuldig ist – oder seiner Familie, seinem Stande! Wenn du nächstes Jahr Reserveoffizier wirst, mußt du dir allmählich wirklich allerlei aufgehen lassen. Es ist unsere Großmutter, es sind unsere Verwandten – unsere nahen Verwandten, jawohl! Aber gerade darum bin ich froh, daß niemand von unseren Bekannten in der Nähe war, um diesen Einzug zu beobachten. Dieses Gepäck – eine gestickte Reisetasche, Körbe, Kartons... Der Mensch hat seinen Rohrplattenkoffer, den gibt man auf, und außerdem ein, höchstens zwei Stücke anständiges Handgepäck. Leder! Na, vielleicht haben sie da unten andere Begriffe. Vielleicht hängt es mit dem Katholischen zusammen – die Mutter kennt ja auch solche asketischen Anwandlungen . . .«

»Schluß!« sagte Franz warnend und sah nach der Tür. Diese Tür tat sich jetzt lautlos auf, und Maria schlüpfte herein.

»Dacht' ich mir's doch, daß ihr noch nicht artig zu Bett gegangen wäret!« sagte sie vergnügt. »Worüber regt sich Dietrich eigentlich auf? War doch süß, wie sie ankam, die kleine Großmutter mit den vielen Köfferchen, Kasten und Körben! Onkel Dominikus hatte nur eine einzige, ganz kleine Reisetasche für sich.«

»Du hast gehorcht!« sagte Dietrich streng, – »so was schickt sich nicht! Und überhaupt: marsch, marsch! Kinder gehören um diese Zeit ins Bett!«

»Ich habe nicht gehorcht! Ich habe nur bescheiden abgewartet, bis du fertig mit deiner Rede warst. Ich bin noch viel zu wach, ich kann noch nicht schlafen gehn. Puh – habt ihr hier alles vollgequalmt! Onkel Dominikus raucht nicht, das gefällt mir sehr gut.«

Sie ließ sich mit großer Selbstverständlichkeit in dem Winkel nieder, den das Kopfende des Bettes mit Wand und Schreibtisch bildete, ihrem gewohnten Platz, wie nicht zu bezweifeln war. Keiner der großen Brüder dachte ernstlich daran, sie wegzuschicken, wenn sie nun auch zunächst verstummten, was bald nicht ohne Vorwurf vermerkt wurde.

»Warum sprecht ihr nicht weiter? Störe ich euch vielleicht?«

Dietrich kramte, nachsichtig lächelnd, aus einer ihm erreichbaren Schublade eine kleine Tüte mit Schokolade hervor und hielt sie ihr hin. »Danke! Deshalb bin ich nicht gekommen, wie du dir doch vielleicht denken kannst.«

»Sondern?« fragte Franz ernsthaft.

»Oh, ihr seid wieder einmal abscheulich zu mir. Ihr wißt es ganz gut! Mit wem soll ich denn darüber sprechen? Was meint ihr denn nun eigentlich?«

»Was meinst denn *du?*« fragte Dietrich.

»Ich? Ach, es ist alles ganz anders, als ich es mir vorgestellt hatte. Aber – ich weiß nicht – ich bin so froh. Ich glaube, nun wird alles gut.«

Als sei dies ein Stichwort gewesen, ließen die Brüder jetzt ihre überlegene Haltung fallen. Sie saßen da, zwei große Jungen mit nachdenklichen, versorgten Gesichtern. Die geschwisterliche Solidarität, die sie der kleinen Schwester durchaus nicht unbedingt und überall zubilligten, war ihr auf diesem Gebiet nicht mehr versagt worden, seit sie vor einiger Zeit begonnen hatte, ihre eigenen Beobachtungen zu machen, sie mit Dienstbotenklatsch und Zuträgereien ihrer Mitschülerinnen in Verbindung zu bringen, und sich endlich in Angst und Verwirrung an die Brüder gewandt hatte: »Ist das wahr, daß Mutter katholisch werden will?«

Die Antwort war damals nicht gleich erfolgt. Aber nach einer Beratung hatten Dietrich und Franz es für besser befunden, sie einzuweihen, soweit sie sich selbst ein Bild von der Situation machen konnten. Es war im Lauf der Zeit ein ziemlich vollständiges Bild geworden, denn die erwachsenen Söhne hatten Andeutungen, die der Vater gelegentlich wie im Selbstgespräch fallen ließ, nicht mehr überhört und sich einen Vers daraus gemacht, wenn sie auch nie eine Frage gewagt hatten. Franz jedoch hatte einmal eine Aussprache mit seinem Onkel Bernhard Rolffs, der die Eltern getraut hatte, gehabt; er hatte ihn aufgesucht, ehe er sein Studium begann, um seinen Rat einzuholen, und Rolffs hatte es auf sein Gewissen genommen, den Neffen in großen Zügen über die Vorgeschichte der Ehe seiner Eltern zu unterrichten, wobei er objektive Betrachtungen über Fälle, in denen das ehemalige Bekenntnis zu Rom, wenn es nicht aus voller innerer Überzeugung abgeschworen worden sei, wie eine »unheilbare Infizierung« in der Seele fortgewirkt habe, nicht unterdrückt hatte. Daß er seinerseits den Jungen durch diese Stellungnahme mit Problemen impfte, denen er möglicherweise nicht gewachsen sein würde, übersah er völlig; jedoch war Franz, der von ihm aus in sein erstes Semester nach Marburg fuhr, imstande gewesen, sich die Dinge allmählich zurechtzurücken, und hatte schließlich die gewonnene Klarheit über vieles, was ihn von Kindheit an dunkel bedrückt hatte, dankbar empfunden. Als er in den Weihnachtsferien mit Dietrich zusammentraf, hatte er sich bereits eine gelassene Beurteilung dessen, was er erfahren hatte, erarbeitet und konnte dem Älteren alles sachlich und ruhig darlegen. Dietrich wußte auf seine Art damit fertig zu werden; bei aller Verschiedenheit ihrer Lebensauffassungen aber konnte doch das eine niemals erschüttert werden, was sie als unbedingte Grundlage ihrer Zusammengehörigkeit empfanden – das, was bei Dietrich mehr als Familienstolz, bei Franz als beinah schmerzhafte Anhänglichkeit an beide Eltern zutage trat und woraus sich für jeden die unbedingte Verpflichtung zur Loyalität, das Bewußtsein der Mitverantwortlichkeit für die Erhaltung des häuslichen Friedens und der Ehre des Hauses ergab. So hatten sie es für nötig und richtig befunden, die kleine Schwester ins Vertrauen zu ziehen, ehe sie in ihrer einmal bestehenden Beunruhigung durch unzeitige Fragen oder Erkundigungen Schaden erleiden oder Schaden anrichten konnte.

Maria hatte die Eröffnungen, die Franz ihr im Einvernehmen mit Dietrich auf einem Spaziergang gemacht hatte, mit bemerkenswerter Fassung aufgenommen; Franz hatte beinahe den Eindruck, daß dies alles nichts Neues für sie sei. Er atmete jedenfalls auf; er hatte sich diese Aufgabe, die Dietrich ihm überlassen hatte – denn wozu sei er Theologe und künftiger Seelsorger? –, schwieriger vorgestellt. Es waren keine unvorhergesehenen Wirkungen eingetreten, wie er sie bei dem, wie er zu wissen meinte, unberechenbaren Verhalten kleiner Mädchen befürchten zu müssen geglaubt hatte. Maria hatte ihn zwar mit ängstlicher Spannung angeblickt, als er etwas umständlich und feierlich auf ihre Frage zurückgekommen war und ihr zunächst das Versprechen abgenommen hatte, alles, was er ihr sagen würde, für sich zu behalten. Er hatte sich dann nicht erst bemüht, nachzuforschen, wie sie zu ihrer Frage gekommen sei, sondern hatte ihr in seiner etwas schwerfälligen und lehrhaften Art dargelegt, was er selbst wußte, daß nämlich die Mutter aus einer katholischen Familie stamme und erst kurz vor ihrer Verheiratung mit dem Vater zur evangelischen Kirche übergetreten sei. Warum denn das ein Geheimnis bleiben sollte, hatte Maria wissen wollen. Wenn die Mutter evangelisch geworden sei, wäre doch alles in Ordnung! Aber – sie könne es sich schon denken... Was sie sich denken könne, hatte Franz gefragt. »Ach«, hatte Maria gesagt und war zunächst einmal ein paar Schritte in die Wiese, durch die sie gerade gingen, hineingelaufen und hatte begonnen, Blumen zu pflücken. Dann, als sie ihn wieder eingeholt hatte: »Und warum wird niemals von Mutters Familie gesprochen? Warum mußten wir nie Briefe an die Großeltern schreiben wie andere Kinder? Warum kommen sie nie zu Besuch, oder warum fährt die Mutter niemals nach Würzburg? Haltet ihr mich wirklich für so dumm?«

»Du hast mich ja gar nicht ausreden lassen«, hatte Franz verdrießlich gesagt. Ja – die Mutter habe gegen den Willen ihrer Eltern, besonders ihres Vaters, geheiratet, und daß sie übergetreten sei, habe dann alles ganz schlimm gemacht... Die Großeltern hätten sie also verstoßen – es sei wie in einem Roman! hatte Maria nun aufschluchzend vermutet. Franz hatte unwillig geantwortet, es sei gar nicht nötig, so große Worte zu brauchen, das Leben sei viel ernster und oft viel trauriger als ein Roman. Es gelte eben, damit fertig zu werden. Er hatte wieder Boden unter den Füßen gefühlt und ihr erklärt, wenn die Mutter niemals von ihrem Elternhause gesprochen und ihnen niemals von ihrer Kindheit und Jugend erzählt habe, dann darum, weil das eben alles schrecklich traurig für sie gewesen sei und weil sie immer von neuem damit habe fertig werden müssen. Hier aber, beim Gedanken an die Traurigkeit der Mutter, die, wie er sich wohl bewußt war, seine eigene Welt von früh an mit Schatten durchdrungen hatte, hatte er sich wieder verwirrt und abschließend einigermaßen verzweifelt gesagt: »Und wir müssen eben auch damit fertig werden!«

Nein! hatte jetzt Maria entschieden geantwortet – das glaube sie nicht, daß man sich damit abfinden müßte; sie glaube, das würde alles noch einmal gut! Sie sei ja nicht so dumm, wie Dietrich und er es immer annähmen, und erstens wüßte sie viel mehr davon, wie die Mutter es früher gehabt hätte, und wie der Großvater und die Großmutter wären, denn wenn sie auch nicht gerade davon erzählte, so brauche man doch nur richtig hinzuhören, um sich aus dem und jenem, was sie so beiläufig sagte, manches zusammenzureimen, und zweitens ... Sie war verstummt, und wieder war eine mit Blumenpflücken ausgefüllte Pause eingetreten. Erst auf dem Heimweg hatte Maria dann ihr Fazit gezogen. Es sei gut, daß sie nun wüßte, wie alles zusammenhinge, hatte sie gesagt. Aber wenn er glaube, sie mit dem allem von ihrer Frage abgebracht zu haben, dann irre er sich. Die Frage bleibe bestehen, auch wenn sie jetzt einfach heiße: Kann es sein, daß die Mutter *wieder* katholisch werden will?!

Es war ein halbes Jahr vor dem Eintreffen der Nachricht vom Tode Franz Dornblühs gewesen. Die Krise, die dadurch bei der Mutter ausgelöst wurde, war noch nicht vorauszusehen gewesen. Franz, mit der Erinnerung an das belastet, was Bernhard Rolffs über »die nie ganz auszutilgende Infizierung durch das katholische Bekenntnis«, wenn es nicht einzig aus ehrlicher Überzeugung widerrufen worden sei, gesagt hatte, war unruhig in sie gedrungen, sie möchte deutlich aussprechen, worauf sie mit dieser Frage hinauswolle. Sie hatte nur den Kopf geschüttelt, ihr Gesicht hatte ausgedrückt: »Ich weiß, was ich weiß ...« Was sie dann schließlich vorgebracht hatte, war Franz so kindisch und unverantwortlich erschienen, daß er die Geduld verloren und sie angefahren hatte, sie möchte nicht über Dinge reden, die sie noch nicht beurteilen könne. Es war etwa des Inhaltes gewesen, daß sie, Maria, nichts dabei finden würde, wenn die Mutter zum Glauben ihrer Jugend zurückkehre und sich dadurch mit ihren Eltern versöhne; besser, als daß sie immer so traurig wäre oder gar krank darüber würde. Die Hauptsache sei doch, daß man an Gott und Christus und den Heiligen Geist glaube, und sie wisse, das täten die Katholiken auch, hatte sie in naiver Altklugheit hinzugefügt.

»Ja – und noch an sonst allerhand!« hatte Franz die Unterhaltung zornig beschlossen und auf weitere Argumente verzichtet. »Du wirst in ein paar Jahren alles besser verstehen«, hatte er dann noch gesagt, als sie beinah zu Hause waren. »Jetzt versprich mir nur nochmals, daß du dir von dem, was ich dir mitgeteilt habe, nichts anmerken lassen wirst. Wenn dich etwas beunruhigt, komm zu mir oder zu Dietrich! Die Eltern – wir dürfen es ihnen nicht zumuten...«

»Darum bin ich ja zu euch gekommen!« sagte sie, und der Blick, mit dem sie ihn dabei angesehen hatte, war so über ihre Jahre hinaus bekümmert und vorwurfsvoll gewesen, daß er sich stillschweigend damit zufrieden gegeben hatte.

Seit diesem Gespräch waren anderthalb Jahre vergangen. Franz hatte, wie es Dietrich gleich nach dem Abiturium getan hatte, inzwischen nach seinem ersten Semester sein Militärjahr abgedient, nicht nur, um zur endgültigen Klarheit, ob er bei der Theologie bleiben wolle, zu kommen, sondern auch, um durch den Zwang zu körperlicher Betätigung die nervöse Beunruhigung zu bekämpfen, die ihn in Gedanken an die Eltern verfolgte; er war dann mit bewußtem Entschluß zu seinem Studium zurückgekehrt. Die Nachricht vom Tode des Großvaters war eingetroffen, als er und Dietrich vor einem halben Jahr in den Osterferien zu Hause gewesen waren. Sie hatten die erste erschütternde Wirkung auf die Mutter, die nicht mehr als verständlich schien, noch miterlebt, aber von der Krise, die dann einsetzte, hatten sie wenig mehr erfahren als gelegentliche Andeutungen in den Briefen des Vaters, daß es der Mutter gesundheitlich nicht gut gehe. Damit, daß der Zustand der Mutter große Ruhe und Schonung erforderte, hatte der Vater es auch begründet, daß er ihnen bei Beginn der Sommerferien die Mittel für eine Reise durch Frankreich und England zur Verfügung gestellt und ihnen nahegelegt hatte, erst im Herbst nach Hause zu kommen. Seit sie nun wieder in Gerdesheim waren, hatten sie nur durch Maria, die doch nicht mehr als eine in die eigentlichen Vorgänge uneingeweihte, wennschon durch ihre Auswirkung – die nicht zu übersehende Veränderung im Wesen der Mutter, die zunehmend auf dem Vater lastende Schwermut – tief beunruhigte Zeugin war, etwas über die letzten Monate erfahren können, aber sie hatten doch aus den unzusammenhängenden Beobachtungen, Vermutungen und Ahnungen der Schwester ihre Schlüsse zu ziehen vermocht. Ungefähr gleichzeitig mit ihrer Heimkehr hatte der Briefwechsel über den beabsichtigten Besuch der Großmutter eingesetzt, und damit war eine gewisse Entspannung der Atmosphäre eingetreten, oder aber die von den Eltern ausgehende Spannung hatte sich in der Richtung einer unbestimmten Hoffnung verlagert und gelockert. In allen drei Geschwistern aber war die Erwartung einer bevorstehenden Entscheidung entstanden, und die nun zum Ereignis gewordene Ankunft der ihnen bisher nur vom Hörensagen bekannten Verwandtschaft konnte diese im Grunde bange Erwartung einstweilen nur steigern.

»Und wie denkst du dir das – daß nun alles gut werden müßte?« fragte Dietrich endlich und blickte dabei nicht Maria, sondern Franz an, als käme es ihm mehr darauf an, dessen Meinung über diese optimistische Äußerung der kleinen Schwester zu vernehmen, als auf Marias Erklärung. Maria aber war mit ihrer Antwort sehr schnell bei der Hand, mochte diese Antwort auch der Frage ausweichen: »Ihr seht wieder einmal gar nichts! Zum erstenmal hat die Mutter heute wieder ausgesehen wie früher, und so glücklich – richtig glücklich – wie einmal, als sie die Großmutter anschaute, hat sie – überhaupt noch nie ausgesehen...«

Die letzten Worte kamen zögernd, als würde es ihr beim Sprechen klar, was sie mit dieser Feststellung sagte. Sie blickte schüchtern von einem Bruder zum anderen und fügte unsicher hinzu: »Denn eigentlich war sie doch immer sehr traurig – wenn sie es sich auch niemals anmerken lassen wollte...«

»Na, jedenfalls war es hohe Zeit, daß diese unsinnige Familienfehde behoben wurde«, sagte Dietrich nach einer Pause unbehaglichen Schweigens in einem Ton, als wünschte er die Unterhaltung über dieses Thema abzuschließen: »Ja – nehmen wir an, daß nun alles gut wird. Oder bist du etwa anderer Meinung?« Er blickte Franz an, der kaum merklich den Kopf geschüttelt hatte.

»Wir wollen uns doch nichts vormachen«, antwortete Franz nach einer Weile bedrückt. »Du kannst natürlich auch den Dreißigjährigen Krieg als Familienfehde bezeichnen, diesen Ausbruch einer Ur-Fehde, die nur scheinbar niedergeschlagen worden ist. Sie hat nie aufgehört, unterirdisch weiterzuschwelen, und ist, das kann ich dir sagen, ein fressendes Feuer, wo ihr Brennstoff geboten wird.«

»Ich wäre dir aufrichtig dankbar, wenn du dich schlichter ausdrücken würdest! Die Weltgeschichte braucht hier wohl nicht bemüht zu werden...«

»Im Gegenteil! Nur mit ihrer Hilfe läßt sich der Weg zum nötigen Abstand von einem Verhängnis finden, in das man mit Haut und Haar verflochten – in das man unwiderruflich hineingeboren ist!« Franz hatte das leidenschaftlich hervorgestoßen; nun sah er Marias entsetztes Gesicht und mäßigte sich. »Keine Angst, Maria«, sagte er mit einem Versuch, zu lächeln, »es kann ja wirklich noch alles – in Ordnung kommen. Nur – wir müssen jetzt den Dingen ins Auge sehen – wir sind keine Kinder mehr, auch du nicht, Maria!«

»Das weiß *ich* schon lange – hübsch, daß ihr es jetzt auch einzusehen scheint. Aber welchen Dingen ich nun auf einmal ins Auge sehen soll, weiß ich nicht. Heute, an diesem schönen Abend! Freut ihr euch denn nicht auch ein bißchen?«

»Maria«, sagte Dietrich jetzt schnell, ehe Franz wieder zu Wort kommen konnte – er vertrug es immer nur kurze Zeit, den Bruder, wie er es nannte, ›dozieren‹ zu hören, und dies zwang ihn auch jetzt, seine lässige Haltung aufzugeben und sich zu konzentrieren –: »Maria, du mußt verstehen, wie wir es meinen: Wir freuen uns natürlich genau so wie du, daß der Anschluß an Mutters Familie wiedergefunden zu sein scheint und daß Mutter glücklich ist. Ich begreife offengestanden noch nicht, daß dies ihre nächsten Angehörigen sind, aber gut – ich finde sie objektiv sehr nett, nur manches ist mir noch fremd, und ich werde mich erst an sie gewöhnen müssen. Ihr werdet mir ja wohl auch zugeben, daß Mutter vollkommen anders ist. Schon dem Aussehen nach – meinetwegen, sie soll ihrem Vater ähnlich sehen, und da ich ihr ähnlich sehe, schlage ich wahrscheinlich sogar in die Familie Dornblüh hinein – aber schließlich heiße ich Alves! Daß dieser Großvater tot ist, kann ich nicht bedauern, denn er muß ein schwieriger Zeitgenosse gewesen sein, und jedenfalls hat er Mutters Leben zerstört, was ich ihm niemals werde vergessen können. Mutter haben wir immer nur als Vaters Frau und unsere Mutter gekannt, als Frau *Alves* – Mutter ist eine Dame – und auch du wirst hoffentlich einmal eine Dame sein. Diese Großmutter aber – bei allem Respekt...«

»Sei still!« begehrte Maria auf. »Ich will nie eine Dame werden! Großmutter ist ein Mensch – vielleicht begreifst du das nicht. Ich liebe sie, ich bin froh, daß ich ihr ähnlich sehe! Und Mutter ist auch ein Mensch – das wißt ihr nur alle nicht!«

Sie preßte die geballten Hände gegen die Augen und schluchzte auf. Dann warf sie den Kopf zurück –: »Bitte – du warst noch nicht zu Ende...«

Dietrich war resigniert verstummt. Franz murmelte: »Ich weiß schon, Maria, was du meinst. Aber wir drücken uns heute wohl alle übertrieben aus...« Nun sprach Dietrich weiter: »Das Persönliche auszuschalten, ist schwer, wenn es einen so nahe angeht. Aber es muß sein, sonst reden wir bis morgen früh aneinander vorbei. Worum es sich jetzt handelt, ist die Tatsache, daß Mutter zum Katholizismus zurück will – daran können wir nicht mehr zweifeln. Auch nicht daran, daß dieser Familienbesuch damit zusammenhängt, wie, das ist uns verborgen, aber er kann den Stein nur endgültig ins Rollen bringen. Und damit ergibt sich die Frage: Welche Folgen wird das für uns alle haben? Denn Folgen *wird* es haben – und ich kann nur sagen, mir – ist das Ganze verdammt unangenehm!«

»Was heißt hier unangenehm?« Franz richtete sich unwillig auf. »Meinst du, es könnte deiner Karriere schaden? Folgen –

Folgen! Ich glaube, ich kann dich beruhigen – schlimmer, als es schon immer war, kann es kaum noch kommen, und die das bis zum bitteren Ende durchzustehen haben, sind nicht wir, sondern die Eltern, und zwar nicht gemeinsam, sondern der Vater für sich und die Mutter für sich. Wir – mein Gott – in ein paar Jahren sind wir selbständig, und Maria wird heiraten ...« Er überhörte den Widerspruch der Schwester und fuhr fort: »Wir werden das alles hinter uns lassen und unser eigenes Leben haben. Der Vater – die Mutter?« Er preßte die Hand gegen die Stirn. »Laßt mich ausreden! Ich habe mich über die Situation unterrichtet – es schlägt ja in mein Fach. Die Mutter wird, soviel ich verstehe, überhaupt nicht in die katholische Kirche zurückkehren können. Ja, wenn sie uns katholisch erzogen hätte, wenn sie alles getan hätte, den Vater zum Übertritt in die katholische Kirche zu bewegen – also, wenn sie bei ihrer Verheiratung nicht ihrerseits übergetreten wäre und wenn die Eltern in einer Mischehe gelebt hätten, wie sie die Kirche zuweilen duldet unter den Voraussetzungen, die ich genannt habe – dann – kurz und gut, dann hätte das ganze Unglück andere Formen angenommen. Wenn das aber in Erwägung gezogen worden wäre, dann wäre es schon bald nach der Verlobung der Eltern zur Katastrophe gekommen. Die Heirat hätte niemals stattgefunden, und uns wäre diese Auseinandersetzung erspart geblieben, weil wir überhaupt nicht in Erscheinung getreten wären. Kann jemand es sich vorstellen, daß der Vater eingewilligt hätte, seine Kinder katholisch erziehen zu lassen? Er hätte es auf Biegen oder Brechen ankommen lassen – aber, ich glaube, die Frage ist gar nicht aufgeworfen worden. Die Mutter hat es ihm leicht gemacht mit ihrem Übertritt – und damals wird sie überzeugt gewesen sein, daß sie das Richtige täte.«

»Was nützt es, das alles aufzurollen!« sagte Dietrich mit Schärfe. »Geschehen ist geschehen. Sag jetzt kurz und klar, warum du annimmst, daß die Mutter nicht wieder katholisch werden könnte!«

Franz machte eine verzweifelte Handbewegung. Er blickte

auf Maria, die ihr Gesicht in den Händen verborgen hatte, und sah dann Dietrich an, indem er leise den Kopf schüttelte. »Du kannst es im Jus canonicum nachlesen – da bist du an der Quelle«, sagte er achselzuckend; »fest steht: Solange eine unter diesen Umständen geschlossene und geführte Ehe aufrechterhalten wird, solange versagt die katholische Kirche dem in ihren Augen schuldigen Teil die Absolution. Der Mutter bliebe nichts übrig, als uns zu verlassen und alle Konsequenzen, die die Kirche für gut befindet, zu ziehen. Ehe die Mutter das tut, wird sie sich weiterquälen bis zum Tode – und der Vater wird darüber zugrunde gehen ...«

»Franz – hör auf! Du bist schrecklich!« schluchzte Maria auf.

»... und folglich wird alles so weitergehen wie bisher, was vor allem Dietrich beruhigen dürfte.« Franz sprach jetzt mit rückhaltloser Bitterkeit. »Es bedeutet jedenfalls, daß die Fassade gewahrt bleibt, wie von jeher. Es wird niemand ein Schauspiel geboten – Frau Dr. Alves wird nicht ins Kloster gehen, Herr Dr. Alves wird nicht zum Gegenstand öffentlicher Anteilnahme und zum Jagdobjekt aller unverheirateten Kränzchentanten von Gerdesheim werden – wir werden nicht ›die bedauernswerten Kinder, die ja Gott sei Dank schon erwachsen sind‹, sein, und die verehrlichen Kanzelredner der Stadt werden keinen Anlaß bekommen, ›einen uns allen bekannten, beklagenswerten Fall‹ mehr oder minder deutlich als warnendes Exempel auszuschlachten. Dietrichs Karriere, wie gesagt, wird nicht gefährdet, Maria bleibt unser kleiner Sonnenschein – und ich ...« Er lachte grimmig auf: »Ich werde es den Brüdern von der anderen Fakultät einmal klarmachen, was von ihren Methoden im Lichte von Jesu Lehre zu halten ist! Jedenfalls braucht mir niemand mehr zu beweisen, warum Luther kommen mußte. Womit das alles aber erkauft ist, daran werde ich und wahrscheinlich auch ihr bis an unser Ende zu tragen haben.«

Dietrich, der hinter seinem naiven Standesbewußtsein und einem konventionellen Ehrgeiz doch viel natürliche Gutmütigkeit besaß, sagte unbehaglich: »Mensch, Franz – du treibst wieder alles auf die Spitze – das heißt, du übertreibst! Schadet ja nichts – aber was soll das?! Sieh dir Maria an – du hast sie vollkommen vergrämt.«

Das Mädchen hatte sich weinend erhoben. »Ich kann das nicht mehr mit anhören. Laß mich, Franz – ich will nicht mehr ...« Sie ging zur Tür, wandte sich dann aber noch einmal zurück. »Du tust so, als wäre alles, alles – das ganze Leben – ach, die Eltern und wir – nichts als ein einziges Trauerspiel«, sagte sie in tiefer Erregung – »und das stimmt einfach nicht, das ist gar nicht wahr! Wir hatten es doch immer so gut. – Wenn ich denke, wie manche andere Kinder es haben, wo sich die ganze Familie immerfort zankt und der Vater Krach macht und die Mutter den Vater vor den Kindern abkanzelt ... Ja, das gibt es – und der Vater von Ilse Menz läßt sich wegen einer anderen Frau von ihrer Mutter scheiden, und die Mutter von Lise Labes kommt nie mit dem Wirtschaftsgeld aus, weil sie sich immerfort neue Kleider und Hüte kauft, und am Monatsende haben sie nichts mehr zu essen, und die Kinder kriegen trockenes Brot mit in die Schule ... Ihr denkt immer, ich weiß nicht, wie das Leben ist – ich weiß Bescheid, sage ich euch, aber ich rede mit keinem darüber, und warum nicht: Wir leben doch in einer anderen Welt! Und wenn die Mutter oft traurig ist und Vater so still – sie sind nun einmal so, aber sie sind dabei doch so gut, und nie fällt ein böses Wort. Sie – sie lieben sich doch so, und das ist doch das einzige, worauf es ankommt!«

»Ja – sie lieben sich, das weiß Gott«, sagte Franz bekümmert, »und das sollte allerdings die Hauptsache sein – da hast du recht!« Maria hatte ihre Tränen getrocknet. »Gut, daß du es zugibst. Für mich ist jedenfalls alles andere Nebensache. Gute Nacht.«

Franz seufzte auf, als die Tür sich hinter ihr schloß. »Ich bin zu weit gegangen«, sagte er vor sich hin. »Mach dir keine Gedanken«, sagte Dietrich, »bis morgen früh ist die darüber hinweg. Übrigens finde ich, daß hiernach kaum noch etwas zu sagen bleibt.«

»Was ich bestreite. Es ist bisher überhaupt nur das Allgemeinste gesagt und das Grundsätzliche kaum noch berührt.

Aber ich werde dir nichts mehr zumuten, schon allein darum, weil der ganze Fall so kompliziert ist, daß selbst ein katholischer Jurist, mit dem ich mich darüber unterhielt, sich nicht endgültig festlegen wollte. Nur noch eine Frage, an Marias unbestreitbaren Schlußsatz anknüpfend: Kann irgendein Zweifel daran bestehen, daß die Ehe unserer Eltern eine gute, friedliche – eine ideale, eine wahrhaft christliche Ehe ist?«

»Bist du eigentlich ganz bei dir? Muß ich darauf antworten? Hat jemand das in Frage gestellt?«

»Schon gut – das genügt mir. Dann laß dir sagen, daß, sobald Mutter wieder in die katholische Kirche aufgenommen würde, diese Ehe von dieser Kirche als ungültig – als Konkubinat erklärt würde!«

»Verschone mich doch mit diesen Geschmacklosigkeiten! Was gehen uns diese mittelalterlichen Absurditäten an!«

»Sehr viel gehen sie uns an, mein Lieber, denn zum mindesten für die Mutter würden sie eine Realität bedeuten, und niemand kann voraussehen, was für Folgen sich daraus ergeben würden. Und nun dieser Familienbesuch – ja, Gott sei Dank, die Mutter hatte das nötig – aber wäre es nur eher gekommen, wäre es nur eher gekommen! Und daß dieser Onkel Dominikus gerade zu diesem Zeitpunkt hier auftaucht...«

»Entschuldige, aber den halte ich nun für ausgesprochen harmlos. Sympathisch an ihm ist mir allerdings vorläufig nur der Bocksbeutel, den er mitgebracht hat.«

»Ich traue ihm nicht über den Weg«, sagte Franz düster. »Nichts gegen die Großmutter – da bin ich ganz Marias Ansicht! – und meinetwegen hätte sie IV. Güte ankommen können, das möchte ich noch betonen! Aber dieser Onkel – wie kommt er mir eigentlich vor: Diabolisch-pfäffisch, möchte ich sagen...«

Der von seinem jüngeren Neffen mit so finsterem Argwohn Charakterisierte saß indessen unten im Studierzimmer seinem Schwager Alves gegenüber. Unbefangen hatte er den mit dunkelgrünem, verschabtem Leder bezogenen Armstuhl gewählt, und Alves, seines gewohnten »Abendstuhles« beraubt und auf die Sofaecke angewiesen, fühlte durch diesen Umstand sein allgemeines Unbehagen in einer ihm selbst lächerlich erscheinenden Weise vermehrt. Immerhin war da die rötliche Bocksbeutelflasche vor ihnen auf dem Tisch, der Wein in den bauchigen Römern glänzte grünlich-golden im Schein der hohen Moderateurlampe, und die Zigarre, die er sich dieses kleinen Asketen wegen nicht zu versagen gedachte, war auch etwas wie ein Halt. Auch das Bewußtsein, sich hier auf eigenem Boden zu befinden, stärkte ihn; er wäre diesem Verwandten, der ein amtlicher Vertreter der dunklen Gewalt war, die sein Lebensglück seit zwanzig Jahren bedrohte, nicht gern bei seinem Aufenthalt in Würzburg begegnet, sagte er sich nachträglich, indem er resigniert feststellte, daß er ja überhaupt nicht mit ihm gerechnet hatte, da von einem Heimaturlaub des Paters damals noch nicht die Rede gewesen war. Alves hatte versucht, sein Erinnerungsbild, das ihm den gleichaltrigen Schwager immer als den noch nicht vierzigjährigen, ungeachtet seines zierlichen Wuchses souverän wirkenden Mann zeigte, mit der Erscheinung dieses kleinen, fast mumienhaft ausgetrockneten, weißhaarigen Priesters in Einklang zu bringen, hatte dieses Bild aber nur in den jetzt hinter Brillengläsern hervorscheinenden, immer noch mächtig blickenden dunklen Augen bestätigt gefunden, denn dieselben Augen waren es jedenfalls, wenn auch ihr Blick zuweilen wie von innen her gebändigt und wissentlich abgeblendet wirkte.

Daß auch Dominikus ein Erinnerungsbild nach dem Eindruck dieser neuen Begegnung zu modifizieren bemüht war, hatten die Sätze offenbart, mit denen er das Zwiegespräch tastend eingeleitet hatte. Wenn man noch eine Mutter habe, hatte er nachdenklich bemerkt, sei man oft geneigt, ganz zu vergessen, daß man selbst längst ein alter Mann sei; auch wenn er immer wieder jahrelang durch Meere und Kontinente von der Mutter getrennt sei, so sei sie ihm doch immer gegenwärtig wie die Heimat selber. Wenn er vielleicht auch oft wochenlang nicht bewußt an beide dächte, so sorgten doch schon die nächtlichen Träume dafür, die Vergangenheit und die Entfernung – was eigentlich dasselbe sei – immer wieder aufzuheben. Was übrigens nicht heißen solle, daß er an Heimweh leide; dafür sei seinesgleichen einer allgegenwärtigen höheren Heimat zu sicher.

Er habe nur sagen wollen, daß einem das physische Altern dann erst recht zu Bewußtsein komme, wenn man Menschen, die man in der Jugend gekannt habe, nach mehr als zwanzig Jahren wiedersähe. Und nun gar die Kinder, die, in diesem Zeitraum geboren, einem als fertige Menschen entgegenträten...

»Nun – fertig?« hatte Alves zu bedenken gegeben, »ich habe nicht ganz den Eindruck, daß meine Sprößlinge, auf die Sie sich wohl beziehen, so unbedingt als fertig zu bezeichnen wären.«

»Immerhin, immerhin – es sind keine Kinder mehr, die eigener Verantwortung, eigener Entscheidungen enthoben wären«, sagte der andere leichthin. Ehe aber Alves in argwöhnischer Hellhörigkeit einen ihm unlieben Sinn hinter diesen Worten vermuten konnte, fuhr er fort: »Wie wäre es nun aber, Herr Schwager, wenn wir zunächst einmal die feierliche Schranke, über die wir noch immer miteinander verkehren, aus dem Wege räumten? Ich weiß nicht genau, wer von uns beiden der um ein geringes Ältere ist – aber ich wag's und schlage vor, daß wir das brüderliche Du zwischen uns einführen.«

»Ich bin natürlich dankbar einverstanden«, sagte Alves ein wenig steif, ohne das Gefühl, überrumpelt worden zu sein, ganz unterdrücken zu können. Nachdem ein Händedruck ausgetauscht war und Gläser aneinandergeklungen hatten, fuhr Dominikus, als hätte es keine Unterbrechung gegeben, fort: »Wenn es schon mir wohltut, diese jungen Leute kennenzulernen – daß die Mutter diese Freude doch noch haben darf, die einzigen Enkel mit Augen zu sehen, das ist schon eine besondere Gnade. Hätte wohl leicht zu spät werden können...«

»Du wirst zugeben, daß diese – Verzögerung nicht von

unserer Seite verschuldet war«, sagte Alves nicht ohne Bitterkeit. »Was mich betrifft – ich hätte Elisabeths Eltern diese Freude vom ersten Tag an vergönnt.«

»Ja – wo liegt hier die Schuld?« Dominikus machte eine Handbewegung, als wünschte er diese Frage vorerst ausgeschaltet zu sehen oder als stellte er sie einer höheren Instanz anheim. Seine Gedanken waren noch mit der Mutter beschäftigt. »Es ist allerhand für ein so altes Herz, allerhand«, sagte er vor sich hin; »nicht nur das Wiedersehen mit der Lisa – das wär' an sich schon genügend – aber nun, daß der eine von euren Buben dem Leonhard gleichsieht wie sein Spiegelbild – und damit auch unserem Vater ähnelt. Sie hat ihn immer nur angeschaut, ich weiß nicht, ob du es bemerkt hast, und gerade, daß sie so still war – das deutet bei ihr immer auf einen inneren Sturm.«

Die lange Reise müsse sie wohl auch angestrengt haben, meinte Alves und fügte vorsichtig hinzu, ob es nicht vielleicht besser gewesen wäre, die bequemere Wagenklasse zu benutzen. Oh, das – das mache ihr gar nichts aus, erwiderte Dominikus sorglos; sie sei die ganze Fahrt über von nicht zu überbietender Lebhaftigkeit gewesen, habe die wechselnde Landschaft genossen wie ein Kind ein neues Bilderbuch und sich mit den Mitreisenden unterhalten wie mit alten Bekannten. Es sei ihre erste größere Reise gewesen, und sie sei so beschäftigt gewesen, daß sie anscheinend ganz vergessen habe, wohin sie unterwegs sei – vielleicht habe sie es auch vergessen wollen. Er selber fahre übrigens immer dritter Klasse und tue es gern, eben weil die Gesellschaft unterhaltsamer sei. Wenn man jahrelang nur mit ganzen oder halben Mohren und Heiden zu tun habe, wolle man die eigenen Landsleute auch wieder einmal von Grund auf genießen. Wenn nun die Lisa die Mutter bald zur Ruhe kommen ließe, würde sie morgen gewiß wieder wohlauf sein; es sei erstaunlich, wie elastisch sie sich noch immer zurechtzufinden wisse, auch den Tod des Vaters habe sie merkwürdig schnell verwunden. »Womit ich aber sagen will«, fügte er nachdenklich hinzu, »daß sie seinen Tod einfach nicht anerkennt, sondern ununterbrochen weiter mit ihm lebt. So ist es. Und wahrscheinlich ist das keineswegs eine Selbsttäuschung.«

»Sie ist erstaunlich, ja!« sagte Alves, bemüht, die letzten Sätze zu ignorieren. Ohne daß er sich darüber Rechenschaft gab, hatten sie ihm das peinliche Gefühl hinterlassen, noch einen dritten Gast aufgenommen zu haben, dessen er nicht mehr gewärtig gewesen war. »Ich habe auch den Eindruck, daß sie von unerschöpflicher Lebenskraft ist, und das wird sie dir vererbt haben, da du ihr doch von euch Geschwistern wohl am ähnlichsten bist. Von den Enkeln ist es entschieden unsere kleine Maria.«

»Freilich, die Maria – sie wird einmal ganz auf die Großmutter herauskommen. Das ist auch so ein Vögelchen. Unser Vater nämlich, er war ja ein Vogelnarr, kannte jeden Vogel am Ruf und am Flug – er hatte es überhaupt mit den Tieren, wie ich mit den Pflanzen. Das lag ihm im Blut, und er hat schon als Bub mit ihnen verkehrt wie sein Namenspatron, der heilige Franz, wenn er auch sonst nicht viel von ihm hatte. Ich hab' ihn sagen hören: ›Die Mutter, die ist wie eine Blaumeise oder sonst etwas – ein Schwälbchen, eine Lerche, ein Ämmerling – klein, zart und weich wie Flaum – aber hab' einmal eins in der hohlen Hand und fühle dann, wie's sich davonschnellt... Welche Kraft in dem Körperchen! und die Luft ist ihr Element...‹ Er liebte die Vögel so – er mußte so eine Frau haben wie die Mutter, und er hat nie gewußt, daß sie die Stärkere war. Vielleicht hat sie's selbt nicht gewußt.«

Alves hatte diesen Monolog – denn Dominikus redete wie im Selbstgespräch, langsam, als wollte er sich selbst etwas klarmachen – mit steigender Verwunderung angehört; aber obgleich er in Verlegenheit war, wie er darauf antworten sollte, hatte die unerwartete Unbefangenheit, mit der der Schwager über diesen Gegenstand sprach, seine innere Spannung gelockert. »Du willst sagen«, äußerte er zurückhaltend, »daß die beiden sich gut ergänzten?« »Ja und nein – ja und nein.« Dominikus nahm sein Glas in die Hand und blickte versonnen hinein, ehe er es zum Munde führte und langsam und nachkostend trank. Dann setzte er es entschlossen hin. »Du merkst vielleicht, lieber Bruder«, sagte er plötzlich in andrem Ton, »daß ich mich jägermäßig an ein Thema heranzupirschen versuche – daß ich gewissermaßen einen Übergang suche. Aber Betrachtungen über die Ehe von Lisa und meinen Eltern sind dafür doch nicht geeignet. Kurz und gut – fangen wir doch einfach dort an, wo wir vor dreiundzwanzig Jahren abbrachen – vorausgesetzt, daß du dich ebensogut daran erinnerst wie ich ...«

»Ich erinnere mich allerdings«, sagte Alves müde. »Ich erinnere mich weniger an Einzelheiten dieses Gespräches als an seinen allgemeinen Inhalt und vor allem daran, daß du mir in Aussicht stelltest, daß wir noch einmal auf unser Thema zurückkommen würden ...«

»Ja – ich hatte diese Überzeugung. Es lag im Wesen der Sache, um die es ging.«

»Ich konnte das damals noch nicht übersehen ...«

»Immerhin halte ich es heute für möglich, daß ich dieser Überzeugung vielleicht in einer Form Ausdruck gab, die Bitterkeit in dir hinterließ.«

»Dazu war ich wohl meinerseits zu stark von der Berechtigung meiner eigenen Auffassung überzeugt«, antwortete Alves nach kurzer Pause. »Heute muß ich zugeben, daß du recht hattest – und«, fügte er mit aufwallender Verzweiflung hinzu, »daß ich dies Zugeständnis allerdings bitter genug habe erkaufen müssen!«

»Wir waren damals beide mehr oder weniger noch Theoretiker hinsichtlich unserer Überzeugungen«, sagte Dominikus, ohne der Gefühlsbetonung dieser Antwort Beachtung zu schenken. »Wir kannten die Wirklichkeit noch nicht und rechneten nicht mit ihr. Ich meine damit nicht, daß wir über diese Wirklichkeit nicht hinreichend unterrichtet waren, aber dies Wissen hatte für jeden von uns nur den Wert des Grundsätzlichen und war überdies bei jedem von uns durch Herkunft, Anlage, Erziehung, Beruf – vor allem aber durch die verschiedenen Bekenntnisse, in die wir hineingeboren waren, so stark geprägt, daß wir notwendig in Opposition stehen mußten. Inzwischen haben wir Zeit gehabt, das Grundsätzliche an der Erfahrung zu erproben.«

»Und wie drückt sich diese Erfahrung in deiner heutigen Stellungnahme aus?« fragte Alves begierig, durch den objektiven Ton des anderen verführt, seine Zurückhaltung aufzugeben.

»Ja, mein Lieber – wie drückt sie sich aus? Es wird dich vielleicht enttäuschen. Es kommt darauf an, was sich an der Erfahrung bewährt hat – das ist dann der Wahrheitsgehalt unserer subjektiven Wirklichkeit. Er wird vom Leben herausgewaschen wie Gold aus dem Schlamm. Wie steht es damit bei dir?«

»Wenn du damit andeuten willst, daß das, was mir damals als Wirklichkeit erschien, sich mit Bezug auf Wahrheit wenig ertragreich erwiesen hat«, sagte Alves kalt, »so kann ich darauf nur antworten, daß mir auch deine Wahrheit nicht weniger subjektiv vorkommt als die Standpunkte, die du vor dreiundzwanzig Jahren vertratest. Der Sinn deiner Frage ist doch offensichtlich, mir klarzumachen, daß ich mit meiner damaligen Überzeugung am Leben gescheitert bin, während die deine sich an der Erfahrung bewährt habe. Dabei übersiehst du vollkommen, daß wir in jener Auseinandersetzung nicht so sehr von gleichgelagerten, wennschon gegensätzlichen Standpunkten ausgingen, als von ganz verschiedenen Ebenen!«

»Nein – ach, nein, so meinte ich es eigentlich nicht. Ich muß mich falsch ausgedrückt haben. Wenn du mir jetzt deine damalige Stellung einmal kurz charakterisieren würdest, so würde das unserer Verständigung dienlich sein.«

»Das ist sehr einfach. Meine Stellung war die eines Mannes, der, nicht mehr ganz jung, endlich der Frau begegnet war, von der er auf den ersten Blick gewußt hatte, daß sie die höchste Lebenserfüllung für ihn bedeuten würde, und der das Glück hatte, seine Liebe in dem Maße erwidert zu sehen, daß diese Frau bereit war, einer gemeinsamen Zukunft alles, was ihr bis dahin teuer gewesen war, bedingungslos aufzuopfern. Ich fühlte mich imstande, ihr alles zu ersetzen, und hatte keinen

Maßstab für das, was sie aufgab, denn ich erlebte ja nur, daß ihr aus Gründen, die ich weder anerkennen noch überhaupt nachfühlen konnte, mit grausamer Härte begegnet wurde. Ich empfand nichts Trennendes darin, daß sie Katholikin war, und hätte den Übertritt zur evangelischen Kirche niemals von ihr verlangt; als sie ihn aber freiwillig vollzog, schien mir darin eine neue Gewähr für unser Glück zu liegen, allein im Gedanken daran, daß die Frage, welcher Konfession unsere zukünftigen Kinder angehören sollten, nun keinen Konfliktstoff mehr bilden konnte. Damit wäre meine Stellung genau umschrieben, und ich kann nur hinzufügen, daß alles, was damals geschah, um Elisabeth anderen Sinnes zu machen, mir wie das Schauspiel eines ohnmächtigen Anlaufes gegen das Bollwerk unserer unerschütterlichen Einigkeit vorkam – so sicher war ich ihrer und meiner selbst. Das war nun also die *andere* Ebene, auf der ich mich befand und von der aus ich mein Recht verteidigte – es war eine natürliche – eine rein menschliche Ebene, wie du siehst, von der aus mir deine Diskussion mit Rolffs erschien wie die formale Debatte zweier Advokaten in einem Prozeß, über dessen Ausgang von vornherein kein Zweifel bestehen konnte...«

»Ganz recht – ganz recht –.« Dominikus hatte sehr aufmerksam zugehört, den Blick auf die Lampe gerichtet, deren Abbild, winzig verkleinert, in seinen Brillengläsern stand, und die dünnen Lippen zu einem wissenden Lächeln verzogen, das beinah schmerzlich wirkte. Alves, der ihn während des Sprechens nicht aus den Augen gelassen hatte, hatte damit zu tun, die in ihm aufsteigende Frage zurückzudrängen, auf welchem alten Bilde ihm dieser Kopf mit dem schwarzen Käppchen über der Tonsur, diese ausgehöhlte Gestalt im strengen Priesterkleid schon begegnet sei. Sie bleiben sich gleich durch alle Jahrhunderte, hatte er unklar gedacht – es ist der Ausdruck – nicht nur die Tracht... Nun sagte Dominikus: »So war es – und ich sah es ja damals auch ein. Du wirst mir zugeben, daß ich dieser Ebene gerecht zu werden suchte.«

»Wenn du damit meinst, daß du gewissermaßen das Feld

räumtest«, sagte Alves sarkastisch, »so will ich nicht widersprechen. Ich hatte aber eher den Eindruck, daß dein Abgang einer taktischen Überlegung entsprach. Und dieser Eindruck war wohl auch richtig, wenn ich ihm auch zunächst kein Gewicht beilegte.«

»Ein Rückzug im Gefühl, geschlagen zu sein, war es allerdings nicht«, sagte Dominikus; »ich räumte eine Vorpostenstellung, die weiter zu verteidigen Kraftverschwendung gewesen wäre. Ich wußte, daß statt meiner nun andere Kräfte eingesetzt würden. Aber es war mein Fehler, daß dieses Bewußtsein mir damals eine gewisse Genugtuung bedeutete – und daß ich das wahrscheinlich durchblicken ließ. Ich habe viel darüber nachgedacht in den letzten Jahren – ich verstehe jetzt alles viel besser.«

Er zögerte einen Augenblick und fuhr dann fort: »Damit will ich sagen, daß ich es mir nicht mehr anmaße, zu verurteilen, wo menschliche Verhältnisse sich dem großen Heilsplan der Kirche nicht einfügen lassen oder nicht einordnen wollen. Vielleicht, weil ich eingesehen habe, daß dieser Heilsplan nicht an die Erfüllung in dieser Zeit gebunden ist. Ja, ich *wußte* das von Anfang an, aber als ich jung war, machte es mich zornig und unduldsam. Vielleicht auch hochmütig. Ich hätte es damals nicht zugegeben, daß auch das Verhalten unseres Vaters nicht in Übereinstimmung mit dem Gebot Christi stand...«

Er brach ab und schien in Grübelei zu versinken. Alves, durch diese unerwarteten Zugeständnisse leicht verwirrt, sagte nach einer Weile des Schweigens: »Versteh mich recht – ich selber höre aus deinen Worten nichts heraus, als was mir persönlich nicht innerlich entspräche – aber dürftest du dich einem deiner kirchlichen Oberen oder auch nur einem Amtsbruder gegenüber in diesem Sinne äußern? Geschwiege denn, diesen Geist der Toleranz vor einer Gemeinde vertreten?«

»Das, mein Lieber«, antwortete Dominikus, »das würde ganz darauf ankommen, wen ich vor mir hätte. Inter pares ist wohl alles auszusprechen erlaubt, was nicht zynischem Rationalismus entspricht, sondern einer Erkenntnis – oder auch einem ehrlichen Zweifel. Solche Gespräche stehen unter dem Beichtsiegel. Ich glaube also heute, daß das große und einfältige Gebot Gottes selbst von denen, die es verkündigen, niemals erfüllt werden kann, und wenn man dahin gekommen ist, beginnt man die Satzungen, Vorschriften und Regeln, durch die die Kirche dem menschlichen Wesen dies Gebot zu vermitteln sucht, als menschliche Ausdeutung göttlicher Inspiration zu erkennen – man wird behutsam im Urteil solchen Fällen gegenüber, wo die Satzung sich nicht gegen ein Abweichen unmittelbar von der Lehre Christi, sondern gegen ein Mißachten einzelner kirchlicher Vorschriften richtet. Womit ich die Autorität der Kirche nicht in Frage zu stellen beabsichtige – im Gegenteil – ich erkenne ihr alle Rechte zu, die ihrem Auftrag entsprechen, aber eben auch jene Vollmachten, gewissen Situationen gegenüber Milde zu üben – Vollmachten, von denen sie jederzeit Gebrauch machen wird, wo eine Nachgiebigkeit im Einzelfall nicht eine Gefährdung des Ganzen bedeuten würde.«

Alves antwortete nach einigem Nachdenken: »Du weißt, daß ich kein Theologe bin. Zudem bin ich als evangelischer Christ auch – Protestant, und das so vorwiegend, daß ich es in manchen Stücken sogar meiner eigenen Kirche gegenüber bin. Als Historiker hege ich der katholischen Kirche gegenüber mindestens die gleiche Ehrfurcht wie dem mir teuren Bekenntnis, in das ich, wie du es vorhin ausdrücktest, hineingeboren bin. So weiß ich nicht, ob ich dein ›inter pares‹, wenn es mich denn einschloß, ernstlich auf mich beziehen darf. Denn wenn ich auch verstehe, daß du einer gewissen Objektivität hinsichtlich der Satzungen deiner Kirche Raum zu geben bereit bist, so bleibt diese Objektivität doch durch deine grundsätzliche Anerkennung der Autorität dieser Kirche bedingt – während wir letztlich keine andere Autorität in Fragen des Gewissens anerkennen als – nun ja: die höchste.«

Dominikus machte wieder seine einschränkende Handbewegung. »Das führt uns zu weit, lieber Freund, das führt uns vom Gegenstand ab, auf den wir doch hinauswollen. Übrigens kenne ich deine Stellung besser, als du annimmst, ich bin nämlich seit Jahren Abonnent und Leser der Jahrbücher deines Geschichtsvereins. Ja, ich lasse mir regelmäßig allerlei Lesestoff schicken, nicht nur Theologie – man braucht ein Gegengewicht, wenn man unter Papageien, Affen und Negern lebt, – nun, und was deine Jahrbücher betrifft, so war mein Interesse natürlich nicht rein sachlich bedingt. Es lag mir daran, auf diesem Umweg etwas näher bekannt mit dir zu werden.«

»In Anbetracht des rein wissenschaftlichen Charakters meiner Arbeiten kann das allerdings nur eine recht unpersönliche Bekanntschaft gewesen sein«, sagte Alves. Er dachte sehr bescheiden von seiner schriftstellerischen Befähigung, in der er nur ein Mittel zum Zweck der Mitteilung seiner Forschungsergebnisse sah; jedoch empfand er etwas wie dankbare Überraschung angesichts der Entdeckung, daß Elisabeths Bruder sich seiner, wie er, von sich aus schließend, angenommen hatte, nicht allein im Lichte ihrer einmaligen, negativ verlaufenen Begegnung erinnert hatte. Er selbst hatte in der Tat kaum je an diesen Schwager gedacht, es sei denn als an eine der Verkörperungen jener Vergangenheit, die Gewalt über Elisabeths Seele hatte – eine Gewalt, der gegenüber er sich ohnmächtig fühlte.

»Weniger unpersönlich vielleicht, als man annehmen sollte«, meinte Dominikus freundlich; »denn, siehst du, daß du in dem von dir angedeuteten Sinne Protestant und außerdem Historiker seiest, konnte ich diesen Arbeiten recht gut entnehmen. Ebenfalls, daß du in beiden Eigenschaften von Ehrfurcht bestimmt seiest, und in dieser Haltung der Ehrfurcht liegt nun doch ein sehr persönliches Element. Denn das protestantische Gelehrtentum unserer Tage ist zwar immer historisch ausgerichtet, so daß man in gewisser Beziehung sagen kann, daß die Begriffe Protestant und Historiker sich decken – aber die Haltung, in der sich das ausdrückt, ist keineswegs immer ehrfürchtig, weder der Geschichte gegenüber noch gegenüber dem, wogegen – protestiert wird. Was nun mich betrifft – ich bin einfach ein Diener meiner Kirche und in keiner Weise Historiker; nebenbei bin ich ein alter Kräutersammler – also, was man einen Botaniker heißt –, vielleicht auch etwas von einem Gärtner, denn das gehört für mich dazu.«

»Es gehört zu deinem Orden«, sagte Alves lächelnd; »die Benediktiner haben immer auch den Boden bestellt.« Er sprach zerstreut, den inneren Blick auf ein anderes angeschlagenes Thema gerichtet. »Was du da über das protestantische Gelehrtentum bemerktest«, fuhr er nachdenklich fort, »oder vielmehr dein Paradoxon, daß die Begriffe Protestant und Historiker sich heute in gewissem Sinne nahezu deckten, erscheint mir zwar so sehr cum grano salis gesagt, daß das Salz den eigentlichen Geschmack – die Wahrheit dessen, worauf du anspielst – nicht hervortreten läßt. Jedoch weiß ich schon ungefähr, was du meinst, und es trifft nicht einmal nur auf das Gelehrtentum, also auf die gegenwärtig herrschenden theologischen und philosophischen Richtungen protestantischer Konvenienz, zu, sondern auf die ganze mit dieser autoritären Mitte zusammenhängende und von ihr beherrschte und beeinflußte Bildungsschicht – mit einem Wort: auf das akademische Bürgertum. Die evangelische Kirche, die diese Entwicklung auf Gedeih und Verderb mitmachen muß und es zum Teil in Abwehrstellung, zum Teil in aufgeschlossener Bereitschaft tut, steht wieder einmal in einer inneren Krise. Soweit die genannten Kreise sich noch in einem traditionellen Verhältnis zu ihr wissen, wohnen sie dem in resignierter Distanzierung bei, indem sie weiter am überkommenen kirchlichen Brauchtum festhalten und die innerkirchlichen Gegensätze möglichst auf sich beruhen lassen. Dies Verhalten erzeugt eine Atmosphäre, in der sich zwischen den Vertretern der Kirche und den Laien nur noch sozusagen gesellschaftliche Beziehungen herausbilden. Die seelsorgerische Autorität des Geistlichen wird pro forma anerkannt, aber nicht beansprucht – es sei denn im Rahmen herkömmlicher amtlicher Handlungen.«

Er verstummte und rauchte eine Weile schweigend vor sich hin, während er sich fragte, worauf er eigentlich hinauswolle. »Ich hole da sehr weit aus«, sprach er schließlich weiter, »und habe doch eigentlich nur das Bedürfnis, dir meine eigene

Situation darzulegen. Dazu ist es im Grunde kaum nötig, auf die ganze ungeheuer komplizierte Lage, in der sich die evangelische Kirche und mit ihr die letztlich durch sie bedingten geistigen Kreise nicht erst von gestern auf heute befinden, einzugehen – aber andeuten muß ich sie. Die Kräfte des Protestantismus, unter dessen Vorzeichen unsre Kirche ins Leben getreten ist, haben es an sich, sich sowohl positiv als negativ auswirken zu können, und wenn der Ausgleich nicht rechtzeitig erfolgt, liegt die Gefahr der Selbstzerstörung nahe. Ja, es läßt sich wohl sagen, daß unsrer Kirche von Anfang an eine Tendenz zur Selbstaufhebung innewohnte, und daß sie nur, soweit sie evangelisch in echtem Sinne ist, die Kraft hat, dieser Tendenz zu widerstehen... Genug. Was mich betrifft, so bin ich in jenem konventionellen Christentum protestantischer Prägung, das ich zu skizzieren versuchte, aufgewachsen und erzogen worden, dessen Ethik stark humanistisch gefärbt ist und das der Kirche wohl mit Respekt gegenübersteht, aber eigentlich kaum Gebrauch von ihr macht. Zum bewußten Bekenntnis zur evangelischen Kirche kam ich erst durch mein Studium, das heißt, ich erkannte damals, was mich von anderen Formen des christlichen Bekenntnisses trennte und mich diese anderen Formen ablehnen ließ. Das war aber eine grundsätzliche Entscheidung und Stellungnahme, die an meiner allgemeinen objektiven Haltung gegenüber den historisch gewordenen Erscheinungsformen der anderen christlichen Konfessionen nichts ändern konnte, und so blieb mein Verhalten meiner Kirche gegenüber nach wie vor zwar positiv bejahend, aber passiv im Hinblick auf eine Beteiligung am kirchlichen Leben. Ich hoffe, mich dennoch einen Christen nennen zu dürfen, jedenfalls bin ich es in der Beziehung, daß ich die Entscheidung darüber eben – der höchsten Instanz anheimstelle, womit ich auch jedenfalls einem grundlegenden Postulat meiner Kirche entspreche, daß nämlich letztlich alles von der Gnade abhänge. Allerdings treiben Christen meiner Art dies Postulat vielleicht derart auf die Spitze, daß die Kirche sich wohl mit dieser Autonomie kaum einverstanden erklären dürfte...«

Er hielt von neuem inne. Dominikus verharrte in seinem Schweigen, er tat keine Zwischenfrage, er gab auch kein Zeichen innerer Beteiligung von sich; er ließ nur eben erkennen, daß er zuhörte und weiter zuhören würde. »Ist das nun eigentlich ein Monolog oder – eine Beichte?« fragte sich Alves verwirrt. »Ich ermüde dich«, sagte er unsicher.

»Aber nein, ich bitte dich, sprich weiter! Es ist mir sehr wichtig, dies alles von dir zu erfahren.«

»Nun gut. Es bleibt auch nicht mehr viel zu sagen. Ich habe bisher nur ein paar allgemeine Ergänzungen zu deiner Auffassung des historisch bedingten Protestantismus von heute gegeben, und was ich von mir persönlich sagte, blieb auch an der Peripherie. Zunächst müssen wir ja wohl auf die besondere Situation kommen, die für uns gemeinsam mit diesen Fragen zusammenhängt und an der wir beide beteiligt sind: ich in erster Linie als Elisabeths Mann, du als ihr Bruder – und in zweiter Linie du als Priester deiner Kirche, ich als Bruder – und als – unzulängliches – Glied der meinigen...«

Dominikus hatte die Hand erhoben. »Verzeih, wenn ich dich unterbreche«, sagte er sanft, »bei mir liegt das Verhältnis umgekehrt.«

»Nun, wie du willst. Es war ja auch damals nicht anders – damals vor dreiundzwanzig Jahren. Ich in erster Linie als – Mensch, du – als Priester. Dazu paßt das Geständnis, das ich dir machen muß; es wirft ein besonderes Licht auf meine Unzulänglichkeit. Ich habe es erst durch Elisabeths Auffassung kirchlicher Pflichten – ich meine jetzt, *der* Pflichten, die sich nach ihrer Auffassung aus ihrer Zugehörigkeit zur evangelischen Kirche ergaben – erfahren und erlebt, welche Konsequenzen für die Lebenshaltung das Bekenntnis zu Luthers Lehre und Kirche von seinen Anhängern verlangt, und habe hier erst einen Maßstab dafür bekommen, wie kirchenfremd ich selber im Grunde war. Denn Elisabeth hat sich mit fast fanatischem Eifer bemüht, eine *gute* evangelische Christin zu sein, sie ließ es nicht damit sein Bewenden haben, daß sie das Bekenntnis ihres Mannes teilte, sie suchte es aktiv zu beweisen, daß sie sich der Autorität der Kirche unterstellt habe. Sie hatte sich nun in der ersten Zeit mit manchem abzufinden, nicht nur, was meine Passivität hinsichtlich einer solchen Betätigung betraf, sondern auch mit dem gewissen gewohnheitsmäßigen und unpersönlichen Schematismus, der damals wie heute noch das Leben unsrer Gemeinde beherrscht. Aber da unsere Vereinigung durch eine elementare und ganz unbedingte und unwiderstehliche Gewalt erfolgt war, da sie dann auch gleich durch unsre ersten Kinder aufs glücklichste beschäftigt und ausgefüllt war, kam sie darüber hinweg, indem sie mir stillschweigend das Vertrauen erwies, mir ein Recht auf meine Art, mich als Christ zu bewähren, zuzugestehen. Ich möchte an diesem Punkte vorwegnehmen, daß dies bis heute so geblieben ist, das mit dem unbedingten gegenseitigen Vertrauen, und daß die Gewalt, die uns zusammengeschlossen hat, nämlich unsere Liebe, sich als unerschütterlich bewährt hat. Unsere Ehe *ist* unauflöslich, ob sie vor euch gilt oder nicht.«

Er hatte die letzten Worte wie eine Herausforderung hervorgestoßen und war verstummt, als erwarte er eine Antwort. Aber Dominikus schwieg.

Alves faßte sich und fuhr fort: »Ich konnte nach den ersten drei Jahren annehmen, daß sie, soweit das möglich war, das Zerwürfnis mit ihrer Familie verwunden hatte und daß sie wieder eine unbestimmte tröstliche Hoffnung auf eine zukünftige Versöhnung hegte. Aber dann kam der Krieg – dann kam der Tod eurer Brüder... Vor allem Leonhards Tod ist es gewesen, der den Abgrund aufriß. Wahrscheinlich ahnst du nicht, wie dein Brief damals auf sie wirkte?«

Dominikus sagte leise: »Ich kann es nur vermuten, sie hat mir niemals geantwortet. Ich bitte dich, fortzufahren.«

»Sie erwartete damals unser drittes Kind. Es kam verfrüht zur Welt – ihr Körper weigerte sich, es auszutragen. Es war nicht lebensfähig. Elisabeth lag dann viele Monate krank, aber die Ärzte sagten mir, daß es mehr ihr seelischer Zustand als die körperliche Krankheit sei, die ihre Genesung gefährde. Sie war in Schwermut verfallen, war selbst mir gegenüber völlig unzugänglich, die Kinder schienen ihr gleichgültig geworden zu sein. Dies Jahr ist die einzige Zeit unsres Zusammenlebens gewesen – bis vor kurzem –, in der auch ich am Leben verzweifelte. Und doch – sie war sanft, sie war nachgiebig, ließ alles mit sich geschehen – nur – abgewandt, allem, was Leben war, abgewandt. Sie schien die Sprache verloren zu haben, kaum daß sie antwortete... Ich habe sie dann schließlich, eigentlich ohne jede Hoffnung, zu einem alten Pfarrer gebracht, der damals durch merkwürdige Heilerfolge an seelisch Erkrankten weithin berühmt geworden war...«

»Blumhardt?« fragte Dominikus.

»Du weißt es also?«

»Ich weiß von ihm. Es konnte nur dieser eine sein...«

»Er war es. Von dort kam sie verändert zu mir heim. Gesund? Ja, wie weit das Gesundheit war, wage ich heute nicht mehr nachzuprüfen. Nur dies weiß ich, daß sie mir wiedergeschenkt war, daß unsre gegenseitige Nähe da war wie zuvor und wenn möglich für mich noch beglückender. Die Vergangenheit schien damals wirklich vollkommen von ihr abgefallen zu sein, ihr Leben hatte seinen Schwerpunkt in meinem, sie nahm auch viel stärker an meiner Arbeit und meinen Interessen teil als zuvor. Was die Kinder betrifft, es wurde uns dann ja noch unsre Maria geboren – so war sie ihnen eine vorbildliche Mutter. Aber hier, gerade hier, trat das hervor, was mich jetzt im Rückblick zweifeln läßt, ob ihre Genesung echt war.«

»Und wie das?«

Alves war in schmerzliches Grübeln versunken; die halblaute Frage ließ ihn aufseufzen.

»Es ist möglich, daß nur mir in meiner hinsichtlich eines rituellen Ausdruckes des religiösen Lebens von der ihren so verschiedenen Art vieles am Anfang ungewohnt und – nun ja, übertrieben erschien. Ich bin ohne Hausandachten, auch ohne den Zwang, den sonntäglichen Kirchgang regelmäßig einzuhalten, aufgewachsen. Solange meine Mutter lebte, gab es das Tischgebet, nachdem sie gestorben war – ich war damals fünfzehn – hörte das auf, denn es war meinem Vater kein

Bedürfnis. Ich möchte hier bemerken, daß mein Vater Arzt war, aufopfernd in seinem Beruf – ich kann wohl sagen, daß ich kein besseres Vorbild eines schweigsamen praktischen Christentums vor Augen hätte haben können als ihn. Für ihn verstand sich diese Haltung von selbst, sie ist überhaupt kennzeichnend für den Kreis, auf den ich mich vorher bezog – also für das akademische Beamtentum protestantischer Prägung. Selbstlose Pflichterfüllung bis zum äußersten, unbedingte Voraussetzung jener Grundsätze und Maßstäbe, die nur als christlich bezeichnet werden können – aber stillschweigende Voraussetzung, die keiner Unterstreichung bedarf. Hierüber ließe sich noch sehr viel sagen, aber es führt von unsrem Thema ab. Daß Elisabeth mit den Kindern betete, sobald sie sprechen konnten, daß sie das Tischgebet wieder einführte, entsprach auch meinen pädagogischen Ansichten. Nun, nach ihrer Heimkehr aus Bad Boll führte sie außerdem Morgen- und Abendandachten ein, übte Choräle mit ihnen, hielt darauf, daß sie den Kindergottesdienst besuchten, überwachte ihre Lektüre und bevorzugte dabei eine ganz bestimmte Art von Kinderbüchern. Die Kinder bekamen auch von klein auf eine Vorstellung vom Kirchenjahr, da ihre Mutter sie diese Jahreseinteilung bewußt miterleben ließ, und ich müßte mich beinah schämen, einzugestehen, daß auch mir hier ganz neue Begriffe aufgingen, denn wenn ich auch im Religionsunterricht und in den Konfirmandenstunden davon gehört hatte, so hatte sich dies Wissen doch schnell verflüchtigt, da es niemals zur Anwendung gekommen war. Da nun Elisabeth niemals von mir verlangte, daß ich mich an den häuslichen Andachtsübungen beteiligte, und ich sie meinerseits ruhig gewähren ließ, hätte ja alles in Ordnung sein können; ja, ich wäre wohl zu überzeugen gewesen, daß den Kindern hier etwas vermittelt wurde, was in meiner eigenen Kindheit und Jugend gefehlt hatte – eine frühe Gewöhnung an eine Sinngebung des Lebens, der Arbeit, und eine Erziehung des Gewissens. Warum ich dennoch immer eine Art von Unbehagen bei der Beobachtung von Elisabeths Bemühungen empfand – ein Unbehagen, so stark, daß ich mir nicht anders zu helfen wußte, als indem ich von dem allem so gut wie keine Notiz nahm – das kam wohl durch den unabweisbaren Eindruck, daß meine Frau hier weniger aus innerem Antrieb, also aus einem freudigen Glauben, handelte, als – wie soll ich sagen – in Befolgung eines unverrückbaren Vorsatzes, in der ängstlichen Erfüllung von Pflichten, die sie in ein System gebracht hatte, von dem abzuweichen einen Sturz zurück in die weglose Dunkelheit ihrer Krankheit bedeutet hätte. Ich wäre in Verlegenheit, wenn ich diesen Eindruck, den ich hatte, im einzelnen begründen sollte – ich könnte es eigentlich nur damit umschreiben, daß ich immer das Gefühl hatte, als folgte sie mit dieser gewissenhaften, fast skrupulösen Einhaltung einer bestimmten Gesetzlichkeit weniger einer freudigen Neigung oder handelte so in der ruhigen Sicherheit starken Glaubens, sondern als zöge sie mit unerbittlicher Strenge gegen sich selbst die Konsequenzen aus der Tatsache, daß sie ein Glied der evangelischen Kirche war und daß sie ihre Kinder im Geist dieser Kirche zu erziehen hatte. Wie sie das aber durchführte, das diente vor allem ihr selbst zur Innehaltung der vorgezeichneten Richtung, von der abzuweichen unweigerlich heißen müßte, sich wiederum den Fängen unbarmherziger Selbstzerfleischung, den Drohungen und Foltern des Schuldgefühles, den zersetzenden Selbstvorwürfen, der ausweglosen Verzweiflung auszuliefern ...«

»Du meinst also«, fragte Dominikus nach einer Pause vorsichtig, »daß sich dies alles nicht eigentlich innerhalb der Beziehungen zwischen der menschlichen Seele und der göttlichen Welt abspielte, sondern gewissermaßen im Vorfeld des Glaubens, oder – deutlicher gesagt – daß hier die Erfüllung des Gesetzes etwas wie die Umgebung der Wahrheit – ein Ausweichen vor der vernichtenden Auseinandersetzung mit dieser Wahrheit darstellte?«

»Es ließe sich so ausdrücken; es kommt in gewissem Sinne darauf hinaus.« – »Und – welcher Art Wahrheit wäre das in diesem Fall?« fragte Dominikus, und sein Ton war gewichtlos, als handele es sich um eine beiläufige Feststellung.

»Es ist die Tatsache, daß Elisabeth nicht über den durch das, was sie doch immer als ihren Ungehorsam empfindet, verursachten Bruch mit dem Vater hinwegkommen kann und noch weniger über Leonhards Tod, an dem sie sich mittelbar schuldig glaubt; das ist nie zwischen uns zur Sprache gekommen, aber ich weiß es.« Alves sprach mit einer Gelassenheit, die ihn selbst erstaunte; dabei war er sich dessen bewußt, daß er das Aussprechen dieses Wissens gleich dem Abwälzen einer Felsenlast von seiner Brust empfand. Er hatte dem noch niemals so unumwunden Ausdruck gegeben, weder Elisabeths Arzt noch jenem alten, ihm ehrwürdig, aber doch fremdartig erscheinenden Pfarrer in Bad Boll gegenüber; und dieser hatte ja auch kaum Fragen an ihn gerichtet, als er ihm Elisabeth gebracht hatte. Er hatte sich damit begnügt, zu erfahren, welche Gründe das Zerwürfnis mit der eigenen Familie hatte und welche Ereignisse in der letzten Zeit die seelische Verdunkelung hervorgerufen hätten. Alves war ihm dankbar gewesen, daß es ihm nicht zugemutet wurde, über das zu reden, was zwischen Elisabeth und ihm ruhte als dunkles, schweres Geheimnis, das sie niemals berührten – das Geheimnis dieser Schuld, die er nie als solche anerkannt hätte, die aber bestand, weil sie selbst sie als solche fühlte und an ihr krankte als an einem Riß, der ihr mitten durchs Leben ging. Dann hatte die heilende Kraft, die von Blumhardt ausging, bewirkt, woran der Arzt verzweifelt war, die Herstellung des inneren Gleichgewichts, das Wiedererwachen des Willens und die entschlossene Wendung zur Gegenwart – zu ihm, zu den Kindern. Er hätte glücklich, hätte dankbar sein sollen.

»Ich wußte es nur zu bald«, hörte er sich wieder in diesem Ton trockener Gelassenheit sagen, »daß Elisabeths sogenannte Genesung sich auf einer tief in sie eingedrungenen, gewiß zunächst heilsamen Selbsttäuschung aufbaute. Worüber sie sich täuschte, das war nicht die Substanz der heilsamen Kräfte, mit denen sie durch Blumhardts Vermittlung wieder in Verbindung gebracht worden war – nichts gegen diesen Mann! Er äußerte mir gegenüber, daß er selbst einen gewissen

Vorbehalt hinsichtlich der Dauer dieser Genesung machen müsse, was ich erst später ganz verstand. Nein – sie täuschte sich über die Möglichkeit, das, was ihr Verstand bejahte und guthieß, allein durch den Willen so durchführen zu können, daß sie ›Ruhe fände für ihre Seele‹. Ich weiß nicht, ob ich mich klar ausdrücke?«

»Ich weiß, was du meinst...«

Alves seufzte tief auf. »Elisabeths Verstand ist klar, ihr Wille sehr stark«, sagte er, »aber es ist manchmal, als sei bei ihr dort, wo Verstand und Gefühl einander durchdringen müßten, ein Vakuum. Und das Gefühl ist bei ihr so mächtig, daß es alle Dämme, die der Verstand aufrichtet, immer wieder überwältigt. Dann hört sie auf, zu denken – dann kommt die Angst, diese ganz elementare Angst über sie, aus der sie keinen Ausweg weiß als immer wieder nur die Flucht nach rückwärts – wo ihr die Türen verschlossen sind – oder waren...«

»Du kannst kaum wissen, was es für mich bedeutet, das alles einmal aussprechen zu können«, fuhr er nach einer neuen Pause fort, »es sind dies ja Dinge, die einem an der Leber fressen wie dem angeschmiedeten Prometheus der Adler. Das Schwerste war immer, daß es unmöglich ist, ihr zu Klarheit über sich selbst zu verhelfen. Sie hat das, was sie in Wahrheit quält und woran sie sich unbewußt verzehrt: den Zorn und die Unversöhnlichkeit des geliebten Vaters – den Tod des Bruders – unter die Formel des konfessionellen Problems gebracht. Demnach war alles Unglück durch ihre Konversion verursacht; war nun diese Konversion aufrichtig geschehen, dann war sie vor Gott gerechtfertigt – dann war der Vater im Unrecht, und die Schuld an Leonhards verzweifeltem Schritt fiel auf ihn. Nun galt es ihr, immer wieder sich selbst zu beweisen, daß sie eine überzeugte, eine aufrichtige und eifrige evangelische Christin sei. Eine der stärksten Stützen ihrer Rechtfertigung war dabei zweifellos die große Harmonie unserer Ehe und daß sie keinen Grund hatte, mich nicht für einen aufrichtigen evangelischen Christen zu halten –, davon war sie – und ich glaube, nicht mit Unrecht – so tief überzeugt, daß sie mir meine liberale Haltung in einer Art von Demut, die mich tief rührte, stillschweigend zugestand. Hier fand also mit Bezug auf mich die Begründung ihrer Rechtfertigung vom Gefühlsmäßigen her statt, eine Begründung, die sie sich dem Vater gegenüber eben um dieser Rechtfertigung willen versagte, indem sie alles mit der Frage nach der Wahrhaftigkeit ihres Bekenntnisses verquickte. Nun, ich gehöre nicht zu den Männern, die eine Genugtuung empfinden bei der Beobachtung, daß – weibliches Denken eben weibliches Denken ist. Wo aber dies Denken nicht nur das ist, was wir unlogisch nennen, wo die Unlogik außerdem in ein System gebracht und dieses System zum Lebensprinzip erhoben wird, da schlägt es ins Gefährliche um. Akut wird die Gefahr, wenn das System angegriffen und zur Selbstverteidigung gebracht wird. Das hätte jedenfalls in unsrem Fall auf Elisabeths Seite zur Versteifung des Grundsätzlichen geführt und die Möglichkeit zu einer freiwilligen und natürlichen inneren Anpassung an die Tatsachen inhibiert. Diese Tatsachen...«

»Ja – welches sind hier eigentlich die Tatsachen?« fragte Dominikus.

»Du möchtest hören, daß ich mir jetzt ebenso klar darüber bin, wie du es wohl von Anfang an gewesen bist«, sagte Alves nicht ohne Bitterkeit. »Daß du dies erwartest, entnehme ich jedenfalls der Langmut, mit der du mich anhörst. Ich möchte diese Tatsachen auf eine einzige, grundlegende reduzieren. Ich gehe dabei von der Voraussetzung aus, daß du mich immerhin als einen Christen gelten läßt – meinetwegen mit allem Vorbehalt. Aber wenn wir alles aus dem Wege räumen oder doch einmal von allem absehen, was uns trennt – den Ausgangspunkt und das Ziel haben wir doch gemeinsam...«

Dominikus machte eine Kopfbewegung, die Zustimmung ausdrücken mochte. Alves sprach weiter, vorgebeugt sitzend, die zwischen den Knien gefalteten Hände fest zusammenpressend: »Diese grundlegende Tatsache ist die, daß bei der Entwicklung dieses Verhältnisses von Anfang an christliche Beweggründe überhaupt nicht mitsprachen und daß konfessionelle Standpunkte, sowohl von seiten deines Vaters als von Elisabeth, nur zur Deckung rein menschlicher und triebhafter Gegensätze bezogen worden sind. Das ist zweifellos in jener Form von Selbsttäuschung, die man als Gutgläubigkeit zu bezeichnen pflegt, geschehen, aber das furchtbare Irrsal und Leiden, zu dem es geführt hat, verbietet es, daß wir diese Selbsttäuschung länger ernst nehmen. Euer Vater, dessen Andenken herabzusetzen mir fernliegt, ließ bei der Behauptung seines katholischen Standpunktes sein tief gekränktes väterliches Autoritätsbewußtsein und die enttäuschte Liebe zu seiner Tochter zweifellos ebenso mitsprechen wie seine Rechtgläubigkeit – aber war er mit dieser Haltung noch Christ? Das steht außerhalb jeder Diskussion und wird nicht mehr hier entschieden. Über Elisabeths Selbsttäuschung zu sprechen, ist mir schwer – gerade weil diese Selbsttäuschung bei ihr durch die Liebe zu mir entstand – weil sie mir zuerst nicht als solche erschien und ich alle Hoffnung hatte, Elisabeth würde in der evangelischen Kirche eine neue Heimat finden. Ihr Entschluß zum Übertritt aber – das ist mir längst klargeworden – geschah in einer Gefühlsaufwallung, die nichts mit einer geistigen Entscheidung zu tun hatte. Er war ihre einzige Rettung vor der Verzweiflung über jenen letzten grausamen Brief eures Vaters. Sie motivierte ihren Schritt damals damit, daß bei den Evangelischen das Gebot der Liebe gehorsamer erfüllt werde – ach, schon dieses arme kleine Argument hätte mich nachdenklich machen sollen, denn womit hatte die evangelische Kirche ihr das bis dahin bewiesen, als damit, daß sie in diesem Fall, wie nicht anders zu erwarten war, ihren persönlichen Wünschen entgegenzukommen bereit war, schon allein dadurch, daß sie auch einer gemischten Ehe nicht so unduldsam gegenüberstand wie die katholische Kirche? Aber ich habe einen langen Weg zurücklegen müssen, um zu begreifen, daß das, was unsre Kirche ihr dann bot, eben des kräftigsten Bindestoffes entbehrte, dessen ihre erdverwurzelte Natur zur Verwirklichung des Glaubens bedurfte – der Verquickung mit der Erinnerung an früheste Lebenszeit, an Elternhaus und Geschwister – an das

Bild, den Geruch, den Geschmack der Heimat. Wenn sie das alles damals aus ihrem Herzen ausgerottet und unter die Füße getreten zu haben meinte, so hat eben damit die Selbsttäuschung bei ihr begonnen. Elisabeth ist katholisch gewesen – und geblieben! – in dem Sinne, wie sie die Tochter ihrer Eltern, besonders ihres Vaters war: mit dunklem Verfallensein an Zusammenhänge, die natürlich, nicht geistig bedingt sind – oder geistig doch nur, sofern Geistiges hier allen durch das Blut, durchs Gefühl aufgenommen ward und sich in halb unbewußten Antrieben geltend machen konnte. Das Blut aber – das Blut vergißt nicht. Nichts ist so konservativ wie das Blut.«

»Das entspräche annähernd dem, was ich meinte, als ich sagte, daß man in seine Konfession hineingeboren würde«, äußerte Dominikus nach einer Weile zurückhaltend; »und du hast recht – für viele Christen von heute bleibt dies das Entscheidende. Ich muß dir sagen, daß die Kirche mit dieser Gegebenheit rechnet...«

»Die katholische Kirche«, warf Alves ein.

»Ganz recht – die Kirche. Wir sehen in diesem weitverbreiteten Gewohnheitschristentum die Garantie unseres Einflußgebietes – wir überschätzen es nicht, aber wir pflegen und stützen es, ohne den einzelnen zu überfordern. In diesem Licht ist der Haltung unsres Vaters die Berechtigung nicht abzusprechen, und in diesem Licht ist in Lisas Anfall und den Folgen, die er gehabt hat, Schuld zu sehen, der gegenüber die Kirche sich nicht anders verhalten konnte und kann, als sie getan hat und tut. Dies alles vorausgesetzt, muß ich aber deine Beobachtungen bestätigen. Alle diese Kämpfe haben sich, vom Wesen, von der Essenz des Glaubens her gesehen, im Vorfeld eigentlicher christlicher Entscheidungen abgespielt. Es ist jenes Vorfeld, in dem schlechthin Heidnisches weniger bekehrt als traditionell kirchlich überformt einem Gärungs- und Läuterungsprozeß unterzogen wird, der für den einzelnen – für die einzelne Seele – voller Gefahren und Anfechtung ist, denn er soll ja zur Wiedergeburt führen, zum Durchbruch des Wesens. Und meiner Erfahrung nach, lieber Freund – der Erfahrung eines alten Heidenmissionars nach also: Es ist leichter, ja, helf mir Gott, es ist dankbarer, einem echten Heiden zu diesem Durchbruch zu verhelfen als einem armen verirrten Christenmenschen, der seinen Glauben als ein fertiges Erbe übernommen hat samt allem, was ihm an natürlichem Erbe zufiel. Ja, damit meine ich auch unsre Elisabeth. Und wenn ich das alles auch unter einem anderen Gesichtswinkel und aus einer anderen Distanz sehen muß als du, so glaube ich doch, daß außer dir niemand so stark begreifen und nachfühlen kann wie ich, durch welche Qualen und Ängste sie geschleift worden ist und durch welche Finsternis du sie begleitet hast. Wir führen hier ein interkonfessionelles Gespräch, wie es nur dort möglich ist, wo sich zwei Christen nicht in irgendeinem Vorfeld, sondern unmittelbar unter dem Kreuz begegnen, und wenn ich vorher sagte, daß ich dir gegenüber gewisse Dinge als ›inter pares‹ aussprechen zu dürfen glaubte, so war damit diese Gleichheit unter dem Kreuz gemeint, denn hier ermangeln wir voreinander jeglichen Ruhmes, und es gilt nur, was wir um des Kreuzes willen auf uns genommen und – vielleicht – auch erkannt haben. Und nun, nachdem wir das geklärt haben, möchte ich zurückkommen auf deine Anmerkung hinsichtlich der Bedingtheit meiner Objektivität durch das, was du meine ›grundsätzliche Anerkennung der Autorität der Kirche‹ nanntest: Diese Anerkennung ist nicht nur ›grundsätzlich‹ – sie ist durchaus unbedingt.«

Alves, noch aufgewühlt durch das Vorhergegangene und in einer starken inneren Spannung, da er fühlte, daß das Gespräch sich einer entscheidenden Wendung näherte, sagte verwirrt: »Ich wäre dir dankbar, wenn du dich näher erklärtest – ich weiß nicht ganz, warum du hierauf zurückkommst.«

»O Freund«, sagte Dominikus mit einem Seufzer, »ich bin ja nicht wie du ein Mensch, der sich mitten in der Welt in der Nachfolge Christi müht. Ich bin nun einmal ein Priester der Kirche, und das heißt, ein verantwortlicher Träger der Ordnung, innerhalb derer Christus sich erst offenbart. Inwieweit du und deine Glaubensgenossen das anerkennen, steht hier nicht in Frage, und darüber wollen wir nicht debattieren. Auch nicht darüber, ob die Kirche der von ihr vertretenen Ordnung in allen Stücken gerecht wird. Wo sie das nicht tut, würde das doch nichts an dieser ihr offenbarten Ordnung ändern können. Sie ist unabänderlich, heilig und in sich gerechtfertigt, auch dort, wo sie irrig gehandhabt wird – denn der Irrtum liegt nicht in ihr. Und da es so ist, und da ich ein überzeugter Diener dieser Ordnung bin, wirst du verstehen, daß ich zu diesem Zeitpunkt nicht nur als euer Freund und Bruder, auch nicht nur als guter Sohn, der seine alte Mutter nicht allein reisen lassen wollte, zu euch gekommen bin, nicht nur, um an einem Versöhnungsfest teilzunehmen, sondern – mit einem Auftrag.«

Alves dachte: Ich wußte es ... Er starrte auf den vorgebeugt dasitzenden hageren kleinen Mann in der abgenutzten schwarzen Soutane, der jetzt die Brille abnahm, sie vorsichtig auf den Tisch legte und ihm den von unpersönlicher Güte gemilderten starken Blick seiner dunklen Augen voll zuwandte: »Es ist an dem, daß Lisas Wunsch, in die Kirche zurückzukehren, vorerst nicht erfüllt werden kann«, sagte er mit einer Trockenheit, als gelte es nun, ein Gutachten über einen beliebigen Fall seelsorgerischer Praxis zu erteilen; »auch, wenn sie bereit sein sollte, bei einer Wiederaufnahme die Ungültigkeit eurer Ehe, die dann für die Kirche bestehen würde, voll anzuerkennen und sich für den Rest ihres Lebens allem zu unterziehen, was die Kirche ihr aufzuerlegen für gut befinden würde. Und das wäre nicht anders, auch wenn wir die Überzeugung gewonnen hätten, daß die Reue über ihren Abfall sie bis in die letzte Tiefe ihrer Seele ergriffen hätte und wenn die Gewißheit einer echten Umkehr bestünde. Das ist vorläufig nicht der Fall; ob es sich ändern kann, müssen die nächsten Jahre erweisen. Wir bezweifeln nicht, daß sie selbst den heißen Wunsch hat, wieder in die Kirche aufgenommen zu werden – wir bezweifeln nur, daß es die richtigen Beweggründe sind, die hinter diesem Wunsch stehen. Anders ausgedrückt – die Kirche ist nicht die Kinderstube, in die man zurückflüchten kann, um der Verantwortung ledig zu werden – ihre Sakramente sind nicht ein

Opiat, um das Gewissen zu übertäuben. Du, als Elisabeths Mann, bist über ihren seelischen Zustand klarer im Bilde, als sie selbst es ist, und deine Beurteilung ihres so unauflöslich mit dem Bedürfnis nach einem Allerweltsheilmittel und nach einer von außen erfolgenden Lösung aller inneren Schwierigkeiten verworrenen Wunsches nach Aufhebung der Exkommunizierung stimmt mit dem Eindruck ihres hiesigen Seelsorgers und Beichtigers überein – von meinen eigenen Vermutungen, die in dieselbe Richtung gingen, abzusehen. Schließlich habe ich meine Schwester von ihrer frühen Kindheit an bis zu ihrer Verheiratung gekannt – und als der viel Ältere besser gekannt als sie mich.«

Alves sagte bitter: »Ja – ich war und bin mir klar über meines armen Weibes Verworrenheit – selbst ich! Was wäre denn unsere Ehe wert gewesen, wenn ich nicht zu dieser Klarheit gekommen wäre – unsre in euren Augen ›ungültige‹ Ehe! Aber dies sage ich dir: daß ich so weit war und jetzt bereit wäre, auch dies letzte Opfer zu bringen – die Trennung widerstandslos auf mich zu nehmen, wenn ihr nur damit geholfen wäre. Ich nehme nicht an, daß du imstande bist, zu begreifen, was ich damit ausspreche. Jetzt wirst du wahrscheinlich annehmen, daß ich heimlich triumphiere, weil nun alles so bleiben wird, wie es war – weil ihr ihr Leiden verwerft und sie weiter ihrer Not und Verzweiflung überlaßt – weil eure Ordnung die Barmherzigkeit Christi, auf den ihr euch beruft, nicht kennt. Triumph – ach nein – dazu bin ich schon zu tief mit ihr in den Abgrund hinuntergerissen! Ich weiß nur – daß ich weiter mit ihr durch die Finsternis gehen werde, versuchen werde, sie zu schützen – vor sich selbst zu schützen – bis wir endlich, endlich zusammen dort stehen werden, wo *das* Gericht, das ich allein anerkenne, über uns beide entscheiden wird.«

Er war während des Sprechens aufgestanden und hatte begonnen, im Zimmer auf und nieder zu gehen, indem er dies alles, stockend vor innerer Erregung, hervorbrachte. Zuletzt war er an seinem mit beschriebenen Blättern und Studienmaterial beladenen Schreibtisch stehengeblieben, als fände er hier einen Halt, als suche er, sich hier zu verschanzen. Was in ihm vorging, darüber wagte er nicht recht nachzudenken. Triumph – nein, das wahrlich nicht! Aber, wenn er von Opferbereitschaft sprach, wenn er damit diesem Wächter der Schwelle gegenüber, der Elisabeth den Eintritt ins Heiligtum verwehrte, leidenschaftlich ihre Partei ergriff – war es ihm nicht doch eine ungeheure, eine kaum faßbare Erleichterung angesichts der Tatsache, daß dies Opfer ihm – ihm und den Kindern – nicht zugemutet werden würde? Blieb diese Erleichterung nicht bestehen, auch wenn das, was nun bevorstand, nichts sein würde als eine unabsehbare Fortsetzung dieses Lebens unter der Wolke von Elisabeths Schwermut? Und – würde er weiter die Kraft aufbringen können, sie, wie er es eben mit hochmütiger Selbstsicherheit ausgesprochen hatte, zu schützen – vor dem zu schützen, was in dieser Schwermut an kaum noch beherrschter Gefahr drohte?

Er wußte es selber kaum, daß er sich nun hier an seinem Arbeitsplatz, dieser seiner trostvollsten Zuflucht, niedergelassen hatte und das Gesicht in den Händen barg. Ich war so weit, *alles* hinzunehmen, sagte er sich – alles, wenn es ihr geholfen hätte, und – ich hätte es überstanden. So weit war ich. Nun – wird alles weitergehen – alles –.

Dominikus hatte seinen Stuhl herumgerückt und saß ihm zugewandt, eine scharfgeschnittene Silhouette am Rande des Lichtkreises, der die Lampe umgab. Er sprach nicht, und nur diese Zuwendung im Raum drückte aus, daß er bereit war, weiter zuzuhören und geduldig zu antworten; aber eben dies war es, was Alves nun mit verzweifelter Nervosität erfüllte, denn was konnte jetzt noch gesagt werden? Er war im Begriff, zu bitten, man möge die Fortführung des Gespräches, da nun ja das Entscheidende gesagt worden sei, auf den nächsten Tag verschieben, als Dominikus nun doch zu reden begann.

»Über das Letzte Gericht wollen wir keine Theorien aufstellen«, sagte er, »wir können wohl alle nur auf Gnade hoffen. Es wird dann ja nicht darüber entschieden, ob wir auf Erden recht gehabt haben, sondern ob wir Liebe vor sogenanntem Recht gehen ließen – etwas, was hier so selten offenbar wird, daß es sich menschlichem Urteil entzieht...« Er machte eine Pause und begann dann zögernd noch einmal: »Mein Lieber, es ist nun meine Pflicht, dich auf den Weg aufmerksam zu machen, der dich und Lisa und eure Kinder aus jeglichem Irrsal und in einen guten Frieden führen könnte – aber freilich glaube ich, im voraus zu wissen, daß dieser Weg für dich nicht gangbar sein wird.«

»Und welcher Weg wäre das?« fragte Alves müde und wußte schon, während er sprach, was die Antwort sein würde. »Wenn du und deine Kinder mit Elisabeth in die Kirche heimkehrtest – es ist nur ein Hinweis, kein Rat, geschweige denn ein Vorschlag.« Dominikus sprach sehr leise und obenhin; »es wäre die Lösung aller Schwierigkeiten – aber ich weiß, daß es für dich nicht in Frage kommt.«

»Ich verstehe, daß du es zur Sprache bringen mußt«, sagte Alves höflich, »aber du wirst ebenso verstehen, wenn ich nicht weiter darauf eingehe. Abgesehen von allem, was mir, meinen Söhnen und, wie ich hoffen kann, auch der kleinen Maria diesen Schritt unmöglich macht, würde er ja auch nur eine jener Entscheidungen im Vorfeld des Glaubens bedeuten – eine Entscheidung also nicht aus innerster Überzeugung, sondern zugunsten – ja, zugunsten unsres häuslichen Friedens, zugunsten der Wegräumung beständiger Spannungsmomente, zugunsten, mit einem Wort, eines entwölkten Himmels über unsrem Alter. Also, wenn wir uns nicht belügen und das alles in ein Opfer zugunsten der Rettung von Elisabeths Seele umfälschen wollen, würde es rein um sehr irdischer Zwecke willen geschehen.« Dominikus sah ihn nachdenklich an. »Es würde in erster Linie der Wiederherstellung der Ordnung dienen«, sagte er, »innerhalb dieser Ordnung stellt sich dann das Gleichgewicht her, das nicht unbedingt mit irdischem Behagen zusammenfallen muß.«

»Dieses Experiment wurde ja auch durch Elisabeths Konversion gleich zu Beginn unserer Ehe unternommen – wenn auch mit entgegengesetzten Vorzeichen.« Alves sprach mit kaum unterdrücktem Sarkasmus. »Nimm an, daß ich mit den Kindern überträte, daß wir dann aber nach kurzem rückfällig würden und unsererseits wieder den Konflikt in unser Zusammenleben hineintrügen, der von jeher das bittere Gewürz unserer Ehe war... Dies ein gedachter Fall – nur um zu demonstrieren, was ja eigentlich auf der Hand liegt. Aber – was die Wiederherstellung der Ordnung betrifft, so hätte ich jetzt wohl endlich die Pflicht zu erfüllen, dir vorzustellen, daß die Wahrung der gottgewollten Ordnung nicht ausschließlich ein Auftrag und Vorrecht der katholischen Kirche ist. Verzeih, es erscheint mir beinah beleidigend, anzunehmen, daß ich dich darüber belehren müßte.«

»Wir wollen im Rahmen unserer gemeinsamen Angelegenheit bleiben«, sagte Dominikus bittend, »es lag nicht in meiner Absicht, unsere Aussprache zu einer Diskussion über grundsätzliche Fragen unserer verschiedenen Glaubensformen werden zu lassen.«

»Aber wäre es nicht gut, wenn diese Diskussion überall, auf engster und auf breitester Basis, zwischen einzelnen und in der Öffentlichkeit, endlich aufgenommen würde? Lebt nicht unser Volk seit drei Jahrhunderten, was seinen christlichen Glauben betrifft, in einer einzigen – Mischehe, deren innere Gegensätzlichkeit zu überwinden wäre, wenn sie nicht von seiten beider Kirchen immer wieder geschärft, überspitzt und aktiviert würde!?«

»Wir können das heute nicht einbeziehen«, sagte Dominikus leise und nachdenklich, »wir müssen bei unserem Thema bleiben. Laß mich mit meinem Auftrag zu Ende kommen.«

»Deinem Auftrag?« wiederholte Alves erstaunt. Er entsann sich, daß der Ausdruck schon einmal gefallen war, aber er hatte ihn nicht in wörtlichem Sinne aufgefaßt. »Ich sagte es schon«, antwortete Dominikus sanft; »ich habe nicht ein persönliches Gutachten ausgesprochen, wenn ich dir darlegte, daß die Kirche Elisabeths Verlangen einstweilen nicht stattgeben kann. Sie wird eine Bewährungszeit zu bestehen haben, ob diese absehbar ist oder sich länger hinziehen wird, steht dahin.

Dieser Bescheid der Kurie liegt schon seit einer Weile beim hiesigen bischöflichen Vikariat, aber es war dem Pater Herdegen nahegelegt, tunlichst auf Elisabeths Seelenzustand Rücksicht zu nehmen und ihr über alles hinwegzuhelfen. Herdegen hat dir dann nahegelegt, unsere Mutter aufzusuchen – ich meine, es war sehr weise gedacht von ihm. Er hat dann auch veranlaßt, daß ich die Mutter begleite, als er von meinem Urlaub hörte – es sind da allerhand Briefe zwischen hier und Würzburg hin und her gegangen, und schließlich ist es so gekommen, daß es mir auferlegt wurde, Elisabeth von dem Verdikt in Kenntnis zu setzen. Ich werde es morgen tun – die Mutter im Hintergrund zu wissen, das wird alles dämpfen – wo die Mutter ist, da kommt keine Verzweiflung auf, und sie wird dann ja bei euch bleiben, solange es nötig ist, so lange, bis die Lisa sich wieder gefangen hat. Du wirst sie kennenlernen, die Mutter – ich brauche nichts weiter zu sagen. ›Lieblich sind die Füße derer, die den Frieden verkünden...‹, das gilt für sie.«

»Und warum«, konnte Alves sich nicht enthalten, zu fragen, »warum hat sie dann ihren Einfluß nicht geltend gemacht, um die Versöhnung zwischen eurem Vater und Lisa herbeizuführen?«

»Warum? Weil sie genug zu tun hatte, den Vater vor sich selbst zu schützen – wie du es bei der Lisa zu tun hast. Du hast ihn nicht gekannt – aber du kennst deine Frau. Die Lisa und der Leonhard waren immer *seine* Kinder – nur war er viel mächtiger im Temperament als sie und – er *regierte*. Laß uns das jetzt nicht alles aufwühlen. Die einzige, die Einfluß auf ihn hatte – nein, die ihn abzulenken und in den bösesten Stunden seinen Schutzengel zu vertreten verstand, – ja, das war sie, aber ändern – ändern konnte auch sie ihn nicht. Überlaß es ihr jetzt, mit der Lisa fertig zu werden, dafür ist sie die Mutter; nehmt sie einfach auf, als hätte sie immer dazugehört – es wird dann alles so gut werden, wie es werden kann.«

»Und sie?« konnte Alves sich nicht enthalten, zu fragen – »weiß sie es, welche Aufgabe ihr zugedacht ist? Wird sie sich dazu verstehen, in einem Ketzerhause zu bleiben?«

Dominikus schien die Herausforderung nicht zu spüren, jedenfalls ging er nicht darauf ein. »Die Mutter? Ihretwegen brauchst du dir keine Sorge zu machen«, sagte er unbefangen; »die wüßte auch unter Kannibalen immer das Rechte zu tun, und ihr – ihr seid doch ihre Kinder...«

Alves konnte ein Lächeln nicht unterdrücken und verzichtete darauf, zu antworten. Ohne Falsch wie die Tauben – klug wie die Schlangen, dachte er anerkennend. Nein, hier war es besser, sich nicht auf ein Wortgefecht einzulassen.

Nachdem der Mann und die Kinder am Spätnachmittag jenes Tages das Haus verlassen hatten, um zum Bahnhof zu gehen, war Elisabeth Alves hinauf ins Schlafzimmer gegangen und hatte das Arbeitskleid, in dem sie bis jetzt die Vorbereitungen für das festliche Abendessen in der Küche und das Tischdecken im Saal überwacht hatte, mit dem grünen Tuchkleid vertauscht, das sie an Feiertagen zu tragen pflegte. Als sie vor dem Spiegel stand, um die schwere Brosche aus Gold und schwarzem Email, die aus dem Besitz ihrer Schwiegermutter stammte, sorgfältig am Abschluß des mit einer dichtgekrausten, cremefarbenen Rüsche besetzten Stehkragens zu befestigen, glaubte sie zu erkennen, daß die milchige Blässe ihres Gesichtes heute die zarten Schatten unter den grünblauen Augen ebenso wie den goldfarbenen Schimmer von Wimpern, Brauen und Schläfenhaar und die helle Röte des breitgeschwungenen Mundes stärker hervortreten ließ als sonst. Sie starrte ihr Spiegelbild eine Weile an wie eine von ihr abgelöste Erscheinung, erschrak dann vor dem wie festgefrorenen Ausdruck der Trostlosigkeit, der dies Gesicht beherrschte, und wandte sich ab. Vielleicht, dachte sie beunruhigt, sehe ich immer so aus und achte nur sonst nicht darauf. Und warum heute? Weil ich bange bin, daß sie mich sehr verändert finden werden – das ist es, wovor ich mich fürchte, davor am meisten. Es sind mehr als dreiundzwanzig Jahre, beinahe ein Vierteljahrhundert... In zwei Jahren ist unsere silberne Hochzeit... Daß *sie* sich verändert haben, fürchte ich nicht, glaube es auch nicht – die

Mutter kann sich gar nicht verändern. Vielleicht hat sie weiße Haare bekommen, vielleicht ein paar Falten – aber was macht das? Ich würde es gar nicht sehen, Eltern verändern sich nicht. Auch nicht, wenn sie gestorben sind – sie bleiben – sie bleiben ... Und Dominikus – was wußte ich viel von Dominikus? Aber er wird noch wissen, wie ich war, denn er ist ja soviel älter, und sie werden sehen, wie verändert ich bin. Mein Gott – ich bin von ihnen weggegangen, und sie wußten nicht, wohin. Ich wußte, wo sie waren, aber sie konnten nichts von mir wissen – wollten nichts von mir wissen, – weder das Gute noch das Böse ... Doch die Mutter wird es immer gewußt haben – sie wußte immer alles, wenn sie es auch nie sagte; aber wenn sie mich nun sieht – ich war doch so schlank – und jetzt – so schwer – so langsam – alt – alt ...

Sie führte den Finger über das Kinn die Kehle hinab bis dahin, wo der Kragen die Linie aufnahm und verdeckte, seufzte und suchte mit den Fingerspitzen die Haut der Wangen über den Backenknochen zu straffen – neigte den Kopf und berührte die silbrige Strähne, die sich durch ihren Scheitel zog. Das weiche Licht der beiden Kerzen, die zu den Seiten des Spiegels brannten, hätte über dies alles hinwegtäuschen können, und sie gehörte nicht zu den Frauen, die sich von einem gewissen Alter an ihres herbstlichen Welkens ständig schmerzlich bewußt sind; aber in dieser Stunde suchte sie ängstlich nach den Spuren jener Züge, die, wie sie annahm, die Mutter und der Bruder wiederzufinden hoffen mußten. Selbst die Augen – ja, auch die Augen waren anders, ganz anders geworden, dachte sie schmerzlich. Nun aber blies sie entschlossen die Kerzen aus und wandte sich ab von sich selbst. Wenn ihre Gestalt schwerfällig geworden war, ihre Bewegungen waren rasch und sicher; die Genauigkeit, mit der sie das Zimmer jetzt durch gewohnheitsmäßige Griffe in Ordnung brachte, gehörte zu den seit langem bewährten Mitteln, die innere Unruhe, die Angst, die in der Tiefe immer stoßweise atmete wie ein nur leise schlafendes sprungbereites Tier, in Schach zu halten. Die Mutter, sagte sie sich, würde nicht ruhen, bis sie schon an diesem ersten Abend das Haus vom Erdgeschoß bis hinauf in den Giebel in Augenschein genommen hätte. Wenn sie darauf verzichtete, das würde ein Zeichen sein, daß sie wirklich alt geworden sei, ein bedenkliches Zeichen. Jedenfalls mußte alles so sein, daß sie sogleich den richtigen Eindruck bekäme – daß sie sähe, hier war alles untadelig, hier würde auch der Vater nichts auszusetzen haben – der Vater, der immer prophezeit hatte, niemals würde diese Tochter eine Hausfrau werden, wenn sie überhaupt einen Mann finden würde, der es mit ihr wagen würde!

Elisabeth öffnete das Fenster und hörte vom Dom herüber die Stunde schlagen. In fünf Minuten mußte der Zug einlaufen; sie fühlte, wie ihr die Hände kalt wurden, aber sie nahm sich zusammen. Noch einmal machte sie die Runde durch alle Zimmer, am längsten in dem alten Kinderzimmer im oberen Stockwerk verweilend, das nun das Familienwohnzimmer geworden war, in dem auch ihr Nähtisch am Fenster stand, und unten in den Räumen ihres Mannes, wo sie sich in seinem Stuhl niederließ, um den Geruch – Mischung von Tabakaroma, leichtem süßlichen Moderhauch, wie alte Bücher ihn ausströmen, und jenem unbestimmbaren Etwas sinnenhaft persönlicher Erinnerung – einzuatmen wie ein beruhigendes Fluidum. Dennoch wuchs ihre innere Erregung so stark, daß sie kaum noch zu denken vermochte. Sie fand sich plötzlich in dem für die Mutter vorbereiteten Zimmer, das ebenfalls im Erdgeschoß, nach dem Garten zu, lag, und überprüfte noch einmal mechanisch alles – das Bett, den Waschtisch – ob die Fußbank vor dem bequemen Sessel am Fenster stand, ob die Kohlen im Ofen richtig durchgebrannt waren, und dann entzündete sie die Lampe auf dem ovalen Mahagonitisch in der Mitte des Zimmers und zog die Vorhänge zu, um das verdämmernde Tageslicht auszuschließen. Sie ging zur Tür und blickte noch einmal um sich – dies Zimmer war immer ihre Wochenstube, war einmal fürchterliche Monate lang ihr Krankenzimmer gewesen – sie hatte es seit Jahren gemieden. Konnte es wahr sein, daß jetzt ihre Mutter hier einziehen würde? Sie überschritt mit wankenden Knien den kleinen Seitengang, der von der Diele her abzweigte, und betrat nun völlig wie schlafwandelnd den Saal, ohne den gedeckten Tisch noch einmal einer Prüfung zu unterziehen. Sie ging bis zu dem Empiresofa vor dem einen der beiden nach der Straße gerichteten Fenster; die hohe Lampe inmitten des Tisches leuchtete still, die Vorhänge aus dem gleichen dunkelblauen Seidenrips, mit dem die bronzeverzierten Möbel bezogen waren, waren zugezogen; die alte englische Standuhr zwischen den Fenstern ließ ihren eintönigen Pendelschlag hin und her gehen; es war so still, daß Elisabeth zusammenschrak, als eine der überblühten Spätrosen in der Kristallvase auf dem Schreibschränkchen sich mit einem winzigen Geräusch des Vergehens entblätterte. Sie stand mit dem Rücken zur Lampe regungslos da: Jetzt war der Wagen in die Straße eingebogen und rasselte über das grobe Pflaster näher und näher. Nun hielt er vor dem Hause; fast gleichzeitig zog jemand die Glocke, das Mädchen rannte über die Diele und öffnete. Die Stimmen der Angekommenen, ihre Schritte auf den zur Haustür führenden steinernen Stufen, in der Diele...

Elisabeths Augen waren auf die Tür gerichtet, sie rührte sich nicht. Plötzlich hob sie unbeholfen die Hand und bekreuzigte sich. Sie wollte ein Stoßgebet sprechen, es fiel ihr nichts ein als »Lieber Gott, hilf uns doch!« Die Tür tat sich auf, ohne daß zu sehen war, wer sie geöffnet und gleich darauf wieder lautlos hinter der kleinen alten Frau geschlossen hatte, die in ihrem schwarzen Umhang, das gebänderte Kapotthütchen auf dem zierlichen Vogelhaupt, eingetreten war und, vom Licht ein wenig geblendet, doch mit dem alten unvergessenen Strahlen der dunklen Augen auf die Tochter blickte. Elisabeth tat ihr einen taumelnden Schritt entgegen, sank aufschluchzend ins Knie und umklammerte sie mit den Armen.

»Aber, geh, Lisa, – Kind, so etwas braucht es doch nicht! Jetzt gibt's doch nichts mehr zu weinen, jetzt wird doch alles wieder gut! Gleich stehst du auf und läßt dich anschauen! So – so – also, da muß ich ja staunen! Mädchen, bis' du aber stattlich geworden!«

Nur einen Augenblick lang hatten die kleinen Hände Charlotte Dornblühs das gesenkte Haupt der Tochter fest und zärtlich umfangen, hatten ihre Lippen auf Elisabeths Stirne geruht; dann hatten dieselben Hände energisch zugegriffen, die Kniende zum Aufstehen zu bewegen. Elisabeth hatte sich wankend erhoben. »Du weinst ja selber, Mutter«, stammelte sie. »Ah, woher – freuen tu' ich mich doch... (komm, Lisa, wollen es uns doch nicht unnötig schwer machen!). Gewöhnen muß ich mich halt, daß du es bist – und daß du so große, liebe Kinder hast und einen so guten Mann! Ja – das sehe ich: Das *ist* ein guter Mann! Und schön habt ihr es – schön! Jetzt möcht' ich mir aber erst einmal die Hände waschen...«

Elisabeth hatte sie, in einem Atemzug weinend und lachend – »Kind, bis' du aufgeregt!« – hinüber in ihr Zimmer geführt. »Hier soll ich schlafen? Aber das geht doch nicht – wen vertreib ich denn da? Habt ihr denn so viel übrigen Raum? Nein, das bin ich nicht mehr gewöhnt – da komm' ich mir ja vor, als wär' ich wieder daheim auf unserem Jägerhof...« Während sie mit zielbewußten Bewegungen Hut und Mantel ablegte und zum Waschtisch ging, es Elisabeth überlassend, die Sachen im Schrank zu bergen, sprach sie ununterbrochen weiter. Ja, ein wenig eng habe sie es in letzter Zeit gehabt, aber wie hätte es anders sein können bei der großen Familie und den vielen Dienstleuten auf dem Weingut bei »Christophs Fanny und dem braven Leopold Dornblüh?!« Fanny, das wisse Elisabeth doch, habe zwei Jahre, nachdem der Christoph gefallen sei, den Vetter Leopold geheiratet – wer hätte es ihr verdenken können? Und die beiden hätten sich Christophs Eltern gegenüber immer verhalten wie eigene gute Kinder. Als dann der Vater fortgemußt habe – Elisabeth erfuhr bald, daß die Mutter vom Tode des Vaters immer nur sprach, als habe er sich auf eine Reise begeben – ja, da hätten die beiden nicht geruht, bis sie zu ihnen gezogen sei. Sie sei ja auch gern in das alte Hause zurückgekehrt, in dem sie ihre Jugend verlebt habe, sie habe gemeint, nun schließe sich der Ring, und der Vater habe sie gewiß selbst zurückgeführt. »Aber dann scheint er es sich anders überlegt zu haben, oder es war überhaupt nur ein Übergang – er hat nichts gegen diese Reise gehabt – ganz im Gegenteil... Und ich habe immer gewußt, ich habe es gewußt, daß ich dich noch wiedersehen muß, ehe ich mich mit allem abfinde...«

Sie bewegte sich mit leisem Geflatter im Zimmer umher und redete weiter so vor sich hin, anscheinend ohne es zu vermissen, daß Elisabeth kaum etwas sagte. Die Kleider mußten ausgehängt werden, es waren nicht viele, die aus dem alten Seehundsfellkoffer zutage kamen; das eine wurde dann gleich angelegt, ein Seidenkleid, grau mit feinen weißen Nadelstreifen und Spitzen an Hals und Ärmel. Ein Duft nach Obst und Eau de Cologne hatte sich ausgebreitet, auf der Kommode lagen Reihen von Äpfeln; Elisabeth stand davor und atmete tief. Sie hatte den Koffer auspacken dürfen, hatte Wäsche und Nähzeug, Schuhwerk – wie zierlich war es! – Briefmappe und Schreibpapier eingeordnet, das Gebetbuch und das kleine elfenbeinerne Kruzifix auf den Nachttisch gelegt; das achatene Kästchen, zur Aufbewahrung von Briefmarken bestimmt, das bauchige Riechfläschchen aus Millefioriglas, die winzige Pyramide der vier opalisierenden Glaskugeln, die wie erstarrte Seifenblasen geheimnisvoll spiegelten – unvergeßliche Wunder der Kindheit, und doch, wie lange nicht mehr erinnert, wie lange versunken – waren durch ihre Hände gegangen...

»Komm, Lisa, – komm nun!« sagte die Mutter drängend, »ich bin fertig – nun muß ich dein Haus sehen!«

Zwei Stunden später war auch das Familienessen vorüber. Letzte Rosen und Astern aus dem Garten hatten den Tisch geschmückt, die beiden fünfarmigen Messingleuchter hatten warmes Licht ausgestrahlt; Elisabeth, die Mutter zur Rechten, den Bruder zur Linken, am oberen – Alves zwischen seinen Söhnen am unteren Ende des Tisches und Maria zwischen Dietrich und dem Onkel Dominikus der Großmutter gegenüber – es hatte wie ein feierlicher Bann über dieser ersten Mahlzeit gelegen, und nur die beiden Männer hatten versucht, eine zusammenhängende Unterhaltung zu führen, bei der Alves sich bewußt war, daß sie ohne die geschickten Fragen und Anregungen, die Dominikus aufwarf und mit denen er ihn zum Reden brachte, kaum zustande gekommen wäre, denn er selbst war durch den Anblick des blassen, verklärt leuchtenden Gesichtes seiner Frau, durch die Tränen, die ihr, ohne daß sie es zu bemerken schien, immer wieder in die Augen traten, befangen und abgelenkt. Die Kinder hatten, wie sie es von jeher gewohnt waren, hinter ihren Stühlen stehend das Tischgebet gesprochen, indem jedes seinen Satz des »Aller Augen warten auf dich, Herr« sagte, worauf der vierte Vers, von allen dreien gemeinsam gesprochen, folgte, in den die Eltern und diesmal auch die Gäste mit dem »Amen« einfielen. Alves beobachtete, fast ohne hinzusehen, wie Elisabeth dabei die Hand hob, als wolle sie, wie Mutter und Bruder es in selbstverständlicher Gewohnheit taten, das Kreuz schlagen, und sie verwirrt wieder sinken ließ. Von den Kindern schien nur Franz es bemerkt zu haben; er sah undurchdringlich und abwehrend aus und antwortete auf die Fragen, die der Onkel zuweilen auch an ihn richtete, mit zurückhaltender Höflichkeit. Dietrich fühlte sich sichtlich verwirrt durch den Blick der Großmutter, der immer wieder zu ihm zurückkehrte und auf ihm ruhte wie auf einer unfaßbaren Erscheinung. Die alte Frau sprach während der Mahlzeit so gut wie gar nicht und aß nur wenige Bissen, aber zuweilen wandte sie auch dem neben ihr sitzenden Franz die klugen glänzenden Augen aufmerksam zu oder lächelte Maria an, die die einzige unbefangen Vergnügte zu sein schien und sich gelegentlich mit frohen Zwitscherlauten in die Unterhaltung der Männer mischte. Es war dann Dominikus gewesen, der das Zeichen zum Aufheben der Tafel gegeben hatte, indem er freundlich, aber bestimmt feststellte, die Mutter sei zwar gewiß die Jüngste am Tisch, müsse aber gerade deswegen nun zur Ruhe gebracht werden. Auf den Protest hin, der seitens der alten Dame sehr energisch erfolgt war, hatte er behaglich gesagt: »Ah was, Kinder wissen es nie, wenn sie müde sind!« Und nun hatte Elisabeth an diesem Abend zum erstenmal selbstvergessen aufgelacht, um gleich wieder ernst zu werden und erschrocken ins Leere zu starren. Nein, Dominikus war dem Vater nicht ähnlich; wenn einer der Brüder ihm in keiner Weise glich, so war er es: aber diese Worte und dieser Ton – so und nicht anders hatte der Vater die Mutter immer bevormundet, und auch die Weise, wie die Mutter sich jetzt nach grundsätzlichem Widerspruch fügte, wie sie der männlichen Autorität ihr Recht einräumte, eigener Vorbehalte unbeschadet, das wehte mit einer Schattengebärde der Vergangenheit über sie hin, die sie ob des Unvergänglichen, das hier spürbar ward, erschauern ließ.

Sie hatte, während die Mutter sich zur Nachtruhe vorbereitete, die Kinder hinaufgeschickt, hatte Mann und Bruder gute Nacht gesagt, da auch sie sich nach diesem Tage früh zurückziehen wolle, und dann noch abwesenden Geistes beim Abdecken des Tisches, beim Wegräumen des Silbers geholfen. Als sie leise bei der Mutter eintrat, war die Lampe schon ausgelöscht, und nur die Kerze in dem getriebenen Handleuchter auf dem Nachttisch brannte still und durchwob den dunkelgrünen Stoff der spanischen Wand, die das Kopfende des Bettes umschirmte, mit friedlichem Schein. »Bist du es, Kind? Ja, so komm doch nur! Beinahe wär' ich schon eingeschlafen ...«

Elisabeth setzte sich auf den Stuhl neben dem Bett. »Nur gerad' gut Nacht sagen, Mutter«, flüsterte sie.

»Ach, ich bin schon ganz ausgeruht – das gute Bett, die schönen Tücher und das Liegen – das tut wohl ...«

»Ist auch alles richtig, wie du es gewohnt bist, Mutter?« fragte Elisabeth zaghaft; »wenn du noch ein Kissen willst oder vielleicht noch eine Decke über die Füße – es ist gleich bei der Hand ...«

»Nichts, nichts, Lisachen. Was meinst du denn – ich war doch niemals verwöhnt. Ich werde schlafen wie in Abrahams Schoß und morgen früh meinen, ich hätte alles geträumt. Wird das aber schön sein, das Aufwachen – und alles ist noch da! Lisachen ...«

»Was denn, Mutter?«

»Ach – nur so.« Sie blickte lächelnd geradeaus. Elisabeth sah auf das zarte hagere Gesicht in der Umrahmung des weißen Nachthäubchens, das die Mutter schon früher immer getragen hatte. Sie hatte das bei den Klosterfrauen gelernt und war dabei geblieben; anders als ich, dachte Elisabeth, mir wollten sie es auch beibringen, aber ich – nein. Die Mutter trug auch noch das Kreuzchen um den Hals, das ihr ihre Patin, die Gräfin Walbrun, bei der Erstkommunion umgehängt hatte – das dünne Kettchen war unter dem Abschluß des feingefältelten Nachthemdes sichtbar. Jetzt sah Elisabeth auch zum erstenmal, daß der schmale Goldreif an der Rechten der Mutter sich verdoppelt hatte; unwillkürlich beugte sie sich vor und berührte ihn mit den Fingerspitzen. »Ach, Mutter!« seufzte sie; dann: »Er muß dir doch viel zu weit gewesen sein. Seine Hand ...« Sie verstummte und schüttelte verzweifelt den Kopf. Charlotte Dornblüh hatte ruhig ihre Hand gehoben und sie mit zufriedenem Ausdruck betrachtet. »Freilich war er zu weit, viel zu weit. Ich hab' ihn richten und mit meinem zusammenschmelzen lassen, wie er mir's noch selber angegeben hat. Lisa, Kind – laß das ruhen! Er ist jetzt darüber hinweg.« »Er – ja, er vielleicht. Aber wer kann das wissen?« Elisabeth war schluchzend auf die Knie gesunken und hatte den Kopf in die geöffneten Hände auf dem Bettrand gelegt. »*Ich*, Mutter – ich komme nicht darüber hinweg, nicht im Leben und nicht im Sterben. Ich muß es wiedergutmachen – ich muß – und es gibt nur den einzigen Weg!«

Charlotte Dornblüh seufzte, richtete sich halb auf und legte der Tochter die Hand auf das Haupt. »Komm, Lisa, komm!« Dann, nach einer Weile, als keine Beruhigung eintreten wollte: »Wie dicht dein Haar doch noch ist...« Das klang so unglücklich und zugleich so zerstreut, daß Elisabeths Schluchzen stockte und aufhörte. »Verzeih, ich will dich nicht quälen, Mutter«, brachte sie stoßweise hervor – »aber, du weißt ja nicht, die Jahre – all die Jahre ...«

»Doch, doch, ich weiß – ja, ich weiß«, sagte die leise Stimme begütigend, nahe und doch wie aus einer weiten Ferne – Stimme eines Engels auf der Flucht gleichsam. Ach, wie die Tochter das wiedererkannte, diese Abneigung der Mutter gegen jedes dramatisch gesteigerte Gespräch, diese Unmöglichkeit, ihr das Herz auszuschütten, vor allem, wenn es sich um eine Unstimmigkeit mit dem Vater handelte! Niemals auch hatte die Mutter in den Kämpfen der Kinder untereinander Partei ergriffen; sie hatte beschwichtigt, sie hatte zum Guten geredet, am liebsten hatte sie sich damit begnügt, abzulenken, so als sei der Gegenstand eines Streites, einer Meinungsverschiedenheit unter allen Umständen gleichgültig, wichtig allein die Notwendigkeit, wieder Frieden zu stiften. Da wurde dann eine Geschichte erzählt, da hieß es: ›jetzt helft mir erst einmal...‹ – beim Beerenlesen, beim Unkrautjäten – wobei es gerade angebracht sein mochte. Da wurde plötzlich miteinander gesungen, niemand wußte recht, wie es dazu gekommen war, aber hinterher hatte man meist vergessen, daß man sich in den Haaren gelegen hatte. Und wenn der Vater getobt, wenn er seine wilden und harten Strafen verhängt hatte, wenn die Kinder sich verkrochen, die Dienstleute sich geduckt hatten: Unbeteiligt und heiter hatte die Mutter dem beigewohnt wie einem Gewitter, an dem sich nichts ändern ließ. Sie steckte eine geweihte Kerze an, sie ließ es sich angelegen sein, nach jedem schweren Schlag durchs Haus zu gehen, um festzustellen, ob es nirgends gezündet habe, und was die Ausbrüche des Vaters betraf, so hatte sie für jeden Zorn eben das Tränklein bereit, das gerade in diesem Fall beruhigend wirken konnte. Gegen sie freilich hatte dieser unberechenbare Zorn sich niemals gewandt; es war gewesen, als könne sie tun, was sie wolle, wenn sie nur da wäre, wenn er sie nur hegen, auf Händen tragen und – in ihrer Nähe immer wieder mit sich selbst ins Gleichgewicht kommen könnte.

Dies alles so jäh erinnernd, als überkäme sie zum erstenmal eine Erleuchtung über die unabänderlichen Ursachen, darüber, warum alles so hatte kommen müssen, wie es gekommen war, fühlte Elisabeth die Verzweiflung, die sie auf die Knie geworfen hatte, in unbegreiflicher Weise verebben, ohne daß es ihr verwehrt war, Selbstanklage und zugleich Verteidigung, die in dieser Stunde nach Aussprache drängten, zu Worte kommen zu lassen. Sie weinte, aber es war ein erlösendes Weinen; die lindernde Hand blieb auf ihrem Scheitel ruhen, und die leise Stimme der Mutter redete jetzt. Wie im Selbstgespräch redete sie davon, wie doch diese Kinder, diese Enkel, die da in der Ferne herangewachsen waren, so wunderbar, so gut und so schön seien, und wie froh Elisabeth sein müsse über zwei Söhne, so brav und so sauber wie der Franz und der Dietrich, und über eine Tochter, die gleich einem »singenden, springenden Löweneckerchen« sei – »eine junge Lerche, ein Himmelsschatz«. Elisabeth, die sich wohl erinnerte, daß dies Namen waren, die der Vater für die Mutter selber gehabt hatte – woran die Mutter in diesem Augenblick vielleicht gar nicht dachte – sagte: »Wenn ihr nur nicht die Flügel versagen, wenn es einmal wirklich zu fliegen gilt ...« und: Ja, die Buben wären ganz brav, aber es müßte doch erst alles bewährt werden. Und dann, und nun wieder mit gramvoller Bitterkeit: »Da kann ich wohl froh sein, daß dir meine – Ketzerkinder gefallen ...«, wobei das Schluchzen sie von neuem ersticken wollte. Die alte Frau wartete, bis es sich wieder gelegt hatte, und sagte dann sehr gelassen: »Es sind nicht nur deine Kinder, Lisa, sie haben auch einen Vater. Und du weißt ja wohl, was du an ihm hast, denn ich weiß es jetzt schon.«

»Ob ich das weiß, Mutter – ob ich das weiß! Aber unser Vater – aber der Leonhard ... Meine Schuld – meine Schuld! Ich muß das gutmachen – ich muß den Vater versöhnen – auch mit dem Leonhard! Er läßt mir ja keine Ruhe – seit er drüben ist, ist wieder alles, alles so furchtbar. Jede Nacht träume ich von ihm wie damals, als ich so krank war. Ich hab' ihn überlisten – ich hab' ihn ins Unrecht setzen wollen – nein, nein, er behält recht, und ich muß zurück. Ich muß zurück und dort für ihn beten, wo er selber gebetet hat – sonst dringt es nicht zu ihm durch ...«

»Aber du betest doch nicht zu ihm, Kind – du betest doch *für* ihn – und ich meine immer: beten kannst du auch unter wilden Tieren und Heiden – und was heißt hier ›Ketzer‹? Ich habe sogenannte Ketzer gekannt, die waren bessere Christen als manche unserer Priester. Ach – liebes Kind – kannst du denn immer noch nicht einfältig glauben?«

Elisabeth hob jetzt den Kopf und fragte staunend: »Wie soll ich das jetzt verstehen?«

Charlotte Dornblüh hatte die Hand über die Augen gelegt und seufzte. »Wie soll ich es dir erklären – das ›Fürchte dich nicht, glaube nur!‹ Einfach alles vor Ihn bringen – einfach alles Ihm überlassen... So habe ich all die Jahre für dich gebetet – und als ich deinen Mann sah und eure Kinder und euer Haus – da dachte ich, es sei nicht vergeblich gewesen.«

Elisabeth sagte vergrübelt: »Aber die Schuld, Mutter – du kannst doch meine Schuld nicht aus der Welt beten, auch wenn du selber sie mir vergeben hast. Ich habe mich viele Jahre daran geklammert, daß die Schuld bei ihm läge, ja, beim Vater, und daß ich den mir vorgeschriebenen Weg gewählt hätte und ihn zu Ende gehen müßte. Ich – ich dachte, daß er selbst es eines Tages einsehen müßte und mir verzeihen – daß ich dann in Frieden mit ihm meinen Weg würde zu Ende gehen dürfen mit meinen Geliebten... Aber nein – er stirbt, er geht dahin im Zorn gegen mich, in Sünde und Ungerechtigkeit, und legt mir auch das noch auf – und – ich trage es nicht, ich trage es nicht!«

Sie hatte erst stockend und mühsam gesprochen, aber die letzten Sätze überstürzten sich und steigerten sich zu einem Aufschrei, den sie erstickte, indem sie die Hände vor den Mund preßte und das Gesicht verbarg. »Die Angst, Mutter«, flüsterte sie undeutlich, »die Angst – das weiß ja kein Mensch. Das kann nur gut werden, wenn – ich mich unterwerfe – sonst – sonst...«

Die alte Frau sagte etwas, es war nicht recht zu verstehen; vielleicht waren es nur Laute der Beschwichtigung. Elisabeth fühlte ihre Erregung wieder abklingen und fühlte Ermattung, Ernüchterung, die schwere Erschöpfung nach einer Ekstase der Selbstzerfleischung. Sie murmelte müde: »Verzeih, daß ich gleich am ersten Abend – ich wollte es nicht, es kam ganz von selbst...« Aber es kam keine Antwort. Sie hob den Kopf und blickte verstört auf die Mutter: mit geschlossenen Augen, das Gesicht ein wenig zur Seite geneigt und etwas wie ein Lächeln um den leicht geöffneten Mund, atmete Charlotte Dornblüh in friedlichem Schlaf wie ein Kind.

Elisabeth blickte eine Weile in erschrockener Ergriffenheit auf sie und flüsterte noch einmal: »Verzeih...« Dann erhob sie sich lautlos, brachte die Kerze zum Erlöschen und suchte sich behutsam den Weg durch das dunkle Zimmer, hinaus auf die Diele und die Treppe hinauf. Sie wußte nichts mehr, als daß nun auch sie schlafen würde. –

Elisabeth hatte zunächst lachend abgewehrt, als Dominikus am anderen Morgen nach dem Frühstück den Wunsch geäußert hatte, nun noch den Garten kennenzulernen, und zwar unter ihrer Führung, da er denn nicht abreisen könne, ohne seine diesbezüglichen Kenntnisse durch den Eindruck des Blumen-, Obst- und Gemüsebaus unter so nördlichem Himmelsstrich erweitert zu haben. Was er sich wohl für Erwartungen mache, hatte sie gefragt – da gäbe es wohl kaum einen Unterschied zwischen den Gärten diesseits und jenseits des Mains, zumal da sie sich auch immer bemüht habe, alles anzupflanzen, was in dem alten Garten hinter dem Jägerhof gedieh. Freilich wären ihre Rabatten voller Verbenen, Schleierkraut, Adonisröschen, Löwenmaul, Braut in Haaren, Nemesien und anderer altmodischer Blumen – voller Würzkräuter, die man hierzulande nicht kenne oder vergessen habe, in Gerdesheim viel bewundert und angestaunt worden, ihm aber würde das kaum imponieren können. Zudem sei es Herbst, und das meiste, was gestern noch blühend im Freien gestanden habe, könne er in den Vasen in den Zimmern betrachten, denn sie habe gestern fast alles geschnitten, um das Haus gebührend zu schmücken. »Aber natürlich – wenn du durchaus willst...« hatte sie zögernd hinzugefügt, als er ihr mit freundlicher Beharrlichkeit zugenickt und sich erhoben hatte. Sie hatte ihren Mann angeblickt und die Mutter, ob sie nicht mitkommen würden; aber Alves hatte auf die Uhr gesehen und hastig gesagt, er müsse auf einen Sprung hinüber ins Archiv, um nach der Post zu sehen, und die Mutter hatte fröhlich bekundet, sie hätte ja Zeit, der Garten laufe ihr nicht davon – sie müsse noch eine Tasse von dem vorzüglichen Kaffee trinken, und Maria würde ihr dabei Gesellschaft leisten. So war es also an dem, hatte Elisabeth plötzlich gewußt: der Bruder wollte allein mit ihr sprechen, und die anderen wußten es und waren im geheimen Einverständnis mit ihm. Die dunkle Beunruhigung, die sie bei dem Gedanken an das Wiedersehen mit ihm gespürt und die in den letzten Tagen in der allgemeinen Erregung ihres Herzens aufgegangen war, schob sich nun wieder schattend zwischen sie und das Licht dieses Morgens; zugleich aber wußte sie, daß dies unausweichlich war. Gesenkten Hauptes, keines klaren Gedankens fähig, folgte sie Dominikus zur Tür und führte ihn dann über die Diele zum rückwärtigen Ausgang des Hauses, stumm und in dem Bewußtsein, daß die Entscheidung bevorstünde. Sie wußte auch: was immer kommen möge, sie würde es auf sich nehmen, würde es tragen – sie würde nicht ablassen ...

Die Häuser an dieser Seite »Hinterm Dom« grenzten mit den hinter ihnen ausgesparten Höfen und Gärten an die Mauer, die den weiten Gartenbezirk der den Dom umgebenden klerikalen Bauten, des bischöflichen Palastes, der Seminare, der Dechanei, umschlossen hielt. »Du siehst – Merkwürdiges gibt es hier nicht zu sehen«, sagte Elisabeth mit spröder Stimme, während sie nun neben Dominikus auf dem Weg an der Mauer entlang auf und ab zu gehen begann; der enge Bereich der ganzen Anlage bot in der Tat nicht viel andere Möglichkeiten. »Wenn du deine Freunde dort drüben aufsuchen wirst«, fuhr sie fort, »was du doch wohl vorhast, so laß dich einmal durch die Gärten hinter dieser Mauer führen. Ich glaube, da wirst du eher auf deine Kosten kommen.«

Dominikus maß die Mauer mit zerstreutem Blick. »Ich weiß ungefähr, wie es dahinter aussieht«, sagte er freundlich. »Ich war vor vielen Jahren einmal zu Gast bei den hiesigen Brüdern

– ja, ich werde sie auch diesmal noch aufsuchen. Aber eben war es mir darum zu tun, gerade deinen Garten kennenzulernen.« Er blieb stehen und blickte um sich. »Ein schöner Garten, Lisa, du brauchst ihn gar nicht herabzusetzen. Er hat reichlich Sonne, da er nach Süden zu offen liegt, und steht, soviel ich sehe, in hoher Kultur. Es haben Generationen an ihm gearbeitet, und wenn du es jetzt bist, die ihn pflegt, so hast du gute Arbeit getan, und deine Kinder können sich später einmal an ihm freuen.«

»Ich glaube wohl, daß ich auch hier nichts versäumt habe!« Elisabeths Stimme war rauh vor verhaltener Ungeduld. »Ich bitte dich, Dominikus, sprich nicht in Bildern zu mir und erspar uns Umwege! Daß du diesen Spaziergang nicht herbeigeführt hast, um mich als Gärtnerin zu prüfen, ist mir doch kein Geheimnis. Und daß du nicht nur gekommen bist, um mich wiederzusehen und die Mutter zu begleiten – haltet ihr mich für ahnungslos oder ganz töricht? Dominikus, du bist heute noch ebenso viel älter als ich wie damals, als du der große Bruder warst, dem Leonhard und ich nach seiner Primiz die Hand geküßt haben und der immer hoch über uns stand. Aber jetzt vergißt du anscheinend, daß ich nicht mehr das Kind und das dumme Mädel bin, das du noch bei unserem letzten Wiedersehen ansprechen konntest wie ein verirrtes Schaf – und schon damals wäre es weit besser gewesen, du hättest wirklich – als Bruder zu mir gesprochen!«

Dominikus stand noch immer und betrachtete jetzt einen Rosenstock, der mit seinen Zweigen nach dem Wege hinübergriff. Er berührte ihn beinah zärtlich: »Müßte wohl ein wenig zurückgeschnitten werden«, bemerkte er nachdenklich, »aber wieviel Knospen noch so spät im Jahr! Da kann noch manches aufblühen, wenn der Herbst weiter so milde bleibt...« Er ging weiter, den Kopf gesenkt, die Hände auf dem Rücken zusammengelegt. »Gleichnisse, meine gute Lisa, Gleichnisse ergeben sich zuweilen, ganz ohne daß man sie beabsichtigt. Sie erleichtern die Verständigung, sie bereiten sie vor. Und was ich dir zu sagen hätte – ja, dieser Garten bestätigt mir alles, was mich in der Bekanntschaft mit deinem Mann und deinen Kindern und in deinem Hause so wohltätig berührt hat – alles, was ich bisher nur hoffen konnte. Du hast mit dem Engel gerungen, Lisa, und wenn er dich auch geschlagen hat – den Segen hast du ihm doch abgezwungen. Und wenn dir vieles noch ungelöst scheinen und vielleicht auch vorerst ungelöst bleiben muß...«

»So – jetzt kommst du zur Sache!« stöhnte Elisabeth auf. Die Knie versagten ihr plötzlich den Dienst, sie sank auf die Bank unter der Linde am Ende des Weges. »Ich wußte es ja!«

Dominikus war vor ihr stehengeblieben. »Gutes Kind«, sagte er, »das war wohl leicht zu erraten. Nicht, daß ich es habe auf mich nehmen müssen, dir die Entscheidung mitzuteilen, das hätte nicht notwendig mit unserem Wiedersehen verbunden sein müssen, denn ich wäre auf alle Fälle mitgekommen, nachdem ich die Mutter im Aufbruch zu euch antraf. Und es wäre mir, weiß Gott, lieber gewesen, wenn ich nicht wieder als unwillkommener Bote zu dir hätte kommen brauchen – sie haben's mir aber auferlegt. Und daß sie's *mir* auferlegt haben, Lisa, daß sie's nicht auf dem Amtswege gehen lassen, darin mußt du doch spüren, daß sie es väterlich mit dir meinen. Ja, du hast es gewußt, wie die Entscheidung ausfallen mußte, denn da du heimwolltest in die Kirche, mußt du doch gewußt haben, wohin du wolltest – und die Kirche wäre ja nicht die Kirche, wenn sie gewährte, was zu gewähren sie gar nicht mächtig ist. Bist du denn sicher, daß du gewollt hast, deinetwegen sollte eine Satzung gebrochen werden, in der wir nicht menschliche Macht aufrichten, sondern Gottes Willen unter den Menschen verwirklichen wollen?«

Er setzte sich neben sie und legte seine Hand auf ihre ineinander verkrampften Hände – nur für einen Augenblick. »Warum willst du denn zurück, Lisa?« fragte er sanft, »sag es mir – dann kommen wir weiter.«

»Warum – warum?« wiederholte Elisabeth mit irrem Flüstern – »und das fragst du? Wie soll ich es denn sonst wiedergutmachen, was ich angerichtet habe? Weil ich es eingesehen habe – weil ich keinen anderen Weg sehe – weil ich keine Ruhe finde, wenn ich nicht dort wieder anfange, wo ich abgewichen bin ... Weil ich aus der Gnade gefallen bin – weil ich sie versöhnen muß, den Vater und den Leonhard ...«

»Gut, gut«, sagte Dominikus ruhig, »das verstehe ich wohl, daß du die Versöhnung brauchst. Aber, was ich wissen möchte, ist: warum du sie von einer Umkehr erwartest und – verzeih meine Gründlichkeit – mit wem du versöhnt sein möchtest?«

Elisabeth stöhnte ungeduldig auf. »Du stellst die gleichen Fragen wie Pater Herdegen. Es erscheint mir so widersinnig, daß ich gerade euch das erklären soll. Damals, als du kamest, um mich von meiner Heirat abzuhalten, wußtest du doch so genau, was ich aufgeben wollte, und beschworest mich, jedenfalls nicht ohne die Genehmigung der Kirche zu heiraten und mich zu verpflichten, Richards Einverständnis zu erlangen, daß unsere Kinder im katholischen Glauben erzogen würden, auch niemals davon abzulassen, alles zu versuchen, um ihn zum Übertritt zu bewegen. Wenn du ihn kennen würdest, wüßtest du, daß das weder damals möglich gewesen wäre, noch jemals hätte Erfolg haben können – du würdest dann aber auch zugeben müssen, daß auch ein Protestant bei aller Freiheit des Denkens ein wahrer Christ sein kann ... Aber darauf will ich jetzt gar nicht kommen. Ich – ich habe einsehen müssen, daß ich dieser Freiheit nicht mächtig bin. Genug – nimm an, daß ich vieles von dem, was du damals vorbrachtest, im Lauf der Jahre zu verstehen gelernt habe – und eben darum – darum ...«

»Gewiß, gewiß«, sagte Dominikus aufmerksam und geduldig, »aber ich muß dich doch bitten, mir im einzelnen zu sagen, aus welchen Gründen du das alles jetzt eingesehen hast.«

Elisabeth schwieg tief vergrübelt vor sich hin. Endlich sagte sie: »Wenn ich nur meinen Bruder in dir sähe – meinen Bruder, der jahrzehntelang nicht nach mir gefragt hat – würde ich dir die Antwort verweigern. Aber deines Amtes wegen muß ich dir wohl Rede stehen. Du scheinst dich nicht mehr an alles zu erinnern, womit du mir damals kamest. Du sagtest – unter anderem sagtest du mir zum Beispiel, ich wäre nicht stark genug, Gott außerhalb der großen Ordnung der Kirche zu dienen. Du sagtest, wenn ich vermeinte, der Kirche treu bleiben zu können, auch wenn sie mich ausschlösse, so irrte ich mich doch, wenn ich annähme, daß es mir frei stünde, zu wählen, in welchen Stücken ich ihr Gehorsam erweisen wolle. Damals hörte ich aus allem nur heraus, daß du den Vater in seiner Härte zu bestätigen suchtest – daß ihr gegen mich verbündet wäret – daß ich von euch kein Verständnis zu erwarten hätte, nicht einmal Barmherzigkeit, nicht einmal Achtung – daß ihr mich behandeltet wie ein verlaufenes Kind, das selbst nicht wüßte, was es eigentlich wollte. Heute – weiß ich, daß du recht hattest. Ja, ich habe es einsehen müssen: außerhalb der Kirche gibt es keine Versöhnung für mich – und die Kirche will mich ganz.«

»Versöhnung?« fragte Dominikus wiederum dringlich, »Versöhnung mit wem, Elisabeth?« »Mit den Toten und für die Toten – und für mich selbst – Versöhnung, Vergebung – muß ich es denn immer wieder sagen? Wir sind in *eine* Schuld verstrickt, der Vater und ich und der Leonhard – und ich allein, nur ich kann noch versuchen, einen Teil davon hier auf Erden abzubüßen. Und ich will nicht, ich will es nicht weiter in blinder Angst und Qual tun müssen, Dominikus, hörst du – ich will nicht in Wahnsinn enden! Ich will mich unterwerfen, ich will mich dem unterziehen, was die Kirche mir auferlegt, ich will gehorchen – ich will den Weg gehen, der mir vorgezeichnet wird – weil ich ihn allein nicht mehr finden kann ...«

Sie weinte. Dominikus schwieg eine Weile. Dann sagte er: »Lisa, schau her! Du meinst, ich hätte jahrzehntelang nicht nach dir gefragt – woher weißt du denn das? Ich habe dir einmal geschrieben – es war ein harter Brief, hart auch für mich, aber es mußte sein – hättest du mir damals geantwortet ... Aber du hast nicht geantwortet, vielleicht hast du nicht verstehen können, daß ich dir dies vom Leonhard hatte schreiben müssen, denn die Mutter konnte es nicht, und wenn du es von Fremden erfahren hättest – das durfte nicht sein. Vielleicht hast du in den Brief etwas hineingelegt, was ich nicht geschrieben hatte, was du selbst angesichts dieses Unglücks empfandest – vielleicht hätte ich das vorhersehen müssen... Vielleicht habe ich es sogar gewußt, aber unterlassen konnte ich es nicht, und wenn eine unserer Handlungen weiterwirkt in Tiefen, die außerhalb unserer Berechnung und unseres Willens lagen, dann müssen wir wohl annehmen, daß eine höhere Macht sich unserer bedient, eben um zu wirken. Und wenn ich dann nie mehr geschrieben habe – so ist doch in all den Jahren nicht ein Tag vergangen, wo du von mir nicht dort vertreten worden wärest – mit den Eltern und mit den Brüdern, zwischen den Lebenden und den Toten – dort, wo keine Fürbitte verlorengeht. Wenn du das nicht gefühlt hast, so weißt du es jetzt, und mehr kann ich nicht dazu sagen. Was nun deinen Wunsch, in die Kirche heimzukehren, betrifft, liebe Schwester, so bedenke, daß ich dir hier nicht als dein Bruder gegenüberstehen kann, dem nichts lieber wäre, als dich beruhigt und glücklich zu sehen – ich bin ja doch ein Diener der Kirche und kann hier nur im Namen der Kirche sprechen. Doch glaube ich, dir Beruhigendes und sogar Beglückendes sagen zu können, da ich denn nun deiner Bereitschaft, dich zu unterwerfen – du sagtest es, Lisa! – gewiß sein kann.«

Elisabeth schluchzte: »Ich wußte es – ja, sprich es nur aus! Aber verdreh mir nicht den Sinn meiner Worte im Munde!« Sie trocknete ihre Augen und erstarrte in der Haltung wehrloser Ergebung.

»Du kannst dich nach allem, was Pater Herdegen dir in den letzten Wochen vorbeugend über den vorzusehenden Gang der Dinge mitgeteilt hat, kaum noch falschen Hoffnungen hingegeben haben«, fuhr Dominikus mit unbewegter Sachlichkeit fort; »ja – ich bin, seit ich nach Würzburg kam, mit ihm in Verbindung gewesen – gewisse Stellen, mit denen er sich deinetwegen verständigt hatte, haben mir dann die Korrespondenz und alles Weitere übertragen. Er hat mir geschrieben, daß er dir deinen Fall wiederholt in der Beleuchtung des Jus canonicum vorgetragen habe, so daß es eigentlich nicht denkbar sei, daß du nicht jedenfalls theoretisch vollkommen im

Bilde über den negativen Ausgang sein könntest. Wenn aber dein Gefühl diese Einsicht nicht hat annehmen wollen und du doch immer weitergehofft hast, Lisa, so ist jetzt eben der Augenblick gekommen, wo du das bewähren mußt, was du mir von deinem Willen zur Unterwerfung, zum Gehorsam gesagt hast.«

Er hatte sehr leise, sehr eindringlich gesprochen. Elisabeth preßte die Hände zusammen, aber ehe sie antworten konnte, fuhr er fort: »Hier liegt keine Willkür, auch kein Bürokratismus – am wenigsten aber die Absicht, hart und grausam zu strafen – vor, hier waltet das große Gesetz, das du ja wieder anzuerkennen bereit bist. Nein, Lisa, ich verdrehe nicht den Sinn deiner Worte – ich tue nichts anderes, als dich beim Worte nehmen, wenn ich von dir verlange, daß du dich eben dieser Entscheidung unterwirfst. Wenn du es in dem Geiste tust, in dem du zurückbegehrst, so wie du es vorher ausgesprochen hast – glaube mir, dann brauchst du nicht zu verzagen, und wenn vielleicht auch noch eine lange Bewährung von dir gefordert werden sollte.«

Elisabeth schüttelte ratlos den Kopf: »Wie soll ich das durchhalten?« murmelte sie. Dann: »Ich wußte es. Das gebe ich zu. Aber solange das Nein nicht gefallen war...«

Sie stand auf und begann, den Kopf tief gesenkt, wieder zu gehen, so als sei sie sich ihrer Bewegungen unbewußt. Dominikus blieb ihr schweigend zur Seite. »Wenn ihr mir die Tür nicht ganz und für alle Zeit zuschlagt – wenn ihr mir nicht verwehrt, meine Gebete dorthin zu richten, von wo sie mir Frieden zurückbringen – ach, ich muß knien dürfen vor den Seitenaltären, ehe ich wieder zum Hochaltar aufschauen kann – wenn ich nur weiter von ferne am Meßopfer teilhaben darf...«

»Wer sollte dir das verwehren, Elisabeth?« Zum erstenmal klang eine leise Ungeduld in der Stimme des Bruders; »das weißt du ja, daß unsere Kirchen offenstehen für jedermann.«

»Ja, ja«, sagte sie im gleichen Ton geheimer Entrückung, »ja, seit der Vater drüben ist, weiß ich's wieder – es war meine einzige Zuflucht und Rettung. Und – daß ein Priester sich meiner annahm, Dominikus. Muß das jetzt aufhören? Mein Gott – du weißt nicht, wie mir das geholfen hat!«

»Solange die Mutter hierbleibt«, sagte Dominikus vorsichtig, »wird Pater Herdegen sie häufig besuchen. So würdest auch du immer Gelegenheit zu einer Aussprache haben. Elisabeth – unsre Kirche ist streng, aber reuige Kinder verstößt sie nicht. Sie müssen sich nur bewähren, und das braucht seine Zeit.«

Sie hatten das Ende des Weges erreicht, kehrten um und gingen die Strecke schweigend zurück. Die Sonne war nun voll durch den Dunst der Frühe gebrochen, Dominikus sah lächelnd um sich und nahm das Bild dieser herbstgoldenen Welt in sich auf – die verwitterte Giebelwand des Hauses, die moosüberzogenen Ziegelmauern, die den Garten umfriedeten, das auf hölzernen Säulchen ruhende, mit einem Pinienapfel gekrönte und von Rosen berankte Gartenhäuschen, das sich an die Mauer lehnte – die ganze altmodische Anlage, an der sich ein Jahrhundert lang nichts geändert zu haben schien. »Ich werde mir nun alles vorstellen können, wenn ich wieder in meinem Urwald sitze«, sagte er zufrieden – »man braucht doch zuweilen etwas wie ein Gegengewicht. Das, was ich nun endlich kennengelernt habe – dein Haus, vor allem aber deine Familie – das wird nun eins werden mit den alten Bildern der Heimat, die mich niemals verlassen. Und daß ich dann die Mutter bei dir wissen kann, das ist gut.«

»Das ist gut, daß sie hier ist – freilich ist das gut. Mir ist es immer noch wie ein Traum ...« Elisabeth blieb stehen und sah den Bruder beschwörend an. »Wird es bleiben? Ich will dir eines sagen – schon seit ich wußte, daß sie kommen würde, ist alles leichter, alles ganz anders geworden. Viel ruhiger bin ich, ich fühle es jetzt erst ganz, denn sonst hätte mich das, was du mir hast sagen müssen, in den Abgrund gestoßen – nein, ich wüßte nicht, wie ich hätte weiterleben sollen. Da hätte mich Richard doch wohl fortbringen müssen – dorthin, wo – solche Fälle wie ich hingehören ...«

Sie lachte hart auf. »Nein, widersprich mir nicht!« fuhr sie leidenschaftlich fort, als Dominikus leise den Kopf schüttelte.

»So viel Selbstkontrolle hab' ich in lichten Momenten doch immer gehabt, um zu wissen, wie es um mich steht – wie das mit diesen Verdunkelungen kommt und geht, seit – eben seit meiner Krankheit, seit sie mich für wieder gesund erklärt haben und ich es auch war und immer wieder bin, monate-, jahrelang – und dann kommt es wieder – dann kommt es wieder über mich...«

Sie blieb stehen und blickte in das auf sie gerichtete stille Gesicht, das so gefurcht, verwittert und hager war wie eine hölzerne Maske – aber das Werkzeug, das hier an der Arbeit gewesen war, hatte in einer wissenden Hand gelegen, die um Augen und Mund Züge einer kindlichen Güte, einer gelassenen Geduld hervorgezaubert hatte, die bedingungsloses Vertrauen forderten. »Ihr habt recht, wenn ihr es mir verweigert, mir die Kommunion wie eine von mir begehrte Universalmedizin oder wie ein Beruhigungsmittel zu gewähren. Vielleicht kann ich noch einmal gesund werden...«

Dominikus hatte nur den Kopf gesenkt und die stille Wanderung fortgesetzt. Elisabeth folgte ihm. »Ich fühle mich seit gestern abend so klar, so ruhig, wie ich es mich seit Jahren nicht erinnern kann«, sprach sie leise weiter – »ich weiß auch warum. Die Mutter...«

»Ja – die Mutter!« sagte Dominikus. »Und wenn sie hierbleibt – wenn sie mit uns lebt – wenn ich für sie sorgen darf, dann – ich glaube, dann werde ich gesund – dann kann die Angst nicht mehr kommen. Dann werde ich vielleicht, vielleicht eines Tages wissen, warum ich zurück will – nicht mehr mit Fäusten an die verschlossene Kirchentür schlagen, weil der böse Geist über mir ist, sondern – anklopfen und bitten, daß mir aufgetan wird...«

»So soll es sein, Lisa, so wird es sein«, sagte Dominikus, ihr sanft die Hand auf die Schulter legend und sie mit leisem Druck veranlassend, sich dem Haus zuzuwenden, – »und sieh, da kommen sie – die Mutter mit deiner Maria.«

Frau Dornblüh, die Enkelin zur Seite, hatte den Garten betreten; Elisabeth warf dem Bruder einen dankbaren Blick zu, löste sich von ihm und ging den beiden ruhig und heiter entgegen. –

Es war schon am Abend vorher zur Sprache gekommen, daß Dominikus nicht mehr als vierundzwanzig Stunden in Gerdesheim würde bleiben können und daß er, ehe er am Spätnachmittag des anderen Tages seine Reise in Richtung nach dem Rheinland zu fortsetzte, noch einige Stunden bei den leitenden Patres des Priesterseminars zuzubringen wünschte, unter denen er alte Freunde wußte. Alves kam eben rechtzeitig von seinem Gang ins Archiv zurück, um den Schwager hinüberbegleiten zu können, denn sobald er den Saal betrat, wo die Familie sich nach dem Gartenspaziergang zusammengefunden hatte, bestand Dominikus darauf, aufbrechen zu müssen. Er verabschiedete sich mit dem heiteren Gleichmut desjenigen, für den Entfernungen, auch wenn sie mehr als ein Viertel des Erdumfangs betragen, und Trennungen, selbst wenn sie voraussichtlich unabsehbare Jahre dauern werden, unwesentlich erscheinen, da er es gewohnt ist, in einer Sphäre zu leben, wo räumliche Entfernungen und zeitliche Maße aufgehoben sind und in die er alles, was seinem Herzen teuer ist, einbezogen weiß. Übrigens gab ihm seine Mutter in dieser Haltung kaum etwas nach. »Mußt du also wirklich schon gehen, mein Lieber?« sagte sie und erhob sich, obgleich er sie daran zu hindern suchte; »nun denn, Gott befohlen, mein lieber Sohn – und auf Wiedersehn. Hier oder dort – Gott weiß den Ort...«

Sie sah heiter im Kreis umher und nickte. »Um mich brauchst du dir keine Sorgen zu machen, ich bin gut aufgehoben. Ich schreibe dir schon einmal, wie alles geworden ist...«

Dominikus gab den Kindern der Reihe nach die Hand und blickte dabei jedes mit der unpersönlichen Freundlichkeit an, die er berufsmäßig auszustrahlen hatte und die bei ihm dennoch nicht routiniert wirkte. Jetzt sagte Alves hastig: »Ich begleite dich hinüber zum Seminar – ich hätte gern noch etwas mit dir besprochen...«, worauf Elisabeth, die denselben Wunsch hatte, resigniert den Kopf senkte und den Kindern ein Zeichen gab, zurückzubleiben, als sie nun den beiden Männern wenigstens bis zur Haustür zu folgen sich anschickte. Ehe er das Zimmer verließ, wandte Dominikus sich nochmals zurück: »He, du junger Franziskus«, sagte er brillenfunkelnd, »an dich hat der alte Bruder Dominikus noch eine Bitte!« Er wolle sein Gepäck, und sei es auch nur leichtes Apostelgepäck, jetzt nicht mitnehmen: ob wohl Franz die Zeit und die Freudigkeit aufbringen könne, es ihm bis vier Uhr auf den Bahnhof zu bringen? Er wartete die verlegene Bereitschaftserklärung des Neffen gar nicht ab und winkte nur noch einmal zurück mit einer Gebärde, deren Bedeutung vielleicht nur die alte Frau verstand; gleich darauf wiederholte er diese Geste, indem er an der Haustür seine Schwester verhinderte, sich zum Handkuß über seine Rechte zu beugen; er legte seine Linke sanft zurückdrängend auf ihre Schulter und machte das Kreuzeszeichen über ihrem Haupte. »Pax tecum, liebe Schwester. Und gib auf die Mutter acht!« –

Franz hatte sich durch die an ihn ergangene Bitte des Onkels geehrt, aber zugleich leicht verwirrt gefühlt, zumal da Dietrich nicht versäumte, seine Glossen darüber zu machen, und ihn ermahnte, sich nicht unversehens auf dogmatisches Glatteis locken zu lassen. Jedoch halte er diesen Verwandten keineswegs für einen Pater Filucius, betonte er nachdrücklich. »So wenig, wie ich in dir einen Kandidaten Jobs sehe, Bruderherz!« hatte er gönnerhaft hinzugefügt und sich dann noch befriedigt darüber geäußert, daß ihm die Atmosphäre im Hause heute eher als entspannt denn als bedrohlich im Sinne ihrer gestrigen Unterhaltung erscheine. Franz hatte sich das schweigsam angehört; auch er hatte seine Beobachtungen gemacht, aber er war sich unsicher darüber, was der Stimmungsumschlag, den er an der Mutter wahrzunehmen glaubte, zu bedeuten hätte. Ebenso aber waren ihm Zweifel an seinem gestern geäußerten Vorurteil über Dominikus gekommen, das er unter dem inneren Zwang zu überspitzten Formulierungen seiner Gedanken, der ihn seit einiger Zeit beherrschte, bewußt übertrieben zum Ausdruck gebracht hatte. So hatte er Dietrich nur geantwortet, daß er weder sich noch irgend jemand anderen nach dem Kodex der Werke Wilhelm Buschs zu beurteilen pflege. Gegen halb vier hatte er sich mit dem Apostelgepäck, einer allerdings sehr leichten und wenig umfangreichen Reisetasche, zum Bahnhof aufgemacht, nachdem er Marias dringend geäußerten Wunsch, ihn begleiten zu dürfen, unerbittlich abgelehnt hatte.

Er bezweifelte, daß sich noch eine Gelegenheit zu einem Gespräch bieten würde, da der Pater die Absicht geäußert hatte, den Schnellzug nach Köln, der Gerdesheim kurz nach vier Uhr passierte, zu benutzen; er wußte auch nicht einmal, ob er es sich wünschte, vielmehr war er sich unsicher darüber, ob er es sich leisten könne, von diesem alten Mann, dessen Überlegenheit er ahnte, in ein Gespräch gezogen zu werden, bei dem ihm, wie er es für sich selbst abkürzend ausdrückte, möglicherweise »auf den protestantischen Zahn gefühlt« werden würde. Nicht, daß er seines Standpunktes nicht sicher gewesen wäre; aber was das theologische Rüstzeug betraf, das die wirkungsvolle Verteidigung dieses Standpunktes einem etwaigen Angriff gegenüber erfordern würde, so traute er sich seine schlagfertige Handhabung noch keineswegs zu, ganz abgesehen von seiner Abneigung, über Fragen, die ihm selbst nicht mehr problematisch erschienen, mit Andersdenkenden verstandesmäßig zu diskutieren. So stand er, von einander widerstreitenden Erwartungen bewegt, schon eine Weile in der Vorhalle des Bahnhofes, nach dem Reisenden ausspähend, als das dumpfe Dröhnen eines einfahrenden Zuges ihn veranlaßte, einen Blick auf die Uhr zu werfen, wobei er nun feststellte, daß der Zug, mit dem der Onkel hatte fahren wollen, soeben eingelaufen war. Während er noch schwankte, ob er nicht besser schnell auf den Bahnsteig laufen und sich dort nach Dominikus umsehen solle, erblickte er in der Perspektive der von herbstlich gelben Lindenkronen überwölbten Straße zwei schwarze Gestalten, von denen die eine unverkennbar sein

Onkel Dominikus war – zugleich aber vernahm er das schrille Abfahrtsignal des Schnellzuges und hörte sein dumpfes Anrollen. Die beiden schwarzen Herren, noch beträchtlich entfernt, blieben nun stehen und begannen ersichtlich, Abschiedszeremonien auszutauschen; dabei verfingen sie sich anscheinend nochmals im Gespräch, wobei sie sich auf den Bahnhof zu in Bewegung setzten, um nach zwanzig Schritten wieder umzukehren und diesen Wandel mehrmals zu wiederholen, als befänden sie sich nicht auf einer belebten Straße, sondern in einem klösterlichen Kreuzgang. Franz beobachtete das mit Resignation; er hatte in dem Konfrater längst den Pater Herdegen erkannt, dem gegenüber er ein unklares Mißtrauen empfand, den gleichen Argwohn, den er auch dem Onkel gegenüber noch nicht ganz überwunden hatte; jetzt meinte er Zeuge einer Verschwörung, die nur die Mutter betreffen könnte, zu sein, der ohnmächtig beiwohnen zu müssen ihn bitter stimmte. Endlich schien das peripatetische Kolloquium zum Abschluß gekommen zu sein; nach einem letzten Händedruck entfernte sich die stattliche Silhouette Herdegens stadteinwärts, während Dominikus sich nun so gemächlich auf den Bahnhof zu bewegte, als sei er sich des Zwecks, der ihn herbeigeführt, durchaus nicht mehr bewußt. Er schien das abgebrochene Gespräch weiterzuführen, ja, er gestikulierte gelegentlich unauffällig mit der rechten Hand vor sich hin, und als Franz ihm nun doch einige Schritte entgegenging, erkannte er, daß ein zufriedener, versonnener Ausdruck auf dem alten Gesicht lag.

»Ha, da ist er ja, der Bruder Franziskus!« sagte Dominikus, als er den Neffen nicht mehr übersehen konnte, da Franz sich ihm in den Weg gestellt hatte... »Habe ich mich arg verspätet? Der Zug ist weg, sagst du? Nun – es ist an dem, daß ich ihn gar nicht mehr benutzen wollte. Ich hätte Zuschlag bezahlen müssen, das war mir nicht gleich klar...«

Er werde den Personenzug nehmen, der fünf Uhr fünfundfünfzig gehe, fuhr er fröhlich fort, und wenn Franz noch ein wenig Zeit hätte, könnte man nun noch etwas mitsammen spazieren. »Die Tasche lassen wir gleich auf dem Bahnhof – aber nein, nicht in der Gepäckaufbewahrung – warum denn derartige Umstände?« Ehe Franz noch Einwände zu machen wagte – er hätte die Tasche ja bereitwillig noch länger getragen! – hatte Dominikus die Tür zum Wartesaal III. Klasse erspäht, war eingetreten und hatte sein Gepäckstück auf eine der hölzernen Bänke niedergesetzt, wobei er den Umsitzenden liebenswürdig zunickte, und war dann wieder hinausgegangen.

»So, jetzt werden wir zwei noch Bekanntschaft machen miteinander«, äußerte er, zufrieden vor sich hin nickend, und schlug aufs Geratewohl die Richtung ein, in der eine vom Bahnhofsplatz abzweigende Straße den Bahnkörper entlang führte, die dürftigen Rasenanlagen zu ihrer Linken bald hinter sich lassend und dann an der Stadtseite von häßlichen, rauchgeschwärzten Mietskasernen und Kohlenöfen begrenzt. Franz machte den schüchternen Versuch, die entgegengesetzte Richtung, in der der schöne alte Friedhof der Stadt leicht erreichbar war, vorzuschlagen, erhielt aber zur Antwort: »Besser hier – siehe Matthaei 8, 22, du wirst ja wissen, was da steht. Es ist mir wichtiger, zu sehen, wie man hier am Rande eures verzauberten Stadtbezirks lebt oder vielmehr existiert, als wie behaglich und angenehm man dort begraben liegt. Nun, dir wird das wahrscheinlich noch gar nicht aufgefallen sein – aber wenn man wie ich aus der Wildnis kommt, da geben einem die Städte mit ihren Menschen in der Heimat doch allerhand zu denken auf. Wie das alles ineinander übergeht, fernste Vergangenheit als Rahmen unmittelbarer Gegenwart – vorgestern, gestern und heute verschmolzen in eins – kein Wunder, nein, ganz natürlich dies hm...« »Ja, bitte, sprich es doch aus!« drängte Franz, ihn gespannt von der Seite betrachtend. »Also, daß ihr alles als unabänderliche Gewordenheit auffaßt, in Überliefertem lebt wie in euren jahrhundertealten Häusern, und daß die unmittelbare Gegenwart, die Welt, die kein Gestern, die nur ein Heute kennt und ein Morgen nur insofern, als sie für eine bessere Zukunft ihrer Kinder kämpft – daß der unmittelbare Aspekt dieser Gegenwart ausgeschlossen aus eurem Gesichtsfeld und am Rande der Sphäre bleibt, innerhalb derer ihr lebt...«

Er blieb stehen, und die weite Bewegung seiner beiden Arme schien alles umfassen zu wollen, was sich hier an der Peripherie der Stadt in kahler Häßlichkeit ausbreitete: ein Termitengelände der Arbeiterwohnungen, der Güterschuppen, der Textil- und Zuckerfabriken, deren Schlote ihre Rauchfahnen vor den Horizont legten. Vor die Wälle der Altstadt geworfen wie die Siedlung eines geduldeten Fremdvolkes und in der Tat nur eben der äußersten Notdurft des Tages angepaßt, war dieser in den letzten zehn bis fünfzehn Jahren entstandene Bezirk hier am Bahndamm anscheinend ohne jede Beziehung und Verbindung mit dem behäbigen Gang des Lebens in der Innenstadt. Dominikus ging weiter, die Hände auf dem Rücken verschränkt, gesenkten Hauptes und nachdenklich. »Ja, das fällt mir auf, daß ihr weiterlebt wie bisher, angesichts und doch unbewußt dieser Welt, von der ihr doch immer mehr abhängt, so wie bis vor kurzem vom Bauern, vom Handwerker – ohne ihre Bedingungen zu erkennen, ohne zu sehen oder zu ahnen, was sich da vielleicht vorbereitet.«

»Ihr – wir? Wen meinst du jetzt eigentlich?« fragte Franz mit gerunzelter Stirn. »Verzeih, lieber Onkel, – aber diese Eindrücke scheinen mir etwas – unscharf zu sein. Wenn dir dies bißchen industrialisiertes Gerdesheim bereits auffällt – was würdest du da zu Berlin sagen – zu Sachsen und Schlesien – zu den Kohlengebieten? Und – nicht sehen – nicht ahnen? Ich will gar nicht von unsren Sozialpolitikern reden, denn was im Reichstag vorgeht und wie sich jene neue Welt, die du meinst, selbst zu vertreten weiß und um ihre Rechte kämpft, das alles kann dir ja nicht entgangen sein, du wirst ja auch in Afrika deutsche Zeitungen lesen. Wenn du aber auf die Kirche anspielen solltest – ich glaube, daß jedenfalls die evangelische Kirche begriffen hat, worauf es jetzt ankommt, wenn auch vielleicht nur dort, wo sie wahrhaft lebendig ist. Dort weiß man jedenfalls, daß ein bloßes Aufgebot karitativer Bemühungen nicht das Mittel ist, einen Dammbruch aufzuhalten.«

Dominikus lachte trocken auf, es klang beinah zufrieden. »Hab' ich dich, wo ich dich wollte!« sagte er freundlich; er schien seine pathetische Geste vergessen zu haben. »Nein – ich wollte niemanden im besondren angreifen – niemanden oder nur die, die heute noch in allen Schichten und Ständen weiter gemächlich aus dem Vorrat der Vergangenheit leben, ohne ihn zu mehren, ja, ohne ihn kritisch zu sichten und zu prüfen, ob sie sich nicht gleich Hyänen von Verwestem nähren und mästen. Nichts gegen den wahren Historiker, den Konservator und Pfleger echten, lebendigen Erbes, der uns den Zusammenhang mit unsrem Ursprung erhält, wie zum Beispiel dein Vater es mit seiner Arbeit tut. Nun – aber du bist auf die Kirche gekommen, und da hast du die Betonung so stark auf den Sektor des Kreises gelegt, in dem du selbst zu arbeiten und zu dienen dich entschlossen hast...«

»Die *evangelische* Kirche!« warf Franz mit leiser Herausforderung ein.

»Gewiß, ganz recht – aber ich gehe hier von der ›allgemeinen heiligen christlichen Kirche‹ aus, wie es im Apostolikum heißt – (ich habe mir sagen lassen, daß es bei euch Leute gibt, die es abschaffen möchten). Und wenn ich von dem Sektor dieser Kirche sprach, in dem du arbeitest, so weißt du wohl, daß ein Sektor – oder eine Sekte, denn das meint dasselbe – immer den Teil eines Kreises bedeutet, und in unsrem Fall handelt es sich um einen Kreis, der den orbis mundi umschließt – und dieser Kreis ist ewig, die Grenzen seiner Sektoren aber zeitlich und wandelbar.«

»Wenn du unter ›allgemeiner christlicher Kirche‹ verstehst, was im lateinischen Urtext ›una sancta catholica ecclesia‹ heißt, und dabei vielleicht stillschweigend den Vorbehalt machst, dies auf die katholische Kirche als auf eine der evangelischen Kirche übergeordnete Größe zu beziehen, so mußt du mir bitte erlauben, auch meinen Standpunkt darzulegen. Für mich – für uns evangelische Christen – ist es der Begriff ›evangelisch‹, der jenen umfassenden Radius bezeichnet, und mit dem Sinne dieses Begriffes steht und fällt für uns die Möglichkeit einer

›allgemeinen Kirche‹. Dem Sinn aber, den der Begriff ›katholisch‹ seit Luther im Sprachgebrauch angenommen hat, steht der ebenfalls bedingte Begriff ›protestantisch‹, vielleicht auch ›lutherisch‹, gegenüber. Nochmals: wenn wir uns zur ›allgemeinen christlichen Kirche‹ bekennen, so meinen wir damit die sich allein auf das Evangelium gründende Kirche.«

»Ach, lieber Sohn, darauf will ich jetzt ja gar nicht hinaus. Darüber wollen wir andere sich streiten lassen. Ja – es kommt mir hier einzig auf die *christliche* Kirche an, und was das Evangelium betrifft, so laß dir sagen, daß es auch für einen Katholiken, wenn er denn ein Christ genannt zu werden verdient – die höchste und letzte Instanz ist. Um aber zum Thema zurückzukommen: das gebe ich dir zu, daß auch die Forderungen, die diese Zeit immer unüberhörbarer an das Christentum stellt, bei euch vielfach besser begriffen werden als bei uns – daß ihr durch eure Innere Mission, durch Männer wie Bodelschwingh, und auch durch Vertreter einer christlich-sozialen Richtung dem neuen Heidentum mit Mitteln entgegenzuarbeiten sucht, die der Lage angemessen sind, und an den Punkten, wo ihm beizukommen ist – daß ihr also aktiver seid, als unser Hierarchentum sich das leisten zu können meint – jawohl, ich sprach auch von uns, als ich von den sich bei der Überlieferung beruhigenden Leuten redete! Daß ihr Männer habt, die nicht immer nur der Tradition und der Erhaltung der gewordenen Staatsform das Wort reden und sich nicht auf die Karitas verlassen, der Not des Arbeiters nicht vom Armenrecht her beikommen zu können meinen –, gut, gut! – es mag damit zusammenhängen, daß ihr von jeher mehr verquickt mit der Welt waret und darum weltoffener seid. Untereinander streitet ihr euch ja wohl mehr, als wir es tun – immerhin, es regt sich doch mancherlei, und jedenfalls habt ihr begriffen, daß ein Glaube ohne Werke doch wie ein Wasser ist, das niemanden tränkt und keine Mühlen treibt. Halt, halt! Ich will auch hierüber keine Diskussion hervorrufen – dazu ist die Zeit viel zu kurz. Wissen möchte ich aber, wie du zu deiner Berufswahl gekommen bist – oder, weil auch das wahrscheinlich nicht in

Kürze abzumachen wäre, sag mir einfach: Wohin steuerst du? Willst du nur möglichst schnell in ein Amt kommen, in so ein Pfarrhaus, wie ich es einmal bei deinem Onkel Rolffs gesehen habe, um einen Hausstand, eine Familie zu begründen, und dann als braver Gemeindepfarrer – als einer der vielen Arbeiter im Weinberg – an deinem Teil zu dienen, zu predigen und dabei dein Auskommen zu haben – oder – ja, oder erkennst du, um was es heute geht: daß wir wieder als Seine Sendboten unter die Heiden gehen müssen, und daß Heidenland nicht jenseits der Meere liegt, sondern unmittelbar an unsre christliche Selbstzufriedenheit grenzt oder schon mitten unter uns ist, ob wir es zugeben wollen oder nicht?!«

»Wie soll ich dir auch hierauf zwischen Tür und Angel antworten?« fragte Franz nach längerem Schweigen. »Ich kann aber nur dankbar dafür sein, daß mich einmal jemand danach fragt, denn von selbst davon anzufangen ist schwer, und die Eltern haben ja gerade in der letzten Zeit ihre eigenen großen Sorgen – wie dir wohl bekannt sein wird. Nein – ich will nicht ins Pfarramt – ich kann diesen Weg nicht gehen, den Onkel Bernhard so erfolgreich gegangen ist, das ist mir nach diesen ersten Semestern völlig klargeworden. Das soll nicht heißen, daß ich an meiner Berufswahl irrgeworden sei – ach, im Gegenteil!«

Nun war er es, der stehenblieb, vergrübelt vor sich hin starrend. Dominikus tat keine Zwischenfrage. Gesenkten Hauptes wartete er geduldig auf die Fortsetzung. Franz seufzte auf und ging weiter.

»Nach dem, was du vorher ausführtest, muß ich annehmen, daß du mich annähernd verstehen wirst, Onkel Dominikus, obgleich wir wahrscheinlich in manchen Stücken niemals zu einer Einigung kommen könnten. Aber – das, was du der Situation der Kirche der Gegenwart gegenüber empfindest – *das* ist es! Daß wir neue Mittel und Werkzeuge brauchen, um den Aufgaben, die aus dieser Situation erwachsen, gerecht zu werden. Die Theologie ist zum Raisonnement, zum Formalismus erstarrt, und mir scheint, die meisten Pfarrer bedienen sich ihrer als eines Deckmantels, um ihren Mangel an unmittelbarer, persönlicher Glaubenserfahrung, ihre innere Verödung zu verbergen...«

»Ausnahmen zugegeben, traf das wohl für den Durchschnitt von jeher zu«, bemerkte Dominikus unbetont.

»Aber die Ausnahmen werden immer seltener! Jedenfalls – du selbst gabst es zu – hat man bei uns begriffen, eine bestimmte Richtung unserer Kirche hat die Stunde erkannt und die Gefahr, in der nicht so sehr die Kirche als die Substanz, die ihr anvertraut ist, steht. Wie es damit bei euch ist, darüber mich zu orientieren, hat es mir bisher an Gelegenheit gefehlt. Bisher – bis zu diesen Gespräch mit dir – schienen mir gerade bei euch die Kompromisse allerdings zu überwiegen – verzeih, daß ich so unumwunden rede!«

»Komm zur Sache, zur Sache, mein Lieber! Wir sprechen jetzt nur von dir«, drängte Dominikus.

»Nun also – wenn unsre Kirche oder eben die von Ritschl und seiner Schule vertretene theologische Richtung sich bemüht, auf dem Boden der von der Bibelkritik und der revidierten Kirchengeschichte erarbeiteten Ergebnisse neue Wege – oder im Grunde die alten, die ursprünglichen, die eigentlichen Wege der Verkündigung aus dem dogmatischen Schutt wieder freizuschaufeln, so möchte ich dabei mithelfen. Das, *das* sehe ich als mein Berufsziel. Und das kann ich nur im Dienst ehrfürchtiger, aber unvoreingenommener Forschung nach dem ewigen, überzeitlichen Wesen des Christentums erreichen, indem ich diesen unvergänglichen gültigen Gehalt aus der zeitbedingten Form der biblischen Schriften und des dogmatischen Kanons herauslöse. Lieber will ich zeitlebens wissenschaftliche Handlangerdienste tun, als mich praktisch in den Dienst einer Kirche stellen, deren meiste Vertreter über die suchenden Menschen von heute hinwegpredigen und ihnen Steine statt Brot bieten.«

Er hatte atemlos und stockend gesprochen und war verstummt. Nach einer Weile setzte er kleinlaut hinzu: »Es wird dir wohl alles unreif und verworren erscheinen – aber ungefähr so meine ich es. Missionar könnte ich nicht werden – es hätte vor zwanzig Jahren in einem Fall wie meinem vielleicht Sinn gehabt – heute würde es mir wie Fahnenflucht vorkommen. Arbeiterpfarrer kann ich auch nicht werden, dazu bin ich innerlich nicht einfach genug. Als Gemeindepfarrer aber meine Existenz erst durch die Kirche sichern zu lassen und dann gegen sie aufzuwiegeln und dilettantische Revolutiönchen anzuzetteln – du erwähntest den Apostolikumstreit –, das scheint mir auch nicht der richtige Weg zu sein. Ich möchte einfach versuchen, ein guter Dozent zu werden – ja, das möchte ich, das wäre meine einzige Möglichkeit, Theologe zu bleiben.«

Dominikus schwieg. Sie waren inzwischen durch eine Bahnunterführung ins freie Land hinausgekommen und wanderten schon eine Weile auf der Chaussee zwischen Kartoffel- und Rübenäckern dahin. Der Pater schien sich ganz an die Beobachtung der überall im Gang befindlichen Hackfruchternte verloren zu haben. »Sieh an, sieh an«, sagte er vor sich hin, »alte, eigentliche, ursprüngliche Wege – ob sie Trauben ernten oder Kartoffeln, oder Hirse und Mais wie meine schwarzen Brüder dort unten zwischen Wüste und Ozean – wo der Hunger sie treibt, ist ihnen keine Arbeit zu schwer...«

»Aber, lieber Onkel, wenn du diesen Zug noch erreichen willst...«, sagte Franz schließlich unglücklich.

»Gewiß, wir müssen umkehren«, sagte Dominikus zerstreut und wandte sich zurück. »Sieh, ich verstehe das alles recht gut«, redete er dann, als setzte er eine unterbrochene Meditation nun laut fort; »wenn ich heute jung wäre – wer weiß, vielleicht ginge ich auch diesen Weg. Denn ihn einzuschlagen heißt, aus dem Lager der von Überlieferungen übersättigten und stagnierenden Bildungswelt aufzubrechen, um aus dem passiven Verharren in ererbter Tradition zum aktiven bewußten Anwenden der Geschichte als Erfahrung überzugehen. Nur freilich – mir hätte dieser Weg immer nur nach Maßgabe meiner Verantwortung gegenüber der Heilsordnung der Kirche offengestanden, jedenfalls was eine Veröffentlichung und Nutzbarmachung von Forschungsergebnissen angeht. Diese Verantwortung ist es übrigens auch, die manchmal scheinbar zu Kompromissen führt, aber – was nach außen hin als Kompromiß erscheint, kann von innen einen ganz anderen Aspekt haben. Es ist eine große Sache um die Esoterik gewisser Erkenntnisse, lieber Sohn – sie preisgeben bedeutet oft, sie um ihre Wirkung bringen.«

»Esoterik?« fragte Franz verwirrt, – »du willst damit sagen...« »Du hast recht«, antwortete Dominikus und schritt rascher aus; er machte eine wegwischende Handbewegung – »das führt jetzt zu weit. Glaube mir nur, daß ich dir sehr aufmerksam gefolgt bin und fühle, wie ernst es dir ist. Die alten, ursprünglichen Wege der Verkündigung wieder freilegen – gut, gut! Ob sich das freilich lernen läßt – lernen und lehren – oder ob es nach wie vor dem einzelnen aufgegeben sein wird, die Verkündigung durch jede Form hindurch entweder zu hören oder aber zu überhören – das mag dahingestellt bleiben. Ich nun – ein alter Dominikus – gehe zu meinen schwarzen Brüdern zurück, bei denen ich, gelernter Christ, als der ich zu ihnen kam, habe einsehen müssen, daß einer nur durch das zu wirken vermag, was ihm selbst zum *Leben* geworden ist. Da kann dann unter Umständen etwas wie unmittelbare Verkündigung zustande kommen – das Alte, das Ursprüngliche, worauf es dir ankommt. Ja. So ist es mir ergangen, mein lieber Franziskus, und ich bin erst allmählich dahintergekommen, was dies heißt: daß vielerlei Gaben sind, aber Ein Geist – und welches der köstliche Weg sei, also der unmittelbarste. Aber die einfachste Wahrheit ist immer die verborgenste.«

Er hatte sehr leise gesprochen; Franz blickte mit angespannter Aufmerksamkeit in sein Gesicht, das ihm nicht zugewandt, vielmehr mit einem entrückten Ausdruck geradeaus gerichtet war. »Onkel Dominikus«, stieß der Junge unbeholfen hervor, »das ist aber ein Jammer, daß wir nicht eher mit diesem Gespräch angefangen haben! Ich weiß jetzt, daß ich dich vieles fragen müßte – es würde gar nicht mehr schwer sein...«

»Heb sie nur auf, deine Fragen, mein Lieber – heb sie gut auf! Vielleicht beantworten sie sich mit der Zeit von selbst. Du wirst ja wissen, wo solche Fragen immer wieder vorgebracht werden müssen und von woher dann manchmal Antwort kommt.«

Sie hatten den Bahnhof betreten, Dominikus steuerte auf den Bahnsteig zu. »Dein Gepäck!« rief Franz mit erschrockenem Aufblick zu dem großen Uhrengesicht. »Ach so«, Dominikus blieb gelassen stehen, »wo war das doch gleich? Richtig...« Er schwenkte nach dem Wartesaal ab, Franz folgte beunruhigt. Dort, wo der Pater vorher die Tasche abgesetzt hatte, saß die Bank voller Menschen; von der Tasche war nichts zu sehen. »Da haben wir es!« sagte Franz verstört. Aber schon erhob sich eine alte Bauersfrau, die bereits vorhin da gesessen hatte, und hielt ihnen das mit beiden Händen umklammerte Apostelgepäckstück entgegen. »Hochwürden – eck have'r acht egäwen!« sagte sie strahlend. »Das habe ich mir gedacht, liebe Tochter – ich danke dir auch schön!« sagte Dominikus.

Eine Minute später kletterte er in ein überfülltes Abteil des abfahrtbereiten Zuges, die Menschen rückten bereitwillig zusammen, um ihm Platz zu machen. Er blieb am hinabgelassenen Fenster der Tür, die der Schaffner hinter ihm zugeschlagen hatte, und sah freundlich zu Franz hinunter, der nun seinen Fuß auf das Trittbrett setzte – was er noch zu sagen hatte – noch sagen mußte, konnte er nicht schreien.

»Onkel Dominikus«, sagte er dringlich, »eine Frage noch – eine Frage! Wird die Mutter von uns weggehen? Muß das sein?«

Dominikus neigte sich vor, die Hand ans Ohr haltend, als glaubte er nicht recht gehört zu haben. Die Signalpfeife des Zugführers schrillte, die Lokomotive zog an. Franz mußte abspringen, er lief neben dem Wagen her, das Gesicht angstvoll emporgewandt. »Aber woher denn?!« rief der alte Dominikus, »hättest du mich nur gleich gefragt! Darüber braucht ihr euch keine Sorgen zu machen, verstehst du! Hast du's verstanden? Gut, gut! Und grüß auch daheim!«

Die Stimme verwehte im Fahrwind. Das letzte, was Franz von Dominikus sah, war die grüßende Hand – eine Segenshand. –

III

LENNACKER

Franz hatte der Anziehung, die sein Kommilitone Joachim Lennacker von Anfang an auf ihn ausgeübt hatte, in der ersten Zeit nur widerwillig nachgegeben, da denn der andere ihm eher auszuweichen als eine nähere Bekanntschaft zu suchen schien. So war es fast ein Jahr lang, abgesehen von gelegentlichen Gesprächen und Diskussionen in den Wandelgängen der Berliner Universität während der Pausen zwischen den Vorlesungen, niemals zu einem persönlichen Gespräch zwischen ihnen gekommen, denn ungeachtet der unbestreitbaren Übereinstimmung in sachlichen Fragen, die Franz zwischen seinen eigenen und den Meinungen dieses hageren, schlechtangezogenen Burschen feststellen zu können meinte, äußerte Lennacker sich meistens so hochfahrend, ironisch und aggressiv, als wünsche er, jede Verständigung von vornherein auszuschließen. Dann hatte es sich einmal begeben, daß Franz das Korreferat zu einem Vortrag übertragen bekam, den Lennacker an einem Diskussionsabend einer studentischen Vereinigung hielt, eine Aufgabe, die er als ehrenvoll empfand, denn Lennacker galt als hervorragender Kopf und ward von den Professoren bevorzugt herangeholt. Da eine Fühlungnahme bei der Behandlung und Durchführung des Themas nicht zu umgehen war, hatte Lennacker sich widerwillig erboten, Franz in seiner Wohnung aufzusuchen, indem er zugleich einen Vorschlag von Franz, ihn seinerseits aufzusuchen, als unmöglich ablehnte. »Ich wohne in einer Gegend, die Ihnen kaum vom Hörensagen bekannt sein dürfte – wenn man es überhaupt Wohnen nennen kann. Kurz, ich habe eine Übernachtungsgelegenheit – eine Schlafstelle in der Brunnenstraße, die mir tagsüber nicht zur Verfügung steht.«

»Und – wo halten Sie sich auf? Wo arbeiten Sie?« hatte Franz, durch diese stoisch ausgesprochene Mitteilung einigermaßen erschüttert, gefragt. »Wozu gibt es Lesesäle? Museen? Bänke in den Anlagen, im Tiergarten? Und das Seminar steht mir ja auch immer offen«, war die gelassene Antwort gewesen. Seitdem wußte Franz, wie es um die äußere Lage des Kameraden stand, und er hatte in der Folgezeit nicht geruht, die schmale gemeinsame Basis, die sie in der Arbeit fanden, geduldig zu pflegen und zu erweitern, bis innerhalb von zwei Jahren aus einem zunehmenden gegenseitigen Vertrauensverhältnis allmählich eine unbedingte Freundschaft geworden war. Er wußte jetzt, daß die vorgetäuschte Feindseligkeit und überkritische Haltung, die Lennacker ihm gegenüber zur Schau getragen hatte, zu der Maske gehörten, hinter der dieser sich selbst mit unerbittlicher Härte behandelnde Junge sich gegen eine Welt wehren zu müssen glaubte, die ihn ausgestoßen hatte und von der er nun freiwillig sich auszuschließen bereit war. Hinter dieser Maske aber lebte ein Mensch seines Alters mit Idealen und Zielen, wie sie ihm selbst vorschwebten, und daß sie bei dem anderen durch den bitteren Zwang, um ihre Verwirklichung kämpfen zu müssen, viel gründlicher durchdacht, viel klarer umrissen hervortraten, das war es, was ihn unwiderstehlich anzog und ihn die Überlegenheit, die Lennakker ihm auch jetzt noch oft genug empfindlich zu spüren gab, bereitwillig hinnehmen ließ. In den Freiluftgesprächen mit seiner Schwester Maria, wie sie während jedes seiner Ferienaufenthalte in Gerdesheim stattfanden, wenn die Geschwister einen ihrer gewohnten weiten Spaziergänge machten, hatte er den Freund zuweilen erwähnt, aber er kannte Lennacker schon mehr als anderthalb Jahre, ehe er einmal ausführlich auf ihn zu sprechen kam. Den Anlaß gaben allerhand fröhliche und zufriedene Betrachtungen der Schwester darüber, wie gleichbleibend harmonisch die Stimmung der Mutter sei – wie die Großmutter es verstehe, jedes aufsteigende Gewölk zu zerstreuen, und den Vater, ohne daß er es richtig bemerkte, davon ablenkte, die Mutter ängstlich zu beobachten. Er sähe nun ebenso wie die Großmutter oft ganz darüber hinweg, wenn die Mutter doch hin und wieder einmal einen »dunklen Tag« hätte.

Franz hatte diese Betrachtungen durch eine anscheinend beiläufige Frage bewußt hervorgerufen, um seine eigenen Eindrücke bestätigt zu hören. Marias Beobachtungen waren der einzige objektive Gradmesser, den er hinsichtlich der Echtheit und Dauer der klimatischen Veränderung innerhalb des Elternhauses hatte, denn nach wie vor kam es vor den Kindern niemals zur Sprache, ob nun die Versöhnung mit den Ihren auch die endgültige Klärung und Lösung der Frage ihrer Rückkehr in die katholische Kirche herbeigeführt habe. Diese Ungewißheit schien Dietrich überhaupt nicht mehr zu berühren, während Franz sie immer wieder quälend empfand. Maria allein stand ihr ganz unbefangen gegenüber, und auch diesmal antwortete sie auf seine unbetonte Frage, »ob die Mutter eigentlich noch in den Dom ginge«, mit fröhlicher Gelassenheit: »Ja, jeden Tag. Sie begleitet die Großmutter, und ich glaube, sie täte es auch, wenn die Großmutter einmal zu Hause bliebe.«

»Und – meinst du...?« – »Ach, ich weiß es nicht«, sagte das Mädchen, »ich mache mir auch jetzt gar keine Gedanken mehr darüber. Seit ich die Großmutter und den Onkel Dominikus kenne, ist das alles gar nicht mehr so schlimm.«

»Heißt das etwa, daß du nächstens mitgehen wirst – in den Dom?«

»Ach, ich bin schon ein paarmal mitgegangen – warum nicht?! Wir sind ja auch als Kinder manchmal heimlich hineingelaufen, und jetzt wollte ich sehen, ob das alles immer noch so merkwürdig ist – schön, aber etwas unheimlich – wie es damals auf mich wirkte. Aber nein, du brauchst keine Sorge zu haben – ich kann gar nichts damit anfangen, ich sehe es mir an wie ein Schauspiel. Und ich kann ja auch kein Latein.«

»Na, gut«, sagte Franz beruhigt. »Aber die Großmutter – spricht sie nun über dergleichen mit dir?«

»Du meinst, ob sie versucht, mich zu bekehren?« Maria lachte vergnügt; »du brauchst gar nicht so vorsichtig zu fragen. Wenn du die Großmutter besser kennen würdest, kämest du gar nicht auf so etwas. Ich weiß nicht, ob du mich verstehen wirst – also: die Großmutter braucht gar nicht von so etwas zu sprechen, und doch weiß man bei jedem Wort, das sie über ganz andere und ganz gewöhnliche Dinge redet, daß sie ... daß sie eben mitten darin ist«, schloß sie hilflos; »es ist so schwer auszudrücken, Franz – ich meine, vielleicht ist die Großmutter einfach wirklich eine – Christin.«

Franz schwieg lange; er dachte an Dominikus. »Das wäre sehr viel«, sagte er endlich, »das wäre wohl das Höchste, was man von einem Menschen sagen kann. Vielleicht hast du recht – ich kenne sie noch zu wenig. Ich würde das mit einer einzigen Ausnahme nur noch von einem Menschen mit voller Gewißheit behaupten wollen – dies, er sei ›mitten darin‹ – obgleich dieser Mensch fast nie in die Kirche geht und auch nie von ›so etwas‹ spricht.«

»Nämlich?« fragte Maria. »Von unserem Vater«, sagte Franz leise und fast verschämt; »aber darüber können wir uns eigentlich nicht unterhalten.« »Nein«, gab Maria zögernd zu, »das möchte ich auch gar nicht. Ich möchte den Vater von niemand erklärt bekommen, nicht einmal von dir. Und die Mutter auch nicht. Einmal werden wir vielleicht alles besser verstehen.« Franz sagte aus seinem sich nun erst abschließenden Gedankengang heraus: »Mit dem Christentum, dem echten, siehst du, ist es wohl so, wie es bei Paulus heißt: ›es sind mancherlei Gaben, aber *ein* Geist‹ – es wird jedem verliehen nach seiner Art. Manchen ist es angeboren, das ist eine seltene Gnade – so ist es wohl bei der Großmutter. Andere, das kommt viel öfter vor – müssen es sich erleiden: so war es beim Vater. Und heute ist es so, daß die meisten es sich erkämpfen müssen, Christ zu werden trotz – der Kirche ...«

Marias Schritt stockte. »Wenn man dich reden hört ...!« rief sie aus. Auch Franz war stehengeblieben, er lächelte mit ironischer Resignation. »... dann glaubt man mir den Kandidaten der Theologie nicht, möchtest du sagen? Nun, was meinen letzten Satz betrifft, will ich dich beruhigen, er war kein eigenes Gewächs – ich zitierte meinen Freund Lennacker. Und da der sozusagen aus dem Herzen der Kirche stammt – Pfarrerssohn und Enkel, Urenkel, Ururenkel unabsehbarer Pastorenreihen der Vergangenheit –, so muß er es eigentlich wissen, und seine diesbezüglichen Aussprüche geben mir immer zu denken.«

Sie gingen weiter; Franz schwieg, tief in Gedanken verloren.

»Wie geht es denn eigentlich – diesem Lennacker?« fragte Maria nach einer Weile obenhin, »du hast lange nichts mehr von ihm erzählt.«

»Habe ich das überhaupt je getan – dir von ihm erzählt?« fragte Franz erstaunt zurück. Er pflegte mit seinen persönlichen Erlebnissen überaus zurückhaltend zu sein, und jedenfalls hatte diese Freundschaft ihm bis jetzt einen eifersüchtig gehüteten Schatz bedeutet; er war ihrer bis vor kurzem zu wenig sicher gewesen, um sich ihrer zu rühmen.

»Aber doch!« sagte Maria vorwurfsvoll; »als wir nach Weihnachten unseren letzten Spaziergang machten, hast du gesagt, Lennacker sei der einzige Mensch in Berlin, mit dem man ein Gespräch führen könnte!«

»Und das war alles? Nun ja, ich habe ihn also erwähnt. Aber daß dir das hängengeblieben ist...!«

»Hängengeblieben! Als ob ich nicht über alles nachdächte, was ich mal von deinem Privatleben zu erfahren bekomme – viel ist es ja wirklich nicht. Vielleicht hat mir auch nur der Name Eindruck gemacht. Lennacker – wie heißt er mit Vornamen?«

»Das spielt keine Rolle. Übrigens heißt er Joachim. Ich glaube kaum, daß er dir gefallen würde, jedenfalls nicht auf den ersten Blick. Tanzen kann er auch nicht. Bisher haben dir eigentlich immer nur Dietrichs Freunde imponiert.«

Es folgte nun eine Auseinandersetzung, die damit endete, daß Franz zugeben mußte, daß er keine Ahnung von Marias Ansprüchen an das männliche Geschlecht hätte, nachdem sie ihn darüber aufgeklärt hatte, daß im Grunde nur der Vater ihrem Ideal entspräche, obgleich er nicht tanzen könne. Wenn sie selber gern tanzte und deshalb auch Wert auf gute Tänzer legte, so bedeute das doch noch lange nicht...

»Erbarme dich und hör auf!« rief der Bruder endlich

lachend, »ich nehme alles zurück und behaupte das Gegenteil!«

... es bedeute also nicht, daß sie nicht ganz genau wisse, worauf es ankäme, schloß Maria nachdrücklich und ließ es dabei sein Bewenden haben. Ihre Gedanken aber schienen sich weiter mit dem Freund ihres Bruders beschäftigt zu haben, denn nach einer Weile fragte sie: »Wenn nun aber die ganze Familie so pastörlich ist, wie du sagst – diesen Lennacker meine ich – was sagt denn da sein Papa zu solchen Aussprüchen, wie du eben einen zitiert hast?«

Franz lachte auf, wurde aber gleich wieder ernst. »Dieser Papa ist leider eine recht dramatische Figur«, sagte er stirnrunzelnd; »jedenfalls weiß ich jetzt, daß es leider auch auf unserer – auf protestantischer Seite zu ähnlichen Zuspitzungen von Gegensätzen innerhalb einer Familie kommen kann wie – na, wie es bei uns jetzt hoffentlich überstanden ist. Allerdings liegt es hier doch alles ganz anders. Die Ähnlichkeit besteht nur darin, daß in beiden Fällen ein orthodox unduldsamer alter Herr es auf Biegen oder Brechen hat ankommen lassen.«

Er verstummte, als hätte er schon zuviel gesagt. Maria wartete ein wenig, dann fragte sie: »Willst du damit sagen, daß dein Freund ...?«

Franz seufzte unmutig auf. »Ich hätte gar nicht davon anfangen sollen. Nein – wie ich schon sagte – hier liegt alles anders. Er hat sich schon als Schüler in Opposition zu seinen Vater gestellt, der eine Säule der Positiven Union ist – weißt du überhaupt, was das ist?«

»Onkel Bernhard!« sagte Maria lakonisch. »Ungefähr«, bestätigte Franz; »du hättest aber ebensogut unsere gesamte hiesige Klerisei nennen können, bis auf Pastor Brinkmann, den die anderen eben noch dulden. Diese Gegensätze treffen in Berlin viel härter aufeinander als in der Provinz, und was den alten Lennacker betrifft, so muß er ein ganz unverdaulicher Fanatiker seiner Richtung sein. Wohlgemerkt – mein Freund selbst äußert sich nicht in dieser Weise über seinen Vater, er spricht nur in Andeutungen über die Gründe seines Zerwürfnisses mit ihm – aber wenn man sich für einen Menschen interessiert, findet man ja Wege, Näheres über ihn zu erfahren. Mir war es jedenfalls leicht gemacht, denn Pfarrer Lennacker ist in Berliner kirchlichen Kreisen sehr bekannt, und ich brauchte bei der richtigen Stelle nur anzutippen, um die ganze Geschichte als bedauerliches Zeichen der Zeit versetzt zu bekommen. Hast du eine Ahnung von Stoecker – von Naumann – vom christlichen Sozialismus?«

»Das ist wohl nicht anders möglich, nachdem du und Dietrich euch fortwährend über die Politik in den Haaren liegt!«

»Nun also – der alte Lennacker ließ allenfalls noch Stoecker gelten, aber schon die christlich-soziale Arbeiterpartei lehnte er ab, und Naumann erschien ihm vollends als ein Vorbote des Antichrist. Nun war Joachim aber schon als Primaner ein begeisterter Anhänger von Naumann oder doch eines Freundes von Naumann, eines Berliner Pfarrers, der Naumanns Lehren in die Praxis umsetzte und in einer Arbeitergegend von Berlin auf verlorenem Posten stand. Daraus ergibt sich, daß er in jeder Beziehung anderer Meinung war als der alte Herr, mit dem er nur eines gemeinsam zu haben schien: das rabiate Beharren auf dem eigenen Standpunkt. Kurz und gut, es kam so weit, daß der Vater ihn vor die Wahl stellte, entweder die konservative positive Richtung anzuerkennen oder aber die Theologie überhaupt aufzugeben und einen anderen Beruf zu ergreifen. Wenn nun ein Mensch zum Theologen berufen ist – freilich in einem ganz anderen Sinn, als es sich der Alte je selbst hat träumen lassen – so ist es Joachim, und da war nun kein Kompromiß zu erreichen. Also studiert er nun gegen den Willen des Vaters seit drei Jahren Theologie, ohne einen Pfennig von zu Hause zu bekommen, es sei denn, daß seine Mutter ihm ganz selten heimlich etwas schicken kann. Hin und wieder hat er ein Stipendium, aber was ist das schon? Er gibt Unterricht, er schreibt für Zeitungen, er lebt von der Hand in den Mund und ist dabei nicht nur weiter voran als andere, sondern – ja, wie soll ich es sagen – er ist unter uns allen der einzige wirklich lebendige Mensch!«

Maria hatte atemlos zugehört; es kam nicht häufig vor, daß

Franz sich einmal nicht damit begnügte, ihrem Geplauder mehr oder weniger wohlwollend zu lauschen und seine Glossen dazu zu machen. Sie war nun so ängstlich, als bestünde Gefahr, einen scheuen Vogel aufzuscheuchen, der sich einmal in ihrer nächsten Nähe niedergelassen hatte. »Ich finde das wunderbar«, sagte sie endlich schüchtern; »kannst du ihn denn nicht einmal mitbringen, wenn du in die Ferien kommst? Ich meine, wenn er es doch so schwer hat und vielleicht nicht nach Hause kann...«

»Das kann er nicht. Er trifft seine Mutter und seine Schwester, die viel älter ist als er, manchmal irgendwo, aber auch das scheint schwierig zu sein. Für diese Ferien hat er eine Hauslehrerstellung auf dem Lande angenommen, was, glaube ich, die größte Pönitenz für ihn bedeutet. Aber er verdient sich damit die Grundlage für das nächste Semester. Und ihn hierher zu bekommen – das möchte ich ja schon lange – aber so einfach ist das nicht. Dieser Mensch denkt immer gleich, man wollte ihm unter die Arme greifen. Na – warten wir es ab.« –

Es war dann in den Weihnachtsferien, kurz vor dem Anbruch des Jahres 1893, gewesen, daß Lennacker zum erstenmal zu einem Besuch nach Gerdesheim gekommen war, und wenn es Franz nicht gelungen wäre, ihn davon zu überzeugen, daß sie wegen der ihnen beiden bevorstehenden Examen diese ruhigen Tage zu gemeinsamer Arbeit ausnützen müßten, wäre es wohl bei der Ablehnung geblieben, die Lennacker dem Vorschlag zu diesem Ausflug zunächst entgegengesetzt hatte. Die Reise mit dem Freunde zusammen anzutreten und das Weihnachtsfest bei ihm zu verleben, hatte er sich geweigert, und Franz hatte sich gehütet, darauf zu bestehen; außerdem machte er sein Kommen vom Eintreffen einiger Zeitungshonorare abhängig, und es blieb bis zuletzt zweifelhaft, ob er nun zu erwarten sei oder nicht. Daß er dann doch plötzlich vor der Tür stand, nachdem Franz an jenem 28. Dezember bereits zweimal vergeblich auf dem Bahnhof gewesen war, erschien diesem nun wie ein kaum noch erhofftes Geschenk.

Er hatte der Einführung seines Freundes in den Familienkreis nicht ohne uneingestandene Besorgnis entgegengesehen, denn die Kritik, die Lennacker gern an jeder Form bürgerlichen Behagens übte, und die Skepsis, mit der er von seinen bitteren Erfahrungen her allen nicht auf freier Wahl und Gesinnungsgemeinschaft beruhenden menschlichen Beziehungen gegenüberstand, ließen es Franz beinah als fragwürdigen Zug erscheinen, daß er selbst sich bei jeder Einkehr im Elternhaus dort immer noch so geborgen und glücklich fühlte wie nirgends sonst. Doch hatte er dem anderen gegenüber niemals ein Geheimnis daraus gemacht, daß es so sei, vor allem war ihm das Bedürfnis im Zusammenhang mit einem Gespräch über den Katholizismus gewesen, bei dem er schließlich mehr über seine Mutter und das, was er »den katholischen Familieneinschlag« nannte, erzählt hatte, als er es jemals getan hatte. Lennacker hatte das ersichtlich mit stärkerer Anteilnahme angehört, als er sie sonst persönlichen Mitteilungen gegenüber an den Tag legte, hatte auch nachdenkliche Fragen gestellt und am Ende den Schluß gezogen, daß da also wohl etwas »wie eine Una Sancta im Familienkreise« entstanden sei; und er fügte hinzu, das sei wohl auch der einzige Weg, die große Spaltung zu überwinden – von Mensch zu Mensch, von Christ zu Christ. Freilich dürfe es nicht zu einem faulen Frieden kommen, und ob diese ganze Angelegenheit nicht doch etwa zum »Skelett im Schrank« geworden sei, das niemand bei Namen zu nennen wage? Franz hatte darauf gesagt, daß es doch auch ein Schweigen aus gegenseitiger Schonung und um des Friedens willen gäbe, durch das jeder sich bemühe, dem anderen Gerechtigkeit widerfahren zu lassen und unabänderliche Gegensätze auszugleichen. Er hatte die Antwort erhalten: »Ha – du ahnst eben noch nicht, welche Lust es ist, solche Gegensätze bis auf den Grund zu beleuchten – nicht um des Streites, sondern nur um der Klarheit – eben der Klarheit willen! Aber lassen wir es gut sein – ich sehe schon, ich darf meine eigenen Voraussetzungen nicht auf jeden Fall anwenden. Bei euch handelt es sich wahrscheinlich wirklich um – eine

Familienangelegenheit. Also um eine Sache, die nicht kämpfend, sondern leidend durchgestanden sein will.«

»Und – in deinem Fall?« hatte Franz sich nicht enthalten können, zu fragen. Lennacker hatte eine fast hochmütige abschließende Handbewegung gemacht: »Um eine Sache zwischen Männern!«

Sie waren dann nie mehr auf diese Unterhaltung zurückgekommen, aber auch an diese Äußerungen des Freundes hatte Franz jetzt wieder denken müssen, und er hatte eine Art von Lampenfieber in der Unsicherheit, wie wohl die Seinen bestehen würden, nicht unterdrücken können. Er war sehr zufrieden damit, daß Dietrich diesmal nur für die Feiertage nach Hause gekommen war und einen Tag, ehe Lennacker ankam, zur Vertretung eines Vorgesetzten in sein Amt hatte zurückkehren müssen, denn er hatte sich von einer Begegnung zwischen dem Bruder und dem Freunde nichts Gutes versprechen können. Dietrich hatte Maria mitnehmen wollen, er hatte die Zustimmung der Eltern, daß sie als Gast der Familie des Landrates, unter dem er arbeitete, einen Silvesterball mitmachen dürfte, erlangt und war einigermaßen gekränkt abgereist, da die Schwester sich hartnäckig weigerte, mitzukommen oder auch ihm nachzukommen, mit der Begründung, daß sie sich nicht von dem Weihnachtsbaum trennen könne – »und überhaupt...«, wie sie unbestimmt hinzugefügt hatte. Dies »Überhaupt« betreffend zweifelte Franz nicht daran, daß seine kleine Schwester damit ganz allgemein ihre Entschlossenheit, keinesfalls die Gelegenheit zu versäumen, »den sagenhaften Lennacker« kennenlernen zu können, habe ausdrücken wollen; aber er hatte seine Vermutung wohlweislich für sich behalten, einmal, weil Maria nicht stören würde, dann aber auch, weil er mit brüderlicher Pädagogik dachte, es könne ihr nur gut tun, etwaige Illusionen, die sie sich, wie es ihm schien, über Lennacker gebildet hatte, durch die Berührung mit der Wirklichkeit zu berichtigen. Als er, kurz nachdem Lennacker eingetroffen war, mit ihm zum Abendbrot herunterkam, wurde der Fremdling von den Eltern mit dem unpersönlich herzlichen Wohlwollen aufgenommen, wie Franz es erhofft hatte; zugleich nahm er erleichtert wahr, daß der Freund sich seinerseits keineswegs in der verschlossenen Zurückhaltung gab, die er Fremden gegenüber meist an den Tag legte, sondern daß er, vielleicht widerwillig, aber doch mit einer gewissen Selbstverständlichkeit, etwas hervorholte, wovon er sonst kaum Gebrauch zu machen pflegte, die Haltung nämlich eines von Haus aus gut erzogenen Menschen, der weiß, wie er sich als Gast zu benehmen hat. Er ging auf die Fragen ein, die an ihn gerichtet wurden, und wenn er zuweilen ausweichend antwortete, so vermied er es doch völlig, abweichende Ansichten zu äußern; dies ging so weit, daß Franz bei aller Erleichterung, die er empfand, doch fast enttäuscht gewesen wäre, hätte er nicht zugleich einen Schatten schwermütiger Überlegenheit beobachtet, mit der dieser verwandelte Lennacker sich selbst zuzusehen schien, und jenen grübelnd prüfenden Blick, mit dem der Freund die Tischgenossen und die Umgebung des weihnachtlich geschmückten Raumes zuweilen musterte. Es entging ihm nicht, daß dieser Blick sich veränderte und schnell wieder zurückgezogen ward, wenn er einmal auf Maria geruht hatte; er verriet dann ein fast erschrockenes Staunen, aber dieser Eindruck war nur sehr flüchtig, und Franz, der meinte, daß die Schwester ihrerseits dem Gast etwas mehr Beachtung schenken könnte, als sie es offensichtlich tat, glaubte, sich getäuscht zu haben. Das wurde ihm allerdings wieder zweifelhaft, als Lennacker ihn später, als sie vor dem Schlafengehen noch eine Weile zusammensaßen, unvermittelt fragte:

»Warum hast du mir denn niemals von deiner Schwester erzählt? Ich wußte ja gar nicht...«

Er verstummte beinah verlegen. Franz beeilte sich, zu sagen, daß er übrigens auch einen Bruder besitze, und daß er seine Geschwister doch wohl bestimmt gelegentlich erwähnt habe? Er selbst wisse zum Beispiel ganz genau, daß Lennacker Bruder einer Schwester namens Ulrike sei! »So?« sagte Lennacker obenhin. »Habe ich davon gesprochen? Sie ist übrigens beinah zehn Jahre älter als ich...«

»Und Maria fünf oder beinah sechs Jahre jünger – ich meine, als *ich* es bin«, sagte Franz mit harmlosem Ausdruck, fand es dann aber besser, das Thema zu wechseln. Seine bisherigen Unterhaltungen mit dem Freunde hatten ihm den Eindruck hinterlassen, daß Lennacker mit Bezug auf das weibliche Geschlecht mit seinen skeptischen Vorbehalten doch zu weit ginge. Er fand es besser, vorläufig zu übersehen, was er jetzt mit einiger Überraschung zu beobachten glaubte.

Wenn auch das Arbeitsprogramm, das die beiden sich gemacht hatten, während der folgenden Woche gewissenhaft durchgeführt wurde, so hatte ihr Zusammensein doch einen ganz anderen Charakter als in Berlin. Es war Franz niemals gelungen, seinen Freund zur Teilnahme an dem geselligen Umgang, der ihm selbst natürliches Bedürfnis war, zu bewegen, und er hatte ihn allmählich für einen unverbesserlichen Außenseiter und Asketen gehalten. Jetzt schien von einem Tage zum anderen immer deutlicher ein neuer Mensch aus der gewohnten Gestalt hervorzutreten, der seiner selbst freilich kaum bewußt zu sein schien – aber das mochte daran liegen, daß er lange Zeit in einer gewollten Verkrampfung keinen Gebrauch von seinem eigentlichen Wesen gemacht hatte. Dabei bewegte dieser Verwandelte sich umher, als fühle er sich verzaubert und in einen Bannkreis geraten, der ihn in jedem Augenblick wieder entlassen und sich hinter ihm schließen könne. Hatte er sich eine Weile unbefangen an der allgemeinen Unterhaltung beteiligt und sich sogar zu heiteren Wortgefechten mit der Großmutter und mit Maria hinreißen lassen, denn diese waren es, zu denen er am unmittelbarsten Zutrauen gefaßt zu haben schien, so konnte es geschehen, daß er ganz übergangslos in ein erschrockenes Schweigen verfiel, vor sich hin starrte und dann befremdet und prüfend um sich blickte, als gelte es, einem Irreführungsversuch auf den Grund zu kommen. An einem Abend, als ein paar frühere Schulkameraden von Franz und Freundinnen von Maria zu Besuch gekommen waren und man sich mit Gesellschaftsspielen vergnügt hatte, erhob er sich plötzlich und zog sich ohne jede Erklärung zurück, nachdem er eben erst durch die witzige Überspitzung eines Ratespiels die Gesellschaft zu einem Höhepunkt ihrer Stimmung begeistert hatte. Franz, der nach dem Aufbruch der Gäste beunruhigt nach ihm sah, fand ihn im Bett, zur Wand gedreht, und brachte nichts aus ihm heraus, als »daß er unerträgliche Kopfschmerzen habe und außerdem für derartige Orgien bürgerlichen Behagens wohl für immer unbrauchbar sei«. Am nächsten Morgen, als die beiden als letzte am Frühstückstisch saßen, brachte er eine ungeschickte Entschuldigung vor.

»Du müßtest meine Kindheit gekannt haben und mein Elternhaus – vor allem meinen Vater«, fügte er bitter hinzu, »um zu verstehen, daß ich mir hier oft vorkomme wie aus der Arktis in ein gemäßigtes Klima verschlagen. Meine Eltern meinten es in ihrer Art gewiß gut mit mir – aber die Sünde fing für meinen Vater schon bei dem an, was er ›Übermut‹ nannte. In dem Sinne war ich wohl ein sehr sündiges Kind – aber es wurde mir ausgetrieben, das kann ich wohl sagen. Mein Vater hat nie gewußt, was Lächeln ist – und meine Mutter hat es verlernt.«

Franz, unverwöhnt durch derartige persönliche Bekenntnisse, hatte fast schüchtern gesagt, es wäre wohl meistens Glückssache, wie man es mit seinen Eltern träfe. »Ach – Glück!« sagte Lennacker mit einem Ausdruck angeekelter Verachtung, – »hier handelt es sich um einen natürlichen Anspruch, der widernatürlich unterdrückt wurde. Aber lassen wir das! Was mir von Anfang an problematisch war, ist die Harmonie hier im Hause, obgleich die Gegensätze bestehen, von denen du mir gesprochen hast. Schon gut, ich rede nicht weiter davon – aber ich darf wohl noch sagen, daß es in meinem Elternhause keinerlei Gegensätze gab, es gab ausschließlich die Meinung des alten Herrn. Vielleicht lag es gerade daran. Meine Mutter war sein Schatten, und meine Schwester wiederum der Schatten meiner Mutter. Ich – mein Gott – ich führte in der Geborgenheit dieser Schatten mein behutsames Eigenleben, bis es so weit war, daß ich zu denken anfing – und damit war dann allerdings der Gegensatz gegeben. Gegensatz wird nur in den seltensten Fällen zum Kontrapunkt, der harmonischen Ausgleich ermöglicht, wie es hier bei euch der Fall gewesen sein muß ...«

Sie waren über dem Reden hinauf in Franzens Stube gegangen, um mit ihrem Vormittagspensum zu beginnen. »Übrigens«, sagte Franz in eine Pause von Lennackers exegetischen Ausführungen hinein, – »übrigens, was den Kontrapunkt betrifft – ich glaube, daß hier alles immer wieder ins Gleichgewicht kam, liegt daran, daß sich unsre Eltern heute noch lieben wie – nun, eben wie von Anfang an ...«

»Mag sein«, sagte Lennacker trocken, ohne von seinem Text aufzublicken; »meiner Ansicht nach liegt es daran, daß dein Vater eine ungewöhnliche Persönlichkeit ist und deine Mutter ursprünglich eine Natur, wie Goethe das nannte, also eine Heidenchristin, um bei Paulus zu bleiben. Mein Vater – ist ein Judenchrist, dem nur das Gesetz gilt, seine Askese ist nichts als ein Ausdruck geistiger Dürftigkeit. Du starrst mich an – ja, du würdest niemals so über deine Eltern sprechen, ich weiß es, du hast es ja aber auch weiß Gott nicht nötig. Und über meine Mutter sage ich auch nichts, ich fühle nur ohnmächtigen Zorn und Gram, wenn ich an ihr Leben denke. Nun ist es heraus, und da hast du die Erklärung dafür, warum ich mich hier bei dir zu Hause wie unter einem anderen Himmelsstrich fühle. Nun aber weiter in unsrem Text!«

Sie förderten die Auslegung der Epistel, der ihre heutige Arbeit galt, bis zu dem vorgesetzten Abschnitt, und es erschien Franz, als hätte er den Freund noch nie mit dieser Sammlung und Treffsicherheit am Werke gesehen. Er enthielt sich völlig aller Ausfälle und Seitenhiebe auf gegnerische Kommentare und ihre Anhänger, wie er es sonst liebte, und seine Betrachtungen waren über ihren wissenschaftlichen Gehalt hinaus so intuitiv durchleuchtet und vollkommen in der Form ihres Ausdruckes, daß Franz sich ganz auf Zuhören und Notizenmachen beschränkte. Als er dann schließlich seine Bewunderung unwillkürlich in den Ausruf zusammenfaßte: »Mensch, du gehörtest heute schon auf ein Katheder!«, wirkte das freilich unerwartet ernüchternd auf Lennacker. Sein eben noch von geistiger Erwärmung belebtes Gesicht erblaßte, er senkte den Kopf, und seine ganze Haltung drückte ratlose Resignation aus. »Du hast gut reden«, murmelte er achselzuckend; dann sich ungeduldig verbessernd: »Versteh mich recht – das Schmeichelhafte deiner Feststellung lasse ich auf sich beruhen – aber darin hast du recht, daß ich, wenn irgendwohin innerhalb der Theologie, dann eben auf ein Katheder gehöre. Wenn du mich bei meiner jetzigen Beschäftigung als Vikar einmal beobachten könntest – ich weiß nicht, ob du lachen oder weinen würdest. Mir wäre es lieber, du weintest, denn das entspräche meiner eigenen Stimmung. Wenn ich durch dies Jahr nicht die Zeit gewönne, meine Dissertation zum Abschluß zu bringen, wäre ich längst ausgebrochen. Aber die praktische Erfahrung, daß ich fürs Pfarramt nicht tauge, hat auch ihren Wert und macht diese Einsicht endgültig.«

»Woran liegt es?« fragte Franz vorsichtig, »mit deiner Examenspredigt hast du doch glänzend abgeschnitten.«

»Die Predigt – ach ja. Wenn es darauf allein ankäme ... Die Kanzel ist ja auch eine cathedra – so wie mir ein Katheder hoffentlich einmal zugleich eine Kanzel bedeuten wird. Nein, daran liegt es nicht. Auch das Liturgische würde mir liegen ...«

»Das Priesterliche ...«, sagte Franz vor sich hin.

»Ja und nein. Eigentlich: nein! Wir wollen das Priesteramt nicht poetisch abgrenzen und einschränken, es ist der höchste Begriff des Amtes und müßte eben alles umfassen. Dennoch – den wahren Priester – wo findet man ihn heute? Und wann gab es ihn überhaupt? Paulus wußte das – siehe ersten Korinther, zwölf. Wenn die Kirche die Teilung des Amtes entsprechend den jeweiligen Charismen praktisch durchführen könnte und, gesetzt den Fall, sie sähe diese Notwendigkeit ein, wofür keinerlei Anzeichen bestehen – sie würde besser fahren. Woran ich scheitere, das ist meine Unfähigkeit zur Seelsorge.«

Franz sagte zögernd: »Ließe sich das nicht lernen? Ist es nicht vielleicht Sache der Übung?«

»Willst du nicht gleich sagen: Routine? Verdammt noch mal, das darf es eben nicht sein! Um ein wahrer Seelsorger werden zu können, bedarf es einer ursprünglichen Beziehung zum Mitmenschen, angeborenen psychologischen Gefühls – Fingerspitzengefühls – und des intensivsten Interesses für das Menschliche in jeglicher Gestalt. Einige Voraussetzungen traue ich mir zu, – vor allem bin ich im Bewußtsein meiner eigenen Schwächen vorurteilslos – das will sagen, mein Skeptizismus gilt nicht den Sündern, sondern den Gerechten. Was mir aber im Wege steht, was es mir einfach unmöglich macht, den Menschen anzugehen, ihm als autoritärer Berater, als Wegweiser, als amtlicher Hirte und Führer zu begegnen ...«

Er hatte sich abgewandt, und Franz glaubte mit Staunen, einen wunderlich hilflosen Zug in seinem Gesicht zu entdekken. »Du wirst lachen«, sagte Lennacker, – »ich bin nämlich hoffnungslos schüchtern. Es fehlt mir an jeglicher Überzeugung, daß Menschen menschliches Vertrauen zu mir haben könnten – vor allem, wenn ich im schwarzen Rock daherkäme und dies Vertrauen sozusagen von Amts wegen beanspruchte. Ich glaube nicht, daß ich das je überwinden werde, jede naive Selbstsicherheit ist mir schon in der Kindheit ausgetrieben worden – zusammen mit dem sogenannten Übermut.«

Franz war einigermaßen fassungslos. »Aber, Lennacker, das ist ja Unsinn!« sagte er endlich, »du scheinst keine Ahnung zu haben, wie eben deine Sicherheit, deine Überlegenheit mir von Anfang an imponiert, ja, wie sie mich eingeschüchtert haben. Und mein Vertrauen zu dir – das steht überhaupt nicht zur Diskussion.«

Lennacker hatte sich erhoben; er stand am Fenster und drehte dem Zimmer den Rücken zu. »Nett von dir«, sagte er, »es beweist mir jedenfalls, daß die Stacheln, die ich mir notgedrungen wachsen lassen mußte, funktionieren. Ich habe aber in dir auch niemals ein Seelsorgeobjekt gesehen.«

»Sondern?« fragte Franz, begierig, den Faden weiterzuspinnen. Lennacker hatte sich ihm wieder zugewandt, er lächelte jetzt ironisch. »Möchtest du das wissen? Nun – zunächst wohl nur den Exponnenten einer Welt, mit der ich nichts mehr zu tun haben wollte. Damit tat ich dir unrecht, denn die Welt, die ich meinte, ist – ich weiß es jetzt – nur ein Zerrbild der Sphäre, in der ihr lebt. Wir haben oft über das Wesen des Bürgertums diskutiert, und die gelassene Sicherheit, mit der du es grundsätzlich verteidigtest, hat mich oft ungeduldig gemacht. In den letzten Tagen ist mir unter anderem klargeworden, daß ich meine Ansichten wohl ebenso revidieren müßte, wie du die deinen immerhin dahin modifizieren solltest, daß man von einem anscheinend tatsächlich noch erhaltenen Restbestand wesenhaft echter bürgerlicher Kultur keinesfalls auf das Ganze schließen kann.«

»Ach, laß doch jetzt dies akademische Gerede! Du willst wieder nur ausweichen. Ich hatte dich gefragt...«

»Ich weiß schon: was ich in dir sehe. Was gibt es da viel zu sagen, so weit müßtest du mich doch allmählich kennen, um zu wissen –« Lennacker war zur Tür gegangen und hatte die Hand auf der Klinke. Im Hinausgehen sagte er über die Schulter ins Zimmer zurück: »...daß, wenn etwas geeignet war, mein Selbstvertrauen zu heben, es deine Freundschaft gewesen ist.« –

Richard Alves hatte diesen Freund seines Sohnes Franz vom ersten Tage seiner Anwesenheit an mit jenem schweigsamen Interesse beobachtet, das er für jeden Menschen, der in seinen Umkreis geriet, bereit hatte. Aber es war das erste Mal, daß er sich nicht damit begnügte, ja, daß es ihm nicht glückte, einen der jungen Leute, die durch die Kinder ins Haus kamen, auf die ihm zukommende einfache Formel zu bringen und ihn dann auf sich beruhen zu lassen, nicht ohne ihm auch weiterhin mit dem leicht resignierten Wohlwollen zu begegnen, das er der heranwachsenden Generation auch dann schuldig zu sein glaubte, wenn sie ihm nur gleich der ständigen Wiederkehr einer Wiesenblüte erschien, ästhetisch ansprechend, aber keine andere als eben eine nützliche Heuernte verheißend. Er stand nun in dem Alter, in dem er sein Wissen und seine berufliche Erfahrung oft wie einen Überfluß empfand, für den niemand in seiner Umgebung Verwendung zu haben schien und in dem die unvermeidliche Rekapitulation der Stationen des zurückgelegten Lebensweges zu beginnen pflegt, jene Abrechnung mit sich selbst, die, von einem gewissen Zeitpunkt an selbsttätig einsetzend, das so viel befriedigendere Planen in die Zukunft ablöst. Was den innersten Kreis, das persönlichste Geschick, wie seine Ehe es ihm bedeutete, anging, so erschien ihm hier alles freilich der Nachprüfung unzugänglich, wie es etwa die Funktionszusammenhänge des eigenen Körpers waren: hier stand alles außer Frage, war hinzunehmen, wie es einmal war, konnte nur zu Ende gelebt werden. Etwas anderes war es mit seinem Berufsleben; er hatte immer gewußt, daß er auf diesem Gebiet an Kreuzwegen gestanden hatte und sich über die einzuschlagende Richtung unsicher gewesen war. Was ihn jetzt, da er demnächst sein fünfundzwanzigjähriges Amtsjubiläum als Gerdesheimer Stadtarchivar würde begehen können, zuweilen lähmend heimsuchte, war die Einsicht, daß seinem Wirken und der Auswertung seines Wissens durch diese Stellung eines städtischen Beamten doch Grenzen gezogen gewesen waren, die manche Arbeitspläne nicht zur Entfaltung hatten kommen lassen. Die Aufgaben, die er sich in der Jugend hinsichtlich der damals noch unerschöpften, zum Teil noch völlig unberührten Schätze des in den städtischen Archiven ruhenden historischen Materials gestellt hatte, waren erfüllt; seine Tätigkeit war nun schon seit langem eine rein konservatorische, und wenn sie ihm auch Zeit für die Redaktion der Mitteilungsblätter des Historischen Vereins der Provinz ließ, zu denen er regelmäßig selber Wesentliches beitrug, so fühlte er doch Schwermut in der Beschränkung auf diese Art von Kleinarbeit; und die Frage, ob er recht daran getan habe, jeden Lehrauftrag, der ihn in jüngeren Jahren erreichte, zugunsten seiner Vaterstadt abzulehnen, verfolgte ihn zeitweise mit dem drückenden Bewußtsein, sein Pfund vergraben zu haben. Hinzu kam der wachsende Überdruß an dem selbstzufriedenen Kreislauf des Lebens in dieser Provinzstadt, deren museale Architektur ihm jetzt zuweilen wie eine versehentlich stehengebliebene Meistersinger-Kulisse vorkam, innerhalb derer sich eine ihr wenig angemessene Ibsensche Dramatik abspielte. Er wollte weder Wagner noch Ibsen die Berechtigung absprechen, es stand ihm ja frei, sich an das zu halten, was er selbst unter Kunst und Dichtung verstand – (Gott sei Dank, wenigstens der alte Fontane lebte noch!) – aber die allgemeine Säkularisation der Werte, die für ihn bestimmend waren, durch die Kunst der Gegenwart, und wiederum der gierige Verschleiß dieser Kunst durch den Bildungsbetrieb der Gerdesheimer Gesellschaft, das gehörte mit zu den Dingen, die ihn immer stärker auf sich selbst zurückwiesen. Nun hatte Franz diesen jungen Lennacker ins Haus gebracht, und zum erstenmal seit der Begegnung mit Dominikus glaubte Alves einen Menschen vor sich zu haben, mit dem zu reden sich lohnen müsse. Er hütete sich aber, ein Gespräch vom Zaune zu brechen, er spürte instinktiv, daß dieser Junge dazu neigte, zu argwöhnen, es sollte ihm auf den Zahn gefühlt werden, und sich in sein Gehäuse zurückzuziehen. Aber nachdem er einmal, anscheinend in seine Zeitung vertieft, der halblauten Unterhaltung der jungen Leute zugehört hatte, fühlte er den Wunsch, dahinter zu kommen, inwieweit eigentlich die mit so viel Sicherheit und Nachdruck vorgetragenen Ansichten dieses im Familienkreise so zurückhaltenden, fast scheuen Burschen fundiert waren, um so mehr, als es ihm nicht entgangen war, daß nicht nur Franz in diesem Freunde eine Art von Orakel zu sehen schien, sondern daß auch Maria eine dem Vater an seiner Tochter ganz fremde Andacht verriet, wenn der Gast einmal etwas Zusammenhängendes sagte. Übrigens war dies ebenfalls weder Elisabeth noch auch der Großmutter entgangen, aber Alves hatte es vorgezogen, den diesbezüglichen Gedankenaustausch seiner Damen zu überhören; er hatte sie nur einmal milde ermahnt, doch den Teufel nicht an die Wand zu malen, worauf Elisabeth sagte, es sei ihre Pflicht als Mutter, die Augen offen zu halten, die Großmutter aber vergnügt bemerkte, ihr könne es nur lieb sein, noch Urenkel zu erleben, und daß dieser junge Mensch seine Meriten habe, das läge wohl auf der Hand. Elisabeth hatte hierauf sorgenvoll festgestellt, er sähe aber nicht gerade nach einer gesicherten Lebenslage aus – und hierauf hatte Alves einen Vorwand gefunden, die beiden ihren Handarbeiten und ihren schweifenden Gedanken zu überlassen. Er selbst begnügte sich damit, sich seine Sympathie für Lennacker zuzugeben; seine gute Kopfform und sein schmales durchgearbeitetes Gesicht mit den von gebändigtem innerem Feuer sprühenden Augen waren ihm von Anfang an angenehm aufgefallen.

Einer der Köder, mit denen Franz schon längere Zeit gearbeitet hatte, um seinen Freund zu einem Besuch in Gerdesheim zu verlocken, war sein häufig wiederholter Bericht über gewisse Akten aus der Reformationszeit gewesen, die das städtische Archiv aufbewahrte und über die er seine Doktorarbeit zu machen gedachte. Die Räume des Archivs blieben zwischen den Jahren geschlossen, aber der Doktor hatte seinem Sohn die Schlüssel anvertraut und unter der Bedingung, daß die jungen Leute selbst für die Heizung sorgten, erlaubt, daß sie stundenweise dort arbeiteten. Als Alves am Vormittag des Silvestertages sein Amtszimmer in dem Flügel des Rathauses, in dem Archiv und Museum untergebracht waren, aufsuchte, um die eingelaufene Post zu sichten – eigentlich jedoch, weil er wie immer ein wenig an Heimweh nach der entrückten Stille dieses Raumes litt –, fand er Lennacker allein dort vor. Er saß an dem zu Studienzwecken dort aufgestellten langen Tisch in dem großen Archivsaal, der durch eine Tür mit dem Amtszimmer verbunden war, hatte aber außer einem Manuskript, an dem er schrieb, keinerlei Material ausgebreitet und sprang errötend auf, als der Doktor eintrat. Franz sei schlittschuhlaufen gegangen und habe ihn auf seine Bitte hier eingeschlossen, erklärte er, obgleich er nach Abschluß seines Einblickes in die ihn interessierenden Urkunden hier im Grunde nichts mehr zu suchen habe; jedoch habe er der Versuchung, noch einmal hierher zurückzukehren, nicht widerstehen können. Das verstehe er nur allzugut, sagte Alves freundlich; er möge sich ums Himmels willen nicht stören lassen. Er zog sich an seinen Schreibtisch zurück und hatte über der Vertiefung in Korrekturbogen, die er vorgefunden hatte, bald völlig vergessen, daß er nicht allein war. Es dauerte aber kaum eine Viertelstunde, als er bemerkte, daß Lennacker aufbrechen wollte, obgleich dieser bemüht war, lautlos wie ein Geist zu entschwinden. »Wohin denn so eilig?« fragte er, »es sind doch noch zwei Stunden bis zu Tisch. Hängen Sie den Mantel wieder auf und setzen Sie sich hierher« – er wies auf den Stuhl neben seinem Schreibtisch – »wir wollen uns ein wenig stärken ...« Er erhob sich und holte aus einem Eckschrank eine Flasche Sherry und zwei Gläser – »wir wollen einen Aperitif nehmen, wie unsere westlichen Nachbarn das nennen. Es freut mich, daß Sie sich hier in meinem Bereich wohlgefühlt haben – ich bin nicht eben verwöhnt, was dankbare Besucher meines Archivs betrifft. Sie rauchen nicht?«

Lennacker schüttelte den Kopf. »Besser nicht«, sagte er und fügte verlegen hinzu: »Es ist nicht allein, weil ich mir solche Gewohnheiten nicht leisten kann – ich vertrage es einfach nicht. Mein Herz ...«

Er stockte, als hätte er unversehens eine Linie überschritten, die er sich hinsichtlich persönlicher Mitteilungen gezogen hatte. Alves beachtete das nicht; er fragte teilnehmend: »Doch nichts Ernstliches? In Ihrem Alter sollte man auf den Körper noch keine Rücksicht zu nehmen brauchen.«

Lennacker griff nach seinem Glase und trank einen Schluck Wein; es war deutlich, daß er am liebsten nicht geantwortet hätte. »Nicht der Rede wert«, sagte er ausweichend, – »ich war als Kind einmal krank – eine der üblichen Kinderkrankheiten, an die sich ein Gelenkrheumatismus anschloß. Da ist irgend etwas zurückgeblieben, für gewöhnlich merke ich gar nichts davon.«

Alves sah ihn nachdenklich an. »Sie können kaum älter sein als Franz«, sagte er, »aber sind doch schon ein ganzes Stück weiter als er, da Sie schon im Lehrvikariat stehen und, wie ich verstanden zu haben glaube, auf den Doktor hinarbeiten. Wahrscheinlich haben Sie nicht zu dienen brauchen?«

»Das ist allerdings der nicht zu unterschätzende Vorteil, den ich diesem unzuverlässigen Herzmuskel zu verdanken habe«, sagte Lennacker beinah herausfordernd, »– und nicht nur wegen des Zeitgewinns bin ich dankbar dafür!«

»Oho – ich sollte doch meinen . . .«, sagte Alves überrascht, verstummte aber, nicht zum erstenmal sonderbar betroffen von der Intensität des Blickes, den dieser junge Mensch jetzt wieder voll auf ihn richtete. »Im Ernst, Herr Doktor«, sagte Lennakker eindringlich, »halten Sie den Kriegsdienst für vereinbar mit dem geistlichen Beruf – oder überhaupt mit dem Christentum? Und wenn es jetzt seit zwei Jahrzehnten nur Soldatenspiel ist und möglicherweise noch Jahrzehnte bleiben wird – *ich* perhorresziere einen bewaffneten Frieden, und solange wir nur auf Grund einer schlagfertigen Rüstung unsere gegenseitigen Lebensrechte garantieren können – wir christlichen Nationen untereinander –, solange befinden wir uns in einem latenten Kriegszustand. Um so zu denken, braucht man, glaube ich, noch lange kein Duckmäuser zu sein. Wenn gekämpft werden muß, so hätten wohl alle Völker bei sich selbst genug zu bereinigen, um Beschäftigung für diesen Urtrieb zu finden. Und auf diesem Gebiet werde ich allerdings auch kämpfen, solange ich lebe!«

Er hatte das hervorgesprudelt, als hätte die Erwähnung der militärischen Dienstpflicht einen für gewöhnlich unterdrückten Gedankengang bei ihm angeschlagen. Jetzt senkte er den Kopf und fügte kleinlaut hinzu: »Aber verzeihen Sie – ich will gewiß nicht politisieren. Vor allem, weil es mir wahrscheinlich an jedem festen politischen Standpunkt fehlt.«

Alves sagte freundlich, wenn auch mit merklicher Unlust an diesem Thema: »Einen festen Standpunkt innerhalb der gegenwärtigen Lage einzunehmen und zu behaupten, ist für den historisch denkenden Menschen an und für sich sehr schwer und kaum möglich. Wir haben die Linie einzuschlagen, von der aus sich die Objektivität, wie die Wissenschaft sie erfordert, wahren läßt – das läßt sich kaum mit echtem Parteigeist vereinigen. Andererseits birgt Objektivität die

Gefahr, den Boden unter den Füßen zu verlieren und alles aus der Vogelschau zu bagatellisieren. Nun – Standpunkte... Auch innerhalb des liberalen Denkens ist jeder einzelne geneigt, bestimmte Richtungen zu bevorzugen. Meine Generation wird sich gewisser konservativer Bindungen nicht entschlagen können und wollen, während ihr Jungen den Sozialismus ernst zu nehmen geneigt seid.«

»Tun Sie das wirklich nicht – den Sozialismus ernst nehmen?« fragte Lennacker mit einem solchen Ausdruck naiver Verwunderung, daß Alves sich veranlaßt sah, lächelnd zu sagen: »Doch, selbstverständlich nehme ich ihn nicht leicht – nur vielleicht unter anderen Vorzeichen als ihr. Es ist etwas anderes, mit einer aufsteigenden Bewegung jung zu sein als – von ihr überholt zu werden.«

»Was das betrifft...« Lennacker starrte vergrübelt vor sich hin – »es ist ja nicht so, daß ich etwa im Kommunistischen Manifest eine Heilsbotschaft sähe, und was die Sozialdemokratie betrifft...« Er zuckte die Achseln. »Was ich verstehe, was ich ernst nehme, es sind nicht die Organisationen, die Parteien – es ist der Sozialismus an sich in seiner Idee einer höheren und gerechteren Form menschlichen Zusammenlebens. Wann auch immer in der Geschichte die Verwirklichung dieses Zieles bisher angestrebt wurde – immer ist es mit Mitteln unternommen worden, die die Bewegung rückläufig werden und in einen Machtkampf ausarten ließen. Selbst das Christentum – ich meine die Kirche... Wo sie nicht selbst immer wieder der Versuchung nachgab, zu herrschen, anstatt zu dienen, da hat sie sich doch mit den Mächtigen dieser Welt verbunden und ihren Vorteil daraus gezogen. Das alles kann ich natürlich historisch oder psychologisch betrachten und erklären – aber darf ich mich als Christ dabei beruhigen? Ich darf – ich kann es nicht, eben weil...« Er brach ab und machte eine Geste der Ratlosigkeit. Dann fuhr er unbeholfen fort: »Ich bin nun einmal der Theologie unrettbar verfallen, und vielleicht doch nicht allein, weil sie mir als unentrinnbares Erbe meiner Vorfahren auferlegt ist. Ich denke nicht daran, mich einer

Berufung zu rühmen, aber es ist eben so, daß ich mich zu nichts anderem geeignet fühle als – für das Evangelium zu arbeiten. Und das kann heute nur heißen, verschüttete Quellen freizulegen und zu reinigen – *dem* Geist wieder zum Durchbruch zu verhelfen, den Christus gepredigt hat und ohne den jede irdische Ordnung und darum auch jeglicher organisierte Sozialismus politischer Prägung ein System hinfälliger menschlicher Übereinkünfte bleiben muß.«

Er hatte erst stockend, dann überstürzt gesprochen wie unter einem unwiderstehlichen inneren Drang. Jetzt senkte er den Kopf und fuhr sich mit der Hand über die Stirn. »Verzeihen Sie«, murmelte er, »ich weiß selbst nicht recht, wie ich dazu komme, so ausführlich zu werden...«

Alves hatte ihm aufmerksam zugehört. »Das wäre nun freilich kein ausdrücklich politischer, aber doch jedenfalls ein sehr fest umrissener Standpunkt«, sagte er. »Sie werden sich klar darüber sein, daß er auf Voraussetzungen beruht, deren Vertretung der Welt gegenüber unerhörte Anforderungen an den Menschen stellt – in der Tat eine beständige Kampfstellung dem traditionellen, dem Gewohnheitschristentum gegenüber, vor allem, wenn Sie sie im praktischen Pfarramt entgegen der herrschenden Richtung behaupten wollen.«

Lennacker blickte nicht auf. »Das weiß ich heute schon, daß ich dazu nicht imstande sein würde. Ich könnte weder satte Bürger in ihrer Gewissensruhe bestärken noch unter einer Arbeiterbevölkerung für eine Kirche werben, die von ihr – in ihrer Situation mit Recht – abgelehnt wird. Zum Experimentieren mit Reformversuchen bin ich nicht der richtige Mann, ich sehe da, wie die Dinge heute liegen, immer die Gefahr, sich an ein pseudochristliches Demagogentum zu verlieren – das zu riskieren bin ich mit meiner Auffassung von der Würde der Kirche – von der liturgischen Würde als höchster geistlicher Verpflichtung – nicht fähig. Vielleicht klingt das nach einer Ausrede – ich glaube aber, es ist keine, obgleich ich auch sonst mehr als eine unüberwindliche, fast krankhafte Abneigung gegen gewisse Verpflichtungen des geistlichen Amtes habe.«

»Es bliebe also...?«

»Ein Lehrstuhl! Ich werde es schaffen«, sagte Lennacker mit fanatischem Nachdruck. »Ich habe dies praktische Jahr nur auf mich genommen, um eine Weile äußerlich gesichert zu sein und Zeit für meine Dissertation zu gewinnen.«

»Nach den Andeutungen von Franz, der ja einen ähnlichen Weg gehen will, habe ich den Eindruck, daß Sie sich getrost zum Dozenten berufen fühlen dürfen«, sagte Alves, indem er in vorgetäuschter Gelassenheit Arabesken auf die vor ihm liegende Schreibunterlage zeichnete. Er fühlte, daß jedes unbedachte Wort dieses ihm unversehens zuteil gewordene Vertrauen vergrämen könnte – er wußte nicht einmal, ob es ihm persönlich galt oder ob es sich nur um eine im Flusse befindliche innere Auseinandersetzung des jungen Menschen handele, um einen Monolog, den er nicht ausgelöst, nur durch sein Erscheinen vorübergehend unterbrochen hatte und der nun unaufhaltsam fortgesetzt wurde. Immerhin ging Lennakker auf seinen Einwand ein.

»Franz wird ein guter Kirchenhistoriker werden und unserem Lehrer Harnack Ehre machen«, sagte er; »er hat freilich den Vorteil, nicht mit einer Tradition brechen zu müssen, sondern die Arbeit als Sohn seines Vaters, wennschon in einem anderen Zweig der Geschichte, fortsetzen zu können. Allerdings fragt es sich, ob nicht die Kirchengeschichte – die Religionsgeschichte überhaupt – den Hauptstamm, die große Schlagader unsres geistigen Kreislaufes, unsrer Entwicklung, also unsrer Geschichte darstellt, von der aus alle anderen Äste durchblutet werden. Die politische Geschichte aber – das ist das Venensystem, das nur trübes, vergiftetes Blut zum Herzen zurückführt – wehe, wenn das Herz einmal nicht mehr die Kraft aufbringt, es zu reinigen!«

»Ein kühner Vergleich«, meinte Alves zerstreut, – »für die Geistesgeschichte mag er eine gewisse Berechtigung haben.« Er hob den Kopf und blickte Lennacker lächelnd an. »Was nun aber die Tradition betrifft, die Franz Ihrer Meinung nach den Vorteil hat, fortzusetzen – nun ja, sein Vater ist seines Zeichens

Historiker, aber doch wohl mehr oder weniger Bearbeiter eines begrenzten Spezialgebietes – einer winzigen Verästelung des von Ihnen angenommenen Kreislaufes – eines jener Haargefäße, die freilich ausgiebig bluten, wenn sie angeschlagen werden, was von ihrer prallen Füllung zeugt. Nun, lassen wir das auf sich beruhen – was aber Sie selber betrifft: Sie sprachen von Ihren geistlichen Vorfahren, also stehn Sie als Theologe doch auch in der Tradition Ihrer Herkunft.«

Lennacker verzog das Gesicht. »Dem Fleische nach kann ich das nicht verleugnen«, sagte er bitter, »mag ja auch sein, daß durch jahrhundertealte Züchtung gewisse Gehirngänge sich allmählich besonders für die klimatischen Bedingungen der Theologie spezialisiert haben. Aber – unter Tradition verstand ich hier etwas anderes, und dieses andere fällt bei mir aus, obgleich meine geistlichen Vorfahren in gerader Linie bis in die Reformationszeit zurückreichen und auch mein Vater Pfarrer ist. Aber gerade er hat die Tradition unterbrochen.«

»Wie das?« Da Franz, außer zu Maria, niemals über die Familienverhältnisse seines Freundes gesprochen hatte, es sei denn, daß er gelegentlich erwähnt hatte, Lennacker habe kein Zuhause mehr – da auch Maria für sich behalten hatte, was sie darüber wußte, hatte Alves unwillkürlich angenommen, daß Lennacker keine Eltern mehr habe. »Lebt denn Ihr Herr Vater noch? Ist er noch im Amt?«

»Nach dem, was ich zuletzt hörte, beabsichtigt er, zum Frühjahr in den Ruhestand zu gehen.« Lennacker sagte es gleichgültig, als sei von einem beliebigen Bekannten die Rede. Dann besann er sich, blickte Alves offen an und sagte ruhig: »Mein Vater und ich verstehen einander nicht. Er verlangte von mir, daß ich entweder seine theologische Richtung anzuerkennen oder die Theologie überhaupt aufzugeben hätte. Auf diese Alternative konnte ich mich nicht einlassen und habe meine Konsequenzen gezogen. Oder wir haben es beide getan.«

»Dann wären doch eigentlich Sie es, der die Tradition unterbrochen hat ...«

Lennacker zog die Brauen zusammen, als müßte er sich

besinnen, worauf Alves sich bezog. »Ach so. Nein, wenn ich von unterbrochener Tradition sprach, so meinte ich das nicht ausschließlich im Hinblick auf das Amt. Ich dachte an jene Tradition einer geistigen Haltung, die sich in einer seit so langer Zeit im Dienst des Geistes stehenden Familie unfehlbar herausbilden und die Atmosphäre bestimmen muß, in der die jüngere Generation jeweilig aufwächst. Im Hause meines Großvaters, an den ich mich gut erinnere – ich war eben fünfzehn, als er starb – war diese Tradition jedenfalls zu spüren. Mein Vater muß von Anfang an immun für sie gewesen sein, es muß etwas wie eine Décadence-Erscheinung sein.«

Er starrte gramvoll grübelnd ins Leere. Alves betrachtete ihn und dachte in einer spontanen Aufwallung von Sympathie: Décadence, Überzüchtung – diese Modeworte, nun ja, für euch liegen sie in der Luft. Bei dir überwiegen jedenfalls die positiven Merkmale ...

Laut sagte er: »Ihr Großvater war auch Geistlicher?«

»Ja, gewiß. Er trat noch unter Wichern in den Dienst der Inneren Mission und leitete ein Diakonissenhaus in Berlin. Aber seinen Ruhestand verlebte er in Jena. Er war dort in der Nähe geboren, hatte in Jena die Schule besucht und seine erste Studienzeit dort verlebt – zehn Jahre vor Goethes Tode. Damit will ich nur andeuten, welche Jugendeindrücke bei ihm nachwirkten. Ich bin einmal ein halbes Jahr bei den Großeltern im Hause gewesen – damals, nach meiner schweren Krankheit – und auch sonst immer in den Ferien. Bis es eines Tages aus damit war.«

»Und auf Ihr Elternhaus war dieser Geist von Jena und Weimar also nicht übergegangen?« Alves fragte mit unaufdringlicher Sachlichkeit, als läge es ihm nur daran, das Gespräch im Gange zu halten. Lennacker schüttelte den Kopf. »Nein«, sagte er trocken; »ich wollte auch nicht eigentlich behaupten, daß es der Geist von Jena und Weimar war, in dem mein Großvater lebte. Immerhin hatte seine Theologie einen Einschlag von Humanismus, der ihm bei seinem äußeren beruflichen Fortkommen entschieden hinderlich gewesen ist, womit er sich aber sehr gut abzufinden wußte. Meinem Vater fehlt dieser Einschlag von Humanismus, dafür hat er beruflich Karriere gemacht, wenn man das von einem Pfarrer sagen kann, und wenn er nicht schwer leberleidend wäre, würde er wohl als Hofprediger enden. Er steht auf dem rechtesten Flügel der Positiven Union und ist einer der beliebtesten Kanzelredner von Berlin W.«

Da Alves schwieg, fuhr er mit der gleichen konstatierenden Trockenheit fort: »Wenn ich sagte, daß wir beide, mein Vater und ich, unsere Konsequenzen gezogen hätten, meinte ich damit, daß er mir jegliche Beihilfe zum Studium versagt hat, daß ich aber bis heute bewiesen habe, daß ich meinen Weg trotzdem mache und gedenke, mein Ziel zu erreichen. Zunächst werde ich promovieren – das Weitere wird sich finden.«

Plötzlich blickte er Alves wieder mit jenem Aufleuchten von Vertrauen an, das sein schmales, verschlossenes Gesicht offen und knabenhaft werden ließ – ein Ausdruck, der gleich darauf sehr ernst wurde. »Ich weiß nicht, woher ich die Kühnheit nahm, Sie mit meinen Angelegenheiten zu überfallen, Herr Doktor«, sagte er unbeholfen, »aber ich bin doch sehr dankbar, daß Sie mich dazu ermutigten. Denn – bitte, erlassen Sie mir jede Begründung für das, was ich jetzt noch sage – ich fühlte das starke Bedürfnis, Sie über mich und meine Zukunftspläne ins Bild zu setzen, ehe ich wieder abreise. Was mir diese Tage in Ihrem Hause bedeutet haben, läßt sich jetzt noch gar nicht ermessen. Ich bin – ich habe...« Unvermittelt stand er von seinem Stuhl auf: »Verzeihen Sie, ich muß jetzt wirklich gehen – es ist besser...«

»Aber warum wollen Sie jetzt gerade gehen?!« Alves hatte sich schnell entschlossen, Lennackers sichtliche Verwirrung und seine letzten Sätze, deren Bedeutung er ahnte, auf sich beruhen zu lassen. »Unser Gespräch hat doch erst begonnen. Es würde mich sehr interessieren, was das Thema Ihrer Dissertation ist.«

Lennacker setzte sich wieder, es geschah mechanisch und mit

einem Gesichtsausdruck, als sei er durch diese Frage der Gegenwart plötzlich entrückt. »Es ist kein ausschließlich theologisches Thema«, sagte er, »es liegt vielmehr im Grenzgebiet zwischen der Theologie und der Geschichte der evangelischen Kirche und bezieht auch Psychologisches ein. Ich arbeite über die Auswirkungen des Pietismus in der Religiosität der Romantik – ich habe mir das Thema selbst gewählt, und man hat es mir auf Grund meiner Leitsätze durchgehen lassen, wennschon mit einigem Vorbehalt. Was ich da angeschnitten habe, war mir allerdings vorher nicht ganz bewußt – ich weiß jetzt erst, daß diese Arbeit nur ein programmatischer Entwurf für ein künftiges mehrbändiges Werk werden kann.«

»Also doch die Tendenz zur Geschichte«, bemerkte Alves nicht ohne Genugtuung, »wir kommen heute nicht um diese Fragestellungen herum.«

»Ja und nein – ich kann und will es gewiß nicht bestreiten«, antwortete Lennacker; »ich glaube aber, daß ich das Thema von Gesichtspunkten aus behandele, die keiner der heute herrschenden und sich befehdenden ›Richtungen‹ ganz entsprechen – die wohl historische Perspektive bieten, aber doch vor allem das Bleibende, Unwandelbare, Statische – das Urtümliche, was hier zugrunde liegt, berücksichtigen. Der Pietismus wird heute sowohl von links als auch von rechts gewaltig unterschätzt, und es wird völlig übersehen, daß er eine urchristliche Bewegung darstellt und das auch in seinen heutigen sektiererischen Erscheinungsformen noch ist. In der Romantik nun nahm er gewisse, damals wieder im Aufstieg begriffene irrationale, das will sagen, urreligiöse Elemente auf und gewann dadurch die Kraft, neue Erweckungsbewegungen auszulösen, in denen auch bestimmte psychische Phänomene, wie sie das Neue Testament und die Frömmigkeit des Mittelalters noch kannten, wieder auftraten. In der Dissertation werde ich nur feststellen können, daß diese Strömung anscheinend versickert ist, werde mich chronologisch beschränken müssen – werde die Tangenten, die sich in jenem Zeitalter zwischen evangelischer und katholischer Gläubigkeit ergaben, nur andeuten – wobei gar nicht die bekannten Konversionen verschiedener romantischer Dichter und anderer Persönlichkeiten im Vordergrund stehen werden, sondern der Nachweis des Durchbruches seelischer Elementarkräfte und ihrer Manifestationen im Bereich beider Konfessionen – also gleichsam das Aufsteigen des gemeinsamen Urgrundes. Aber – in meinem Buch ...«

Er starrte in Gedanken versunken vor sich hin. »Mein eigentliches Thema«, sagte er zögernd, ohne den Blick zu heben, »mein eigentliches Thema läßt sich schwer formulieren. Wenn ich sage, es heißt einfach: Der betende Mensch – wer wird mich heute verstehen? Ich begreife darunter das primäre religiöse Bedürfnis und seinen Ausdruck nach seiner Bedingtheit und Ausprägung durch das Christentum und in allen seinen Stadien, das von der heutigen Theologie aller Richtungen nur noch überformt, nicht mehr als ursprüngliche Voraussetzung gesehen und angesprochen wird. Was heute im Blickpunkt der Theologie liegt, sind peripherische, organisatorische, rationalistisch-wissenschaftliche Probleme – gut, sie sind vorhanden, sie müssen bearbeitet werden, aber das Wesen – das Wesen des Christentums? Liegt es wirklich in seinem Ethos beschlossen? Der betende Mensch, ausgeliefert an Leben und Tod – er ist heute einsamer als je, zurückgeworfen auf sich selbst, gefährdet in seiner Verbindung mit Gott, da denn Gott ringsum mehr oder weniger totgeschwiegen wird, ebenso wie die letzten Dinge, die doch der Kernpunkt sind, um die das christliche, das evangelische Denken – um die das Evangelium eigentlich kreist ...«

Er brach wieder ab. »Es ist alles noch nicht recht spruchreif«, sagte er nach einer neuen Pause entschuldigend und stützte die Stirn in die Hand. »Die Aufgabe – die Aufgabe sehe ich deutlich vor mir. Die Frage ist nur, ob ich es durchhalten werde –.« Unwillkürlich blickte er zu dem altersgeschwärzten gotischen Kruzifix auf, das an dem Pfeiler zwischen den beiden hohen und tief eingeschnittenen Fensternischen über dem Schreibtisch hing, wie denn die geweißten Wände über der Vertäfelung des Raumes auch sonst einige Stücke aus dem Bestand der städtischen Sammlung aufwiesen, topographische Stiche, anonyme Porträts ohne besonderen Kunstwert, aber geeignet, die entrückte, antiquarische Stimmung des Ortes zu verstärken.

Alves, der damit zu tun hatte, einer unbestimmten Ergriffenheit Herr zu werden, folgte diesem Blick. »Ich glaube, Sie zu verstehen«, sagte er langsam; »aber – er war *immer* sehr einsam – der betende Mensch – der Mensch unter dem Kreuz ...«

Er sah nach der Tür: Schritte näherten sich auf dem Gang, Schlittschuhe klirrten; die Stimmen von Franz und Maria waren vernehmbar. »Man kommt, uns abzuholen«, sagte Alves; »dies Gespräch war ein Anfang, nicht wahr? Wir werden es fortsetzen, sooft sich eine Gelegenheit bietet.«

Wenn zwischen Elisabeth und ihren Kindern von früh an bei aller großen gegenseitigen Liebe doch ein eigentümlich unpersönliches Verhältnis bestanden hatte, so lag das nicht allein an dem herkömmlicherweise zwischen den Generationen gewahrten Abstand; die Zurückhaltung dieser Kinder hatte von jeher eine Beimischung weniger von Scheu als von Rücksicht, wie sie der immer wieder sich rätselhaft verdunkelnde und von unergründlicher Traurigkeit überschattete Gemütszustand der Mutter erforderte. Sie waren gewöhnt, der Mutter widerspruchslos zu gehorchen, sie aber zugleich auch möglichst mit ihren eigenen Sorgen und Kümmernissen zu verschonen, und so waren die beiden Knaben dazu gekommen, sich eng aneinander anzuschließen und ihre persönliche Welt als einen Bereich zu betrachten, auf den die Erwachsenen keinen Einfluß gewinnen konnten, wenn man ihnen nur durch einigermaßen diplomatisches Verhalten keine Gelegenheit bot, Gebrauch von ihrer Macht zu machen. Mit der Zeit hatten sie dann die kleine Schwester in diese Welt einbezogen, und obgleich Marias Temperament und ihr unbefangenes Zärtlichkeitsbedürfnis die unsichtbaren Grenzlinien nicht immer einzuhalten vermochten, hatte sich mit den Jahren doch auch bei ihr jener stumme Vorbehalt herausgebildet, der ebenso in dem Gefühl, von dem so oft umwölkten Gipfel, auf dem die Eltern wohnten, ausgeschlossen zu sein, als in dem Bewußtsein begründet lag, daß ihr zwar als der Jüngsten eine gewisse Narrenfreiheit eingeräumt ward, daß sie aber, was sie, je mehr sie heranwuchs, um so empfindlicher vermerkte, von niemandem ganz ernst genommen wurde. Den Brüdern gegenüber konnte sie allmählich der Überlegenheit ihrer Schlagfertigkeit und ihres weiblichen Charmes, dessen sie sich selbst allerdings kaum bewußt war, sicher sein, und da auch der Vater es mit den Jahren immer weniger verbarg, daß er seiner Tochter mit geheimem Stolz zugetan war, so hätte sie allmählich eine gewisse Sonderstellung zwischen dem männlichen Teil der Familie und der Mutter einnehmen können. Aber obgleich sie die kleinen, ihr zuwachsenden Vorrechte mit der Zeit wohl wahrzunehmen verstand, kam es ihr doch nicht in den Sinn, sie auszunutzen. Sie war mit jedem der Brüder in anderer Weise befreundet, sie hing mit bewundernder Liebe am Vater und verstand es dabei, ihn zuweilen übermütig zu Wortgefechten herauszufordern und zum Lachen zu bringen, und sie verhielt sich der Mutter gegenüber in ungeheuchelter, vorbildlicher Unterordnung und Anpassung, fügsam und dienstbereit, den unberechenbaren Wetterstürzen in der Stimmung Elisabeths mit einem heiteren Gleichmut begegnend, der jetzt eher das Ergebnis liebevoller Überlegung war, als daß er allein der Gewohnheit langer Jahre entsprungen wäre. Immerhin wurde ihr durch die gelegentlich in Pedanterie ausartende Genauigkeit der Mutter hinsichtlich der Durchführung des häuslichen Arbeitsprogramms und der Einhaltung einer sich unabänderlich gleichbleibenden Zeiteinteilung manches zugemutet, zu dessen Erfüllung immer wieder innere Überwindung nötig war. Mochte es nun aber die Ahnung sein, daß diese Form der Werkgerechtigkeit der Mutter zur Erhaltung ihres inneren Gleichgewichtes notwendig war wie in früheren Jahren die ängstliche Gewissenhaftigkeit, mit der sie nicht nur das körperliche Wohl der Kinder, sondern auch ihre Schularbeiten, ihre Gebete und Gewissensprüfungen und die Einhaltung der täglichen Andachtsübungen und der Kirchgänge überwacht hatte – oder einfach die elastische Widerstandskraft ihrer Jugend, Maria ließ die Mutter den Druck, den sie oft allein durch ihren kummervollen Gesichtsausdruck, durch ihr stummes, freudloses Vorsichhinarbeiten ausübte, niemals entgelten, und dies fiel ihr nicht schwer, da die Ausgeglichenheit, zu der ihr Wesen sich entwickelt hatte, sie im allgemeinen jedem gegenüber den richtigen Ton finden ließ. Damit setzte sie freilich der Unbeherrschtheit der Mutter etwas entgegen, was Elisabeth ihrerseits zuweilen wie eine unangemessene Überlegenheit der Tochter empfinden mochte, obgleich die kleine Maria sich im Gegenteil von ihr abhängig fühlte wie von einer Naturmacht, die in der Ruhe wärmend und wohltätig war und deren gewitterige Spannungen in ihrer Auswirkung hingenommen werden mußten wie etwas Unabänderliches. Nur der Vater, der den Entladungen dieser Spannungen freilich am unmittelbarsten ausgesetzt war, besaß die Kraft, sie aufzufangen und so weit aufzuheben, daß sie keinen Schaden anrichten konnten. So blieb der Abstand, jene Scheu, die Eltern mit eigenen Angelegenheiten zu behelligen, sich ihnen anzuvertrauen, bestehen, und wie die Eltern ihnen nur die gefaßte oder doch geschlossene Seite ihres Wesens zuwandten, so gaben sich die Kinder ihnen gegenüber einzig in der anscheinend unerschütterlichen Heiterkeit und Sorglosigkeit ihrer Jugend, als könne es nur dieses sein, was sie ihnen zumuten dürften. Den Brüdern fiel das ohnehin nicht schwer, da es ihnen als Ehrensache erschien, allein mit sich selbst fertig zu werden; hatte Maria in den Übergangsjahren, als die beiden schon auf der Universität waren, zuweilen Anfechtungen von Vereinsamung und Ratlosigkeit durchstehen müssen, so hatte sie doch, seit die Großmutter im Hause war, immer bei dieser den besten Rückhalt gefunden, ihre eigenste Natur in Unbefangenheit zu entfalten.

Aus diesem Vertrauensverhältnis ergab es sich denn ganz natürlich, daß Maria nach Lennackers Abreise, als sei es nicht anders möglich, zuerst der Großmutter ihr Herz ausschüttete und es ihr überließ, mit den Eltern zu sprechen und sie zu veranlassen, ihrerseits die Tochter zu einer Aussprache zu ermutigen. Maria hatte es so ausgedrückt, die Großmutter möchte die Eltern »vorbereiten«; die alte Frau aber kam dieser Bitte in der Weise nach, wie es in ihrer die Wirklichkeit unmittelbar und nüchtern angehenden Art lag, und sie wußte wohl, daß sie damit rechnen konnte, niemandem eine völlige Überraschung zu bereiten. Denn, wenn Maria und Lennacker sich der Selbsttäuschung überlassen hatten, die gegenseitige Verzückung, in die sie von der ersten Stunde ihres Zusammentreffens an geraten waren und die sie inmitten der anderen Familienmitglieder wie in einem Zauberkreis zusammengeschlossen hatte, sei von niemandem bemerkt worden, so lag das daran, daß alle sich bemüht hatten, die wehrlose Überwältigung der beiden durch ein erstes großes Gefühl möglichst nicht zu beachten. Elisabeth mochte gedacht haben: In ein paar Tagen reist er wieder ab, und dann gibt sich das Ganze von selbst. Alves hatte sich einer mit uneingestandener Eifersucht gemischten väterlichen Beunruhigung nicht ganz zu enthalten vermocht, die aber nach seinem Gespräch mit Lennacker im Archiv völlig gewichen war. Als nun das Ehepaar mit Frau Dornblüh an einem der ersten Abende nach der Abreise von Franz und Lennacker bei der Lampe zusammensaß, die Frauen handarbeitend und Alves lesend, bis er, von der Zeitung aufblickend, ungeduldig fragte, wo Maria denn eigentlich stecke, sagte Frau Dornblüh mit natürlicher Munterkeit: »Ei, die sitzt wohl oben und schreibt an ihren Schatz – ja, damit müssen wir uns nun abfinden...« Worauf sie weiterstrickte, als sei sie sich nicht im entferntesten einer besonderen Absicht und Wirkung ihrer Feststellung bewußt. Erst als Elisabeth unwillig ausrief: »Ja, Mutter – was willst du jetzt damit sagen?!« blickte die alte Frau scheinbar erstaunt erst zu ihr, dann zu dem Schwiegersohn hinüber. »Also du meinst, es ist so weit, Mutter?« sagte Alves, seinerseits Elisabeth anblickend, die beinah empört den Kopf schüttelte. »Ja, was meinet denn ihr?«

fragte die Großmutter, »da müßte eins doch blind gewesen sein, wenn es beinah eine Woche dabeigesessen und nichts gemerkt hätte...«

Ja, sie wolle zugeben, sagte sie dann, daß auch sie der Sache nicht so sicher sein würde, wenn sie nicht mit Maria gesprochen hätte. Nun, warum etwa nicht? Die jungen Menschen brauchten es manchmal, daß sie zum Reden gebracht würden, sie hätten sonst gar nicht den Mut, mit Dingen, die sie erlebten und die sie beunruhigten, zu einem älteren Menschen zu kommen, der ihnen ein Licht aufstecken könnte...

»Nun gibt es immerhin gerade in der Jugend Erlebnisse, an die man besser nicht von außen rührt, bis sie ausgereift von selber ans Tageslicht treten«, warf Alves ein, und Elisabeth stimmte zu: »Ja, das meine ich auch – und überhaupt...«

Das wolle sie gewiß nicht bestreiten, sagte die Großmutter; die Frage sei aber die, den Augenblick der Reife zu erkennen, und dann genüge es schon, den Ast nur eben zu berühren, damit einem der Apfel in die Hand falle. Indem sie es so dahingestellt sein ließ, wieweit Marias Beichte etwa freiwillig erfolgt sei, stellte sie nun mit sachlicher Befriedigung fest, daß man jetzt eine Braut im Hause habe, und daß sie ihrerseits den Joachim, obgleich sie sich erst an den Namen gewöhnen müsse, mit Freuden als Enkel zu akzeptieren bereit sei. Er habe ihr weitaus besser gefallen als gewisse andere junge Leute, die Maria umschwirrten – womit sie ganz allgemein Bezug auf andere Freunde von Franz und Dietrich nahm, vor allem wohl auf einen Corpsbruder Dietrichs, der seit einiger Zeit ersichtlich allein um Marias willen einen besonderen Anziehungspunkt im Alvesschen Hause entdeckt hatte.

Aus dieser ersten offenen Erörterung der Lage hatte sich Frau Dornblüh, nachdem sie ihren Standpunkt erklärt hatte, nicht nur an jenem Abend, sondern auch für die nächste Zeit zufrieden auf sich selbst zurückgezogen und den Dingen ihren Lauf gelassen, der sich auch unaufhaltsam vollzog. Alves hatte schon am nächsten Tage einen Brief von Lennacker erhalten, in dem dieser ihm darlegte, daß es in der Stimmung des Abschieds zu einer Aussprache zwischen Maria und ihm gekommen sei, die er eigentlich hätte hinausschieben wollen, bis er auf Grund seiner Promotion wenigstens den Ausgangspunkt zur Erlangung einer gesicherten Stellung erreicht hätte. Nun aber, da er so glücklich sei und die Gewißheit habe, daß Maria auf ihn warten würde, halte er sich für verpflichtet, sich entweder der Zustimmung ihrer Eltern zu versichern oder sich der Bedingung zu unterziehen, für die nächsten Jahre völlig darauf zu verzichten, Maria wiederzusehen oder mit ihr in brieflicher Verbindung zu bleiben, bis es ihm gelungen sei, alle Sicherheiten für eine gemeinsame Zukunft zu bieten. Wenn ihm aber jetzt schon das Vertrauen erwiesen werden könnte, daß ihre Verlobung anerkannt würde und er mit Maria korrespondieren und sie von Zeit zu Zeit wiedersehen dürfe, so würde ihm das doppelte Kräfte verleihen, sein Berufsziel in kürzester Frist zu erreichen.

Alves las den Brief, den er zu seinem Erstaunen unter seiner amtlichen Post im Archiv vorfand – und ein Blick auf den Umschlag zeigte, daß er auch ausdrücklich dorthin adressiert worden war –, in stiller Konzentration mehrmals durch. Sein Gefühl schwankte zwischen dem natürlichen Widerwillen, sein kleines Mädchen – Maria war wenig über achtzehnjährig – jetzt schon hergeben zu sollen, und der nicht anders als väterlich zu bezeichnenden Zuneigung, die er Lennacker gegenüber empfand. Auch dieser Junge, fand er, hatte es viel zu eilig, sich für sein Leben zu binden; unwillkürlich dachte er an seine eigene Jugend zurück – er war in diesem Alter einzig darauf bedacht gewesen, alle Möglichkeiten, die ihm durch seine äußere Lage geboten waren, wahrzunehmen. Er hatte nach seiner Promotion noch Semester an ausländischen Universitäten zugebracht, hatte in den großen europäischen Bibliotheken gearbeitet, Eindrücke und Kenntnisse gespeichert, immer mit dem Rückhalt des Vaterhauses und in der Gewißheit, daß er zum gegebenen Zeitpunkt nur zuzugreifen brauchen würde, um die Lebensstellung in der Heimat zu bekommen, die von Anfang an sein Ziel gewesen war. Frauen? Er war ihnen gewiß nicht aus dem Wege gegangen. Aber bis er Elisabeth begegnete, hatten sie doch nur am Rande seines Lebens eine Rolle gespielt, und erst als er die Dreißig überschritten hatte, war diese einzige große Leidenschaft über ihn gekommen. Und nun dieser Vierundzwanzigjährige... Er blickte auf und sah den Jungen im Geiste vor sich, wie er vor wenigen Tagen hier vor ihm gesessen und ihm seine Gedanken und Pläne dargelegt hatte, und wieder empfand er, diesmal mit einer fast neidvollen Regung, daß ihn nicht nur der Abstand der Generation von diesem Menschen trennte, daß er ihm nicht allein als väterlicher Gönner gegenüberstehen dürfe, sondern daß er hier einem Anruf zu folgen habe, einem Jüngeren dienend beizustehen, der unter einem höheren Gesetz stand als er und einer Berufung folgte, zu der produktive Kräfte ihn drängten, wie es ihm selbst bei aller liebenden, kontemplativen Hingabe an seine Arbeitswelt doch versagt geblieben war. Er schüttelte diese Betrachtungen, die auch auf seine Söhne übergreifen wollten, fast ungeduldig ab – brave, zuverlässige Kerle alle beide, und vor allem Franz würde ihm in seinem eigensten Bereich Ehre machen, er würde als Historiker seine Ziele weiter stecken als sein Vater und dem Namen Alves unter Fachgenossen die Resonanz verschaffen, die ihm bisher immer nur bedingt zuteil geworden war. Lennacker aber würde die Stufenleiter besoldeter Ämter nur brauchen, um von ihr aus den Aufstieg zu einem der noch unbezwungenen Gipfel zu finden. Alves sah wieder in den Brief – was schrieb er da alles? –: daß er bereit sein würde, sich nach der Promotion zunächst um eine Gymnasiallehrerstelle zu bemühen, um für sich und Maria die Lebensgrundlage zu schaffen?

Nein, mein Sohn! – also – gut und willkommen: mein Sohn! – dachte Alves und sprach es halblaut vor sich hin: »Das werden wir dir zu ersparen wissen, dazu bist du zu kostbar.«

Die Überraschung, die Elisabeth zunächst angesichts der, wie sie es ausdrückte, hinter ihrem Rücken vollzogenen Entscheidung der Tochter über ihre Zukunft bekundete, war nicht ohne einen leichten Einschlag von Gekränktsein und hatte sich dann in einen ihrer Schwermutsanfälle verwandelt, der sich in vorwurfsvollen Erörterungen vieler Bedenken und düsterer Perspektiven Luft gemacht hatte, die für Maria quälend genug gewesen wären, wenn nicht Erfahrung sie gelehrt hätte, daß diese Stimmung der Mutter sich nach einiger Zeit wieder auflösen und dann vielleicht einer völlig anderen Stellungnahme Platz machen würde. Sie blieb also sehr geduldig, sehr liebevoll, aber sehr fest bei ihrem eigenen Standpunkt, und die heitere Sanftmut, die sie an den Tag legte, wirkte allmählich als eine Ausstrahlung glücklicher Zielsicherheit so überzeugend, daß Elisabeth in der Tat bald davon abließ, sich in klagenden Monologen zu ergehen, und dafür begann, in der Erwägung der praktischen Fragen, die eine Haushaltsbegründung mit sich bringt, einen anregenden Gesprächsstoff zu finden. Freilich war es vor allem die positive Haltung, die Alves Lennacker gegenüber einnahm, deren Einfluß sie sich nicht entziehen konnte, und schließlich hätte sie es auf die Dauer nicht ertragen, wenn Maria bei der Großmutter mehr Verständnis hätte voraussetzen dürfen als bei ihr. Nach wie vor aber war es, als könne sie nur in angespannter, übergenauer Pflichterfüllung dem Zwang zur Selbstbespiegelung in der undurchsichtigen Flut der eigenen Vergangenheit standhalten, und wenn den Selbstvorwürfen über das, was sie an ihrem Vater und an ihrem Bruder Leonhard gesündigt zu haben meinte, nicht allein durch den lindernden Einfluß Charlottens, sondern auch dadurch, daß sie nun, drei Jahre nach jener Aussprache mit Dominikus, wieder in die alte Kirche aufgenommen worden war, der Stachel entzogen war, so entdeckte sie jetzt vermeintliche Versäumnisse, die sie sich den Kindern, ihrem Manne gegenüber, aber auch hinsichtlich der Fürsorge für die in ihrer Umgebung befindlichen Armen und Kranken hatte zuschulden kommen lassen, und so gab es weiter unerschöpflichen Stoff zu traurigen Grübeleien, immer neuen Anlaß, ihren häuslichen und allgemein christlichen Pflichten bis zur Selbstkasteiung nachzukommen. Wie von jeher war es einzig die schweigsame Nähe ihres Mannes, in der sie sich völlig zu entspannen vermochte; zuweilen genügte es, wenn sie den Heimkehrenden die Haustür aufschließen hörte, um sie aufatmend fühlen zu lassen, daß der böse Geist sie verließ – zuweilen war seine Hand, die sich auf ihre Hand legte, die ihr über den Scheitel strich, was sie aus dem Bann ihrer selbst erlöste, – zuweilen kam sie spätabends, wenn er noch arbeitete und sie längst schlafend glaubte, wieder hinunter ins Erdgeschoß, betrat mit ihrer Lampe lautlos sein Zimmer und ließ sich mit einer Arbeit am Tisch nieder, von ihm abgewandt, aber doch im wohltuenden Umkreis seines Wesens, bis er seine Bücher und Papiere ordnete und weglegte, die Arbeitslampe löschte und mit liebevoll vorgetäuschter Überraschung Kenntnis von ihrer Anwesenheit nahm. Mochte er ihren Eintritt bemerkt und wieder vergessen haben, mochte er sich ihrer Gegenwart die ganze Zeit über bewußt gewesen sein – er brauchte nicht erst zu fragen, was sie wieder heruntergetrieben hatte; er wußte, daß sie nicht gefragt werden wollte, daß sie nichts gesucht hatte als die beruhigende Kraft, die von seiner Gelassenheit auf sie überging. Zuweilen fragte er sich, ob sie es eigentlich wüßte, daß es allein ihr Besitz war, der ihm diese unerschütterliche Gelassenheit erst hatte zuwachsen lassen durch die aus Verzweiflung geborene Entschlossenheit, sie nie und um keinen Preis an die dunklen Gewalten zu verlieren, denen sie ausgesetzt war. Meistens aber war er sich des Geheimnisses dieser Wechselwirkung ebensowenig bewußt wie sie und überließ sich ihr als der sie beide tragenden und umschließenden Lebenseinheit. Wenn er sich im Anfang, ehe er begriffen hatte, daß ihre Anfechtungen aus einem vernünftigen Argumenten unzugänglichen Bereich kamen, bemüht hatte, ihr auszureden, was er doch um ihretwillen ernst nehmen zu müssen und mit den Mitteln der Logik auflösen zu können gemeint hatte, so waren sie nun schon seit Jahrzehnten über dieses vergebliche Ringen hinaus, und ihre gegenseitige Anpassung war so vollkommen, daß sie kaum noch viel miteinander zu sprechen brauchten, um sich zu verständigen. So gab es auch über das Ereignis von Marias Verlobung keinerlei Erörterungen grundsätzlicher Art zwischen ihnen; es gab nur Anlaß zu jenen Selbstgesprächen in Gegenwart des anderen, die wie Parallelen nebeneinander herliefen und von denen mit Gewißheit anzunehmen war, daß sie irgendwo im Unendlichen zusammenlaufen würden; es waren im Grunde nur vertrauliche Selbstdarstellungen, die eins dem anderen auch dann schuldig zu sein glaubte, wenn keine unbedingte Einigung über Einzelheiten zu erwarten war. Wenn jedoch Elisabeth sich in mehr oder weniger die praktische Verwirklichung der Zukunftshoffnungen der Kinder betreffenden Betrachtungen erging und ihre Bedenken hinsichtlich Marias Jugend und ebenso der ungesicherten Lage von Lennacker und seiner offensichtlich zarten Gesundheit ausführlich zu Worte kommen ließ und Alves seinerseits seinen Eindruck von Lennackers Begabung und seine Gewißheit, daß er seinen Weg machen würde, mit Reflexionen darüber verband, warum die vom Vertrocknen der religiösen Lebensquellen bedrohte Zeit gerade solcher Begabungen bedürfe, um nicht geistig zu versanden – wenn er sich darüber ausließ, daß Maria in ihrer glücklichen Ausgeglichenheit gerade die Frau werden könne, die dieser Mann zur Gefährtin brauche – so ergab sich aus diesen, jede für sich auf verschiedenen Instrumenten ausgeführten Stimmen doch jenes Zusammenspiel in der Auffassung des Grundmotivs, jene gegenseitige Ergänzung und schließlich jene Harmonie gegenseitiger Durchdringung, die nichts mehr ahnen ließ von der Mühsal einsamer Übung, die jedem der beiden Partner als das ihm zugewiesene seelische Tagewerk auferlegt war.

Was Alves sich schon während seines Gespräches mit Lennacker vorgenommen hatte, nämlich alles, was ihm an Verbindungen offenstand, zur Förderung dieses Menschen auszunutzen, geschah nun im Bewußtsein, damit zugleich auch an Marias Zukunft zu bauen. Dies gewährte ihm eine geheime Befriedigung, wie denn jene Melancholie, die ihn bei der Vorstellung, daß nun auch dieses jüngste seiner Kinder, diese einzige Tochter in absehbarer Zeit sein Haus nicht mehr mit dem sanften Schimmer ihrer heiteren Jugend durchleuchten würde, zuerst überfallen hatte, bald einer inneren Beruhigung gewichen war, in der er mit stiller Planmäßigkeit daran ging, alle Schritte zu erwägen, die den Kindern dienlich sein könnten. Und er wich der Erkenntnis nicht aus, daß dies mit der sonderbaren Neigung, seine Angelegenheiten zu überprüfen und zu ordnen, zusammenhing, ohne daß er einen anderen Grund dafür finden konnte, als daß dies wohl in dem Gesetz des Alters beschlossen sei, dem er nun unterstand. Er benutzte die Gelegenheit einer Dienstreise nach Berlin, die er im Frühjahr zu machen hatte, um Fühlung mit alten Freunden und Fachkollegen zu nehmen, von denen einige zu Lennackers Lehrern gehörten, und erfuhr nicht nur die Bestätigung seiner eigenen hohen Meinung von der Befähigung seines künftigen Schwiegersohnes, sondern konnte auch mit der Gewißheit nach Hause zurückkehren, daß jede Bemühung Lennackers um eine seiner wissenschaftlichen Eignung entsprechende Stellung sich auf Empfehlungen würde stützen können, die einen Erfolg gewährleisten mußten – was er aus der bescheidenen Zurückhaltung, mit der Lennacker selbst sich über seine Beziehungen zu seinen Professoren äußerte, nicht ohne weiteres hatte schließen können.

Es vollzog sich nun alles mit jener eigentümlichen, fast naturhaften Selbstverständlichkeit, die eine der Voraussetzungen des bürgerlichen Lebens jener Tage, soweit es die gleichsam organisch funktionierenden Ordnungen seines Aufbaus betraf, geworden zu sein schien und die allen, die daran teilhatten, das Gefühl der unerschütterlich sicheren Geborgenheit und des reibungslosen Ineinandergreifens der großen und kleinen Räder des öffentlichen und privaten Lebens verlieh – ein Zustand, dessen den herrschenden Gestirnen abgewandte Seite ganz andere Kennzeichen aufwies. Diese wurden aber vorderhand nur in vorübergehenden Spannungen, in einem Wetterleuchten am Horizont, in einem seismographischen Vibrieren beobachtet, vielleicht auch verzeichnet, im übrigen aber nicht ernstlich beachtet; denn noch hielten die Dämme, Sturmfluten verbrandeten wirkungslos, Vulkanausbrüche blieben auf ihren Herd beschränkt, und was in der geistigen Symphonie der Zeit in den gewagten Kadenzen gewisser Dichter disharmonisch hervorbrach, ward entweder mißmutig überhört oder achselzuckend als Kuriosum toleriert.

Lennacker, der sich noch vor Ablauf des Jahres in der wohldotierten Stellung eines Mitarbeiters an einer großen religionsgeschichtlichen Enzyklopädie untergebracht fand und sich nach den Hungerjahren seiner Studentenzeit und der Gewöhnung an die scharfe dünne Luft eines ihm nicht allein durch diese äußere Lage aufgezwungenen, sondern seiner fanatischen Wahrheitsliebe durchaus gemäßen Radikalismus in ein Klima versetzt sah, das er bei sich selbst als »Mittelstandsklima« bezeichnete, fühlte sich durch diese Veränderung unbestimmt bedrückt, wie durch alles, was der nun offiziell gewordene Brautstand mit sich brachte. »In deinem Elternhause ist nichts davon zu spüren«, sagte er bei einem der Besuche, zu denen er während des Sommers allmonatlich für einige Tage nach Gerdesheim kam, zu Maria, »und es ist geradezu ein Wunder, wie ihr euch entweder davon ferngehalten habt oder überhaupt nicht zu bemerken scheint, was für ein stagnierender Sumpf euch umgibt. Ich meine, daß eure Eltern es unbegreiflicherweise verstanden haben, mit einer geradezu traumwandlerischen Würde alles zu ignorieren, was nicht zu ihnen paßt, und die Leute dadurch einfach zu zwingen, sich ihnen wenigstens äußerlich anzupassen.«

»Verstehe ich nicht«, sagte Maria erstaunt, – »die Eltern sind eben, wie sie sind, und verlangen auch von anderen nichts, was sie nicht bieten können.«

»Das ist es ja eben«, meinte er, »ein wahrhaft königlicher Verzicht! Aber hast du nie bemerkt, daß deine Eltern hier sehr einsam sind? Du kannst doch nicht behaupten, daß sie mit irgendwelchen von den Leuten, bei denen wir beide jetzt wie zwei dressierte Pudel zur Visite antreten mußten, etwas gemeinsam haben. Ich will ja sonst gar nichts gegen diesen sehr ehrenwerten Kreis sagen ...«

Maria sagte zärtlich belustigt: »Ach du – erstens urteilst du schrecklich oberflächlich, und zweitens – was gehen uns die Leute an! Und wenn wir zwei Pudel sind, dann bist du jedenfalls der schwarze.«

»Das möchtest du wohl! Aber gewiß – dazu wäre ich durch mein Vorleben als schwarzes Schaf geradezu prädestiniert. Ist es nicht übrigens merkwürdig, daß der Mensch es in jedem Fall vorzieht, als schwarzes Schaf zu gelten, wie schlechthin – eben als Schaf?«

»Pfui, das ist nun wieder eine Spitze gegen mich!« sagte Maria vorwurfsvoll. Die Unterhaltung erlitt eine Pause, da Lennacker versuchen mußte, sie auf unmittelbarstem Wege zu überzeugen, daß er es so nicht gemeint habe. »Ach, ich weiß schon – du verachtest uns Kleinstädter!« beharrte sie schließlich lachend. Er verfiel in Nachdenken und sagte nach einer Weile ernsthaft: »Nein – diesen Maßstab würde ich – von euch ganz abgesehen – auf die Gerdesheimer Gesellschaft nicht anwenden, einfach weil es heutzutage kein Maßstab mehr ist. Oder man gäbe zu, daß der ständische oder vielmehr nach Klassen orientierte Dünkel, der überall herrscht, und innerhalb der regierenden Kreise noch viel gefährlicher als im sogenannten Volk, ein ins Kraut geschossener Kleinstadtgeist wäre – daß mithin gegenseitige Vorurteile, Selbstgerechtigkeit und Engstirnigkeit Mauern nicht nur um kleine Gemeinwesen, sondern überall um die einzelnen Gruppen der Gesellschaft aufgerichtet haben, Mauern, zwischen denen der Mensch nicht mehr frei atmen kann – der Mensch! verstehst du, der Mensch!« Er stieß das letzte mit dem verbitterten Ausdruck hervor, wie ihn Maria immer beobachtet hatte, wenn unversehens Erinnerungen an eigene Erlebnisse in ihm aufgerührt waren. »Achim, das geht uns doch alles nichts an«, sagte sie leise, »wir werden doch unsere eigene Welt haben ...«

»Das walte Gott!« sagte er ingrimmig; »aber, daß es uns nichts anginge, das ist ein Fehlschluß, mein Schatz. Denn wenn ich ein Lebensziel habe, dann ist es, daß ich dazu beitragen will, daß dieser Mief, in dem sich meine Zeitgenossen behagen, durchlüftet wird – und ich bin ja Gott sei Dank nicht der einzige, der so denkt! Ich bin nur eine der Äxte, die geschliffen wurden – und geschliffen worden bin ich, wenn auch nicht beim Kommiß! –, um den Bäumen an die Wurzel gelegt zu werden. Das ist kein Größenwahn, ich will nur ein Werkzeug der Wahrheit sein – aber ein brauchbares! Und jedenfalls«, sagte er abschließend in leichterem Ton und griff nach ihrer Hand, »jedenfalls bietet eine große Stadt mehr Möglichkeit, sich von der Verfilzung in überlebte Zustände freizuhalten. Du und ich und ein paar gleichgesinnte Freunde – ich werde es schaffen –, ich sehe jetzt freie Bahn.«

Da Lennacker beabsichtigte, sich in Leipzig zu habilitieren, und überzeugt war, dies Ziel im Lauf des nächsten Jahres zu erreichen, erschien es als das Gegebene, daß das junge Paar sich von Anfang an dort niederließ. Es hatte zwischen Mutter und Tochter Meinungsverschiedenheiten sowohl über die Lage der zu wählenden Wohnung als über ihre Geräumigkeit und Einrichtung gegeben, denn war Elisabeth schon etwas unglücklich über diese, wie es ihr vorkam, unübersichtlich weitläufige und langweilige Stadt, an die sie unwillkürlich den Maßstab von Würzburg und Gerdesheim legte, um abwechselnd das Fehlen einer heiteren landschaftlichen Umgebung und den Mangel jeglicher Prägung durch die Vergangenheit im Bilde der Stadt zu beklagen, so war sie völlig aus der Fassung geraten angesichts der von Lennacker bereits fest gemieteten kleinen Wohnung, die in einem großen Mietshaus in einer, wie Elisabeth sich ausdrückte, »Kleine-Leute-Gegend« lag und als deren einziger Vorzug ihr der niedrige Mietpreis erschien. Von jeher durch weiträumige Wohnverhältnisse verwöhnt, ebenso wie durch schönen, massiven Hausrat, konnte sie die Askese, die die jungen Leute sich ihrer Ansicht nach aufzuerlegen gedachten, in keiner Weise verstehen. Denn Maria, ganz unter dem Einfluß von Lennackers eigensinnigen Ansichten darüber, daß jeder nicht unbedingt zum Leben notwendige Besitz unmoralisch sei, bestand nun auch auf der einfachsten Einrichtung, wobei sie allerdings dadurch, daß sie sich ein paar überschüssige schöngebaute Möbelstücke aus dem Speichervorrat des Elternhauses erbat, einen besonderen und sicheren Geschmack bekundete. Dennoch erschien die schließlich zustande gekommene heitere kleine Behausung Elisabeth wie ein unverantwortliches Provisorium.

»Es ist, als dächtet ihr überhaupt nicht an die Zukunft«, sagte sie vorwurfsvoll; es war ihr letztes Rückzugsargument, ehe sie wieder mit Maria abreiste, um nun zu Hause die Hochzeit vorzubereiten, während Lennacker hier bereits eingezogen war, indem er erklärte, er würde in seinem Arbeitszimmer schlafen und sich in der Küche waschen, bis Maria mit ihm hier wohnte, sonst bekäme er Platzangst. »Ach – die Zukunft –«, sagte er jetzt zerstreut, als sei von etwas aller Berechnung Entzogenem die Rede. Elisabeth, die nun gern ein paar deutliche Bemerkungen gemacht hätte, unterdrückte ihre Antwort dann doch, und nicht nur, weil sie es für unpassend hielt, offen auszusprechen, was sie meinte, sondern weil eine unbestimmte Beunruhigung sie unsicher machte, ohne daß sie wußte, warum. Sie hegte ihrem Schwiegersohn gegenüber keine Vorurteile mehr, sie hatte Dietrich, der sich einmal unumwunden mißbilligend über Marias Wahl geäußert hatte, indem er vorwurfsvoll bemerkte, seine Schwester hätte doch wohl Besseres tun können, als einen solchen Außenseiter und phantastischen Sozialisten in die Familie zu bringen, streng zurechtgewiesen, nicht ohne das positive Urteil des Vaters über Lennackers Begabung und seine beruflichen Aussichten zu betonen. Hierauf hatte Dietrich sich erlaubt, darauf hinzuweisen, daß »Papa vielleicht in manchen Stücken doch ein wenig weltfremd« sei; er wolle ja gar nichts gegen Lennackers Persönlichkeit sagen, aber das läge doch wohl auf der Hand, daß diese Art von Idealisten sich in der Wirklichkeit selten durchsetzen könnten, vor allem, wenn sie körperlich so wenig robust wären. Mit diesem letzten Einwand hatte er etwas berührt, was Elisabeth nicht bestreiten konnte und was ihr selbst immer wieder Anlaß zu sorgenvollen Gedanken gegeben hatte. Alves hatte versucht, es ihr auszureden, die Großmutter hatte gemeint: »Laß ihn nur erst seine Regelmäßigkeit haben – dann gibt sich das alles«, und, unsicher, wie weit sie selbst ihrer Neigung zu schwarzen Gedanken und bösen Ahnungen trauen dürfe, hatte sie diese Sorge schließlich unterdrückt. Daß sie sich in diesem Augenblick mit unbestimmter Mahnung wieder meldete, suchte sie zu übertönen, indem sie nachdrücklich sagte: »Jawohl, – die Zukunft! Und wenn ihr nun in ein, zwei Jahren umziehen müßt...«

»Aber wieso denn?« fragte Lennacker erstaunt; dann strahlte er auf: »Ach so – du meinst... Aber so ein ganz kleines Kind braucht doch so gut wie gar keinen Raum!«

»Genug!« sagte Elisabeth so majestätisch, wie sie es aufbringen konnte, und wehrte Maria ab, die sie stürmisch umarmte und lachend rief: »Ach, Mutter – halten wir uns an Vaters Wahlspruch: Das wird sich alles schon finden!«

Mit einer Hochzeit – auch wenn in dieser Chronik, die mehr die innere als die äußere Geschichte einer Familie verzeichnet, die Hochzeiten nur erwähnt, nicht aber beschrieben werden – mit einer Hochzeit beginnt nicht nur für die beiden Hauptbeteiligten ein neuer Abschnitt, sondern auch der alte Stamm, dem gleichsam ein fremdes Reis aufgepfropft wurde, erfährt eine, wenn auch von außen meist kaum feststellbare Umbildung, die sich oft nur in dem uneingestandenen Bewußtsein ausdrückt, daß im Gefälle des gemeinsamen Lebensstromes eine undeutbare Veränderung eingetreten ist. Da Maria das letzte der drei Kinder war, das sich in seinen Lebensbedingungen vom Elternhause gelöst hatte – und nicht nur das: da mit ihr auch das besondere Element singvogelhafter Beschwingtheit, das sie von früh an unbekümmert und unberührbar durch die Wolkenschatten, die von der Schwermut der Mutter ausgingen, verkörpert hatte, gleich einem flüchtigen Gast aus einer anderen Sphäre, weitergezogen war und sich nur noch aus der Ferne bemerkbar machte, ein bald näher erklingender, bald verhallender, schweifender Gesang – so war die Leere nach der vollzogenen Trennung für die Zurückbleibenden zunächst um so schmerzvoller spürbar, als keines dem anderen seine Entbehrung zugeben wollte, als könnte dadurch dem Glück der Davongezogenen Eintrag geschehen, wenn ihm Trauer nachfolgte anstatt reiner Mitfreude. Wenn Alves sich jetzt zu einer seit langem geplanten, aber immer wieder aufgeschobenen Reise nach Rom entschloß, um in der vatikanischen Bibliothek sein Material für eine Arbeit über die Sachsenkaiser zu vervollständigen – wenn Elisabeth die Zeit seiner Abwesenheit benutzte, um unter Zuziehung von Handwerkern das ganze Haus aufzufrischen und im Anschluß daran Veränderungen in der Verteilung und Einrichtung der Räume des ersten Stockwerkes durchzuführen, die eigentlich gar nicht nötig waren, so suchten sie beide, jedes auf seine Art, über einen Abschied hinwegzukommen, der nicht allein ein Abschied von diesem Kinde, das ihnen ja unaufhörlich verbunden blieb, sondern zugleich ein Abschied von dem nun unabänderlich abgeschlossenen Sommer ihres gemeinsamen Lebens und der Beginn einer herbstlichen Zweisamkeit war. Dietrich hatte sich mit der Tochter eines seiner Vorgesetzten verlobt und stand im Begriff, seinen eigenen Hausstand zu begründen; auch er und Franz, der mit versonnener Ruhe an der breitangelegten Grundlage seiner künftigen Lehrtätigkeit arbeitete, würden bald nur noch flüchtige Gäste unter dem elterlichen Dache sein.

Wenn Alves an einem der ersten Abende nach seiner Heimkehr, bei einer der immer noch ein wenig von Wehmut überschatteten Unterhaltungen während des Zusammensitzens bei der Lampe im Saal, mit einem schwachen Versuch zu scherzen, zu Charlotte Dornblüh sagte: »Nun, *ein* Kind bleibt uns ja jedenfalls treu – die Großmutter muß sich recht bemühen, Kindesstatt bei uns verwaisten Eltern zu vertreten ...« – worauf die alte Dame bereitwillig antwortete: »Aber gewiß, lieber Herr Sohn, ich werde mein Bestes tun, wenn ihr nicht erwartet, daß ich deswegen frühzeitig kindisch werde ...« – so lag hierin doch auch eine Andeutung der geheimen Dankbarkeit, die er, und ebenso wahrscheinlich Elisabeth, jetzt mehr noch als zuvor für die Anwesenheit der Mutter empfand. Nicht nur, daß es ihn beruhigte, Elisabeth während der Stunden, die er im Archiv verbringen mußte, nicht allein in dem auf einmal so weitläufig und leer gewordenen Hause zu wissen und annehmen zu können, daß die ihr heilsame Gewohnheit, sich in unmittelbarer Fürsorge um andere zu kümmern, für die er selbst nicht gern den einzigen Brennpunkt bildete, doch diesen Gegenstand noch behalten hatte – er spürte jetzt auch deutlicher als bisher, daß von dem heiter in sich selbst ruhenden Wesen dieser Greisin auf jeden, der mit ihr in Berührung kam, eine ganz ähnliche Wirkung ausstrahlte, wie sie von dem Kinde Maria ausgegangen war – die Wirkung eines Allegro con brio, vorgetragen auf einem mit naturhafter Meisterschaft beherrschten Instrument. Hatte er sich früher manchmal gefragt, woher seine Tochter einen so hohen Grad harmonisierender Eigenschaften besäße, wie er sich bewußt war, daß weder er noch Elisabeth sie unmittelbar auf sie hätte übertragen können, so war ihm dies kein Rätsel mehr, seit er die Großmutter kannte und Maria nun neben ihr in dem merkwürdigen Zusammenklang ein und derselben Melodie, nach verschiedenen Tonarten vorgetragen, erschien. Zugleich gewannen die gelegentlichen Berichte von Frau Dornblüh über ihre Mutter, die bei ihrer Geburt gestorben war – wie sie annahm –, ebenso wie es auch deren eigener Mutter zugestoßen wäre, für seinen genealogischen Sinn besonderes Interesse, obgleich diese Angaben der alten Frau ihn immer etwas konfus und phantastisch anmuteten. Sie war der Überzeugung, daß ihre Großmutter und ihre Mutter beide halbfranzösischer Herkunft gewesen seien, wobei dann noch ein französischer Großvater, der als napoleonischer Offizier in Rußland gefallen sei, hineinspielte. Das alles war nicht mehr nachzuprüfen, mußte ja aber eine reale Grundlage haben, und jedenfalls hatte Elisabeth alles, was sie etwa von ihrer Mutter mitbekommen hatte, wie ein von ihr unberührtes Erbe auf ihre Tochter übertragen und damit diesem Kinde eine fremdartige Anmut mitgegeben, über die sie selbst nicht verfügte. Aber auch sich selbst durfte Alves einen Anteil am Wesen dieser geliebten Tochter zuschreiben: jene stille Nachdenklichkeit, die Marias Temperament immer wieder dämpfte und mit der sie sich dort, wo sie liebte, in den anderen hineinzuversetzen und sich ihm unterzuordnen vermochte – diese Unterströmung ihres Wesens hatte ihren Ursprung bei ihm.

Frau Dornblüh besaß diese Einfühlungsgabe nicht, jedoch war sie bei ihr durch ein unfehlbares Taktgefühl ersetzt, das es ihr bei aller unbefangenen Lebhaftigkeit ermöglichte, jeden in seiner Art gelten zu lassen, fremde Vorzüge anzuerkennen und als selbstverständlich vorauszusetzen, daß gegenseitiges Vertrauen die Grundlage aller menschlichen Beziehungen sei. Ihre Haltung Alves gegenüber hatte von ihrer ersten Begegnung an niemals auch nur den leisesten Schatten eines Ressentiments, wie es nach dem Vorhergegangenen wohl hätte begreiflich sein können, ausgedrückt; sie hatte ihm nie einen Anlaß geboten, die Erklärungen, zu denen er sich verpflichtet geglaubt und auf die er sich vorbereitet hatte, zu geben. Hatte er das zunächst beinah als verwirrend empfunden, so hatte er inzwischen gelernt, sie als Ergebnis einer Tradition und Erziehung zu erkennen, die hier völlig zur Natur geworden waren; er ahnte, daß das hier waltende, Natur und Erziehung verschmelzende Element durchaus höherer Artung, religiöser Prägung war, aber keinesfalls von bewußter Erkenntnis, von willensmäßiger Bemühung abhing. Alles, was sich zur Deutung dieses Wunders irdisch bedingter Daseinsfreude bei gleichzeitiger Unberührbarkeit durch weltliche Blendung heranziehen ließ – er hatte zuweilen ebenso wie über Charlottens Abstammung auch über gewisse Einflüsse nachgesonnen, die ihre Jugend bestimmt haben mußten: die enthaltsam strenge und doch nicht weltabgewandte Klösterlichkeit ihrer Mädchenjahre, die barocke Pracht der Stadt Würzburg, ihren heiteren länderverbindenden Strom, ihre Weinberge unter dem zuweilen fast südlich glühenden Himmel – dies alles reichte zur Erklärung nicht hin; das Wunder der Persönlichkeit blieb, und ihm gegenüber gab es nur die Anerkennung einer hier waltenden besonderen Gnade. Die unaufhaltsame Lebhaftigkeit, mit der die Großmutter bald nach ihrem Einzug in Gerdesheim begonnen hatte, allenthalben Bekanntschaften anzuknüpfen, und zwar ganz auf eigene Faust, indem sie, wo immer sich die Gelegenheit bot, auf einer Bank an der Wallpromenade, in einem Laden, wo sie Strickwolle einkaufte, bei der Einkehr in eine Konditorei, Unterhaltungen mit Menschen begann und bald besser Bescheid in der Nachbarschaft, unter den auf den Straßen spielenden Kindern und in der ganzen Bevölkerungsschicht wußte, die in den winkligen Gassen der Altstadt baufällige Fachwerkhäuser bewohnte, als ihre Tochter, die nun beinahe dreißig Jahre hier ansässig war – die überraschenden Beziehungen, die sie auf diese Weise erwarb und die Elisabeth nicht immer durchaus willkommen waren, brachten es mit sich, daß es an Abwechslung und Gesprächsstoff kaum weniger fehlte, als sich früher durch die Kinder ergeben hatte. Dadurch, daß die fröhliche Eigenwilligkeit der alten Dame Elisabeth auch immer wieder Anlaß gab, sich mit ihrem Mann in Aussprachen über die Mutter und ihre Eigenheiten – wie weit man sie gewähren lassen könne, wo man ihr Einhalt tun müsse – zusammenzufinden, gewann Alves, der zeitweise eine Anwandlung eifersüchtiger Beunruhigung nicht ganz hatte unterdrücken können, bald die Beruhigung, daß seine Frau nicht bei der Mutter Rat gegen ihn, sondern eher bei ihm gegen die Mutter zu suchen schien. Frau Dornblüh ihrerseits war sich zweifellos dessen bewußt, daß sie Gesprächsstoff bot, aber es focht sie nicht im geringsten an, und sie wußte auch genau, wo sie einlenken mußte, um die Tochter nicht aufzubringen. Wahrscheinlich war es eben jene Grenze, die sie in ihrer langen Ehe einzuhalten genugsam gelernt hatte, sagte Alves sich; und die Art, wie sie sich Elisabeths zuweilen recht inquisitorischem Auftreten immer diplomatisch zu entwinden wußte, amüsierte ihn heimlich.

Wenige Monate nach Marias Hochzeit schien das Leben im Hause die Schwankungen, die es erlitten hatte, völlig überwunden und sich beruhigt in den neuen gelasseneren Rhythmus, der den Tag nun beherrschte, eingeschwungen zu haben. Das neue Jahr hatte in seinen ersten Wochen den Besuch Dietrichs in Begleitung seiner Braut und seiner zukünftigen Schwiegermutter gebracht, und Anfang Juni fuhren Alves und Elisabeth nach Berlin zur Hochzeit des Sohnes. Ohne daß sie sich mit vielen Worten darüber verständigt hätten, wußten sie beide, daß, wenn eines der Kinder sich nun endgültig aus ihrer Sphäre gelöst hatte, Dietrich es war, daß aber seine Verbindung mit dieser väterlicherseits mit dem märkischen Landadel, mütterlicherseits mit der Geldaristokratie der Hauptstadt versippten Familie durchaus das war, was ihm entsprach und ihm dienen konnte. Es gab da ein paar Formeln, auf die sie sich stillschweigend geeinigt hatten, zum Beispiel, daß Erika – ein hübsches, elegantes und keineswegs unsympathisches Mädchen, dessen stehende Redensart »Gott, wie idyllisch«, angewandt auf das meiste, was ihm in Gerdesheim begegnet war, Alves jedoch einigermaßen auf die Nerven gefallen war – daß Erika also »ganz *die* Frau sei, die Dietrich brauchte« und »daß er es ja sei, der mit der Familie fertig werden müßte«, und damit deckten sich auch ihre Eindrücke, als beide noch am Abend nach der Hochzeit im Zuge nach Leipzig saßen, um Lennacker und Maria zum erstenmal zu besuchen.

Maria erwartete ein Kind, und sie hatte sich aus dem allgemein anerkannten Grunde ihres in diesen ersten Monaten schwankenden und anfälligen Befindens der Teilnahme an der Hochzeit entzogen und durch die Mutter entschuldigen lassen. Als Elisabeth der Tochter am nächsten Vormittag in der kleinen Küche bei der Vorbereitung des Essens half, während sich Alves im Gespräch mit dem Schwiegersohn von den Zumutungen der letzten Tage erholte, sagte sie ein wenig vorwurfsvoll: »Hör einmal, liebes Kind – was dein angeblich schlechtes Befinden betrifft – heute scheint es dir jedenfalls vorzüglich zu gehen. Man merkt dir deinen Zustand nur an, wenn man davon weiß, und dein Aussehen ist überhaupt noch niemals besser gewesen. Bis vor kurzem hast du ja auch nie ein Wort über irgendwelche Beschwerden verlauten lassen! Ich muß schon sagen, wenn eins von euch beiden nicht gut aussieht, dann ist es Achim.«

Maria blickte sie hilflos an. »Ja – findest du es auch?« sagte sie, »wenn ich nur wüßte ... Es wechselt ja auch immer. Heute ist es besonders arg. Er hat wieder bis drei Uhr nachts am Schreibtisch gesessen, ich habe noch nie einen Menschen so arbeitswütig gesehen. Und ich wäre ja ganz gern nach Berlin gekommen, aber doch nicht ohne ihn – und er wollte eben nicht. Und das habe ich nun heraus, daß ich nicht versuchen darf, ihn zu so etwas zu überreden. Er regt sich dann in aller Stille furchtbar auf, und man merkt es erst, wenn er nachts vor Herzklopfen und Atemnot nicht schlafen kann. Aber es ist nichts Schlimmes, es ist nur nervös. Er will nicht, daß ich darüber spreche – bitte rede ihn nur nicht darauf an!«

»Aber er müßte doch einmal einen Arzt fragen ...«

»Dazu bekomme ich ihn nicht – und außerdem – er weiß ja, daß es nichts Schlimmes ist. Wenn er früher einmal bei einem Arzt war, hat man ihm immer gesagt, das würde sich geben, er müßte nur Geduld haben und vernünftig leben. Nach seinem dreißigsten Jahr würde er nichts mehr davon merken. Und dann nimmt er von Zeit zu Zeit die Tropfen, die ihm verschrieben sind, und sie helfen immer ...«

Eine jener Unterhaltungen, nicht mehr als ein Austausch von Frage und Antwort, von Feststellungen, Meinungen, die vielleicht zwischen Menschen kaum mehr bedeuten als Hall und Widerhall, Überfließen der einen Brunnenschale in die andere, Ausströmen pflanzlicher Düfte, die sich vermischen, bis der nächste Windhauch sie zerstreut: Äußerungen vegetativer Gemeinschaft, kaum mehr bedacht als der Atem, von dem sie getragen wurden. Dennoch – Jahre später steigen sie wieder auf, spiegelnde Blasen aus der Tiefe unbewußter Erinnerung, und du weißt: damals – das war die erste Mahnung – und: da waren Minuten, da mir die Augen geöffnet waren, und wenn ich gesehen, wenn ich wahrgenommen – nicht nur den flüchtigen Reflex eines Warnsignals aufgefangen hätte, ohne es zu beachten, vielleicht – vielleicht wäre alles anders gekommen...

»Wenn du dir Vorwürfe machen zu müssen meinst, Elisabeth«, sagte Alves an dem dunklen Novemberabend drei Jahre später, »was sollen wir anderen sagen? Maria – nein, Maria war ein unerfahrenes Kind und stand ganz unter der Suggestion, die seine Ansichten auf sie ausübten. Aber Franz, der seinen Freund am längsten von uns allen kannte und doch wissen mußte – Achim wird es ihm gegenüber zwar nie zugegeben haben –. Und ich, dem Achim noch kurz, ehe er sich mit Maria aussprach, sagte, daß sein Herz nicht in Ordnung sei – aber, mein Gott, wer kein Mediziner ist, hört darüber hin, wenn der Mensch, der einem das beiläufig mitteilt, jung und von geistigem Leben strahlend vor einem sitzt. Du – wie hättest du dies voraussehen sollen, nur weil du gelegentlich beobachtet hattest, daß er elend und überarbeitet aussah?!«

Er sprach mit tiefer Müdigkeit, mechanisch wiederholend, was er seiner Frau schon in den letzten Monaten immer wieder versucht hatte, als Trost anzubieten. Er wußte, daß sie kaum darauf hinhörte, und heute war er selbst viel zu traurig, um an eine Wirkung eines Zuredens glauben zu können. –

Es war der Abend des Tages, an dem sie Joachim Lennacker zwischen den Thujawänden der Alvesschen Grabstätte in die Erde hatten betten müssen – eines Tages, auf den sie zweieinhalb Jahre lang durch die Folter verzweifelten Bangens, ungewissen Hoffens, immer neuer Enttäuschung und endlich der ausweglosen grausamen Gewißheit hatten zugehen müssen.

Mit der Geburt des kleinen Hansjakob im Oktober 1895 schien damals das Glück der jungen Eltern vollkommen geworden zu sein. Mit dem Wintersemester hatte Lennacker seine Vorlesungen an der Universität begonnen, daneben hatte er fieberhaft an seinem Buch gearbeitet, für das ein Verlag gewonnen war, und hatte außerdem seine Mitarbeit an dem Lexikon fortgesetzt. Er selbst hatte sich auf der Höhe seiner Leistungsfähigkeit geglaubt, aber es mochte etwas wie ein euphorischer Rausch gewesen sein, der seine Produktivität so beglückend steigerte und ihn zugleich über die warnenden Anzeichen körperlichen Versagens hinwegtrug. Der Zusammenbruch trat im Januar mit einem Herzanfall von nie erlebter Heftigkeit ein; der von Maria in ratloser Angst herbeigerufene Arzt hatte die Überführung in eine Klinik veranlaßt, und Alves, der wenige Tage später auf einen verzweifelten Brief der Tochter hin nach Leipzig kam, konnte nichts tun, als den schweren Anprall einer Prognose, die fast jegliche Hoffnung auf eine Heilung ausschloß, von ihr abzuwenden. Nur ein monatelanger Aufenthalt in einem Sanatorium – nur eine daran anschließende Zeit völliger körperlicher und geistiger Schonung von vorläufig unberechenbarer Dauer könnten noch eine bedingte Genesung, wenn nicht gewährleisten, so doch – vielleicht – herbeiführen, wurde ihm gesagt. Dies Herz, das schon seit Jahren, wahrscheinlich von Kindheit an, organisch geschwächt und offensichtlich niemals entsprechend berücksichtigt worden sei, weise so schwere Schäden auf, daß es als ein Wunder betrachtet werden müsse, daß es nicht längst seinen Dienst versagt habe.

Ein halbes Jahr in Bad Nauheim hatte das Befinden des Kranken so weit gebessert, daß die Ärzte der Heilanstalt seiner Überführung in häusliche Pflege nichts mehr in den Weg legten; die Vorbehalte, die sie hinsichtlich seines Zustandes hegten, waren dem Kranken gegenüber mit keinem Wort, Maria gegenüber nur in den Mahnungen zum Ausdruck gekommen, daß auch weiterhin völlige Enthaltung von Anstrengungen, welcher Art sie auch sein möchten, die zweifellos erreichte Besserung anhalten und – vielleicht – mit der Zeit in einen Zustand normaler Leistungsfähigkeit übergehen lassen könnte. Die ganze Wahrheit erfuhr wohl nur der Arzt, in dessen Behandlung Lennacker nun bei seiner Übersiedlung nach Gerdesheim überging, – Dr. Bennemann, ein Jugendfreund von Alves, Hausarzt seit der Geburt der ersten Kinder und der einzige, mit dem sich Alves zuweilen andeutungsweise über Elisabeth ausgesprochen, dessen unaufdringlichen Rat und Beistand er dankbar aufgenommen hatte. Und Bennemann hatte erst in den letzten Wochen, als eine Täuschung nicht mehr möglich war, zugegeben, daß er selbst von Anfang an keine Hoffnung gehabt hatte, dies Leben zu erhalten. »Daß ich dir nicht die volle, harte Wahrheit sagte, alter Freund«, hatte er fast entschuldigend gesagt – »mein Gott, es kam doch alles darauf an, daß in der Umgebung des Kranken der tragende Glaube an seine Genesung bestehen blieb! Wenn etwas ihn so lange am Leben erhalten hat, so ist es das Selbstvertrauen gewesen, das er in euer aller Zuversicht bestätigt fühlen konnte...«

Elisabeth hatte das Kind nach Gerdesheim geholt, als Maria ihren Mann in Begleitung des Vaters nach Nauheim gebracht hatte und die ersten Wochen bei ihm geblieben war. Dann war sie nach Leipzig zurückgefahren, nur um die Wohnung zu räumen, die Möbel unterzustellen, bei welcher traurigen Arbeit Franz ihr zur Seite gestanden hatte; auch Lennacker hatte einsehen müssen, daß bis zu seiner Genesung keine andere Existenzmöglichkeit bestand als die Zuflucht, die Marias Elternhaus bot, aber er war einerseits viel zu erschöpft, um sich über seine Lage aufzuregen, als er andererseits von einem kindlichen Optimismus hinsichtlich der Dauer dieses Zustandes erfüllt war. Und so waren, seit Maria ihn im Sommer 1896 heimgeholt hatte, diese zwei Jahre über das Haus ›hinterm Dom‹ hingegangen – eine Gnadenfrist, wie sie alle es ahnten, wie keiner es dem anderen eingestand und wie sie es zuweilen unter dem unfaßbaren Einfluß des jenseitigen Lichtes, das immer stärker von dem Einen in ihrer Mitte ausstrahlte, völlig vergaßen – denn was hieß hier Frist, wo Gnade, zeitlose Gnade einen Menschen zusehends durchdrang und ihn wandelte in die Gestalt, in der er ihnen niemals verlorengehen konnte?

Wenn Dr. Bennemann seinen alten Freund Alves einfach durch das Schweigen, das er ihm gegenüber mit Bezug auf Lennackers Zustand innehielt, durch das Unterlassen jedes Versuches, die unverbindliche, gelassene Zuversicht, die er dem Kranken selbst und den Frauen gegenüber zur Schau trug, auch auf ihn zu übertragen, darauf vorzubereiten versucht hatte, daß hier nichts übrigblieb, als einem unaufhaltsamen Ablauf gegenüber Haltung und Fassung zu bewahren, so ließen gewisse Betrachtungen, die er zuweilen gesprächsweise aufstellte, nur allzu deutlich durchblicken, daß er selbst keine Hoffnung mehr hegte. So ließ er sich eines Tages darüber aus, wie sehr er die Gelassenheit der Frauen bewundere, und er fügte hinzu, daß freilich sowohl Elisabeth als Maria vor zersetzender Skepsis geschützt wären, weil sie in ihrer naturhaften Mütterlichkeit mit ihrem ganzen Wesen nur der Erhaltung des Lebens dienen könnten, und das ließe sie vor der Annahme der ernsten Gefährdung eines mit ihnen in den Wurzeln verbundenen Lebens wie vor einem Frevel zurückscheuen. Darum wären auch gerade sie, die doch den Zumutungen von Angst und Sorge am unmittelbarsten Ausgesetzten – Elisabeth im Hinblick auf die Tochter und den Enkel, Maria um des Mannes willen – zugleich auch diejenigen, die sich unentwegt aufrecht hielten; »eine Beobachtung«, fuhr Bennemann nachdenklich fort, »die sich mir immer wieder bestätigt hat, nicht zuletzt während des Krieges. Ja, ich glaube, daß ich damals überhaupt erst dazu kam, festzustellen, daß Frauen und Mütter, gerade weil sie am meisten zu verlieren hatten, sich selbst die Gefahr nur theoretisch zugaben, einfach um die positive Kraft, mit der sie das geliebte Leben aus der Ferne umhegten, nicht zu beeinträchtigen. Was nun eure alte Dame betrifft – sie wohnt wohl schon in dem Zwischenreich, wo die Grenze zwischen hier und drüben mehr oder weniger aufgehoben ist und die Lebenden und die Toten sich ein Stelldichein geben. Und in diesem Zwischenreich ist ja auch das Kind und vor allem euer Kranker selbst zu Hause – er vielleicht im äußersten Radius ...«

Alves, der die umständliche Art seines Freundes, sich dem Thema, das ihm eigentlich am Herzen lag, in Spirallinien zu nähern, kannte, verharrte in abwartendem Schweigen. Wenn er aber im stillen darauf gefaßt gewesen war, daß Bennemann diesen Umweg eingeschlagen hätte, um auf Lennacker zu sprechen zu kommen, und wenn er sich innerlich gegen eine vielleicht vernichtende Eröffnung wappnete, die er den Frauen zu vermitteln haben würde, so hatte er sich getäuscht. Bennemann, der bis jetzt vor sich hin geblickt und gleichsam monologisch gesprochen hatte, als mache er nur sich selbst etwas klar, sah ihn auf einmal scharf an und sagte mit Bestimmtheit: »Der einzige hier im Hause, mit dem ich in dieser Beziehung unzufrieden bin, das bist du, mein Lieber! Du wirst es zwar nicht wahrhaben wollen, aber daß du seit einem Jahr unverhältnismäßig müde geworden bist, wirst du kaum leugnen können.«

Alves blickte an ihm vorbei, er lächelte unbestimmt. »Müde? Warum sagst du nicht einfach: alt? Nun ja, ist es nicht natürlich? Einmal müssen wir ja nachgeben, der eine früher, der andere später.«

»Tata – du wirst mir nicht einreden wollen, daß wir mit unsren dreiundsechzig, vierundsechzig Jahren uns als Greise zu fühlen hätten! Immerhin – es ist natürlich der Zeitpunkt, von dem an man seine Gesundheit ein wenig zu kontrollieren anfangen sollte. Was mich betrifft, so tue ich das längst – schon im Interesse meiner Familie.«

»Du tust dir leicht. Die Axt im Haus ...«

»Richtig! Aber was steht dem eigentlich im Wege, daß du dich einmal von mir untersuchen ließest? Gut, ich sehe schon, du hältst es für überflüssig. Dann erlaube mir jedenfalls, dir einige kleine Tonika zu verschreiben, denn daß du dergleichen nötig hast, das zu erkennen, genügt mir der Augenschein.«

Während er dann ein Blatt seines Rezeptblockes mit Hieroglyphen bekritzelte, redete er vor sich hin: »Wenn ein Mann jahrzehntelang unter einem seelischen Druck gelebt hat wie du – ohne nennenswerte Kompensationen, wie du nicht bestreiten wirst – ja, entschuldige, ich meine dich – du warst, kurz ehe Frau Dornblüh hier einzog, schon einmal einfach fertig – es hätte ja wohl auch ein gußeisernes System dazu gehört –. Also kurz: wenn dann nach relativ kurzer Zeit eine neue Bürde aufgenommen – eine neue Heimsuchung durchgestanden werden muß, dann ist es schließlich nicht anders möglich ...«

Er legte den Zettel auf den Tisch und erhob sich. »Ja, also nochmals: entschuldige, daß ich nicht abwarte, bis – es vielleicht zu spät ist!«

»Wenn es dich beruhigt – in Gottes Namen! Wenn du nur meine Frau mit derartigen Betrachtungen verschonen möchtest – du weißt ja, wie es sich bei ihr auswirken würde. Ich selbst habe glücklicherweise keine Veranlagung zum Hypochonder und wüßte auch nicht, worüber ich besonders klagen könnte. Das bißchen Müdigkeit und Druck auf dem Kopf ...«

»Klagen würdest du niemals – das ist es ja eben«, sagte Bennemann trocken und drückte ihm zum Abschied die Hand. Alves begleitete ihn zur Haustür. »Ich kann nur sagen, daß dieser Verzicht sich in meinem Fall immer bewährt hat«, sagte er lächelnd, »Schweigen vereinfacht alles ganz ungemein.«

»Ja, das sagst du so ...« Bennemann winkte ihm mit der Hand und schritt die Stufen zur Straße eilig hinunter. –

In Wahrheit hatte Alves dem Freunde damals recht geben müssen, und er war ihm dankbar für die Mittel gewesen, die ihn seitdem zeitweise von der dumpfen Benommenheit des Kopfes, dem störenden Ohrensausen und dem niederziehenden Bedürfnis nach Ruhe befreit hatten. Er hatte in diesem Zustand zuweilen sonderbare Stunden träumerischen Dahindämmerns kennengelernt, in denen ihn nicht nur die eigene Vergangenheit bis zurück in die Kindheit, sondern, wie er zu fühlen meinte, auch die Vergangenheit des Hauses, das in ihm sein Bewußtsein und sein Gedächtnis hatte, eigentümlich lebendig umgab – in denen er die Grenzen des eigenen Körpers mit den Wänden dieser Behausung verschmelzen fühlte, die seine Vorfahren als etwas Leibhaftiges aus ihrem Leben hatten hervorgehen lassen, in dem dies Leben weiteratmen sollte über Generationen hinaus. Der geheimnisvolle Zauber, mit dem das Haus ihn von früh an umfangen, mit dem es ihn gebannt und festgehalten hatte, so daß ihm von jeher die Vorstellung, sich anderswo niederzulassen, fast wie eine Versuchung zum Selbstmord erschienen war, begann sich ihm zu erschließen wie die Chiffreschrift eines Palimpsestes, von dem nun eine Schicht nach der anderen abblätterte: Mochte alles vergehen, wenn es nur noch einmal in einem Bewußtsein Gestalt angenommen hatte.

»Wahrscheinlich ist es eine Alterserscheinung«, sagte er zu Lennacker, dem er eines Tages in der Spätnachmittagsstunde, die er gewöhnlich mit ihm verbrachte, von seiner begonnenen Arbeit, einer Chronik des Hauses, erzählte – »eine Alterserscheinung – ich meine diesen Hang zur Vergegenwärtigung des Vergangenen.«

»Aber doch wohl eine sehr positive«, antwortete der Jüngere seufzend; »mir erscheint ja das Alter, je länger ich verdammt bin, jung – eben nichts als jung und bestenfalls vielversprechend zu bleiben – immer mehr als der einzig ersehnenswerte Lebensabschnitt.«

»Mein guter Achim – du weißt wohl nicht recht, was du sagst! Meinetwegen – in gewissem Sinne läßt es sich zugeben, daß erst nach dem sechzigsten Jahr jene Distanz zu den zeitbedingten Erscheinungen möglich wird, die uns dazu verhilft, das Gewebe von Ursache und Wirkung in seiner Folgerichtigkeit zu übersehen; daß damit notwendig eine Sinndeutung verbunden sein müsse, will ich nicht einmal behaupten. Es sei denn, daß der Sinn, bis zu dem wir überhaupt vordringen können, schon in der Erkenntnis der ungeheuren Gesetzmäßigkeit alles Geschehenen, die sich im Rückblick offenbart, enthalten wäre. Aber – das Alter herbeisehnen – besser nicht!«

»Es ist wohl nur, daß ich wenigstens auf *eine* abgeschlossene Arbeit möchte zurückblicken können – ich glaube, der biologische Alterszustand ist es gar nicht, den ich mir wünsche«, sagte Lennacker abgewandt. »Mit dem Bewußtsein, schon dies und jenes hinter mich gebracht zu haben, würde ich dieser Flaute – diesem mir aufgezwungenen Brachliegen viel besser gewachsen sein – das ist es. Hier herumzuliegen oder zu sitzen, ohne mich unbedingt krank zu fühlen, mit einem Kopf, in dem es wie in einem verschlossenen Bienenkorb braust – es darf nicht so weitergehn! Ich habe nur eine so kurze, eine noch so inhaltlose Vergangenheit – und die Zukunft, die Zukunft – sie schmilzt mit jedem Tage, den ich versäume dahin...«

Er hielt inne, als hätten ihn die eigenen Worte erschreckt, und als lausche er ihnen mit ungewisser Bangigkeit nach. Dann sah er Alves mit einem kindlichen, um Verzeihung bittenden Lächeln an. »Du mußt wieder einmal Geduld mit mir haben, Vater. Es sammelt sich eben immer wieder allerhand an, was ich nur dir gegenüber loswerden kann. Maria weiß das alles, ohne daß wir darüber zu reden brauchen, und schon das ist mehr, als ihr eigentlich zugemutet werden dürfte. Aber manchmal – manchmal ist es doch gut, wenigstens in Anwesenheit eines anderen vor sich hin zu sagen, was an einem frißt – und, Gott sei Dank, du weißt, daß es gar keiner Antwort bedarf. Man wird dann schon von selbst ruhiger, wenn es heraus ist.«

»Wenn das Leben mich etwas gelehrt hat...«, sagte Alves, führte aber den Satz nicht zu Ende. Lennacker fuhr fort: »Und auch auf das, was ich jetzt sage, sollst du nicht antworten – ich will es nur einmal ausgesprochen haben. Nämlich – daß es mich so ruhig macht, zu wissen, daß Maria und der Junge in jedem Fall geborgen sein werden – in jedem Fall – verstehst du...«

»Ja. Ich verstehe«, antwortete Alves nun doch, ohne den Blick vom Abendhimmel abzuwenden, der vor dem Fenster verglühte, und so trocken, wie es die Bestätigung einer selbstverständlichen Feststellung erforderte. Er setzte hinzu: »Ich kenne solche Gedankengänge, nicht wahr. Bei mir haben sie in Anbetracht meines Alters einige Berechtigung. Ich weiß auch, daß es eine große Beruhigung bedeutet, zu wissen, daß die Frau und die Kinder, soweit sie nicht ganz selbständig sind, keine besonderen Sorgen zu gewärtigen haben werden...« Er redete nun seinerseits ganz bewußt so vor sich hin, als spräche er mit sich selbst, aber er wußte, daß er dies alles nie über die Lippen gebracht hätte, wäre es nicht darum gegangen, Lennakker von der ihn selbst betreffenden Erörterung des Themas abzubringen – »... Aller Voraussicht nach wird meine Frau, wenn ich einmal abberufen werde, genau so weiterleben können, wie wir immer gelebt haben. Sie wird die Pension haben – sie kann einen Teil des Hauses vermieten und braucht das Haus, das ganz schuldenfrei ist, nicht zu verkaufen – da sind auch noch die Einkünfte aus ein paar guten Papieren...«

Lennacker starrte ihn beunruhigt an. »Aber, lieber Vater«, sagte er, »du hast doch wohl keinen Grund, dir derartige Gedanken zu machen!«

Alves lächelte. »Grund genug, wenn auch keinen unmittelbaren Anlaß. Du siehst es ja an dir selbst, daß solche Gedankengänge sich einstellen, wenn man sich für andere verantwortlich weiß, und je älter man wird, desto – hm – absehbarer wird die Zeit, die man noch zur Verfügung hat, um dieser Verantwortung zu genügen. Jedenfalls – brauchen wir beide uns nicht zu beunruhigen«, schloß er etwas unglücklich. Lennacker sagte: »Dann ist es ja gut«, und blickte auf seine Hände. Alves dachte verzweifelt: Wie bringe ich ihn nur hiervon ab?, hörte ihn dann aber ganz gelassen fortfahren: »Du mußt nicht denken, daß solche Erwägungen mir irgendwie tragisch vorkämen oder mich etwa aufregten – ich weiß, daß du das jetzt befürchtest und meinst, daß Aufregung unbekömmlich für mich wäre. Es ist ja merkwürdig, wie man sich an die Vorstellung des Todes gewöhnen kann, so daß alles, was einen dabei beunruhigen könnte, schließlich nur der Gedanke an die Überlebenden ist, für die man sich – wie du es sagtest – verantwortlich fühlt. Und siehst du, ich wollte ja von Anfang an nur sagen, daß auch dieser Grund zu einer Beunruhigung für mich nicht besteht – und daß ich dankbar dafür bin.«

Alves, mit einem Gefühl des Verzagens, das ihm das Herz zusammenschnürte, mußte zugeben: »Ja – man gewöhnt sich daran, die eigene Person aus dem Fortgang der Handlung wegzudenken. Indem man sich aber den Fortgang der Handlung deutlich vorstellt, als beobachte man ihn von einem entrückten Ort aus, wird man sich klar darüber, daß man keineswegs auch dazu gelangt ist, die Vorstellung von sich selbst überhaupt aufzulösen...«

»Was auch ganz unmöglich ist, solange ›es‹ in uns denkt«, sagte Lennacker, jetzt mit sichtbarem Interesse an der Entwicklung des Gespräches; »was aber ist es denn – das ›Es‹, das in uns denkt? Es schreibt sich ›Ich‹, und Denken ist seine Lebensäußerung, eine allen anderen Funktionen übergeordnete Lebensäußerung, wenn es die Kraft hat, sich durchzusetzen. Das heißt also, daß sie der anderen Funktionen eigentlich nicht bedarf, um existent zu werden und – zu bleiben. Ich sehe darin die Gewähr, daß auch nach – unsrer Ausschaltung aus dem Fortgang der Handlung keine Auflösung des denkenden Ich eintreten wird, es wird vielmehr frei werden, wie ein aus unreiner Mischung herausdestilliertes Element, und unser Dasein wird dadurch nicht reduziert, nicht beschränkt, nein, in triumphaler Weise ausgedehnt sein ...«

Ohne eine Antwort abzuwarten, fuhr er nach kurzem Verstummen fort: »Die Voraussetzung scheint mir allerdings zu sein, daß wir diesem unsrem denkenden Ich schon vorher die Herrschaft eingeräumt haben, die ihm zuerkannt werden muß, und – daß man bereit – daß man innerlich vollkommen einverstanden mit dieser physischen Zumutung des Todes war. Ich glaube, häufig geschieht diese Einwilligung ganz unbewußt, ist sozusagen von Anfang an vorhanden, weil sie auf der Linie der inneren Entwicklung liegt. Das braucht nicht zu bedeuten, daß man die Möglichkeiten des Wirkens und der Vollendung, die einem hier geboten werden, verachtet – nur, daß man erkannt hat, daß hier alles nur ein Anfang sein kann. Selbst wenn man das sogenannte biblische Alter erreichen sollte und Bände, Bände geschrieben hätte – hier ist doch alles nur Umweg. Einst wird sich alles unmittelbar vollziehen in Anruf und Antwort.«

Alves, in dem Bestreben, das Gespräch auf der Ebene einer sachlichen Erörterung festzuhalten, sagte mühsam: »Immerhin – es gibt doch auch in diesem Leben unbedingte und unmittelbare Möglichkeiten des Wirkens von Mensch zu Mensch. Vielleicht, daß sie sich nicht so sehr in Worten vollziehen als im Tun – oder auch im Lassen, im Unterlassen, in der Haltung – ja, eben im Sein, im schweigenden Sein, aus dem dann jeweilig schon die nötigen Worte aufsteigen.«

»Mag sein – aber dazu braucht es – Zeit...« Der Kranke hatte in plötzlichem Stimmungsumschwung, wie er nicht selten bei ihm eintrat, den Kopf zur Wand gedreht. Seine Stimme klang gequält. »Es gibt doch wohl ein Stadium, da einem das Aussprechen, wenn es sich um eine nur durch das Wort zu gestaltende Aufgabe handelt, das Aussprechen bis zum letzten, erschöpfenden Wort so wichtig erscheint wie das Atmen. Dann ist es das Unausgesprochene, das einen wie mit Magnetkraft an der Erde festbannen will. Vor allem, wenn die Arbeit erst begonnen hat und man sich dabei klar darüber ist, wie nötig es wäre, über diesen Anfang hinauszukommen, um zum Wahren, zum Wesentlichen durchzustoßen...«

Er blickte Alves wieder an und sagte eindringlich: »Die Fragwürdigkeit, die mit jeder Formulierung verbunden ist, ergibt sich ja erst über dem Arbeiten. Jeder Plan, der Gestalt annimmt, bleibt hinter dem zurück, was er in der Konzeption ursprünglich war. Oder er verändert sich in einer kaum zu kontrollierenden Weise. So bin ich, der ich doch der Kirche dienen wollte, indem ich ihr die Kräfte, die der Pietismus und dann die Romantik neu entband, wieder zugänglich zu machen suchte, jetzt so weit, daß ich die Gefahr, die diese Richtung für die evangelische Kirche, wie sie heute dasteht, ebenso erkenne wie die Verarmung, die ihr Verzicht auf das Gefühlselement und – sagen wir: die Ekstase bedeutet. Um so mehr kommt es mir darauf an, dem auf den Grund zu gehen, die Berechtigung einer Strömung, die ihren Ursprung im Verlangen des Menschen nach dem unmittelbaren Gotteserlebnis hat, zu umreißen, die subjektive Notwendigkeit dieses Erlebens abzuwägen gegen die Notwendigkeit, die die Kirche darin sieht, sich gegen Schwärmerei und Überwuchern frömmelnder Sinnlichkeit zu verwahren. Und darum – darum hätte ich gern noch wenigstens dieses Buch...«

Er stockte, besann sich mit zusammengezogenen Brauen, und der Blick seiner sich verdunkelnden Augen war plötzlich so von Grauen erfüllt, daß Alves ihm das Wort abschnitt, noch ehe er wieder zu sprechen begann. »Selbstverständlich mußt du dies Buch zum Abschluß bringen«, sagte er ruhig, »auch wenn sich während der bisherigen Arbeit und nun während der langen, dir aufgezwungenen Ruhepause, die dir so viel Zeit zum Nachdenken ließ, einige bisher von dir noch nicht berücksichtigte Gesichtspunkte ergeben haben. Jedes solche Werk hat ja sein eigenes Gesetz, nach dem es wächst und sich vollendet, und wer weiß, ob es nicht dieses Gesetz ist, das sich in deinem Fall diese Ruhepause erzwingen mußte.«

Lennacker sah ihn dankbar an. »Ich habe mich schon selbst mit ähnlichen Gedanken zu trösten versucht«, sagte er leise. Dann fuhr er fort: »Da ist zum Beispiel die Frage, wie es eigentlich dazu kam, daß es innerhalb unserer Kirche, die doch in ihrer Entstehung selber alle Anzeichen einer Erweckungsbewegung und Verinnerlichung trug, so bald, kaum 150 Jahre später, zu einer orthodoxen Erstarrung kommen konnte, nicht nur bei uns, sondern in allen europäischen Ländern, daß das urtümliche Bedürfnis der christlichen Seele nach der unmittelbaren Begegnung mit Gott sich nur dadurch wieder Geltung zu schaffen vermochte, daß es diesen Panzer mit einer Übersteigerung des Ausdruckes dieser Sehnsucht durchbrach, die notwendig wiederum eine Reaktion – nämlich die Theologie des Rationalismus – hervorrufen mußte. Was dann schließlich dazu führte, daß die durch den Pietismus entbundenen Kräfte – dieser Aufstrom zurückgestauten seelischen Lebens – in der Dichtung der Zeit säkularisiert wurden. Diesen Vorgängen in ihren Spielarten und Symptomen nachzugehen, ihre Kurven zu verfolgen, ihre Ausläufer in der Gegenwart aufzuspüren, – das alles wäre mit zu berücksichtigen. Aber – was mich deprimiert – was mir jedenfalls immer wieder erschreckend beweist, daß ich wirklich noch nicht wieder arbeitsfähig bin, es ist dies, daß ich dem allem nur mit kühlem, feststellendem Interesse gegenüberstehe. Ich habe eine fatale Neigung, es auf sich beruhen zu lassen und mich ganz allein mit – dem akuten Problem zu beschäftigen.«

»Und das wäre?« fragte Alves zögernd, mit dem dunklen Gefühl, daß er auf die Beantwortung dieser Frage lieber verzichten würde, und doch mit einer Spannung, als müßte dieses Problem auch ihn selber angehen.

»Die Frage, ob nicht alle bisherigen theologischen und kirchlichen Deutungen und Auffassungen der Botschaft Jesu zu flach angesetzt und begründet waren und sind, seien sie nun dogmatischer oder ethischer Art. Jesus spricht immer vom Blickpunkt auf das Jenseits aus, Aug in Aug mit dem Tode, in Erwartung des Unterganges alles Bestehenden, eines Unterganges von unvergleichlich anderer Endgültigkeit, als seine Vorläufer, die Propheten, ihn verkündigten, die doch immer die Möglichkeit eines bedingten irdischen Überlebens des göttlichen Gerichtes offenlassen. Dieser Untergang aber und dieses Gericht vollziehen sich ja für jeden Menschen schon mit dem eigenen unausweichlichen Sterben – es gilt, sich das zu verwirklichen, es gilt, die Verheißungen Jesu aus der Vorwegnahme des Todes zu begreifen...«

Er sprach langsam, unpersönlich und mit vollkommener Ruhe; im Ausdruck seiner Augen schien sich eine Perspektive abzubilden, die er gesammelt überblickte bis dorthin, wo sie sich im triumphierenden Lichte verlor. Alves sagte ein wenig mühsam: »Gut – das wäre also Umkehr zur reinen Theologie – das hat nichts mehr mit Geschichte oder Psychologie zu tun. Eine Theologie, die der Seelenlage des Urchristentums entspricht.«

Lennacker lächelte ihn an. »Dies«, sagte er, »wäre nun wiederum Theologie unter dem Gesichtswinkel von Geschichte und Psychologie. Ich meine aber Theologie aus unmittelbarem Erleben – Theologie, wo sie noch mit dem Überwältigtwerden durch den Glauben zusammenfällt.« –

Am Silvesterabend des Jahres 1899 trat Richard Alves aus dem Portal des Rathauses, wo er bis zum Beginn der frühen Dämmerung im Archiv gesessen und versucht hatte, zu arbeiten, auf den Marktplatz hinaus und hob die müden Augen zu dem verhangenen Himmel, der noch immer nicht schneien wollte. Er atmete die rauhe Luft mit einem tiefen Seufzer ein und machte sich auf den Weg; an der Ecke aber, wo er nach Hause zu hätte abbiegen müssen, verlangsamte er unschlüssig seinen Schritt und schwenkte dann in die entgegengesetzte Richtung ab. Es war ihm gleich, wohin seine Füße ihn trugen, er wußte nur, daß er heute mehr noch als sonst jene verzweifelte Unlust fühlte, sein Haus zu betreten, in dem er immer noch den Geruch der Totenkränze zu spüren meinte und wo der ratlose Kummer Marias und Elisabeths schwermütige Schweigsamkeit ihm den Atem benahmen, ob auch sein armes tapferes Kind niemals klagte und Elisabeth sich der Selbstanklage begeben hatte. Aber wenn auch der unerbittliche Fortgang des Lebens sie alle wieder aus dem Pathos des frischen Schmerzes auf die Ebene des Alltags mit ihren unverfehlbar geraden Wegen hinuntergezwungen hatte – und Gott sei Dank, daß dies möglich gewesen war! –, ihm erschien doch alles unabänderlich sinn- und zwecklos, was er auch vornahm – gleichgültig, ob er die graue Straße bis ins Unabsehbare weitergehen würde, gleichgültig, ob sie ihn nun zum Frühjahr in den sogenannten Ruhestand versetzen würden, wie er auf Bennemanns unablässiges Drängen hin in den letzten Tagen beantragt hatte – gleichgültig auch, ob er mit der seit einigen Jahren sich fast unabhängig vom Willen in ihm vollziehenden Denkarbeit noch jemals zu einem Ziel, zu einem Ergebnis gelangen würde.

Es war Aufräumearbeit, sagte er sich – das Sichten, Ordnen und Prüfen der inneren Bestände, wie es einsetzt, wenn der Mensch dahin gekommen ist, einsehen zu müssen, daß das Werk seiner Hände oder auch seines Geistes, seines betrachtenden, forschenden, vergleichenden, sammelnden und benennenden Verstandes nicht mehr als ein Bruchstück geblieben ist. Daß er nur Handlangerdienste geleistet hat, Jahrzehnt um Jahrzehnt nur Steine behauen, Ziegel gestrichen, Balken zugehauen und geglättet hat; daß er bestenfalls Stein auf Stein gefügt, die Mauer mit Lot und Kelle um den Bruchteil eines

Geschosses höher geführt hat, einer unter den Tausenden von Werkleuten seines Zeitalters an einem Bau, den Generationen vor ihnen begonnen und doch nicht begonnen – den sie nur wieder aufgenommen hatten. Denn wenn die Erde bebte, wenn die Brunnen der Tiefe sich auftaten, wenn die Feuerberge aufbarsten und glühendes Magma und Aschenregen niedergehen ließen – was blieb dann als der große, der unbegreifliche, ewige Plan, »den kein Auge gesehen und kein Ohr gehört hat, der auch in keines Menschen Herz kommen ist« – der Plan, nach dem alle Arbeit immer von neuem begonnen wird, so wie die Jahreszeiten immer wieder beginnen und die Geschlechter der Menschen kommen und gehen.

Darüber gab er sich wohl schon seit zehn Jahren keiner Selbsttäuschung mehr hin, daß die Ergebnisse seiner Lebensarbeit, gemessen an dem, was gleichzeitig auf dem Gebiet seiner Wissenschaft von anderen geleistet worden war, sich verhielten wie vereinzelte Werkstücke aus einer Bauhütte – sauberste Kleinarbeit, wert, mit voller Berechtigung aufzugehen im großen Ganzen. Gut, er hatte sein Ziel von Anfang an nicht weiter gesteckt, und bis über die Höhe des Lebens hinaus hatte er sich in der liebevollen Akribie seiner Erforschung der Geschichte von Stadt und Landschaft seiner engeren Heimat genügt, einem Gebiet freilich, in dem es, als er mit seiner Arbeit begann, noch sehr viele unberührte Schätze zu heben gab, die ein einseitiges Spezialistentum erforderten. Aber je mehr Aufgaben hier bewältigt wurden, desto deutlicher waren ihm die großen Zusammenhänge aufgegangen, die auch die Geschichte eines Mikrokosmos wie desjenigen seiner Stadt mit der Geschichte des ganzen Landes, des ganzen Kontinents verbinden. Die Ungeduld, an größere Darstellungen gehen zu können, denen die Fülle des Details, über die er verfügte, im Gegensatz zu der linearen Kahlheit der Werke berühmter zeitgenössischer Kollegen Profil und Farbigkeit geben sollte, hatte jedoch immer wieder zurückgestaut werden müssen. Mochte er zu alt geworden sein, um jetzt noch den mittleren Weg zwischen Historie und wissenschaftlicher Geschichtsschreibung zu finden – war es, weil seine Entwürfe ihm niemals genügten – weil er sich privater Arbeit seiner Amtsgeschäfte wegen nicht so hingeben konnte, wie es nötig gewesen wäre, oder auch, weil ihm eine ständige anregende Berührung mit der Welt seiner Wissenschaft fehlte – o ja, es gab diese und andere Erklärungen und Entschuldigungen für sein Versagen, er sagte sie sich auch jetzt wieder vor, als er an diesem grauen Silvesterabend durch seine Vaterstadt wanderte. Es waren die Erklärungen und Entschuldigungen, die ihm seine Freunde, die ihm Elisabeth und sein Sohn Franz, wenn er sich ihnen gegenüber denn jemals über diese Dinge ausgesprochen hatte – er tat es schon lange nicht mehr –, anzubieten gehabt hatten. Es wäre bequem gewesen, sich ihrer zu bedienen, aber er wußte es ja besser. Vielleicht – (vielleicht!) – hatte er zu den Berufenen gehört – niemals aber zu den Auserwählten; und wenn er der Berufung gefolgt war, dann doch allzulange gleichsam schlafwandelnd, in einer verspielten Hingabe an die begrenzte Welt geschichtlicher Erscheinungen, in die er hineingeboren gewesen war. Aber dies alles waren, wie schon seit langem, wenn seine kreisenden Gedanken wieder einmal an diesen Punkt kamen, nur noch Feststellungen. Er wußte es jetzt mit endgültiger Resignation, daß der Mensch am Ende seines Lebens sich selbst hinzunehmen habe als ein Unabänderliches, das er nur noch der Barmherzigkeit Gottes überantworten konnte. Denn auch Geduld und unermüdliche Liebe – konnten sie den Ausschlag bewirken, wenn sie sich im Grunde kampflos durchgesetzt hatten – wenn sie einen immer nur »in dunklem Drange« und eben auch wie schlafwandelnd den rechten Weg hatten finden lassen?

Gedanken der Müdigkeit, kaum noch Gedanken – Ablauf einer Folge gewohnheitgewordener Betrachtungen, der nicht auszuschalten war, aber auch keine tieferen Schichten mehr aufwühlte, weder die Qual des Grübelns, wie es anders hätte gemacht werden sollen, noch auch Verzweiflung darüber, wie es gekommen war; ja, zuweilen war eher die leere, stille Lust des Überstandenhabens das einzige, was zurückblieb. Wie er jetzt ziellos durch die verschlungenen Gassen der Innenstadt wanderte, war er sich dieser Betrachtungen kaum stärker bewußt als der Tatsache, daß er seine Augen immer wieder an den vorkragenden, spitzgiebligen Häuserfronten hinaufgehen ließ, die sich gegeneinander zu neigen schienen und in deren kunstvoll ausgemauertem Fachwerk die Balken mit geschnitzten Blumen, Tieren, fratzenhaften Köpfen und eingeritzten Sprüchen verziert waren. Dann taten sich wieder breitere Straßen und Plätze auf, an denen spätere Jahrhunderte weniger bunt, aber reich und behäbig gebaut hatten – die Kirchen, die Zunfthäuser, die alten Gasthöfe, die schönen Brunnen in ihrem Winterschlaf lagen an seinem Wege; die Laternen leuchteten auf, und überall glommen die Fenster vom Lampenlicht. Er nahm das alles so wenig wahr wie das Leben und Treiben um ihn her, mit dem die Gerdesheimer sich anschickten, den Einzug eines neuen Jahrhunderts in ihre jahrtausendalte Stadt zu feiern; ihm war es nicht anders, als wandere er durch sich selbst, denn wenn es ein Abbild der labyrinthischen und ihm dennoch so vertrauten Gänge seines innersten Herzens gab, dann war es diese Stadt, als deren Bewußtsein und Gedächtnis er sich gefühlt hatte, solange er denken konnte. Und wenn er einmal aufhören würde, zu denken, fragte er sich, würde die Stadt es dann wissen, daß niemand mehr da war, der ihr wunderlich die Jahrhunderte überdauerndes Wesen, diese Essenz der Vergangenheit mit dem Duft eines Rosenöls aus byzantinischer Zeit, aus den Tagen der Ottonen, noch spürte – daß dieser Duft dann verwehen würde wie der letzte Hauch ihrer Frühzeit, den ein zufällig aus ihr hervorgegangenes Herz noch bewahrt hatte gleich einem von Geschlecht auf Geschlecht weitergereichten versiegelten Gefäß, das nun endlich in Scherben gegangen war? Ach, diese Stadt und ihr versteinertes Jahrtausend, in das er nun bald zurücksinken würde – ach, sein eigenes Stück Jahrhundert, das mit diesem Abend zur Rüste ging – ach, dieses, sein Leben, das begonnen hatte, ein Jahr, nachdem Goethe gestorben war, das dann – Gott wußte es, kein Heldenleben irgendeiner Art geworden war, aber doch – vielleicht – der Müdigkeit wert, der großen, guten Müdigkeit.

»Wenn ich aber zurückdenken wollte, wie es sich für einen Silvesterabend und noch dazu für den letzten Abend eines Jahrhunderts gehört«, sagte er sich, »– und um was mühe ich mich denn sonst schon die ganze Zeit! – dann türmt sich doch immer jenes Jahr zwischen mir und der eigenen Vergangenheit auf – nicht dieses abgelaufene Jahr, dieses letzte, sondern das furchtbare vorletzte – 1898. Und nicht nur weil uns Achim genommen wurde – ja, das war schwer, aber das blieb im Persönlichen – nein, es ist sonderbarerweise Bismarcks Tod und daß Fontane ihm dann so bald nachstarb, was mir bleibend wie ein Zeichen erscheint, daß der eiserne Vorhang der Epoche, in der auch ich meine geringe Statistenrolle hatte, endgültig niedergegangen ist. ›Es ist eine Stelle im Wege, – du kommst nicht darüber hinweg‹ ...«

Er war seit einer Weile in einen Menschenstrom hineingeraten, dem er eben in eine Seitenstraße ausweichen wollte, als er plötzlich eine Hand auf seinem Arm fühlte und Marias Stimme mit so freudig ungläubigem Erstaunen: »Du – Papa?« sagen hörte, daß er ganz zu sich kam. »Ja, Kind – allerdings«, sagte er, »ich mache einen kleinen Abendspaziergang, um Kopfschmerzen loszuwerden. Aber wohin willst du noch so spät?« In diesem Augenblick setzte Glockengeläut mit der mächtigen Stimme von St. Andreas ein; er blickte um sich und sah, daß sie in nächster Nähe der Kirche standen. »Silvestergottesdienst«, sagte Maria leise, »ich dachte erst, du wolltest vielleicht auch in die Kirche.«

Er blickte in ihr zu ihm erhobenes Gesicht, so blaß und schmal in der Umrahmung des Trauerschleiers, den sie immer noch trug.

»Eigentlich wollte ich das nicht«, sagte er zögernd, »das heißt, ich hatte ursprünglich nicht diese Absicht. Aber wenn ich mit dir gehen kann, ist es etwas anderes.«

»Ach, wie gut!« sagte sie leise und schob ihren Arm in den seinen. Als er dann neben ihr in dem Gestühl saß, das schon in den Tagen seiner Großeltern das Schild mit dem Namen Alves getragen hatte, war es ihm, als hätte er doch vielleicht gerade hierher gewollt, obgleich er nicht mehr zu empfinden vermochte als eben die uralte Heimatlichkeit des Ortes. Er blickte zu den verblaßten Fresken an den Seitenwänden über den Säulenreihen des Mittelschiffes der romanischen Basilika empor, die auf seine Anregung erst vor wenigen Jahren aus der Kruste einer barocken Stuckschicht befreit worden waren; dann sah er in das stille Strahlen der Christbaumkerzen zu beiden Seiten des Altars und überließ sich ohne eigene Beteiligung, aber in zunehmender Entrückung der Wirkung, die Orgelspiel, Gesang und das ihm von jeher ehrwürdige, ihn in die Katakombentiefe frühesten christlichen Kultes zurückversetzende Wechselgespräch der Liturgie auf ihn ausübten. Daß er dann, auf seinen Sitz zurücksinkend, erschöpft die Augen schloß und von der Ansprache des Predigers so gut wie nichts vernahm, ward ihm erst bewußt, als diese Stimme, die er wie aus weiter Ferne gehört hatte, ohne aufzunehmen, was sie sagte, abschließend klar und stark nochmals das Textwort wie eine Verheißung erschallen ließ: »Getreu ist, der euch ruft – welcher wird es auch tun!«

Er war wie erwachend aufgefahren und hatte sich taumelnd mit der Gemeinde zur Schlußliturgie erhoben. In ihm hallte es nach: »... Welcher wird es auch tun...!« Das war für ihn gesprochen, wußte er. Als Maria nach dem Schlußlied zu ihm aufsah und leise sagte, sie hätte vorgehabt, zum Abendmahl zu gehen, aber sie würde ihn nun natürlich nach Hause begleiten, schüttelte er den Kopf. »Ich bleibe«, sagte er. »Aber nicht meinetwegen«, flüsterte sie besorgt. »Nein«, sagte er lächelnd, »nein, du kannst ganz ruhig sein.«

Als Vater und Tochter sich auf den Heimweg machten – sie hatten so lange gewartet, bis die meisten Menschen die Kirche verlassen hatten, da Alves seinen Schwindelanfall immer noch nicht ganz überwunden glaubte und sich scheute, in ein Gedränge zu kommen – sahen sie, daß es inzwischen zu schneien begonnen hatte und immer noch sanft und großflokkig weiterschneite; wie Bienenschwärme wirbelte es um die Laternen. Alves sog die reine Luft begierig ein. »Das tut wohl«, sagte er, »mir ist schon ganz anders. Und das Ganze war richtig, war gut, mein liebes Kind, und ich habe es dir zu verdanken, denn wenn du mir nicht über den Weg gekommen wärest, ich hätte mich schwerlich entschlossen ... Dann wäre ich um diesen Abschluß gekommen.«

»Abschluß, Papa?« fragte Maria mit kleiner Stimme. Ihr war bange ums Herz. Wußte er wohl, wie langsam und mühsam er vorwärts kam, und daß nicht er ihr den Arm geboten hatte, wie er es sonst gerne tat, sondern daß er gleich beim Betreten der Straße ihren Arm genommen hatte und sich führen ließ. Aber er war doch heiter und sein Geist unbeschwert.

»Abschluß des Jahres – des Jahrhunderts, versteht sich! Nun, unsre Mütter werden wohl indessen in ihrem Dom gewesen sein, und wir werden jetzt alle schön schlafen gehen und morgen neugeboren in einer anderen Zeit aufwachen. Da unsre Herren Söhne und Brüder nicht anwesend sind, sind wir ja dessen enthoben, die Mitternacht und den Anbruch – den Ausbruch – dieser neuen Zeit heranzuwachen. Eines mußt du mir versprechen, mein Herz – eine Bitte mir zu erfüllen – willst du?« – »Aber ja, Papa – alles!«

»Sieh – du trägst nun über ein Jahr diesen schwarzen Schleier ... Nimm ihn nicht mit hinüber ins neue Jahr! Du bist noch so jung – wer weiß, wie lange ich mich noch an dir freuen kann ...«

»Wenn du doch nicht so reden wolltest, mein junger alter Papa! Ich habe es mir doch schon selbst vorgenommen – ich weiß, daß Achim auf so etwas gar nichts gab, und der Hannes – er hat wohl auch ein Anrecht darauf, daß es um ihn her nicht so traurig bleibt.«

»Du bist mein vernünftiges Mädchen!« Sie waren vor ihrer Haustür angelangt. Alves nahm die kühle kleine Hand Marias in seine und führte sie an seine Lippen. »Sag der Mutter nicht, daß ich mich unwohl gefühlt habe – ich bin wieder ganz in Ordnung.« –

Acht Tage später, als Maria den schwarzen Schleier weinend wieder hervorholte, stand doch dieser Abend tröstlich vor ihrer Seele.

Nach einer Woche euphorischen Wohlbefindens, in der er Arbeits- und Reisepläne machte und selbst Elisabeth zum erstenmal seit langer Zeit zu neuer Zuversicht fortriß, kam die dunkle Nacht, in der sein geduldiges Herz einem jähen Krampfanfall so wenig Widerstand entgegensetzte, als sei Richard Alves im Grunde bereit gewesen, einem Ruf zu folgen, auf den er im geheimen gewartet hatte. –

IV

DAS HAUS »HINTERM DOM«

Maria empfand die zielbewußte Geschäftigkeit, die ihre Mutter so bald nach dem Tode des Vaters, gleich nachdem die Brüder abgereist waren, an den Tag legte, nicht als eine Lösung der beängstigenden Erstarrung, in die der jähe Abschied Elisabeth zunächst versetzt hatte. Vielmehr hatte diese Aktivität einen unheimlichen Zug wie die eines automatisch handelnden Wesens, eines Golems; sie war ohne seelische Beteiligung, aber in jedem einzelnen Vollzug von so abgemessener Treffsicherheit, als würden Vorschriften, die sie irgendwoher empfing, durch sie als ein vermittelndes Werkzeug exakt verwirklicht.

Daß ein Teil des Hauses vermietet werden müsse, war freilich von vornherein klar gewesen, und auch die letztwilligen Bestimmungen des Verstorbenen zogen diese Notwendigkeit in Erwägung, ohne jedoch verbindliche Anweisungen in dieser Richtung zu geben; sie wurden damit begründet, daß es für die drei Frauen eine übermäßige Belastung und zugleich ein Luxus sein würde, das Haus in seinem bisherigen Stand zu erhalten. Elisabeth legte nun den Söhnen am Abend vor ihrer Abreise dar, daß sie den ersten Stock zu räumen und sich selbst mit Maria und der Großmutter im Erdgeschoß einzurichten gedenke. Der erste Stock würde vermietet und die Dachstuben zwischen Besitzern und Mietern aufgeteilt werden. Von dieser Veränderung würde allein die Großmutter so gut wie gar nicht betroffen werden, denn sie würde auch weiterhin die sogenannte Gartenstube innebehalten, die sich nach hinten zu an die bisher von Alves bewohnten Räume anschloß. In diese Räume sollte nun Maria mit dem Jungen einziehen, was voraussetzte, daß die große Bibliothek aufgelöst und die Möbel aufgeteilt würden. Noch einschneidender war, was Elisabeth hinsichtlich des Saales vorhatte, und die Kinder hatten nur zögernd und bekümmert ihre Zustimmung zu dem Plan gegeben, daß dieser für sie durch den Zauber frühester Erinnerungen verklärte große Raum, der allerdings dadurch, daß er fünf, teils nach Osten, teils nach Norden hinausgehende Fenster hatte, sehr schwer zu heizen war, nun in zwei Stuben geteilt werden sollte, von denen Elisabeth eine als Schlaf-, die andere als Wohnzimmer für sich einrichten wollte. Schließlich hatten sie sich der Einsicht nicht zu entziehen vermocht, daß die von der Mutter vorgeschlagenen Lösungen in der Tat die einzig möglichen waren.

»Ob es in Vaters Sinne ist, wage ich nicht zu entscheiden«, sagte Franz, als die Geschwister sich nach diesem Familienrat in alter Gewohnheit vor dem Schlafengehen noch einmal in seiner Giebelstube zusammengefunden hatten. »Ich möchte aber annehmen, daß er es genau wußte, daß keiner von uns dasselbe Verhältnis wie er zur Tradition dieses guten alten Hauses hatte und daß der Zustand, wie er ihn vor allem unten im Erdgeschoß nach dem Tode seines Vaters hergestellt und aufrechterhalten hat, kein Bestehen haben würde, wenn er – wenn er sich einmal daraus zurückziehen müßte. Er wußte das, und er dachte nicht daran, es durch irgendwelche für uns verbindliche Bestimmungen zu verhindern oder aufzuhalten. Historisch denken heißt, auch nach vorwärts eben historische Maßstäbe anlegen – heißt, mit dem Wandel der Zeiten rechnen.«

Maria sagte leise: »Ich bin am traurigsten darüber, daß nun der Junge niemals wissen wird, wie es hier eigentlich aussah. Aber ich könnte wohl ebensogut sagen, darüber, daß er ebensowenig an seinen Großvater wie an seinen Vater eine greifbare Erinnerung haben wird...«

Franz legte seine Hand auf ihre. »Er trägt das in sich als einen Keim, den du wecken und pflegen mußt«, sagte er, »das, was ich meine, hängt nicht von der Erhaltung des Sichtbaren ab – du weißt es. Und was das Haus betrifft – das Haus selbst, der Garten – sie bleiben ja Gott sei Dank unzerstört.«

»Es handelt sich schließlich lediglich um praktische Erwägungen!« Dietrich, der sich bei der Ordnung der äußeren

Anforderungen dieser traurigen Woche als zuverlässiger Sachwalter der Mutter erwiesen hatte, sprach mit kaum unterdrückter Ungeduld. »Früher oder später hätte das alles zur Sprache kommen müssen, denn um sich ein unausgenütztes Haus leisten zu können, wären doch andere Einkünfte nötig, als sie zur Verfügung stehen. Ihr könnt mir glauben, daß mir dies alles ebenso nahegeht wie euch, das darf aber die Einsicht nicht beeinflussen, daß wir ja weiterleben, und daß es selbstverständlich in Vaters Sinn ist, wenn für Mutter, und das heißt ja zugleich für Großmutter und Maria und das Kind, alles so geordnet und geebnet wird, daß dieser Haushalt reibungslos weiterlaufen kann. Sentimentale Gesichtspunkte dürfen hier nicht ins Gewicht fallen.«

»Wie du hier von Sentimentalität sprechen kannst...«

»Ach, du mußt nicht jedes Wort auf die Goldwaage legen, Schwesterchen! Gut, sagen wir also, daß sich Notwendigkeiten des täglichen Lebens nicht gefühlsmäßig behandeln lassen, sondern daß sie ihrem Wesen nach sachlich betrachtet werden müssen. Von allem anderen abgesehen, halte ich es für ausgezeichnet, daß Mutter jetzt monatelang sehr stark durch äußere Pflichten in Anspruch genommen sein wird und sich ihrer Trauer nicht unbegrenzt hingeben kann. Es scheint mir ein gutes Zeichen zu sein, daß sie selbst darauf verfallen ist, sich diese Aufgabe zu stellen.«

Mochte daran etwas Wahres sein, so waren doch beide Brüder dem enthoben, sich von der bedingten Richtigkeit dieser Auffassung zu überzeugen. Dietrich kehrte nach Berlin zurück, wo seine Frau vor ihrer zweiten Entbindung stand – Franz in die kleine Wohnung in Leipzig, die er nach Lennackers Erkrankung übernommen hatte und bald aufgeben würde, da er einen Ruf als außerordentlicher Professor nach Königsberg angenommen hatte. Er würde im März während der Semesterferien für eine Weile nach Gerdesheim kommen, um den schriftlichen Nachlaß des Vaters zu ordnen und die wissenschaftliche Bibliothek aufzulösen, die verkauft werden sollte, soweit er sie nicht selbst übernehmen konnte; auch den

Transport der Möbel, die er und Dietrich aus dem Elternhause bekommen sollten, würde er in die Wege leiten, nachdem er zuvor dafür gesorgt haben würde, daß Maria nun ihre Sachen aus Leipzig nach Gerdesheim bekäme, auch die Bücher, an denen Lennacker so gehangen hatte und die Maria für den Jungen bewahren wollte. Maria sah die beiden mit sinkendem Herzen entschwinden; an Franz, der ihr immer am nächsten gestanden hatte, der Lennackers Freund gewesen war und ihm, wie sie wußte, unverbrüchliche Treue hielt, und in dem sie endlich das Erbe des Vaters am lebendigsten fühlte, hätte sie sich gern angeklammert und ihn beschworen, noch zu bleiben. Die Kraft, die ihr aus dem Leid der letzten Jahre zugewachsen war, ließ es zu einem solchen Ausbruch nicht kommen, aber sie empfand eine fürchterliche Verlassenheit. Die Haltung der Mutter, deren Trauer weder Ausdruck fand noch Teilnahme suchte, beängstigte sie und warf sie ganz auf sich selber zurück, denn auch die Zuflucht, die sie noch nach Lennackers Tode bei der Großmutter gefunden hatte, versagte sich jetzt zum erstenmal völlig. Es war, als hätte der jähe Aufbruch des Schwiegersohnes dem Fassungsvermögen der Siebenundachtzigjährigen eine Zumutung gestellt, der es nicht mehr gewachsen war.

Die Abwehr der alten Frau, die Mitteilung, die Maria ihr machen mußte, da Elisabeth sich am Morgen nach der Abschiedsnacht dazu nicht imstande fühlte, ihrem ganzen Gewicht nach aufzunehmen, drückte sich darin aus, daß sie sich wiederholen ließ, was geschehen sei, um dann, als Maria die Tränen nicht länger zurückhalten konnte, ratlos durch das Fenster, neben dem sie in ihrem Lehnstuhl saß, gegen den grauen Winterhimmel zu blicken und die Lippen leise zu bewegen wie im Selbstgespräch oder lautlosen Gebet, ohne jedoch weiter Notiz von der Enkelin zu nehmen, die schließlich, als die Greisin ihr auch auf eine erneute Anrede keine Antwort gab, aus dem Zimmer floh, als hätte sie den schaurigen Anhauch eines Unsichtbaren verspürt. Die spätere Begegnung mit Elisabeth verlief ganz ähnlich; Elisabeth fand ihre Mutter mit ihrer Handarbeit am Fenster sitzend vor, sie machte eine mühsame Bewegung, sich erheben zu wollen, aber Elisabeth kam ihr zuvor, indem sie neben ihr niedersank und der Mutter den Kopf in den Schoß legte, vielleicht in der Hoffnung, nun endlich zu einem lösenden Ausbruch des Schmerzes gelangen zu können; aber da fühlte sie diese leichte und kühle greise Hand auf ihrem Haupt und vernahm das Flüstern: »Nicht doch – nicht weinen! Es hilft nichts – müssen uns daran gewöhnen...« und was aus ihr vorbrechen wollte, staute sich zurück. Sie versteinerte, wußte: Ich kann's ihr nicht zumuten..., wußte: So war es ja immer... Zugleich krampfte eine entsetzliche Angst ihr das Herz zusammen, ob es am Ende doch nicht wie immer wäre – ob nicht die Mutter durch den Stoß dieses jähen Geschehens so schwer getroffen sein könnte, daß ihr Fassungsvermögen, ihre Fähigkeit, die Situation zu begreifen, gelitten hätte. Sie hob die Augen zu dem alten Gesicht, das mit einem unerforschlich entrückten Ausdruck wie aus einer anderen Welt auf sie niederblickte, und wußte plötzlich, daß hier wohl ein Begreifen war, aber in einer Sphäre, die ihr nicht zugänglich war, so wenig der Mutter der Kreis, in dem sie selbst diesen Schlag erlitt, noch offenstand. Sie senkte den Kopf wieder, verharrte noch eine Weile kniend, verwirrt sich fragend, was sie eigentlich erwartet habe.

Dann drückte sie die heißen trockenen Lippen auf die Hände der Mutter wie auf ein Reliquiar, flüsterte: »Ach, wenn du nur da bist!« und erhob sich, um leise hinauszugehen, nachdem sie noch den herabgesunkenen Schal behutsam um die schmalen Schultern Charlottens gelegt hatte.

In der Folge hatten sie der alten Frau die Mahlzeiten auf das Zimmer gebracht und es ihr stillschweigend überlassen, ob sie das Bedürfnis äußern würde, Abschied von dem Toten zu nehmen und der Aussegnungsfeier beizuwohnen, die Bernhard Rolffs im Hause hielt, ebenso wie er die Rede auf dem Friedhof übernommen hatte. Charlotte Dornblüh nahm diese Rücksichten entgegen, als bemerke sie sie nicht, als sei alles so, wie es nicht anders sein könne. Sie webte in raunenden Selbstgesprächen vor sich hin, auch wenn Elisabeth oder die Enkel zu ihr kamen, und nur zuweilen verriet ein aufleuchtender Blick oder eine rührend zärtliche Geste, daß sie sich der eigenen Anwesenheit unter ihnen noch bewußt war. Dann, als Dietrich und Franz schon abgereist waren, wurde eines Tages das Strickwerk fertig, das sie in Arbeit gehabt hatte; es war wie gewöhnlich in der letzten Zeit ein Kleidungsstück für den Urenkel, und sie hatte nun nach dem »Hannesle« verlangt, um es ihm anzuprobieren. Das Kind hatte seinerseits nicht begreifen können, warum man es so lange von dem Zimmer der »Ura«, zu dem es sonst immer Zutritt fand, ausgeschlossen hatte, es war während der ihm unfaßbaren Vorgänge im Hause und in Rückwirkung auf die Stimmung der großen Leute in Weinerlichkeit und allerlei Unarten verfallen und hatte schließlich zu fiebern begonnen, wodurch nun Maria sich vorübergehend wieder auf festen Boden gestellt und einem nächsten Lebenszweck gegenüber gefunden hatte. Die kleine Unstimmigkeit im Befinden des Jungen war bald wieder behoben gewesen, ja, es schien fast, als habe der kindliche Organismus sie in unbewußter Willkürlichkeit hervorgebracht, um sich die nährende, tragende Aufmerksamkeit der Mutter wieder zu erzwingen. Nun durfte Hannes zum erstenmal wieder, vor Ungeduld zappelnd und stolpernd, die Treppe zum Erdgeschoß hinuntersteigen und stürmte, sich von Marias Hand losreißend, kaum daß er die letzte Stufe hinter sich hatte, auf die Türe zu, hinter der er die Ura wußte, mit der ihn von seinem frühesten Bewußtwerden an mehr eine Art von Spielkameradschaft als ein Autoritätsverhältnis verband. Charlotte Dornblüh, klein und gebückt, stand mitten im Zimmer und breitete ihm die Arme entgegen, als Maria endlich die Klinke, die noch zu hoch für ihn war, niedergedrückt hatte und er mit einem schrillen kleinen Jauchzer gegen die Ura anprallte, so daß sie fast ins Wanken geriet. Aber nun lächelte auch sie seit vielen Tagen zum erstenmal wieder. »Ja, Hannesle, Hannesle«, sagte sie, »wo ist er denn so lange gewesen?! No, jetzt wissen wir's wieder – wir beide sind immer noch da ...«

Maria war einen Augenblick auf der Schwelle stehengeblieben und hatte die Tür dann lautlos geschlossen. Der Ura gegenüber konnte sie keine mütterliche Eifersucht empfinden, obgleich der Junge von Anfang an mit einer Entschiedenheit an der alten Frau gehangen hatte, die sich gelegentlich bis zur Gehorsamsverweigerung ihr gegenüber steigerte, zum Beispiel, wenn sie ihn abends zum Schlafgehen holen wollte und er sich dann schreiend und strampelnd in leidenschaftlicher Abwehr zu Boden warf. Dieses Verhalten unterschied sich sehr deutlich von seiner Bereitschaft, ihr zu folgen, wenn er eine Weile in Elisabeths Obhut gewesen war, der er zwar auch sehr zugetan war, die aber eine Art hatte, ihn in Respekt zu setzen, der er nur mit einer gewissen Anstrengung gerecht zu werden vermochte. In der Umgebung der Großmutter gab es mehr Tabus, als er imstande war, im Gedächtnis zu behalten, und so kamen immer wieder Grenzüberschreitungen vor, auch wenn er bemüht war, sie zu vermeiden – den Papierkorb *nicht* umzustürzen, um seinen Inhalt zu untersuchen, nicht auf bestimmte Stühle zu klettern, deren ehrwürdiges Alter von der Gefahr des Zusammenbrechens bedroht war, keine Gegenstände vom Nähtisch zu verschleppen und vor allem das Stopfei, wenn es ihm denn einmal zum Spielen anvertraut wurde, nicht unter einen Schrank rollen zu lassen und gleich zu vergessen, welcher Schrank es gewesen war. Bei der Ura fielen dergleichen Delikte niemals schwer ins Gewicht, sie sagte höchstens: »Hannesle, jetzt kriecht er aber schnurstracks persönlich unter das Bett und kommt mir nicht ohne das Stopfei wieder zum Vorschein!« – und das war dann ein Abenteuer, und wenn er nach längerem Aufenthalt unter dem Bett schließlich kleinlaut meldete, daß er das Stopfei nicht gefunden habe, wohl aber einen kleinen roten Bleistift, dann sagte die Ura: »Das ist gescheit, den hab' ich schon lange gesucht. Und was ist jetzt mit dem Stopfei? Aber geh her – dort liegt's ja unter dem Tisch!«

So war der Umgang mit der Ura weitaus zwangloser als mit der Großmutter, die zwar auch nicht schalt, aber doch alles sehr ernst nahm, und die ein Kopfschütteln hatte, das ihn mit Sorge erfüllte, obgleich er immer mit einiger Spannung darauf wartete, ob es kommen würde. Auch brauchte er bei der Ura niemals etwas auswendig zu lernen, was die Großmutter Elisabeth eingeführt hatte, sobald er einigermaßen zusammenhängend sprechen konnte. Er paßte sich dem an, aber das meiste, was er an Liedern und Verschen beherrschte, stammte nicht aus den Stunden, in denen er bei der Großmutter gesessen und andächtig nachgeplappert hatte, was sie ihm vorsprach. Das waren dann die Paradestücke, die er zum besten geben mußte, wenn die Großmutter Besuch hatte. Was er aber tagsüber beim Spielen vor sich hin redete oder mit seiner krähenden kleinen Stimme sang, wenn er die Gartenwege auf und ab lief und seiner Fröhlichkeit Luft machen mußte, das war ihm aus dem unerschöpflichen Vorrat an Sprüchlein, Redensarten und Liedern zugeflossen, über den die Ura verfügte und von dem sie ganz aus eigenstem Bedürfnis und nicht in pädagogischer Absicht Gebrauch zu machen pflegte.

Elisabeth hatte sich während der ersten Zeit von Lennackers Krankheit, in dem halben Jahr, das Maria größtenteils mit ihm in Nauheim verbrachte, sehr stark an das ihr damals anvertraute Kind gewöhnt, und obgleich Maria gleich nach ihrer Heimkehr ihre Rechte geltend gemacht und Elisabeth sich auch bemüht hatte, dem einsichtig Rechnung zu tragen, so hatte sich dann doch während des langen Jahres, in dem Lennacker hinsiechte und der steten Bereitschaft und Fürsorge seiner Frau bedurfte, immer wieder die Notwendigkeit ergeben, daß die Großmutter die Verantwortung für den Jungen übernahm, eine Verantwortung, die ihr so in Fleisch und Blut übergegangen war, daß sie sich auch jetzt noch immer wieder mit großer Unbefangenheit in die Pflege und Erziehung des Enkels mischte, so daß eine beständige innere Auflehnung Marias gegenüber dieser wohlgemeinten Entfaltung von Machtvollkommenheit seitens ihrer Mutter nicht ausbleiben konnte. Nun erwies sich aber der Junge bald als ihr Bundesgenosse, indem er zwar der Großmutter gegenüber immer ein möglichst einwandfreies Benehmen einzuhalten bemüht war und ihr, solange er mit ihr allein war, aufs Wort gehorchte, es sich aber stillschweigend und in beinah diplomatischer Weise vorbehielt, in seiner Mutter die letzte Instanz zu sehen, was besonders darin zum Ausdruck kam, daß er ihr gewisse Anordnungen Elisabeths erst zur Entscheidung vorlegte, ehe er sie unbedingt anerkannte. Solche Berufungen seinerseits erfolgten immer unter vier Augen in der Form: »Die Großmutter sagt, ich soll... Muß ich das?« und er behielt das bei, obgleich Marias Antwort, wenn nicht dem Wortlaut, so doch dem Inhalt nach immer die gleiche blieb, nämlich, daß sie beide immer alles so machen wollten, wie es die Großmutter wünschte – damit sie nicht traurig würde.

Dies zu beweisen, soweit sie selber in Frage stand, hatte Maria in den Monaten nach dem Tode des Vaters genug Gelegenheit, und es wurde ihr nicht leicht, sich allem, was die Mutter durchzuführen für nötig befand, unterzuordnen. An der Zerstörung der geliebten Umwelt mitarbeiten zu müssen, erschien ihr wie eine ihr aufgezwungene Selbstvernichtung, zu der sie jeden Morgen trostlos aufs neue erwachte; allmählich trat dann eine Abtötung jeden Gefühls, eine vollkommene Passivität bei ihr ein, und erst als es endlich so weit war, daß die Handwerker die baulichen Umgestaltungen im Erdgeschoß zum Abschluß gebracht hatten und die Einrichtung der veränderten Räume beginnen konnte, begann auch ihr Lebensgefühl sich wenigstens darin zu regen, daß sie der Veränderung auch eine bedingte Berechtigung zugestand. Die tödlichen Schläge, die die letzten Jahre der Mutter und ihr zugefügt hatten, hatten in ihrer lähmenden Auswirkung vielleicht nur durch diese entschlossene und durchgreifende Umgestaltung wenigstens bis zu einem gewissen Grade aufgehoben werden können, da nun die Vergangenheit jedenfalls äußerlich nicht mehr ständig mit gebrochenem Blick von allen Wänden auf sie niedersah. Nachdem Maria mit dem Jungen bisher ihr nicht eben geräumiges Mädchenzimmer im ersten Stock bewohnt hatte, kam jetzt, als sie an die Einrichtung des großen Raumes im Erdgeschoß ging, doch ein unvermutetes Interesse an dieser Arbeit über sie, und schließlich befriedigte sie das, was zustande gekommen war, in seiner Anpassung an die verschiedenen Notwendigkeiten des zukünftigen Lebens wie eine gelungene eigene Schöpfung, und ihr Selbstgefühl, das, kaum erwacht, durch die erneute Abhängigkeit vom Elternhause in entmutigte Unterordnung zurückgesunken war, gewann etwas Rückhalt. Sie hatte es zunächst fast mit Unbehagen empfunden, daß die Mutter ihr einige der schönen alten Möbel des ehemaligen Saales und auch das Klavier zur Vervollständigung ihrer Einrichtung zuwies, während sie ihre eigenen beiden Stuben mit einer Enthaltsamkeit ausstattete, die beinah klösterlich anmutete; auch die damit verbundene Bedingung, daß hinfort die gemeinsame Mittagsmahlzeit in ihrem Zimmer eingenommen und Besuche hier empfangen werden sollten, dämpfte ihre Stimmung vorübergehend. Doch fügte sie sich widerspruchslos – was kam schon darauf an, wo mittags der Tisch gedeckt wurde, und Besuche? Die Eltern hatten sich in den letzten Jahren immer mehr aus dem geselligen Verkehr ihres Kreises zurückgezogen; persönliche Freunde hatte die Mutter kaum; der Pater, der ja regelmäßig kam, ebenso wie gelegentlich der eine oder andere der geistlichen Herren aus dem Seminar, galt nicht in diesem Sinn als »Besuch«. Elisabeth empfing ihn im Zimmer ihrer Mutter oder bei sich, denn augenscheinlich befürchtete sie von dieser Seite nicht die Störung einer Atmosphäre, die sie rein von weltlichen Einflüssen zu erhalten wünschte. Eins trat nun deutlich hervor, daß nämlich Elisabeth zugleich mit der Neuordnung des Hauses eine Teilung der jedem der drei Frauen zustehenden Bereiche und auch eine Arbeitsteilung für sich und Maria durchzuführen beabsichtigte. Hatte man bisher zur Instandhaltung des Hauses zweier festangestellter Hilfskräfte bedurft, so würde man sich in Zukunft mit einer Aufwartefrau begnügen; Elisabeth und Maria würden die Küche wochenweise abwechselnd versehen. Frühstück und Abendbrot würde sie für ihre Person allein einnehmen, und nur die Ura und der Hannes würden diese

Mahlzeiten gemeinsam aufgetischt bekommen, Maria möge es damit halten, wie sie wolle. Das waren so einige der Richtlinien, die Elisabeth aufstellte; sie behielt sich nur den Garten weiter als ihr unteilbares Dominium vor. Maria fühlte mit einiger Rührung, daß auch die Mutter, wennschon auf einer anderen Ebene als sie selbst, die ihr auferlegte Selbstbestimmung in der richtigen Weise anzuwenden suchte. Sie dachte nicht daran, einen Ersatz für die abgeschlossene Aufgabe ihrer Ehe darin zu suchen, daß sie nun die Aufrechterhaltung des äußeren Rahmens dieser Ehe zum Lebensinhalt erhob. Und nun erst, da sie ihre äußeren Lebensbedingungen asketisch vereinfacht und die Verantwortung mit auf die Tochter verteilt hatte, glich sie dies Leben, ohne viel Wesens davon zu machen, in Zeiteinteilung, geistlicher Übung und Dienst an der Gemeinde völlig den Geboten der Kirche an, tat es in einer eigenen schwermütigen Würde, deren Kehrseite, wie die Tochter wohl ahnte, Demut, Buße und unermüdliche Fürbitte war. Vermochte Maria ihr auf diesem Wege nicht zu folgen, so empfing sie doch aus dem Zusammenleben einen unwiderstehlichen Anreiz, den eigenen Weg zu dem *einen* Ziel – den Weg, den sie an Achims Seite so klar erkannt hatte und der ihr dann in ihrer Vereinsamung unter den Füßen weggeglitten zu sein schien – wieder zu suchen oder doch sich seiner bewußt zu werden und sich zu bemühen, ihn im Sinne des Vorausgegangenen einzuhalten. Gelang das noch nicht ganz, so lag es wohl daran, daß sie ihn einstweilen nicht allein um des Zieles willen, sondern eben, um der Gemeinschaft mit dem unsichtbaren Gefährten stärker teilhaftig zu werden, einzuhalten geneigt war. Die Besuche des Pfarrers Gerbert von St. Andreas, der sich ihrer als eines Pfarrkindes in der Diaspora einer nun ganz dem anderen Bekenntnis zugehörigen Hausgemeinschaft besonders annehmen zu müssen glaubte, erduldete sie eher mit Höflichkeit, als daß sie sich ihrer bedürftig gefühlt hätte, und sie war immer erleichtert, wenn die Ura ihnen beiwohnte, was Charlotte Dornblüh sich geradezu angelegen sein ließ, einmal der Abwechslung wegen, dann aber auch, weil sie es auf ihre Art ebenso wie ihre Tochter Elisabeth schätzte, sich mit geistlichen Herren zu unterhalten. Dabei war es ihr allerdings weniger darum zu tun, seelsorgerische Beratung und Betreuung zu erfahren, als in harmloser Hinterhältigkeit Gegenstände zur Sprache zu bringen, über die auch innerhalb der Konfessionen keine unbedingte theologische Einhelligkeit bestand, kurz, sogenannte Adiophora, jene zwischen Gut und Böse gelagerten Mitteldinge, die nur von Fall zu Fall entschieden werden und nur vom Gebot der Liebe her ihre Einordnung erfahren können. Sie war nun schon ein wenig anspruchslos hinsichtlich der Fragen, die sie vorbrachte – zum Beispiel: ob eine Mutter für ihr hungerndes Kind nicht stehlen dürfe, ja müsse, ob eine liebevolle Lüge Gott nicht wohlgefälliger sei als eine grausame, vielleicht tödliche Wahrheit, – ob ein Arzt einem unheilbar Kranken, wenn er es wünschte, oder aber einfach aus Barmherzigkeit nicht zu einem sanften Hinüberschlafen verhelfen dürfe – aber es gelang ihr doch häufig, die so Befragten entweder in tiefsinniges Schweigen zu versetzen oder zu ausweichenden und ablenkenden Antworten zu verlocken, worauf Charlotte Dornblüh vor sich hin nickte, als hätte sie's nicht anders erwartet, und sich hinterher, wie Maria beobachtet hatte, oft noch lange in Selbstgesprächen mit den ungelösten Problemen beschäftigte.

Ganz unparteiisch wurde auch Pater Herdegen von ihr derartigen Verlegenheiten ausgesetzt. Die geistlichen Herren ihrerseits und voneinander unabhängig, da sie es damals noch zu vermeiden wußten, sich auf diesem neutralen Boden zu begegnen, äußerten sich mit Zurückhaltung und Rührung über die alte Seele, der sie beide, jeder in seiner Ausdrucksweise, etwas wie eine kindlich fromme, ja, fast urchristlich zu nennende Auffassung der Dinge dieser Welt zubilligen zu müssen meinten, was Elisabeth mit einem Seufzer quittierte, Maria aber nachdenklich aufnahm. Sie erinnerte sich an etwas, das Lennacker einmal gesagt hatte; er hatte die Ura »ein Phänomen evangelischen Christentums katholischer Prägung« genannt. –

Im Lauf des Sommers war dann nur noch die letzte und nicht geringste Frage der neuen Ordnung zu regeln, nämlich die richtigen Mieter für den ersten Stock zu finden; wenn Elisabeth und Maria sich über etwas einig waren, dann darüber, daß hierbei nichts überstürzt werden dürfe.

Die evangelische St.-Andreas-Gemeinde hatte zum Herbst die Neubesetzung der Stellung eines Organisten und Chorleiters ausgeschrieben, der zugleich den Musikunterricht am städtischen Gymnasium zu übernehmen haben würde. Unter den zahlreichen Bewerbern war die Wahl auf einen Gottfried Jansen gefallen, von dem niemand jemals etwas gehört hatte, von dessen Orgelspiel aber der kleine Kreis der Sachverständigen der Stadt ebenso angetan war, wie es die Stadtväter und der Direktor des Gymnasiums von den Zeugnissen über seine pädagogische Befähigung gewesen waren, die er vorgelegt hatte. Gewisse Gerüchte, die dann nach erfolgter Wahl nach Gerdesheim durchdrangen – Gerüchte über den Grund, weshalb er seine bisherige Stellung in einer westdeutschen Mittelstadt aufgegeben habe – eine junge Frau, der er Musikunterricht erteilt habe, habe seinetwegen einen glücklicherweise mißglückten Selbstmordversuch unternommen, hieß es – konnten nur dazu beitragen, die Spannung, mit der Gerdesheim ihm entgegensah, zu steigern; die Erwartungen wurden dann freilich enttäuscht, als der Mitte der Dreißiger stehende Mann mit dem vollen fahlblonden Haar, großgeschnittenen Gesichtszügen und graublauen Augen, die immer einen lauschenden Ausdruck zeigten, auch dann, wenn es sich erwies, daß er dem, der ihn ansprach, gar nicht zugehört hatte – als also Gottfried Jansen den Gerdesheimern näher bekannt wurde oder als vielmehr die meisten Versuche, ihn näher kennenzulernen, an seiner chronischen Zerstreutheit und menschlichen Zurückhaltung gescheitert waren. Es waren Pfarrer Gerbert von St. Andreas und der Direktor des Gymnasiums, ein alter Freund von Alves, gewesen, die den Wohnungssuchenden zu Elisabeth geschickt hatten, da sie zu den wenigen Vertrauenspersonen gehörten, die um ihre Absicht, die Wohnung zu vermieten, wußten; man hatte es vermieden, die Wohnung öffentlich auszuschreiben, und hatte es Nachbarn und Bekannten gegenüber offengelassen, ob nicht Verwandte einziehen würden. Nun war der Eindruck, den Elisabeth von Jansens Persönlichkeit empfing, ebenso wie die Angaben, die er über seine Familienverhältnisse machte, so günstig, daß sie sich gleich bei der ersten Unterredung entschloß, ihm die Wohnung zu überlassen.

Er sei unverheiratet und lebe mit seinen beiden Schwestern in gemeinsamem Haushalt, erklärte Elisabeth, nachdem sie ihrer Mutter und Maria, die mit dem Jungen zu einem Spaziergang unterwegs gewesen waren, die überraschende Mitteilung gemacht hatte, daß die Wohnung vermietet sei. Nein, mit seiner Musik würde er niemand stören, fuhr sie fort, als Maria bei der Erwähnung der Tatsache, daß er wahrscheinlich auch im Hause Musikunterricht erteilen werde, einen bedenklichen Einwand nicht hatte unterdrücken können. Er habe bei der Besichtigung der Wohnung gleich entschieden, daß er das große Zimmer über der Küche zum Arbeitsraum nehmen würde, und überhaupt – das Haus sei ja gut gebaut, und ihr würde es weniger ausmachen, hin und wieder ein wenig gedämpfte Musik zu vernehmen, als wenn dort oben zum Beispiel eine Familie mit unruhigen Kindern hauste. Dieser Mann sei die Ruhe selbst, weil er selbst Ruhe brauche, das habe sie gleich gefühlt.

»Ja – aber die Schwestern...«, wandte Maria ein. Oh, die würde er sich wohl »gezogen« haben, meinte Elisabeth optimistisch. Die Großmutter ihrerseits ließ unbedingte Zustimmung erkennen; es käme ja immer darauf an, wer die Musik mache und welche Art von Musik, und da könne man hier wohl sicher sein. Es habe sie längst bekümmert, daß in den letzten Jahren alle Musik im Hause verstummt sei – nun würde man sie aus erster Hand haben, und dann könne auch der Hannesle bald bei dem regens chori in die Lehre gehen. »Nun, was das betrifft«, meinte Elisabeth, »so glaube ich nicht, daß der Herr Jansen sich mit Abc-Schützen abgibt. Aber daß die

Maria gar keine Taste mehr anrührt, das muß sich jetzt wieder ändern, eben weil ein Kind nicht ganz ohne Musik aufwachsen darf.« Der Herr Jansen – sie habe ihn ja in Marias Zimmer geführt – habe gleich den Flügel bemerkt und seine Herkunft auf den ersten Blick hin richtig taxiert. Ehe sie ihn dann hinaufgeführt habe, hätte er gebeten, das Instrument probieren zu dürfen, habe ein paar Akkorde angeschlagen und dann ein Bachsches Präludium begonnen, allerdings nur, um gleich wieder abzubrechen und zu erklären, hier wäre aber der Stimmer dringend vonnöten – so ginge das nicht! Jedoch sei der Klang für so ein altes Instrument erstaunlich gut, es müsse aus der frühesten Produktion der bekannten Firma stammen, als es noch keine Massenproduktion gegeben hätte.

Maria, die bis zuletzt heimlich gehofft hatte, es möchte entgegen den anders gerichteten Wünschen der Mutter doch eine Familie mit kleinen Kindern, in denen der Hannes Spielkameraden finden könnte, werden, die oben einzöge, fand sich dann doch mit der unabänderlichen Lösung ab. Es dauerte auch nicht mehr lange, daß sie den Stimmer bestellte und, freilich einstweilen nur, wenn die Mutter ausgegangen war, wieder zu üben begann. Ende September trafen die Damen Jansen ein, um die Wohnung einzurichten, während sie ihren Bruder, wie Fräulein Adele, die ältere, mit einem Unterton von Machtvollkommenheit erklärte, für die Dauer der Ferien zur Erholung weggeschickt hätten, weil er ja doch nur im Wege sein würde. Fräulein Malwine bestätigte das mit ernstem Kopfnicken, räumte aber ein, daß man mit der endgültigen Einrichtung seines Arbeitszimmers und der Aufstellung seiner Bücher warten würde, bis er seine Wünsche geäußert habe. »Denn«, ergänzte Fräulein Adele, »sonst können wir es wieder erleben, daß er mit nichts zufrieden ist und keinen Stein auf dem anderen läßt, nachdem wir uns alle Mühe gegeben haben, es ihm recht gemütlich zu machen – und praktisch zugleich, verstehen Sie – praktisch! Dafür hat er aber gar keinen Sinn, so eigen er wiederum in anderen Beziehungen ist. Wie ja die Musiker überhaupt ...«

Zwischen den Schwestern bestand nicht nur ein sehr beträchtlicher Altersunterschied, sondern auch eine auffallende Verschiedenheit des Temperaments und der Lebensauffassung. Während Adele, die die Mitte der Vierzig überschritten hatte, durch ihre Art, sich zu kleiden, und ihre strenge Frisur, vor allem aber durch einen versorgten und grämlichen Gesichtsausdruck noch älter wirkte, hatte Malwine, obgleich auch sie sich bereits in »einem gewissen Alter« befand, sich etwas Jugendliches, Tändelndes bewahrt; sie ließ durchblikken, daß sie bei der Chorarbeit immer die rechte Hand ihres Bruders gewesen sei und daß er an ihre Mitarbeit so gewöhnt sei, daß ihr Leben »wirklich!« ganz ausgefüllt sei. Es stellte sich heraus, daß sie die Zwillingsschwester des Organisten war und daß Adele nach dem frühen Tod beider Eltern die Mutterstelle bei den jüngeren Geschwistern vertreten hatte. Der Vater war Landpastor irgendwo in Holstein gewesen; Adele hatte es fertiggebracht, sich auf Grund ihres Lehrerinnengehaltes und geringer Unterstützung seitens der Kirche mit den beiden Kindern in Hamburg durchzuschlagen, bis Gottfried mit Hilfe von Stipendien sein Musikstudium beendet hatte. Dann habe er bald hinreichend verdient, um seinerseits den kleinen Haushalt zu tragen, und bei dem ersten größeren Ortswechsel habe er Adele bewogen, ihren Beruf aufzugeben und sich nur noch dem Haushalt zu widmen, was dem müden alten Mädchen ganz willkommen gewesen zu sein schien. Beide waren ersichtlich von großem Stolz auf den Bruder erfüllt, was Adele durch kritische Betrachtungen über das unberechenbare Wesen von Künstlern im allgemeinen und Musikern im besonderen zu verbergen bemüht war; bei Malwine trat es ganz offen zutage.

Ein Verkehr mit den Mietern entwickelte sich fürs erste noch nicht. Während der Tage des Einzugs hatten Elisabeth und Maria sich bemüht, durch Rat und Tat nachbarliche Hilfsbereitschaft zu erkennen zu geben, nach Herrn Jansens Ankunft aber zog jede Familie sich auf sich selbst zurück. Die Jansens hatten damit zu tun, sich einzuleben, und die Frauen im Erdgeschoß damit, sich an die Tatsache zu gewöhnen, daß sie nicht mehr allein im Hause waren und daß die Veränderung des äußeren Lebens nun unabänderlich und endgültig geworden war. Elisabeth schien nach der Rastlosigkeit, mit der sie seit dem Tode ihres Mannes daran gearbeitet hatte, ihrem Leben den zellenhaft eingeschränkten Raum zu schaffen, dessen sie bedurfte, um nicht an ihrer Vereinsamung zu verbluten, ihre Fassung zurückgewonnen zu haben, und was die Kinder befürchtet – was Franz und Maria in ihrem Briefwechsel immer wieder erörtert hatten: die Gefahr, daß die seelische Erstarrung der Mutter sich in einem Zusammenbruch lösen möchte, war behoben. Aber, ob sich auch im Lauf der Monate ihre Haltung gelockert hatte, ob sie der Tochter in den Angelegenheiten des gemeinsamen Lebens wieder natürlicher und teilnehmender begegnete und sich auch dem Kinde wieder aufmerksamer zuwandte, so strahlte doch nach wie vor etwas von ihr aus, was eine unbefangene Annäherung unmöglich machte und jedes Bedürfnis nach Aussprache im Keime erstickte. Maria war klug genug, sich zu sagen, daß sich hier weniger eine beabsichtigte Unzulänglichkeit der Mutter bekundete als eben ihre Art, wie sie von jeher gewesen war, und daß jetzt der vermittelnde, überbrückende Einfluß des Vaters fortfiel, der das niemals so schroff in Erscheinung hatte treten lassen, oder der die Kinder für manches, was sie bei der Mutter nicht fanden, entschädigt hatte. Sie suchte den Ausgleich nun bei der Großmutter, bei der »Ura«, wie die alte Frau hieß, seit der Hannes bei seinen ersten stammelnden Sprechversuchen diese Vereinfachung des schwierigen »Urgroßmutter« erfunden hatte; die alte Frau stand Elisabeth viel gleichmütiger und zugleich viel resoluter gegenüber, als Alves und die Kinder das je vermocht hatten.

Charlotte Dornblüh hatte sich, nachdem sie den Schock, den sie durch den plötzlichen Tod des Schwiegersohnes zweifellos erlitten, überwunden hatte, bald körperlich völlig erholt; wenn sie ihm nachtrauerte, so machte sie das im stillen ab. Nach außen hin schien es, als vermißte sie ihn nicht, und das war wohl so, weil sie ihn in den unsichtbaren Kreis der Abgeschiedenen, der sie ständig umgab, aufgenommen hatte. Immer wieder geschah es, daß Marias oder Elisabeths Schritte vor der Tür der Gartenstube stockten, weil die Ura drinnen eine angeregte Unterhaltung führte, so ausdrucksvoll und mit solchen Intervallen, daß man unwillkürlich den vermeintlichen Besucher leise antworten zu hören meinte. Dann hörte man sie plötzlich mit ihrer klaren, hohen, jetzt ein wenig zittrig gewordenen Stimme singen – und das war dann ein Zeichen, daß sie allein oder daß doch jedenfalls kein Gast aus Fleisch und Blut anwesend war. Trat man dann ein, so bewillkommnete sie einen freudig, ließ es sich durchaus nicht anmerken, daß sie soeben noch andere Gesprächspartner gehabt hatte, und war vollkommen bereit für die Gegenwart. Der kleine Hannes war der einzige, dessen Anwesenheit im Zimmer sie nie davon abhielt, in dieser munteren Weise vor sich hin zu reden – es mochte auch sein, daß er eben der einzige war, durch den die ständig bei der Ura Ein- und Ausgehenden, die nur für ihre Augen offenbar waren, sich nicht stören ließen und vor dem sie sich nicht zurückzogen, wenn er zur Tür hereingestürmt kam. Als er verständig genug geworden war, um zu bemerken, daß die Ura etwas erzählte, etwas fragte, etwas auseinandersetzte, was nicht an ihn, der sich doch außer ihr als der einzige im Zimmer befand, gerichtet war, hatte er zuerst wohl immer wieder gefragt: »Mit wem sprichst du, Ura?« – hatte, neben ihrem Stuhl stehend und an ihr Knie gelehnt, zu ihr aufgeblickt und von ihr weg ins Zimmer gespäht, wo doch irgendwer sein mußte, den sie anredete und von dem sie so lautlose Antwort empfing. Sie sagte dann meist: »Ruhig, Bürschle, ich sag's dir dann!« und erklärte ihm, wenn das Gespräch zu Ende war: »Das war grad' die Mutter vom Urgroßvater, weißt, – sie hat mir gesagt, daß er selbst heut nicht kommen kann – es war der Christoph – (der meinige, fügte sie hinzu) – es war der Leonhard, weißt, der, dem der Onkel Dietrich so gleichsieht. Es geht ihnen gut, aber sie wollen auch wissen, wie's herunten bei mir und der Lisa ausschaut...«

Mit der Zeit gewöhnte er sich daran, lernte sogar, am Inhalt der Unterhaltung zu unterscheiden, mit wem sie geführt wurde. Wenn von ihm selber die Rede war, war es immer entweder der Vater oder der Großvater, deren beider er sich wohl erinnerte. Aber sie waren seltene Gäste. Die Ura sagte: »Sie sind noch nicht lange genug fort, sie müssen sich drüben erst eingewöhnen. Je länger sie drüben sind, desto öfter kommen sie. Erst ist es nur Urlaub, später, da dürfen sie kommen und gehen – brauchst nur an sie zu denken, schon stehen sie da wie gerufen ...«

Viele Jahre später, wenn er sich an dies alles erinnerte, fragte er sich zuweilen, ob es wohl ein besonderes Erziehungsmittel der Ura gewesen sei, ihn an solchen Unterhaltungen teilnehmen zu lassen, eben weil doch zuweilen von ihm die Rede war, ob er brav sei und ob man sich über ihn freuen könne oder nicht. Andererseits aber wußte er, daß er auf diese Weise manches erfahren hatte, was ihn verwirrt, erstaunt und nachdenklich gemacht hatte, aus Mitteilungen und Betrachtungen zum Beispiel über »die Lisa« und »das Mariele«, womit ja doch die Großmutter und die Mutter gemeint sein mußten, denn so pflegte die Ura sie anzureden; und daß »die Lisa« immer fleißig am Beten sei, und »das Mariele« immer weiter viel Beistand brauche, man dürfe es nicht im Stich lassen, das beunruhigte ihn gelegentlich. Für andere Leute war die Mutter die Frau Doktor und die Großmutter die Frau Archivrat; die Ura aber wurde mit Frau Forstmeister angeredet. Es blieb der unabweisliche Schluß, daß die Ura, auch wenn sie keinen Umgang gehabt hatte, der etwa in Gestalt anderer alter Damen mit jettbenähten Pelerinen und Kapotthüten in Erscheinung getreten wäre, dennoch ein recht geselliges Leben geführt und sich gewiß niemals gelangweilt habe. Mit anderen alten Damen und gelegentlich auch mit graubärtigen alten Herren, aber auch mit armen Frauen, die ihre Kinder in ihr Umschlagtuch gehüllt auf dem Arm trugen, mit Arbeitern, die ihre Mittagspause am Straßenrand hielten – kurz, mit beliebigen Menschen, wie sie gerade zur Hand waren, knüpfte sie nur auf ihren Spaziergängen an; und auch daraus ergab sich für Hannes allerhand Lehrreiches für seine zunehmende Weltkenntnis. Er hatte es bald heraus, daß solche Bekanntschaften nur geschlossen wurden, wenn die Ura mit ihm allein unterwegs war. Wenn die Mutter oder die Großmutter dabei waren, kam es nie zu dergleichen interessanten Erlebnissen, und er merkte auch, daß es jedenfalls der Großmutter gegenüber ratsamer war, nichts von dem zu erzählen, was er in Gesellschaft der Ura an Berührungen mit den unterschiedlichen Bereichen des Daseins erfuhr. Denn es hatte immer zur Folge gehabt, daß die Großmutter dann das nächste oder übernächste Mal mitgekommen war, und dann ließ die Ura alle Gelegenheiten, sich unmittelbar an der Quelle über Fragen des menschlichen Lebens zu informieren, vorübergehen; sie tat so, als hätte sie niemals mit dem netten alten Gartenarbeiter in den Wallanlagen, der immer so komisch aus einer kleinen Flasche trank, geplaudert – und der alte Mann tat ebenfalls so, als hätte er weder die Ura noch ihn je gesehen. Erzählte er der Großmutter aber von den unsichtbaren Besuchern im Zimmer der Ura – eigentlich hatte er es nur ein einziges Mal getan, indem er ihr mitteilte, heut sei eine Tante Cornelie bei der Ura gewesen, die käme aber sehr selten – dann konnte es vorkommen, daß die Großmutter mehrere Tage hintereinander in der Gartenstube erschien und sich mit einer Handarbeit bei der Ura niederließ, gerade in den Vormittagsstunden, wenn er bei der Ura spielen durfte – und dann passierte auch hier nichts Interessantes.

Sein Verhältnis zur Großmutter war von Anfang an nicht gerade durch Scheu, aber doch durch eine gewisse sichernde Vorsicht bestimmt, die er sich vielleicht schon angewöhnt hatte, als er in seinem ersten Lebensjahr ihrer Pflege anvertraut ward und gelernt hatte, daß die sehr kundigen Hände, die ihn da versorgten, gelegentlich auch sehr fest zugreifen konnten und sehr rasch und treffsicher waren, wenn nicht aufs Wort gehorcht wurde. Da sie aber zugleich eine ungemeine Sicherheit und Nestwärme ausströmte, ganz ohne es zu beabsichtigen, einfach weil es zu ihr gehörte, so war er ihr von Anfang an ebenso verfallen, wie ihre eigenen Kinder es gewesen waren, und merkwürdigerweise stellte sich dann auch bei ihm jene unbetont überlegene, schonende Haltung ihr gegenüber ein, die für Maria und ihre Brüder bestimmend gewesen war und in der sie es der Mutter nachsahen, daß sie kaum jemals mit ihnen lachte und oft Dinge schwernahm, die in den Augen der Kinder geringfügig waren. Was bei dem Hannes hinzukam, war ein grüblerisches Interesse an ihr und ihren Gewohnheiten, das mit den Jahren zunahm. Nachdem die neue Einteilung im Hause vollzogen war, lebte die Großmutter in ihren Zimmern für sich, er aber hatte seinen Schwerpunkt jenseits der Diele in dem großen Zimmer. Neben einer ihm und der Mutter nahe befreundeten Großmacht wurde sie nun zu einem Gegenstand objektiver Beobachtung für ihn. In ihrem Wohnzimmer, wo sie jetzt mit den einfachen gradlinigen Birkenholzmöbeln lebte, die Alves in seinem Arbeitszimmer gehabt hatte, spürte er die besondere Atmosphäre, die anders war als bei der Mutter oder der Ura. Auf der Kommonde stand eine farbig getönte Marienstatue zwischen zwei silbernen Leuchtern, in denen die Wachskerzen zuweilen auch am hellen Tage brannten, und die Bilder an den Wänden waren sehr feierlich; er konnte sie nicht alle verstehen, vor allem bot ihm der große gerahmte Buntdruck der Arundel-Society nach Dürers »Anbetung der Dreifaltigkeit« unerschöpflichen Stoff zur Verwunderung, denn aus der Erklärung der Großmutter, die sehr ernst und eindrucksvoll geschehen war, mußte er annehmen, daß es im Himmel immer so zuginge. Er hatte sich eine hiervon abweichende Meinung gebildet, ließ sie aber nicht laut werden. Die Großmutter beantwortete ihm lange nicht alle Fragen, die er stellte, sehr oft verwies sie ihn an die Mutter, und beharrlich schwieg sie, wenn er wissen wollte, warum sie ihn niemals in »die große Kirche« mitnähme, oder warum sie nicht mit der Mutter in die »andere Kirche« ginge, wohin doch die Ura die Mutter manchmal begleitete.

Dies geschah allerdings erst, seit Herr Jansen dort die Orgel spielte und den Kirchenchor leitete. Er hatte auch bald einige Musiker zusammengebracht, und es gab nun in der Andreaskirche Kantaten und Motetten zu hören, wie Gerdesheim es bis dahin nicht gekannt hatte. Die Ura war unbefangen genug, sich das nicht entgehen zu lassen, Elisabeth aber hatte es nun ein für allemal verschworen, eine protestantische Kirche zu betreten, und obgleich sie jahrelang in der Musik eine der wenigen Möglichkeiten der Entspannung gefunden hatte, hatte sie von einem Zeitpunkt an, der ungefähr mit der Erkrankung Lennackers zusammenfiel, keine Taste mehr angerührt, wie immer in den Zeiten tiefster Depression. Nun schien sie diesen zur Gewohnheit gewordenen Verzicht auf Musik in das System der Askese eingeordnet zu haben, dem sie ihr Leben unterstellt hatte. Frau Dornblüh, soweit sie überhaupt Notiz davon nahm, ließ es nicht an gelegentlichen Betrachtungen darüber fehlen, welche Art von Fasten Gott wohlgefällig und welche wahrscheinlich nicht nur unbekömmlich, sondern auch unchristlich sei, wobei sie sich auch auf das 14. Kapitel des Römerbriefes bezog, und zwar nach der Lutherschen Übersetzung, denn sie hatte unter ausrangierten Schulbüchern der Enkel einmal ein Neues Testament gefunden, es sich angeeignet und eifrig darin zu lesen begonnen. Ja, die Unterhaltungen, die sie während der letzten Wochen seines Lebens mit Lennacker geführt hatte, hatten ihren Inhalt sehr oft allein darin gehabt, daß sie Erklärungen von ihm verlangt hatte, wieweit der Luthersche Text dem Urtext entspräche, und sie hatte nicht unterlassen, auch den Pater Herdegen aufzufordern, sich dazu zu äußern. Maria hatte sich zuweilen nicht enthalten können, leise belustigt festzustellen, daß die Ura sich auch hier einer geistigen Übung hingebe, deren Nebenzweck darin bestand, den Pater ein wenig in Verlegenheit zu bringen und der Mutter gegenüber ihre Selbständigkeit zu wahren, also ziemlich weitgehenden Gebrauch von der gewissen Narrenfreiheit zu machen, die ihrem Alter eingeräumt wurde. Sie selber hatte den Eindruck, daß die Ura eigentlich niemanden zu befragen brauche, sondern ganz genau Bescheid wisse, jedenfalls soweit sie Wert auf Genauigkeit legte. Dies tat sie, wie schon Achim in seinen Gesprächen mit ihr beobachtet und seiner Frau gegenüber nachdenklich festgestellt hatte, vorwiegend im Hinblick auf den Ablauf der Ereignisse der Heilsgeschichte; er hatte einmal staunend bemerkt: »Man möchte meinen, sie sei überall dabei gewesen.« Jedenfalls, hatte er ein andermal gesagt, sei die Urgroßmutter die einzige Vertreterin einer wahrhaft urchristlichen Glaubenshaltung, die ihm jemals begegnet sei, und er halte sie für ein Unikum.

Was nun den von Hannes der Großmutter mehrfach zur freundlichen Erwägung nahegelegten Wunsch betraf, sie möchte ihn einmal mit in die »große Kirche« nehmen, so sah er sich durch ihre standhafte Ablehnung dieses Begehrens endlich veranlaßt, selbständig vorzugehen. Die »große Kirche« nannte er den Dom, dessen zwei ragende Türme und langgestreckter schiefergrauer Rücken vom Herbste an, wenn die Blätter gefallen waren, bis zum Mai, wenn der grüne Schleier jungen Kastanienlaubs den Anblick wieder zu verhüllen begann, hinter dem benachbarten Seminargarten und den von ihm umschlossenen Bauten sichtbar waren; an stillen Sommerabenden konnte man zuweilen Gesang und Orgelspiel herübertönen hören, und es war eins der frühesten Erlebnisse des Kindes gewesen, diesen geheimnisvollen Selbstgesprächen des grauen Riesen dort drüben zu lauschen. Daß die regelmäßigen Morgengänge der Großmutter dieses Ziel hatten, wußte er. Vielleicht hätte er sich damit abgefunden, daß ihm immer wieder gesagt wurde, er sei noch zu klein, um mitzugehen, und: »Warte nur ab, bis du groß bist!«, wenn nicht die Ura jede Woche wenigstens einmal und am Sonntag sowieso zum Mitgehen aufgefordert worden wäre. Nicht, daß sie immer Gebrauch davon gemacht hätte, sie war nun nahe an Neunzig und war an manchen Tagen gar nicht mehr recht geneigt, ihre Stube oder den Umkreis des Gartens zu verlassen. Im Winter sah die Großmutter das auch vollkommen ein, denn der Dom war so gut wie unheizbar. Aber immerhin – Hannes erlebte es immer wieder, daß die Ura mitgedurft hätte, ihm aber schlug man es ab. Und da er merkwürdigerweise die Ura und sich selbst als eine Einheit zu betrachten gewohnt war, empfand er diese ungleiche Behandlung als schlechthin ungerecht. So kam er zu dem Entschluß, hier einen Ausgleich zu schaffen – wenn denn die fast triebhaft erfüllte Befriedigung eines mit der Zeit übermächtig gewordenen Wunsches überhaupt noch eines Entschlusses bedurft hatte.

Er war damals beinah fünf Jahre alt, und es wurde ihm nicht mehr verboten, seine Spiele bisweilen auf den Treppenabsatz vor der Haustür auszudehnen, eine mit eisernem Gitter umgebene Plattform, auf der rechts und links von der Tür während des Sommers Oleanderkübel standen und die immer ein von den Kindern des Hauses bevorzugter Aufenthaltsort gewesen war. Die Straße »Hinterm Dom« zweigte, sanft ansteigend, wenige Häuser weiter rechts von einer Straße der Altstadt ab. Sie war einreihig, ihre den Häusern gegenüberliegende Seite hatte den Gehsteig entlang einen breiten Rasenstreifen und fiel dann steil, durch Mauerwerk gestützt, nach der sanft bergab verlaufenden Parallelstraße hin ab, auf der allerhand Verkehr sich abspielte, den zu beobachten Spaß machte, mochte es sich auch nur um die zum Markt rollenden Planwagen aus den umgebenden Dörfern, um Briefträger, Schornsteinfeger, einholende und miteinander tratschende Hausfrauen – um einen Rentner, der, aus dem Fenster liegend, seine lange Pfeife rauchte, oder um beneidenswerte Kinder, die dort in Freiheit ihre Spiele mit Murmeln oder Bällen trieben, handeln. Die Straße »Hinterm Dom« war also eigentlich nur eine Reihe von unmittelbar an das Areal der zum Dombesitz gehörenden Grundstücke angrenzender Häuser; sie schlug einen flachen Bogen und führte dann unmittelbar an der hohen Mauer des Seminargartens entlang auf die mit alten Linden bestandene Domfreiheit. Im Mittelalter hatten »hinterm Dom« die zum Bischofssitz gehörenden Gästehäuser und Stallungen gelegen, und erst im achtzehnten Jahrhundert hatte die Kirche sich bewogen gefühlt, diesen Teil ihres Grundbesitzes zugunsten eines Bauvorhabens loszuschlagen. Diesen Weg um die große Mauer herum zur Domfreiheit wandelte nun die Großmutter mit der Pünktlichkeit eines regelmäßig aufgezogenen Uhrwerkes Morgen für Morgen. Hannes blickte ihr nach, das kleine Gesicht zwischen die Gitterstäbe geklemmt, und stellte fest, daß sie niemals geradeaus weiterging, dort, wo an der Biegung der Straße ein Fußpfad zwischen die Rasenflächen und Buschgruppen der Wallanlagen hineinführte, sondern daß sie die Straße weiter verfolgte und eben doch zum Dom ging, obgleich sie neuerdings auf seine Frage: »Kann 'ch mitkommen, Groma?« immer nur antwortete: »Geh hinein, Hannesle, und trink deine Milch!« oder dergleichen, was keine angemessene Antwort war. So kam es denn eines schönen Septembermorgens, als er ihr wie gewöhnlich nachgestarrt hatte, dazu, daß er plötzlich, noch ehe sie ganz hinter dem letzten der beiden Nachbarhäuser um die Ecke verschwunden war, bereits auf den zur Straße hinabführenden Stufen stand und, als sie außer Sicht war, mit Aufgebot seiner ganzen beträchtlichen Fortbewegungskraft hinter ihr her lief, wobei sein Lieblingstier, ein kleiner Esel auf Rädern an dem als Leitseil dienenden Bindfaden, mit verzweifeltem Geklapper bemüht war, Schritt mit ihm zu halten. An der Straßenbiegung verlangsamte er seine Geschwindigkeit und begann zum Überfluß sogar auf den Zehenspitzen zu schleichen, bis er um die Ecke spähen und die hohe, gemessen schreitende Gestalt eben beim Betreten der Domfreiheit erblicken konnte. Nun setzte er sich und den Esel wieder in Trab und langte gerade rechtzeitig auf dem Platz an, um die Großmutter in einem Seitenportal des Domes verschwinden zu sehen. Er stand eine Weile still und sah an der »großen Kirche« empor, deren Chor ihm zugewandt war, doch mündete die Gasse, aus der er kam, nicht in gerader Richtung darauf zu, sondern so, daß er an der Südflanke des mächtigen grauen Baus entlang sehen konnte; das Portal, durch das die Großmutter verschwunden war, befand sich in dem vorspringenden Teil des Querschiffes. Er hatte sich wieder in Bewegung gesetzt, die Augen nun zu den Turmhelmen erhoben, angezogen von den durchdringenden klagenden Schreien der Dohlen, die dort oben horsteten; dann aber, sobald er den Dom erreicht hatte, hielt er sich dicht an der Quaderwand, so daß er schließlich den Vorsprung des Querschiffes umgehen mußte, um vor das Portal zu gelangen. Er blieb stehen und starrte gebannt in die kleine Vorhalle und auf die hohe, mit Metallornamenten benagelte Tür, deren Anblick geeignet war, ihn zu entmutigen, denn das sah er ja, daß die eiserne Klinke so hoch angebracht war, daß er sie nicht würde erreichen können. Er drehte sich trostbedürftig nach dem Esel um, hockte sich zu ihm nieder und stellte den längst auf der Seite Liegenden reuevoll wieder auf, indem er ihm mitteilte: »Drin ist sie – aber wir können nicht 'rein!«

In diesem Augenblick kam der alte Mann. Es war ein kleiner alter Mann, aber mit sehr großen Stiefeln, wie es dem Hannes aus seiner Perspektive erschien, er trug eine Jacke, die ihm zu weit war und ihm vorn fast bis zu den Knien hinunterhing, er hatte einen gelblichweißen Bart und sonst nur Augen im Gesicht, die aber keinerlei Notiz von Hannes und dem Esel nahmen. Der alte Mann hinkte am Stock daher, aber er hinkte gut und sehr eilig; er steuerte das Kirchenportal an und nahm die blaue Schirmmütze vom Kopf, sobald er den Vorbau betreten hatte. Daß Hannes sich ihm angeschlossen hatte und hinter ihm durch die große Tür schlüpfte, schien er nicht zu bemerken, oder es war ihm ganz gleichgültig.

Hannes aber spürte einen Ruck an der Schnur, die er fest in der kleinen Faust hielt; er sah sich verstört um und nahm erschrocken wahr, daß die Tür zugefallen, der Esel aber draußen geblieben war.

Eine Weile stand er ganz still, denn die Situation stellte Anforderungen, denen er nicht gewachsen war. Langsam wandte er sich dann dem Kirchenraum wieder zu, weniger durch das eintönige Psalmodieren von dem ihm noch verborgenen Altar her berührt – denn dies schien einfach die Stimme dieser hallenden, kristallinischen Höhle zu sein, in die er geraten war – als durch den schrillen Klang eines Glöckchens, das dies rhythmische Getön unterbrach und ihn von ferne an Weihnachtsbaum und Geburtstagstisch erinnerte. Ein mächtiger Pfeiler benahm dem Kinde den Ausblick in den Kirchenraum, es sah nur undeutlich auf der entgegengesetzten Seite des

Schiffes eine Bankreihe, in der ein paar Menschen knieten, aber so regungslos, daß sie ebensogut hölzerne Figuren hätten sein können; der alte Mann war in das Seitenschiff nach links abgebogen und verschwunden. Hannes fürchtete sich nicht, denn irgendwo innerhalb dieser Mauern mußte die Großmutter sein, und wo sie war, konnte ihm nichts geschehen; aber er sah sie nicht, und sein Esel war vor der Tür geblieben – er fühlte sich doch sehr allein. Jetzt erklang das Glöckchen von neuem; seine Hand öffnete sich, der Bindfaden sank zu Boden, er setzte sich willenlos in Bewegung, geradeaus, dem hellen Ton, dem dunklen Gemurmel nach. Plötzlich stand er mitten unter der Vierung, rechts öffnete sich der Chor, links hatte sich das Mittelschiff mit seiner mächtigen säulengetragenen Wölbung aufgetan. Raum stürzte von allen Seiten auf ihn ein, er wußte nicht, daß ihm schwindelig war, aber das war es, was ihn zwang, sich ratlos im Kreise um sich selbst zu drehen und einen festen Blickpunkt zu suchen, sei es auf der silberblinkenden Orgelempore oder bei dem gewaltigen Radleuchter, der über ihm schwebte, oder endlich bei dem kunstvollen Aufbau des Lettners, der sich oberhalb der Stufen zum Chorraum, hinter dem Altartisch, an dem der Priester mit seinem Mesner amtierte, erhob – eine vielteilige, schön gegliederte Schranke aus Marmor, Alabaster und Gold, in die die Kanzel eingebaut war und durch deren zwei schmiedeeiserne Gittertüren das goldene Septembermorgenlicht, das den östlichen Chorraum erfüllte, durchschimmerte. Jetzt fing sich sein Auge an den Vorgängen vorm Altar, wo der Priester den Schlußteil der Messe zelebrierte. Der Daumen wanderte in den Mund, Hannes kam zur Ruhe; staunend beobachtete er, und da der sonderbar gekleidete Mann dort oben, wenn er nicht gerade mit dem Rücken zu ihm stand, seine schnellgesprochenen, unverständlichen Worte hinunter in den Raum redete, blickte er über die Schulter zurück und nahm jetzt erst wahr, daß überall in den Bänken Menschen knieten. Er drehte sich um, um sie genauer ins Auge zu fassen. Unklare Erinnerungen an das, was ihm gelegentlich über Kirchen im allgemeinen gesagt worden war, gingen ihm durch den Kopf, vor allem daran, was ihm die Großmutter wohl einmal mit besonderem Nachdruck erklärt hatte, nämlich, daß man in die Kirche ginge, um dort zu beten, daß beten heiße, Gott anzurufen und zu ihm zu sprechen – daß man überall beten könne, daß aber in den Kirchen Gottes Wohnung auf Erden sei und daß man ihm dort am nächsten sei... War nun der Mann dort oben, der so anders aussah und so anders sprach als alle Männer, die er sonst kannte, am Ende der liebe Gott, so hätte er sehr anders ausgesehen, als Hannes ihn sich bis jetzt vorgestellt hatte. Aber darüber konnte er jetzt nicht nachdenken, denn plötzlich hatte er unter den Menschen, die dort knieten, die Großmutter entdeckt, und das brach den Bann, in dem er sich seit dem Betreten dieses Ortes befunden hatte. Er machte einen aufgeregten kleinen Sprung von einem Fuß auf den anderen und lief in den Gang zwischen den Bänken hinein und auf sie zu, gerade in dem Augenblick, als sie sich erhob, denn der Gottesdienst war zu Ende, der Priester war verstummt und hatte den Altar verlassen, die Frommen schickten sich nun zum Aufbruch an. Und – lag es an der Haltung, die Elisabeth Alves angesichts dieser unerhörten Situation anzunehmen für gut befand, einer durch den Witwenschleier, den sie trug, gesteigert majestätischen Haltung und einem Gesichtsausdruck, der nichts Gutes verhieß – lag es an dem Griff, mit dem ihre starke Hand den Jungen bei den Schultern faßte und vor sich her schob – das Sündenbewußtsein kam bei Hannes zum jähen Ausbruch, und zugleich löste sich die Ratlosigkeit, in die ihn das ganze Erlebnis versetzt hatte, in jammerndes Geschrei, das Elisabeth nun veranlaßte, den sich Sträubenden bei der Hand zu nehmen und hinter sich drein zum Ausgang zu ziehen, ohne irgendwelche Worte zu verschwenden. Und sie hatte ihn glücklich trotz seinem verzweifelten Widerstand durch das Portal und die Vorhalle hindurch ins Freie geschafft, als er endlich durchdrang mit dem, was sich in all dem ungeklärten Kummer als einziger Gedanke unmißverständlich zum Wort meldete, und dies eine war unüberhörbar. »Mein Esel!« schrie er, – »mein Esel – mein Esel!«

Die Großmutter war entrüstet stehengeblieben, sie beugte sich zu ihm nieder und sagte empört: »Da hört sich doch alles auf! Was soll das jetzt mit deinem Esel?!«

»Er war doch mit – aber dann ist er nicht mit 'reingekommen...« Hannes strebte schluchzend und schnaubend nach der Kirche zurück, und die Großmutter, der es auf eine öffentliche Kraftprobe nicht ankommen mochte, gab ihm unwillig nach. Der Junge benutzte die vorübergehende Lockerung ihres Griffes, riß sich los, stolperte über die steinerne Schwelle der Vorhalle, rappelte sich wieder auf, spähte umher und stieß einen triumphierenden Schrei aus: »Da is er!«

Den treuen Gefährten unter dem Arm und fest an sich gepreßt, denn er bedurfte seiner als eines Haltes, kehrte er gefaßt zur Großmutter zurück, die in einigermaßen resignierter Haltung auf ihn gewartet hatte. Sie verzichtete jetzt darauf, ihn wieder bei der Hand zu nehmen.

»Da kann man ja noch dankbar sein, daß du wenigstens dieses Tier nicht mit vor den Altar gebracht hast!« war alles, was sie abschließend sagte.

Hannes ließ einen schiefen Blick an ihr in die Höhe gehen. Daß der Esel nicht mit in die Kirche gekommen war, war schließlich nicht sein Verdienst; immerhin schien es günstig, die Großmutter nicht weiter aufzuklären und die Sache auf sich beruhen zu lassen.

Maria hatte dieses Abenteuer ihres Sohnes – übrigens nicht das erste, zu dem er in einem dunklen Drang nach selbständiger Erkundung der Welt aufgebrochen war – mit Heiterkeit zur Kenntnis genommen. Die Ura hatte Anlaß gefunden, in ihrer Weise über gewisse Schriftworte zu phantasieren – daß ER sich aus dem Munde der Unmündigen sein Lob zubereitet und daß man den Kindlein nicht wehren sollte, zu IHM zu kommen. Keine der Auffassungen der beiden anderen dem Hannes übergeordneten Autoritäten hatte dem Ernst und der Bedenklichkeit entsprochen, mit denen Elisabeth den Vorfall behandelt wissen wollte. Einesteils fand sie, daß Maria ein Anliegen, ja, eine Pflicht darin sehen müsse, diesem Kinde von früh an *die*

Form des Gottesdienstes als gültig und zulässig in seinen Gesichtskreis treten zu lassen, die nun einmal die ihm überkommene sei; andrenteils war sie ernstlich unzufrieden darüber, daß ihre Mutter sich hier nicht eindeutig auf ihre Seite stellte, sondern die Sache ganz unparteiisch von allgemeinen, wennschon christlichen Gesichtspunkten aus betrachtete. Jedoch ließ sich mit der Mutter auf diesem Gebiet jetzt noch weniger rechten als schon immer, und was Maria betraf, so gab diese ja wie meistens grundsätzlich alles zu. Gewiß, es sollte nicht wieder vorkommen, sagte sie, daß der Hannes ihr in den Dom nachliefe und noch dazu sein Spielzeug mitnähme und: natürlich würde er beim Kindergottesdienst der St.-Andreas-Gemeinde angemeldet werden, sobald er das nötige Alter erreicht habe. Aber es blieb der stillschweigende Vorbehalt, daß Maria nicht geneigt sei, ihn jetzt schon einmal mit in die Andreaskirche zu nehmen und ihm klarzumachen, dies sei die Kirche, die für ihn in Betracht käme, und im Dom habe er nichts zu suchen. Das fand Elisabeth leichtfertig, und sie sog für eine Weile die ihr für ihren seelischen Stoffwechsel nun einmal notwendige Bitterkeit aus der Besorgnis, daß nichts geschähe, um den Ansatz zu einem künftigen Glaubenszwiespalt des Kindes oder, was schlimmer wäre, einer künftigen Unentschiedenheit in der Frage, was für sein Verhalten maßgeblich zu sein habe, rechtzeitig aus dem Wege zu räumen; zugleich stellte sich freilich auch jene Genugtuung ein, die das Gefühl des Unverstandenseins, wo man sich im Recht zu wissen glaubt, zuweilen begleitet. Sie fühlte sich überstimmt, ohne daß es eigentlich zu einer Abstimmung gekommen war, und da auch der Pater, dem sie den Fall darzulegen nicht versäumte, zunächst schmunzelte, wenn er sich dann auch besann und sich bemühte, Elisabeths Standpunkt gerecht zu werden, so blieb ihr nichts übrig, als sich majestätisch auf sich selbst zurückzuziehen.

Hannes selbst hatte ein gewisses Interesse daran, seinen Ausflug in Vergessenheit geraten zu lassen. Er trug meist ein etwas törichtes kleines Gesicht zur Schau, wenn jemand ihn darauf ansprach – es waren ja viele Menschen, die ihn da vor dem Altar hatten auftauchen sehen, und einige wußten doch, wohin er gehörte, und hatten die Taktlosigkeit, ihn darüber ins Gespräch ziehen zu wollen, wenn sie ihm begegneten, mit der stereotypen Wendung beginnend: »Na, kleiner Mann ...«, und um ihm zum Schluß herzlich lachend den Kopf zu streicheln. Er ließ das mit vorgetäuschter Blödigkeit über sich ergehen und machte bald die Erfahrung, daß Sensationen kein ewiges Leben haben; oder er machte sie vielmehr nicht, weil er selbst nur an die Geschichte dachte, wenn er unliebsam daran erinnert wurde. Er betrachtete den Dom jetzt mit den nachsichtigen Blicken des Eingeweihten: Er wußte nun, wie es inwendig aussah, der Reiz des Geheimnisvollen hatte sich erschöpft, es blieb nur die Befriedigung, daß der Esel hinterher noch dagewesen war, denn leicht hätte ihn jemand mitgehen heißen können. Erst viele Jahre später gewann der Dom seine zauberische Anziehungskraft, die sich bis in nächtliche Träume auswirkte, auf ihn zurück.

Zunächst sah er sich in die allmählich gelassen vor sich gehende Umschichtung des Lebens einbezogen, die das alte Haus wie einen späten Entwicklungsprozeß, wie eine Nachblüte durchmachte, indem die Menschen, die es nun mit Atem und Schicksal füllten, aus einem Übergang, der die Begleiterscheinungen von Hoffnung, zögernder Zuversicht ebenso wie rückblickenden Verzagens, also einer Unausgeglichenheit des inneren Rhythmus aufwies, endlich in ruhige, stetige Schwingungen zurückfanden. Drei der Bewohner waren allerdings so gut wie gar nicht von diesen Vibrationen betroffen, und das war außer der Ältesten und dem Jüngsten des Hauses, der Ura und dem Hannes, der neue Mieter, Herr Jansen, der mit ihnen jedenfalls das eine gemeinsam hatte, daß er der Sorgen des Alltags völlig enthoben war und daß Speis und Trank, Ordnung, Sauberkeit, Wärme und Behaglichkeit der häuslichen Umgebung ihm ganz ohne sein unmittelbares Bemühen, gleichsam von unsichtbaren Geistern tagein, tagaus zubereitet wurden wie das ihm von Natur aus Zukommende. Freilich bestand der Unterschied, daß es in Herrn Jansens Fall sein wohlverdientes regelmäßiges Gehalt war, das den Schwestern die Mittel an die Hand gab, für ihn zu sorgen, daß mithin sein stetes Bemühen, seine Arbeit es waren, die sein Leben äußerlich so angenehm reibungslos ablaufen ließen. Es lag nun aber so, daß Gottfried Jansen zu den Menschen gehörte, denen die Arbeit eine so mit dem Leben verschmolzene Tätigkeit bedeutet, daß sie in ihr keinen Handelswert, sondern einfach die ihnen gemäße Lebensäußerung sehen und sie um ihrer selbst willen betreiben. Die Wechselwirkung, die sie dadurch erfahren, nehmen sie hin wie Regen und Sonnenschein oder auch gelegentlich wie Hagel und Dürre, ohne sich die Gestaltung ihrer Verhältnisse selbst zuzuschreiben oder sie zielstrebig lenken zu wollen. Bei Jansen lag zugleich eine gewisse kindliche Verspieltheit des Wesens, die auch seine Schwester Malwine, und dies in einer fast peinlichen Weise, besaß, zugrunde, andrerseits aber eine alles andere als infantile, fast dämonische Besessenheit durch die Kunst. Die beiden Schwestern sahen in ihm den Ernährer, von dem sie abhingen und den sie, jede in ihrer Art, im geheimen vergötterten. Bei Adele hatte es das Vorzeichen einer allerdings etwas herben und selbstherrlichen Mütterlichkeit, die sich keineswegs auf die dem Bruder gleichaltrige Malwine erstreckte, in der sie nun, da die Schwester nicht mehr jung war, einfach die gleichgestellte Gefährtin sah, deren rebellische Neigungen jedoch streng überwacht und in Grenzen gehalten werden mußten. Hierdurch sah Malwine ihrerseits sich zu beständiger Selbstbehauptung aufgerufen, und der Umgangston der Schwestern untereinander hatte zuweilen etwas Schrilles, aber nur wenn Gottfried nicht zu Hause war, denn sie wußten, was sie ihm schuldig waren. Malwines Verhältnis eines weiblichen Pendants zu dem Zwillingsbruder hatte sich seit der Kindheit nicht verändert, und sie glaubte sich ihrer Vorzugsstellung bei ihm ganz sicher zu sein, aber dies ließ sich Adele gegenüber nicht ausspielen, denn ihr begegnete er noch genau so als der fügsame kleine Junge, der er von dem Tage an gewesen war, als die große

Schwester die elterliche Autorität übernehmen mußte, und er schien es nie zu bemerken, daß Malwine diese Autorität nicht mehr anerkannte und daß die Schwestern eigentlich über alles und jedes verschiedener Ansicht waren. Wie aber Malwine einst seine Spielgefährtin gewesen war, so war sie mit den Jahren seine Vertraute und seine Gehilfin geworden; mit ihr sprach er über seine Arbeitspläne; sie wurde eine Säule seines Kirchenchores, ihr lag es ob, ihn immer wieder gegen die Zudringlichkeit gewisser Verehrerinnen zu schützen, welcher Aufgabe sie sich mit der größten Begeisterung unterzog. Daß er sich in ganz anderer Weise entwickelt und gewandelt hatte als sie, kam ihr nie zu Bewußtsein, und wahrscheinlich war es Jansen selbst nicht klar, daß es für ihn ein Gebot innerer Notwendigkeit war, sich beiden Schwestern gegenüber so zu verhalten, wie sie ihn zu sehen wünschten.

Elisabeth beschränkte sich den Mietern gegenüber darauf, die Rechte und Pflichten der Hausbesitzerin wahrzunehmen und gewissenhaft auszuüben; dieser Abstand, den sie während der ersten Jahre innehielt, hatte seinen letzten Grund darin, daß sie sich nur sehr langsam an die neue Ordnung innerhalb des Hauses gewöhnte. Die Ura verharrte in einer unberührten Neutralität, und es war anzunehmen, daß sie sich der Hausgenossen nur dann erinnerte, wenn sie ihnen zufällig im Flur oder unter der Haustür begegnete. Auch im Garten sah sie sich jetzt zuweilen von einer großen eckigen Person mit glattem Scheitel und scharfen Gesichtszügen angeredet und mußte sich dann immer erst darauf besinnen, daß dies Fräulein Adele sei, denn Elisabeth hatte dieser wohl oder übel eine Gartenecke einräumen müssen, in der Adele nun Salatköpfe, Petersilie und Bohnenkraut zog. Die einzige, die bald in ein nachbarliches Verhältnis zu den Bewohnern des ersten Stockwerks kam, war Maria, und zwar war die Initiative zu dieser Annäherung von Fräulein Malwine ausgegangen, die, bedürftig der An- und Aussprache und auch etwas neugierig, sich zunächst mit Hannes befreundete und über ihn hinweg dann mit seiner Mutter. Maria entzog sich dem nicht, sie fühlte sich oft sehr allein, und das Geplauder dieses blonden, freundlichen und unbefangen eitlen Geschöpfes zerstreute sie. Malwine schlug ihr vor, in den Kirchenchor einzutreten, nachdem sie ein paarmal miteinander vierhändig gespielt und sich auch im Duettsingen versucht hatten. Nach Überwindung einiger Hemmungen erklärte Maria sich bereit; vielleicht bot sich hier ein Weg, über die innere Erstarrung hinwegzukommen, die seit Achims Tode und eigentlich schon während seines langsamen Sterbens Besitz von ihr ergriffen hatte und durch die darauf folgenden Ereignisse chronisch zu werden drohte. Es war nun wenigstens so weit, daß sie diese Gefahr erkannte, und ebenso, daß sie schon um des Kindes willen alles daransetzen mußte, den Eispanzer von Gleichgültigkeit und willenloser Ergebenheit, der sie vom Leben trennte, zum Schmelzen zu bringen. Sie ließ es darum geschehen, daß Malwine sie eines Abends abholte und in den Chor einreihte, dessen Sopran und Alt sie unter des Bruders Ägide vorstand. Jansen selbst nahm mit zerstreuter Freundlichkeit Kenntnis von ihrer Mitgliedschaft, versetzte sie dann aber nach der ersten Probe aus dem Sopran in den Alt, da ihre warme gedeckte Stimme die Höhenlagen zwar zu erreichen vermochte, sich aber in der Mittellage müheloser und voller entfaltete.

In der Folge entwickelte sich ein ganz kameradschaftliches Verhältnis zwischen ihr und den Zwillingsgeschwistern. Jansen kam zuweilen herunter, wenn die beiden Frauen musizierten, und kritisierte ihr Zusammenspiel; manchmal setzte er sich dann selbst an den Flügel und brachte ihn in einer Weise zur Wirkung, daß Marias Achtung für das alte Instrument und zugleich ihr Ehrgeiz, ihm durch eigene Bemühung mehr abzugewinnen als bisher, gesteigert wurden. Hannes, der einmal im Zimmer war, als Jansen ein Chopinsches Prélude spielte, blickte staunend auf die Tasten und die Hände, die sie so gedämpft zum Erklingen brachten, hob den Blick zum Gesicht des Spielenden, in dem die Augen tief gesenkt, wie geschlossen waren, und wandte sich ins Zimmer zurück. »Mutter – das Klavier *spricht!*« sagte er ganz verzaubert. Diese

Wirkung hätte Maria auch gern erreicht. Mit der Zeit kam es dazu, daß Jansen vorschlug, die regelmäßigen Abende des Quartetts, das er sich bald nach seinem Einzug in Gerdesheim aus einigen Amateurmusikern der Stadt zusammengestellt hatte, gelegentlich unten in Marias Zimmer stattfinden zu lassen, da ihm der Raum geeigneter dafür erschien als sein Arbeitszimmer oder gar Adelens »gute Stube« mit den ripsbezogenen Möbeln und den oval gerahmten Familienbildern über dem Sofa, dem Gummibaum am Fenster und dem Kanarienvogel im Drahtbauer, der sich durch die Musik, selbst wenn der Käfig verhängt wurde, zu trillernder Mitwirkung angeregt fühlte. Er redete hinsichtlich der Vorzüge des Zimmers im Erdgeschoß allerlei von besserer Resonanz, von der sympathischen Klangfarbe des alten Steinweg-Flügels und – überhaupt – von der ganzen Stimmung des Raumes. Maria hörte sich das lange Zeit mit höflicher Zustimmung an, ehe sie darauf kam, daß hier eine ehrliche, aber sehr scheue Bemühung, Freude und Ablenkung in ihr Leben zu bringen, am Werke war. Sie kam gar nicht darauf, diesen wortkargen Menschen in einem anderen Lichte zu sehen als in dem eines dem Alltagsleben vollkommen entrückten Künstlers; sie empfand es wohl als eine Ehre, die Musiker bei sich zu empfangen, aber sie schrieb diese Ehre ausschließlich ihrem Klavier und der angeblich so günstigen Akustik ihres Zimmers zu und war zuerst sogar etwas unglücklich, wie über eine ihr aufgedrungene Durchbrechung der Zurückgezogenheit, in der sie mit ihrem Kinde und den Erinnerungen an Achim und an eine Vergangenheit, die ihr jetzt freilich manchmal wie eine ihr übermäßig lange zugebilligte Kindheit erschien, zu existieren sich gewöhnt hatte. Außerdem war sie im Anfang so stark unter dem ihr von Malwine nachhaltig suggerierten Eindruck gewesen, daß Gottfried Jansen das ausschließliche und unveräußerliche Eigentum seiner Schwestern, vor allem Malwines persönlich, sei, daß sie ihm nicht anders gegenüberstand wie einem Manne, von dem sie wußte, daß er in festen Händen sei; und dieses sich aus den Voraussetzungen ihrer Erziehung ganz selbsttätig ergebende

Gefühl einer unübersteigbaren Schranke war nicht geeignet, den allgemeinen Mangel an Interesse, den sie ihrer menschlichen Umgebung gegenüber immer noch empfand, gerade mit Bezug auf ihn aufzuheben.

Dennoch trug die in regelmäßigen Abständen sich wiederholende Veranlassung, eine einfache Gastlichkeit üben und sich an den Gesprächen dieses kleinen Kreises einiger durch ein starkes gemeinsames Interesse verbundener Menschen beteiligen zu müssen, dazu bei, daß der Bann, der nun schon jahrelang über ihr lag, sich lockerte; es kam vor, daß sie das um sie kreisende Leben mit Einschluß ihrer eigenen Person nicht mehr wie ein Marionettenspiel, in dem sich mechanische Handlungen in sinnlosem Wiederholungszwang immer in derselben Weise oder mit kaum wahrnehmbaren Abwandlungen vollzogen, empfand. Bisher waren es nur die Ausbrüche verzweifelter Traurigkeit und leidenschaftlicher Sehnsucht gewesen, die ihr Wesen zuweilen gelöst und ihr ihre Jugend schmerzhaft zum Bewußtsein gebracht hatten: im Umgang mit den Jansens und ihren Freunden stellte sich langsam die innere Ausgeglichenheit wieder her in einem tieferen, erfüllteren Sinne, als sie ihr einstmals eigen gewesen war, und jedenfalls verlor die Umwelt mehr und mehr den beängstigend spukhaften Charakter einer Bühne, auf der Figuren willenlos hin und her pendelten, und gewann wieder Atem, Farbe, Wärme und Wirklichkeit.

Dennoch – eine volle Rückkehr in die Gegenwart war mit dieser Wandlung nicht verbunden; jedenfalls schien es ihr immer noch unmöglich, die Gegenwart der anderen unbefangen zu teilen, soweit es sich nicht um das Zusammenleben mit dem Hannes und der Ura handelte, für die sie zu sorgen hatte und in denen sie eine geheimnisvolle Verbindung mit einer versunkenen Welt besaß. Wenn das bei dem Jungen in Fleisch und Blut verkörpert war, und wenn sie immer wieder Züge der Ähnlichkeit mit seinem Vater bei ihm zu entdecken glaubte, so war er es auch, durch den sie immer wieder erfuhr, was die Ura vor sich hin plauderte, wenn sie sich allein glaubte, es schien, als empfände die alte Frau die Anwesenheit des Kindes niemals als einen Grund, sich Zwang anzutun. Waren Maria oder Elisabeth, von fernerstehenden Besuchern ganz zu schweigen, zugegen, so gelang es ihr, ihren wandernden Geist in der Gegenwart festzuhalten; ohne an der Unterhaltung teilzunehmen, saß sie dann aufmerksam zuhörend da, und hin und wieder verriet ein kleines Gekicher oder eine meist etwas abwegig klingende Anmerkung, daß sie sich sehr wohl eine Meinung bildete. Aber auch in diesem Verhalten glaubte Elisabeth, und von ihrem Standpunkt aus vielleicht mit Berechtigung, einen geistigen Rückgang zu spüren; sie trug der Mutter gegenüber eine betont geduldige Haltung zur Schau, redete manchmal übertrieben langsam und deutlich zu ihr und war dann gekränkt, wenn die Mutter plötzlich mit freundlicher Würde sagte: »Schon recht, liebes Kind – ich bin aber wirklich ganz bei mir und höre auch noch sehr gut!« – was dann allerdings einem vorübergehenden vollen Erwachen gleichkam, das nicht lange anhielt. Maria machte es der alten Frau leichter, indem sie ihre Bewußtseinsschwankungen gar nicht beachtete, dies Vorsichhindämmern mit leise summendem Singsang, und dann wieder die spielende Geschäftigkeit mit dem Auskramen, Betrachten und Ordnen kleiner Besitztümer – Heiligenbildchen, Würzburger Stadtansichten, Daguerreotypen und verblaßte Photographien und Kuriositäten wie des hohlen Apfels aus Wachs, der in seinem Inneren ein winziges Madonnenfigürchen barg –, und schließlich ihre raunenden Selbstgespräche, die nur, wenn sie sich allein glaubte und der Hannes still bei ihr spielte, vernehmlich wurden. Daß das Kind mehr davon auffaßte, als es sich merken ließ, kam zutage, wenn Maria von seinem Vater erzählte und auch von dem Großvater, und davon, »wie es früher gewesen war«. Der Hannes hörte ihr aufmerksam und nachdenklich zu, er hatte wohl von beiden nur verschwommene Vorstellungen zurückbehalten können, aber er wußte immer, von wem die Rede war, er wußte die beiden zu unterscheiden, und er hatte, sie spürte es beinah ungläubig, zu jedem von ihnen eine eigene ausgeprägte

Beziehung. Dies äußerste sich nicht unmittelbar, aber die Selbstverständlichkeit, mit der er die unsichtbare Gegenwärtigkeit des Vaters und des Großvaters anzuerkennen schien, sie brauchte nicht, wie Maria gemeint hatte, erst in ihm wachgerufen zu werden, und zu ihrem Erstaunen sprach er auch in derselben Weise über andere Abgeschiedene, von denen er kaum etwas wissen konnte, es sei denn durch die Ura. Wenn sie immer wieder verlorene kleine Sätze auffing, mit denen der Hannes ihr etwas ganz am Rande zu bedenken gab, daß die Ura heute dem Vater erzählt habe, er, der Hannes würde nun bald zur Schule kommen – (weshalb, wie er hinzufügte, die Mutter ihm doch jetzt endlich den Schulranzen kaufen solle!) – und daß die Ura gesagt habe, der Großvater käme jetzt nicht mehr so oft, weil er wisse, daß hier alles in Ordnung wäre, so konnte sie sich zuweilen doch nicht enthalten, vorsichtig zu fragen, was denn die Ura noch so gesagt hätte und mit wem sie noch spräche. Einmal sagte er hierauf ganz ohne nachzudenken, »mit den Herren Cosmas und Damianus ...«, und als sie belustigt fragte, was das denn für Herren seien, erklärte er ihr ernsthaft: Die würden sich jetzt um die Großmutter und ihre Kopfschmerzen kümmern, denn die verstünden mehr davon als der Doktor, der immer zur Großmutter käme. Dies stimmte damit überein, daß die Ura ihrerseits von jeher eine absprechende Meinung über die medizinische Weisheit ihres Jahrhunderts gehabt hatte und sich für ihre Person standhaft weigerte, Gebrauch von der ihr durch Elisabeth immer wieder nahegelegten Beratung des guten Dr. Bennemann zu machen, obgleich sie menschlich nichts gegen ihn einzuwenden hatte. Ein andermal war es der Herr Antonius gewesen, mit dem sich die Ura wegen eines verlorengegangenen Fingerhutes unterhalten hatte, und richtig war dieser Gegenstand noch am gleichen Tage wieder zum Vorschein gekommen (und zwar in dem Sandhaufen des Hannes). Maria, wenig vertraut mit dem römischen Heiligenkalender, verlangte mehr über solche Herren zu erfahren, konnte aber aus ihrem Sohne nicht viel mehr herausbringen, als daß die guten Brüder Cosmas und

Damianus schon einmal einem Manne, dem eine Schlange in den Mund und dann in den Bauch gekrochen sei – ». . . nämlich, als er draußen geschlafen hat, Mutter!« – diese Schlange wieder herausgeholt hätten, und daß sie überhaupt kranke Menschen wieder gesund machten; der Herr Antonius aber, der könnte alles wiederbringen, was eins verloren hätte... Nein, sehen könne man niemand, mit dem die Großmutter sich unterhalte, aber: ». . . ich kann ja auch den lieben Gott nicht sehen, Mutter, und wir sprechen doch immer mit ihm!«

Maria hütete sich, weiterzufragen oder gar den Versuch zu machen, ihm Unterscheidungen beizubringen. Die Ura ließ zwischen ihre Monologe, die für sie zweifellos Zwiegespräche waren, in bunter Folge Heiligenlegenden, Märchen und biblische Geschichten einfließen, sobald sie sich dessen bewußt ward, daß das Kind zuhörte; gelegentlich kamen dann Erinnerungen aus ihrer Kindheit, und damit waren dann auch die Gestalten der Vergangenheit wieder heraufbeschworen, forderten, unsichtbar und unhörbar für andere, Anrede und Antwort, und dann kam die Unterhaltung in Gang, bei der die Ura, plaudernd und lachend, unentwegt weiterstrickte oder eine ähnliche mechanische Handarbeit verrichtete, vor sich hin nickte, manchmal den Kopf schüttelte, auch aus dem Fenster hinausschaute wie jemand, der einen anderen geduldig ausreden läßt und sich derweilen die Antwort überlegt – während der Hannes, der sich über gar nichts mehr wunderte, sich in ihrer Nähe auf dem Fußboden niederließ, um dem Ganzen beizuwohnen wie einer Darbietung, in deren Voraussetzungen er nicht eingeweiht war, die aber abwechslungsreich und dramatisch genug war, um ihn stark zu interessieren, auch wenn er nicht alles verstand. Mit der Zeit lebte er sich in dem immer wieder auftretenden unsichtbaren Personenkreise ein und beherrschte ihn so weit, daß er die einzelnen Charaktere schon allein aus der Tonart, die die Ura anschlug, erkannte; auch kam es ja immer wieder vor, daß die Ura, wenn sie in die Gegenwart zurückkehrte, ihm gewissermaßen auf der Schwelle zwischen Traum und Wirklichkeit mitteilte, wer eben dagewesen sei. Er nahm das nachsichtig hin und fand es besser, keine Fragen zu stellen; aber die Ehrwürdige Mutter Maximiliane, die gnädige Tante Cornelie, der Jägermeister – wie die Ura ihren Seligen nannte, wenn sie ihn nicht mit Franzl anredete, was aber nur geschah, wenn sie ihm begütigend zusprechen mußte – der Kaplan, der weiter keinen Namen hatte, und, außer einer Anzahl nur flüchtig und selten vorkommender Nebenfiguren, zwei Gestalten, die Christel und Delphine gerufen wurden und noch weniger real als alle anderen über diese imaginäre Bühne geisterten, Luftspiegelungen gleichsam von Erscheinungen, die noch eine Sphäre höher beheimatet waren als die anderen Gesprächspartner – diese alle waren ihm allmählich nicht weniger vertraut als Vater und Großvater, mit denen ihn immerhin eine wenn schon immer durchsichtiger werdende Vorstellung von Fleisch und Blut verband. Er pflegte diese Beziehungen in der Welt seiner einsamen Spiele und im Vorfeld der Träume abends vor dem Einschlafen, wenn er sich selbst Geschichten erzählte, bis ihm die Augen zufielen. Mit der Zeit hörte er auf, sich freiwillig über die Besucher der Ura zu äußern, und auch wenn er sich durch behutsame Fragen der Mutter dazu verführen ließ, preiszugeben, was er erlauscht hatte, überkam ihn dabei, je älter er wurde desto mehr, eine gewisse Befangenheit. Er brach dann ab, erklärte: »Weiß es nicht mehr...« und rettete sich in jene koboldmäßige Albernheit, in Gelächter und Fratzenschneiden, Purzelbaumschlagen und ähnliche Übungen, denen auch die Langmut einer Mutter selten gewachsen ist, und jedenfalls beherrschte Hannes diese Methode, die Unterhaltung auf ein andres Thema zu bringen.

Den Damen Jansen gegenüber hatte sich die Ura von Anfang an sehr reserviert verhalten, was damit zusammenhing, daß beide dazu neigten, ihr gegenüber einen falschen Ton anzuschlagen. Adele ging so weit, sie mit »Mutterchen« anzureden und in der Art mit ihr zu verkehren, die sie bei der Ausübung ihres Ehrenamtes als Gemeindehelferin dieser Altersklasse gegenüber für angemessen halten mochte; Malwine befliß sich einer spielerischen Betulichkeit, drohte ihr gelegentlich mit dem Finger und brauchte Redewendungen wie: »Aber, aber – noch so vergnügungssüchtig!« oder: »Noch so unternehmend, Frau Forstmeister?«, wenn die Ura darauf bestand, ihren Spaziergang in den Anlagen zu machen oder zu einer Kirchenmusik mitgenommen zu werden; und das paßte der alten Dame nicht, die ein erstaunlich feines Ohr für diese Nuancen hatte und durchaus Wert darauf legte, ernstgenommen zu werden. Für den Herrn Jansen dagegen hatte sie sehr viel übrig, einmal wegen der Musik, die er wieder ins Haus gebracht hatte, dann aber auch, weil er ihr mit stiller Aufmerksamkeit und Achtung begegnete, ihr gelegentlich ein Sträußchen verehrte und immer bereit war, aus ein paar Takten oder Bruchstücken von Melodien, die ihr durch den Kopf gingen und die sie ihm mit hoher zitternder Stimme vorsang, wenn nicht das richtige Ganze zu konstruieren, so doch etwas Rundes darüber zusammenzuphantasieren, so daß sie vergnügt sagen konnte: »Ja, ja, so ungefähr war es, und wie Sie's spielen, gefällt's mir beinah noch besser, als ich's im Kopf habe.« Im übrigen aber geschah ihre Verständigung fast ausschließlich durch atmosphärische Schwingungen und ohne viele Worte; diese im Zwischenreich beheimatete Erscheinung übte auf den auch nicht völlig im Dieseits weilenden schwerfälligen Menschen eine Bezauberung aus, die er durch seine ergriffene und fast zärtliche Bewunderung mit seinem ganzen Wesen auf sie zurückstrahlte. Maria fühlte sich durch diese seine Haltung der alten Frau gegenüber in ihrem Vertrauen zu ihm bestätigt; selbst die Mutter, so schien es ihr jetzt manchmal, wußte nicht mehr ganz, was für einen Schatz das Haus in der Ura beherbergte – die Mutter, die doch erst wieder ganz gesund geworden war, seit dieses durchscheinend gewordene Leben unter ihnen leuchtete. Freilich war Elisabeth in ihrer Art gut und fürsorglich wie von je bemüht um die alte Frau, aber wie sie mit den Jahren körperlich schwerer und mächtiger wurde, so wurde sie im Ausdruck ihrer Ansichten intoleranter und strenger, und da sie niemals viel Auffassung gerade für die anmutige Unbefangenheit der Mutter gehabt hatte, so empfand sie die sich nun immer deutlicher vollziehende Loslösung ihres Wesens von gültigen Regeln und Formen als einen beklagenswerten Abstieg, als Auflösung mehr denn als Befreiung, und eben dies Schwärmen der alten Seele »über der Asche der Vergangenheit«, das Phantasieren, wie sie es nannte, die Wahnvorstellungen, denn was konnte es anders sein, waren ihr ein ständiger Anlaß zur Beunruhigung. Sie konsultierte Dr. Bennemann darüber, der ihr nur sagen konnte, daß Frau Dornblüh für ihre Jahre organisch wunderbar in Ordnung sei und daß es wohl die Hauptsache wäre, daß sie selbst sich in ihrem Zustand entschieden glücklich fühle und niemandem ernstliches Ärgernis biete. Sie veranlaßte den Pater, geistlich auf die Mutter einzuwirken, welcher Aufgabe Herdegen sich nicht entzog, aber nur, um hinterher nachdenklich festzustellen, um die Frau Mutter brauche man sich wohl eigentlich keine Sorge zu machen. Nun war es, wie Maria wohl wußte und auch den beiden Herren bekannt war, so wenig möglich, Elisabeth eine Sorge auszureden wie einem Süchtigen sein gewohntes Gift. Es mag ein harmloses Gift sein, aber er ist auf seine anregende Bitterkeit angewiesen; sie erst ist es, die ihm zu einem Lebensgefühl verhilft, und er wird es sich immer zu beschaffen wissen; er verarbeitet es ohne spürbare nachteilige Nebenwirkungen – man läßt ihn also gewähren. Maria hörte es sich immer wieder geduldig an, wenn ihre Mutter sich über die Gefahr ausließ, die für den Jungen daraus erwachsen könne, daß er so viel um die Ura sei und in die Vermengung von Traum und Wirklichkeit hineingezogen würde, in der die alte Frau selbst nicht mehr zu unterscheiden vermöge, was einem Kinde zuträglich sei und was nicht. »Ich wollte gar nichts sagen, wenn sie ihm manchmal Märchen erzählte oder dergleichen, wenn ich auch finde, daß sie die Heiligenlegenden aus dem Spiel lassen sollte, denn darauf habt ihr ja verzichtet, und du solltest dir überlegen, ob es deinem Mann recht sein würde, wenn der Junge diese Vorstellungen bekommt. Aber was sie so alles vor sich hinredet, so als unterhielte sie sich mit jemand, der ihr gegenübersäße – und er, der Hannes sitzt in einer Ecke und guckt und läßt sich kein Wort entgehen... Ich habe das neulich wieder beobachtet – ich komm' da ins Zimmer, sie merkt es nicht und sagt so ins Leere hinein: ›Weißt, Jägermeister, mit den alten Geschichten solltest du jetzt doch aufräumen – geh, Franzl, es wird schon bald langweilig...‹ Und der Bub schaut mich an und nickt ganz feierlich, und – ich mein', ich seh' nicht recht – er legt den Finger auf den Mund: ich soll gefälligst nicht stören! Ich muß schon sagen – daß du das so ruhig mit ansiehst...«

Maria antwortete bei solchen Gelegenheiten dieses und jenes: daß sie nicht den Eindruck habe, der Junge dächte viel über diese Erlebnisse nach – (was nicht ganz zutraf, wie sie wußte – er ließ es sich im Kopf herumgehen) – und als wirksamstes Argument, daß er nun ja bald zur Schule käme und daß das Zusammensein mit der Ura an den Vormittagen dann von selbst aufhören würde; er würde dann auch Spielkameraden finden, und endlich, daß sie auf keinen Fall glauben könne, von der Ura könne eine schädliche Wirkung auf ihn ausgehen. In diesen Augenblicken fühlte sie, was sonst kaum je vorkam, die Versuchung, der Mutter heftig zu antworten, denn die ganze Zärtlichkeit, die sie für die Ura hegte, wallte auf, wenn sie sie angegriffen glaubte; außerdem erschien es ihr geradezu als ein Problem, wie denn die Ura ohne den Hannes fertig werden sollte, wenn er vormittags nicht mehr bei ihr spielen oder ihr Begleiter auf den Spaziergängen in den nahen Anlagen sein würde, wobei man nie recht wußte, ob die Ura auf den Hannes oder der Hannes auf die Ura aufpaßte; jedenfalls waren beide von gegenseitigem Verantwortungsgefühl erfüllt. Wenn sie es der Mutter gegenüber nicht zugab, daß sie hin und wieder wohl Bedenken gehabt hatte, er möchte sich in aller Stille in einer wunderlichen Traumwelt einleben und es später schwer haben, den Übergang in die Wirklichkeit zu finden, so hatten Gespräche mit Jansen, der ihr diese Bedenken ausredete, sie immer wieder beruhigt.

Gelegenheit zu solchen Gesprächen ergab sich freilich nur selten, und nachdem Maria es ein paarmal erlebt hatte, wie wohl es ihr tat, sich mit diesem ruhigen und nachdenklichen Menschen über Fragen, die ihr am Herzen lagen, auszusprechen, entbehrte sie es, daß das nicht häufiger möglich war, und mußte allen ihr zur Verfügung stehenden Humor aufbieten, um die Rücksichten, die er auf seine Damen nahm, gelassen zu beurteilen. Adele hatte an ihrem Wohnzimmerfenster einen sogenannten »Spion« anbringen lassen, einen verstellbaren Spiegel, in dem sie von ihrem Nähtischplatz aus das Straßenleben beobachten konnte; diese Einrichtung war in Gerdesheim weitverbreitet und trug viel dazu bei, den Gesprächsstoff der Stammtische und Kaffeekränzchen zu bereichern. Das Haus ›Hinterm Dom‹ aber hatte bisher niemals Gebrauch davon gemacht, und diese Neuerung stand ihm nach Ansicht Elisabeths und Marias schlecht zu Gesichte. Es ließ sich aber nichts dagegen tun. Daß Adele auch das Kommen und Gehen der Hausbewohner, vor allem ihrer Geschwister, auf diese Weise kontrollierte, erfuhr Maria dadurch, daß Jansen es plötzlich wieder aufgab, bei ihr anzuklopfen, wenn er an bestimmten Wochentagen auch nachmittags Unterricht zu geben gehabt hatte und von der Schule nach Hause kam. Er pflegte dann unter irgendeinem Vorwand bei ihr einzutreten und ein wenig mit ihr zu plaudern. Nachdem das eine Weile unterblieben war, erklärte er ihr auf eine unbefangene Frage bekümmert, Adele warte dann immer mit dem Kaffee auf ihn, und sie sei ja so pünktlich, sie wisse auch immer genau, wann er das Haus betreten habe... Maria meinte, eigentlich sei doch er es, nach dem Adelens Zeiteinteilung und die Hausordnung sich zu richten habe, worauf er mit einem Seufzer antwortete, sie sei nun einmal die Hausfrau und er könne es nicht verantworten, sie zu verstimmen. Nun – verantworten? hatte Maria gedacht; aber daß er es nicht gerne riskierte, Adele in schlechte Laune zu versetzen, das ließ sich verstehen. Malwine war der Schwester sehr viel besser gewachsen als dieser jeglichem Wortwechsel abgeneigte Mensch, dem es vor allem darum zu tun war, atmosphärische Störungen, die seine innere Welt und seine Arbeit nachteilig beeinflussen könnten, auszuschalten. Malwine war ein geselliges Geschöpf, und Adelens Hausordnung war ihr keineswegs heilig; sie nahm es seelenruhig in Kauf, wenn die Ältere schmollte, und blieb ihr nichts schuldig, wenn es zu Auseinandersetzungen kam. Das schloß aber nicht aus, daß sie sich, was den Bruder betraf, gelegentlich mit ihr verbündete und jedenfalls anerkannte, daß Gottfried die Hausordnung einzuhalten hätte. Im übrigen trug sie den Vorrang als Zwillingsschwester und geistige Gefährtin dieses Bruders der Welt gegenüber sehr unbefangen zur Schau; sie spielte sich dem Kirchenchor gegenüber als seine rechte Hand und Vermittlerin seiner besonderen Wünsche auf und umgab ihn mit einem Nimbus von künstlerischer Besonderheit und Schonungsbedürftigkeit, der die Verehrung, die vor allem die Soprane nur allzu bereit waren, ihm schrankenlos entgegenzubringen, ins Ungemessene steigerte. Malwine aber verstand diese Verehrung durch Andeutungen über das hohe, aber auch schwere Los, die Vertraute und Mitarbeiterin eines Genies zu sein, so geschickt zu lenken, daß eigentlich sie selbst die Nutznießerin dieser Begeisterung ward, die dem Bruder galt, von der er aber nur insofern Notiz nahm, als er bald besonders zufrieden mit den Leistungen seines Chores war. Nachdem Malwine sich zuerst sichtlich unbefriedigt von der Zurückhaltung gezeigt hatte, mit der Maria sich über das Glück äußerte, das die Akquisition eines Organisten wie Gottfried Jansen für Gerdesheim bedeuten mußte, ganz zu schweigen von dem Vorzug, ihn als Hausgenossen zu haben und täglich üben zu hören – ihre Vorstöße, ihr die angemessene Dankbarkeit zu entlocken, hatten Maria im Anfang oft heimlich erheitert –, ließ sie mehr und mehr davon ab, Maria mit den künstlerischen Erfolgen und der menschlichen Unübertrefflichkeit des Bruders zu unterhalten, und zwar in dem Maße, je mehr die Sympathie, die Jansen der jungen Frau entgegenbrachte, hervortrat, je deutlicher es ihr werden mußte, daß diese Sympathie mit ruhigem Vertrauen erwidert wurde. Maria, die sich dieser beginnenden Freundschaft überlassen hatte, ohne mehr in ihr zu empfinden als eine mildere Luftströmung, auf die sie kaum achtete, die sie aber doch als entspannend empfand, wurde der besonderen Vorzeichen, die diese Freundschaft auf Seite Jansens zweifellos hatte, erst gewahr, als sie sich der Einsicht nicht mehr verschließen konnte, daß Malwine schlechthin eifersüchtig auf sie war. Dies trat zunächst anscheinend sinnwidrig in gesteigerten Freundschaftsbezeigungen hervor, darin, daß Malwine mehrmals des Tages und zu den verschiedensten Stunden bei ihr erschien, nur auf eine Stippvisite, auf einen kurzen Schwatz, wie sie versicherte und auch einhielt; schließlich merkte Maria, daß dies immer nur zu den Tageszeiten stattfand, wenn die Heimkehr Jansens von seinen Berufsgängen fällig war: man überzeugte sich, ob er nicht doch am Ende bei ihr hängengeblieben sei. Als sie diesen Schluß zog, hatte sie auch schon andere Beobachtungen gemacht und zum Beispiel mit resignierter Belustigung festgestellt, daß Malwine sie nach den abendlichen Chorproben nicht mehr wie früher allein mit Jansen den Heimweg antreten ließ, während sie selbst sich mit einer Gruppe von Mitgliedern im Vortrupp oder in der Nachhut befand und die Huldigungen dieser Gefolgschaft genoß; neuerdings hängte sie sich beim Verlassen der Kirche bei Maria ein, verabschiedete die enttäuschten Verehrerinnen und harrte mit Maria aus, bis der Bruder als letzter von der Orgelempore herunterkam, worauf der Heimweg zu dritt, auf dem nun ausschließlich Malwine das Wort führte, angetreten ward.

Maria übersah es später ganz gut, daß es ein Jahr der Krise gegeben haben mußte, währenddessen Malwine dem Bruder durch Anspielungen, Vorhaltungen und zur Schau getragenen Kummer das Leben schwer gemacht hatte, bis sie sich sicher glauben durfte, ihm alles, was er sich – wie sie sich Adele gegenüber ausdrückte – hinsichtlich Frau Lennackers etwa in den Kopf gesetzt habe, ausgetrieben zu haben. Von einem gewissen Zeitpunkt an trug sie eine triumphierende Haltung zur Schau, jedenfalls wirkte die leichte Nuance gönnerhafter Herablassung, die Maria nun zu spüren bekam, durchaus siegesbewußt; als meine sie, der »kleinen Frau«, bei der doch zweifellos Enttäuschung vorauszusetzen sei, Trost bieten zu müssen, sprach Malwine nun häufig vertraulich darüber, wie schwierig der Bruder oft sei und wie er sich so gar nicht zum Ehemann eignen würde. »Er würde wohl jede Frau binnen kurzem an den Rand der Verzweiflung bringen«, sagte sie kopfschüttelnd, »um dieses Maß an Weltfremdheit, Zerstreutheit und Verschlossenheit ertragen zu können – ich bitte Sie, er spricht oft tagelang nur das unbedingt Notwendige – und dazu muß man von Kindheit an mit ihm gelebt und mit ihm umzugehen gelernt haben. Nein – er kann Gott danken, daß er mich hat – und natürlich auch Adele. Große Künstler sollten ja überhaupt niemals heiraten ...«

Und sie erging sich mit weitgeöffneten Augen über die Perspektiven von Künstler-, speziell von Musikerehen, in denen »eins von beiden, er oder sie, immer unter die Räder käme ...« Der Eindruck auf Maria war nicht ganz so, wie sie annahm. »Köpfchen hoch, kleine Frau – das Leben liegt noch vor Ihnen!« – das war ungefähr das Leitwort, nach dem Malwine sich ihr gegenüber verhielt. Maria aber war längst so weit, beide Damen Jansen in der ihnen zukommenden Perspektive zu sehen. Hinsichtlich Adelens war das nicht schwer; sie war sehr eindeutig. Malwine hatte sie im Anfang ein wenig überschätzt, jetzt sah sie sie als das, was sie war, eine Art Nebenprodukt der Erzeugung des Bruders, den sie nun wie sein Schatten, wie ein weibliches Negativum seiner sehr männlichen und schöpferischen Persönlichkeit durch sein Leben begleitete, von Kind auf ganz aus seinem Überfluß lebend, auf ihn angewiesen, angesogen an seine Kraft wie ein Schlinggewächs und ihn dadurch in der vollen Entfaltung seines Wesens hemmend; in ihrer Art begabt, befähigt, ihm in seiner Arbeit zu folgen, ihr zu dienen, sich ihm unentbehrlich zu machen, aber nicht imstande, ihre auf ihn fixierten, verkümmerten, nie über ein kindliches Geltungsbedürfnis hinaus gediehenen weiblichen Triebe von ihm abzulösen; listig ihre angemaßten Rechte wahrend, ständig in der Angst, ihn zu verlieren: armselig, im Grunde bemitleidenswert, aber nicht ungefährlich. Maria brachte keinen Groll, nur ein wenig Verachtung ihr gegenüber auf; niemals würde Malwine durch sie erfahren, daß Jansen längst einen Umweg gefunden hatte, sich ihr gegenüber auszusprechen, und daß die Briefe, die sie von ihm erhielt, den Gesprächen, die sie nun fast niemals mehr ohne Zeugen führen konnten, eine nur von ihm und ihr empfundene Resonanz gaben – daß sie sich in Andeutungen, deren Sinn kein anderer verstand, sehr viel mehr mitzuteilen vermochten, als es den Anschein hatte.

Nachdem Jansen seine Besuche aufgegeben hatte und nur noch zu den Musikabenden herunterkam, hörten auch die Betrachtungen auf, die Elisabeth immer wieder über diese in ihren Augen allzu zwanglose Art des Verkehrs einer alleinstehenden jungen Frau mit einem unverheirateten Mann anstellte; und auch das war Maria lieb. Sie hatte nie etwas anderes darauf zu sagen gewußt, als daß Jansen ihr nicht mehr bedeute und nie mehr bedeuten würde als einen guten, zuverlässigen Freund – wovon sie jahrelang fest überzeugt war –, und daß er selbst nichts von ihr erwarte als eben auch nur Freundschaft, was ihr im geheimen doch nicht ganz sicher war. Er erschien ihr in der ersten Zeit als so überlegen, nicht nur durch seine Kunst und durch seine Gewohnheit, den Mund nur aufzutun, wenn er wirklich etwas zu sagen hatte, sondern auch, weil sie ihm, wenn nicht als alt, so doch als zeitlos und am Alltag uninteressiert empfand, so daß sie zunächst gar nicht auf den Gedanken kam, es könne persönliche Anteilnahme sein, die ihn zu ihr zog. Allmählich hatte sie durchgefühlt, daß es doch so war, und zugleich hatte sie verwundert wahrgenommen, wie gleichgültig ihr das blieb, daß es ihr bedeutungslos erschien und fast ein wenig störend. Sie war zufrieden darüber gewesen, daß wieder ein Mann im Hause war; dieser Mann war ihr sympathisch und vertrauenerweckend, es war etwas um ihn, das sie an den Vater erinnerte, und es wurde ihr merkwürdig leicht, mit ihm ins Gespräch zu kommen. Aber das blieb doch alles an der Peripherie wie das ganze übrige sie umgebende Leben; es berührte den innersten Kreis nicht, in dem sie weiterlebte mit

Achim, alles mit Achim teilte, und aus ihrer Gemeinschaft mit ihm wie aus einer entrückten Sphäre auf die Erscheinungen der Welt blickte, die sie nichts mehr angingen. Selbst die Mutter, die Ura, die Brüder und sogar, was sie manchmal erschreckte, ihr Kind konnten nicht in diese Zelle eindringen, in die ihr eigentliches Leben sich zurückgezogen hatte; aber aus dieser Mitte schöpfte sie die Kraft, ihre Pflichten in gefaßter Anmut und Gelassenheit zu erfüllen und auf alles einzugehen, was die Außenwelt von ihr zu fordern ein Recht haben mochte. Nur ein sehr aufmerksamer Beobachter, wie es deren in ihrer Umgebung nicht mehr gab, hätte erkennen können, daß hier keine Aufgabe vernachlässigt wurde, auch nicht jene schwerste, das erduldete Schicksal nicht über die eigene Person hinausgreifen und sich alpdruckmäßig mit auf die Nächsten verlagern zu lassen, daß dies aber in einer vom Willen fast unabhängigen Erfüllung angeborenen inneren Gesetzes und nicht zuletzt in unbewußter Wahrung dieses einzigen und unveräußerlichen Eigentums, das ein Schicksal darstellt, geschah. Jansen war nun der erste Mensch gewesen, der den richtigen Blick für diese resignierte und doch so vollkommen natürliche Haltung – das Ohr für ihre Vorzeichen, für ihre oft nur angedeuteten, aber immer wiederkehrenden Motive hatte; vor allem die Auffassung dafür, daß hier ein menschliches Wesen, eine Frau, ihrer selbst mächtig war wie eines Instrumentes, was ihn zuerst fast erschreckte, weil er spürte, welche Distanz zum Leben das voraussetzte, und ihm dann wohltat, da er selbst dieser Distanz bedürftig war, sogar dann, wenn ihn, wie es hier bald der Fall war, eine starke Zuneigung fast unerträglich bedrängte. Mit der Zeit fühlte er heraus, daß Zurückhaltung hier nicht wie bei ihm im Wesen begründet lag, sondern daß jene Wesensschichten, durch die der Mensch Wirkung aufnimmt und gegenwirkt, bei dieser jungen Frau, die doch ihre Trauer niemals zur Schau trug, gleichsam gelähmt und ausgeschaltet waren, daß sie oft nur wie in einer Art Trance handelte, und daß gerade die Züge an ihr, die ihn am tiefsten entzückten, sich plötzlich als der Reflex eines Lichtes erweisen konnten, an dem weder er noch sonst ein Mensch teilhatte; sie war in jenen Jahren tatsächlich nicht ganz gegenwärtig, so täuschend der Abglanz ihres Daseins oft sein mochte. Daß er sich damit abfand und jahrelang damit zufrieden war, als Freund und Berater unter demselben Dache mit ihr zu leben – sich damit zu begnügen, das Wichtigste, was er ihr zu sagen hatte, in langen Mitternachtsbriefen an sie niederzulegen und ihre Antwort eben dort zu suchen, wo er diese Briefe deponierte, nämlich unter der Fußmatte vor ihrer Zimmertür, das rechnete er sich selbst allerdings keineswegs als Verdienst zu, denn er wußte es nur zu gut, daß sich weniger Kraft als Schwäche in dieser Entsagung bezeugte.

Maria, die es zuerst beinah als Zumutung empfunden hatte, seine Episteln beantworten zu müssen, wenn sie auch sein Vertrauen als ehrenvoll anerkannte und vieles in einer Art von Ergriffenheit las, gewöhnte sich mit der Zeit an diese sonderbare Form des Umganges und begann ihrerseits, ihm alles, was sie mit ihm zu besprechen wünschte, schriftlich vorzutragen, Fragen, die meistens die Erziehung des heranwachsenden Sohnes, aber auch Probleme betrafen, die sich ihr aus ihrer Lektüre und einer nachdenklichen Lebensbetrachtung ergaben, die sich mit der Zeit mehr und mehr bei ihr herausbildete, Gegenstände, auf die er dann oft auch in unauffälliger Art mündlich zurückgreifen konnte, sei es auf den Heimwegen von den Chorproben oder bei dem Zusammensein, das sich an das Musizieren in ihrem Zimmer anschloß, wobei sich dann noch der Vorteil ergab, daß Malwine durch eigene eifrige Unterhaltung daran verhindert war, zuzuhören und sich mit Meinungsäußerungen in ein Gespräch zu mischen, dessen Ausgangspunkte ihr verborgen waren. Allmählich ließ ihre Wachsamkeit nach, sie ließ sich durch das gleichmütige Verhalten der beiden täuschen und gab sich in ihrer oberflächlichen Begeisterungsfähigkeit immer unbedenklicher der Pflege ihrer privaten Beziehungen hin, nicht ohne sich gelegentlich mit Adele darüber zu einigen, daß Frau Lennacker wohl doch nicht zu den ihnen beiden so mißliebigen jüngeren Witwen gehörte, die sie in ihren jungfräulichen Gemütern für besonders gefährlich hielten.

Malwine umschrieb das mit dem dunklen Wort: »Sie haben Blut geleckt...«, wozu Adele zwar verständnisvoll nickte, aber doch hinzufügte, daß Gottfried aus seinen letzten schlimmen Erfahrungen doch innerlich gefestigt hervorgegangen und über gewisse Anfechtungen erhaben sei.

Zwischen Adele und Elisabeth Alves hatte sich übrigens ein gegenseitiges Besuchsverhältnis herausgebildet, bei dem Elisabeth der leidende Teil war, denn sie legte nicht den geringsten Wert weder auf gesellschaftlichen Verkehr im allgemeinen noch auf regelmäßigen Umgang mit Frauen im besonderen, war aber andererseits von einer skrupulösen Gewissenhaftigkeit hinsichtlich dessen, was man seinen Nächsten schuldig sei, die sie der unbefangenen Beharrlichkeit ihrer Mieterin gegenüber wehrlos machte. Die Sitzungen, zu denen sie einmal wöchentlich zusammenkamen, gewannen für Elisabeth erst Geschmack, gewissermaßen das nötige Salz, als die bis dahin dürftig dahinrieselnde Unterhaltung eines Tages infolge einer Bemerkung Adelens auf ein religiöses Thema kam. Wahrscheinlich hatte Adele diese Quelle mit Vorbedacht angestochen, sie erwies sich sofort als ergiebig, und in der Folge gab es nie mehr Mangel an Gesprächsstoff, denn Adele war, wenn nicht theologisch beschlagen, so doch sehr bibelfest, und Elisabeth hatte den Kämpfen, die hinter ihr lagen, eine dogmatische Schulung zu verdanken, die sie instand setzte, aus den Kirchenvätern zu zitieren und sogar lateinisch, was sie mit besonderem Nachdruck tat, um dann den Genuß zu haben, die Stellen mit nachsichtiger Betonung auch in deutscher Fassung zu bringen. Adele ließ sich jedoch nicht imponieren und zitierte ihrerseits Luther, und hier konnte wiederum Elisabeth nicht mit, denn bei aller vieljährigen Zugehörigkeit zur lutherischen Kirche hatte sie sich nie recht dazu überwinden können, sich eingehend mit ihrem Stifter zu beschäftigen, was wohl auf den ihr in der Kindheit so drastisch eingeprägten katholischen Standpunkt nicht nur hinsichtlich seiner Lehre, sondern auch seiner Person zurückging. Sie zog sich dann würdevoll zurück, indem sie sagte, solche Fragen dürften nicht voreilig entschieden werden, und schlug bis zum nächsten Mal in Lennackers theologischen Büchern nach oder besprach die strittigen Punkte mit dem Pater, während sie sicher sein konnte, daß Adele ihrerseits Rückhalt bei Pfarrer Gerbert von St. Andreas suchte und fand. So gestaltete sich dieser Umgang mit der Zeit für beide Damen zu einer unentbehrlichen geistigen Gymnastik, die jede von ihnen zwar nicht mit Fanatismus, aber doch unter dem Stachel des Ehrgeizes, die Gegnerin ad absurdum zu führen, und durch die rechte Lehre, vor allem aber *für* die rechte Lehre, zu triumphieren, betrieb. Wie Elisabeth ein tätiges Mitglied der Domgemeinde war, so hatte sich Adele gleich nach der Niederlassung in Gerdesheim der St.-Andreas-Gemeinde zur Verfügung gestellt, und jede spielte dem Gewicht ihrer Persönlichkeit entsprechend eine Rolle in ihrem Kreise. Bei Adele hatte das einen pädagogisch-seelsorgerischen Einschlag, denn sie konnte als Pastorentochter ihre Herkunft und als ehemalige Lehrerin die Neigung zum Dozieren nicht verleugnen; Elisabeth gab sich ihren Aufgaben mit asketischer Ausschließlichkeit als einem Dienste hin, der wie fast alles, was sie unternahm, ein wenig wie eine Bußübung wirkte und von ihr selbst wahrscheinlich auch so aufgefaßt wurde. Es konnte vorkommen, daß Pastor Gerbert, der seinen Organisten zuweilen aufsuchte, zugleich auch Fräulein Adele, seine »werte Mitarbeiterin«, zu sprechen begehrte und, wenn er hörte, sie sei bei Frau Alves, unbefangen im Erdgeschoß anklopfte. Da konnte es denn sein, daß seine liebenswürdige Frage: »Ich störe doch nicht?« von Adele mit einem leidenschaftlichen »Ganz im Gegenteil, Herr Pastor!« beantwortet wurde und er sich unversehens mit einem theologischen Problem konfrontiert fand, an das er vorher noch niemals gedacht hatte und das auch erst durch den Gesichtswinkel, in den es zwischen den beiden Damen geraten war, den Charakter eines solchen angenommen hatte. Hin und wieder hatte es sich dann getroffen, daß auch Pater Herdegen oder einer der Herren aus dem Bischöflichen Seminar, die das Haus »Hinterm Dom« gelegentlich aufsuchten, sei es, um eine Nachricht von Dominikus zu bringen, oder einfach, weil Elisabeth diese Beziehungen pflegte und der Klerus in ihr eine mit Recht wohlgefällige Erscheinung erblickte, zufällig gleichzeitig vorsprach und, von Elisabeth unter merklicher Betonung ihres Hausfrauenrechtes ebenfalls dringend zum Verweilen aufgefordert, seinerseits in einen Disput mit dem Vertreter der anderen Konfession geriet, dem die Frauen nicht immer nur zuhörend beiwohnten. Ging es nun bei derartigen Gelegenheiten zwar immer in besten akademischen Formen, aber gewiß nicht ohne gegenseitige, entschieden zum Ausdruck gebrachte Vorbehalte ab, so pflegten die geistlichen Herren sich beim Aufbruch doch gern zu versichern, wie sehr sie es begrüßt hätten, einander begegnet und sich der gemeinsamen Fundamente ihrer Konfessionen wieder bewußt geworden zu sein. Elisabeth hörte das mit einer Aufwallung von Dankbarkeit wie eine Bestätigung ihres unerschütterlichen Glaubens, daß auch die Fundamente ihrer Ehe in diesem gemeinsamen Grunde beschlossen lägen, der durch keinen darüber aufgeführten und sich verschieden gliedernden Bau verändert werden konnte. Adele aber vermochte sich in solchen Fällen nicht immer der nachträglichen, leicht verkniffen vorgebrachten Anmerkung zu enthalten, daß Pfarrer Gerbert ja gewiß ein vortrefflicher Gemeindepfarrer sei, daß aber seine Toleranz fast ein wenig zu weit gehe. Sie ließ auch gern durchblicken, daß sie bestimmte Punkte noch einmal unter vier Augen mit ihm »durchnehmen« würde; was dabei etwa herausgekommen war, davon war freilich später niemals mehr die Rede. Weniger Elisabeth als Maria, die doch hin und wieder als schweigsame Zuhörerin bei diesen Kolloquien anwesend war, hatte den Eindruck, daß Adele sich zwar dem guten Gerbert als Stütze in der Vereinstätigkeit, bei Hausbesuchen und Kollekten unentbehrlich gemacht hatte, daß er aber zugleich eine ihm vom Himmel auferlegte Prüfung in ihr sah, nämlich was ihre Neigung betraf, sich während seiner Predigten und Bibelstunden Notizen zu machen und ihn hinterher wegen vermeintlicher Widersprüche und Mißverständnisse zur Rede zu stellen.

»Es ist sonderbar, nach Hause zu kommen und nur noch das äußere Gesicht des Hauses unverändert zu finden«, sagte Franz bei einem der Besuche, zu denen er seit seiner Verheiratung und endgültigen Niederlassung in Königsberg immer seltener kam, zu seiner Schwester. »Vielleicht verstehst du, daß ich mich jedesmal aufs neue zurechtfinden muß. Denn in der Erinnerung lebe ich ja immer in der Vorstellung des alten Zustandes – wenn ich träume, ich sei wieder zu Hause, ist alles unverändert. Wir sitzen alle im Saal um den Tisch, ich komme in dieses – in Vaters – Zimmer und sehe, wie er den Kopf hebt und mir entgegenlächelt; ich gehe an die Bücherwand und suche ein bestimmtes Buch – suche, suche, kann es nicht finden. Plötzlich weiß ich mit tiefem Erschrecken, daß es nicht hier sein kann, daß es bei mir in Königsberg ist. Nun ja, und dann fällt mir alles ein, und dann bin ich wach ...«

Maria sagte: »Wenn man alle diese Veränderungen sich gradweise vollziehen mit angesehen – wenn man mit daran gearbeitet hat, daß sie zustande kamen ...« Sie seufzte und blickte um sich. Konnte sie sich dies Zimmer eigentlich noch vorstellen, wie es früher gewesen war? Und – »der Saal« – das klang jetzt schon wie eine Sage der Vorzeit. Achim hatte ihn noch gekannt, aber der Hannes wußte nichts mehr von diesem feierlich schönen Raum, und die Zimmer im ersten Stock, die für die Alvesschen Kinder die Welt ihrer frühesten Erinnerungen umschlossen hatten, waren für ihn nur »bei Jansens«. Maria fuhr nachdenklich fort: »Es ist wohl so, daß man sich als Mutter gewöhnt, mit seinem Kinde in *seiner* Welt zu leben und alles mit seinen Augen zu sehen. So wäre es ja auch geworden, wenn Achim bei uns geblieben wäre. Seine und die Welt unserer Kinder wäre dann auch meine Welt geworden, und unser altes Haus wäre auch mir nur noch ein Gegenstand von Erinnerung und Traum. Wie es das mit Bezug auf seinen früheren Zustand auch jetzt ist, nicht ganz so wie für dich und Dietrich, da ich ja weiter in seinen Mauern lebe – aber es ist nun doch so, daß das neue Leben, von dem es erfüllt ist, sein Vorrecht behauptet.«

Franz blickte sich in dem Zimmer um, in dem nichts mehr an die Vergangenheit erinnerte als die alten Möbel, die aber in ihrer jetzigen, an die Notwendigkeiten des herrschenden Tages angepaßten Anordnung selbst so vollkommen an die Gegenwart hingegeben schienen, daß sie nur noch diese kannten und ihr dienten, wie sie früheren Generationen gedient hatten. »Eins jedenfalls ist tröstlich«, bemerkte er, »daß nämlich zwar die Atmosphäre, der Lebensgeist des Hauses sich gewandelt hat, daß aber diese Atmosphäre doch merkwürdig einheitlich und – nun ja, harmonisch geblieben ist, nicht nur, was euch betrifft, sondern auch im Zusammenleben mit diesen Fremden. Ich hatte erwartet, daß bestenfalls eine Art von gutem nachbarlichem Einvernehmen zwischen euch und den Mietern entstehen könnte, aber es ist ja doch eigentlich so geworden, daß ihr hier in einer wahren Gemeinschaft lebt. Ich sage ausdrücklich nicht als eine Familie, denn so ist es nicht – aber das Einvernehmen könnte wohl gar nicht besser sein. Ich muß sagen, daß mich das recht beruhigt, und als das größte Wunder erscheint mir die Tatsache, daß die Mutter und jenes Fräulein Adele so gut miteinander auskommen.«

Maria lächelte. »Es ist wohl so, daß jede in der anderen den ihr von der Vorsehung als moralischen Prüfstein zudiktierten Stein des Anstoßes sieht, an dem es sich zu bewähren gilt. Und – was die Harmonie betrifft – wir haben gewissermaßen zwei Hausherren, die sie garantieren, und der eine ist zweifellos der Hannes, um den sich hier unten alles dreht, während oben der Herr Jansen komischerweise eine ganz ähnliche Position hat: weder er noch der Hannes haben etwas zu sagen, sie legen aber auch gar keinen Wert darauf, sie herrschen einfach durch ihr Dasein, und alles geschieht nur um ihretwillen.«

»Na, na – es scheint mir doch immer, als wüßte euer Herr Jansen ganz gut, was er will, und er hat vielleicht seine eigene diplomatische Art, das durchzusetzen«, sagte Franz, und Maria, die sich der provozierenden Wirkung ihrer Worte im voraus bewußt gewesen sein mochte, lächelte vergnügt. »Mag wohl sein«, sagte sie und konnte ein Achselzucken nicht unterdrücken. Sie fühlte, daß Franz sie prüfend betrachtete, und zugleich, daß sie errötete. »Er ist jedenfalls nicht ganz einfach«, setzte sie etwas überstürzt hinzu und unterbrach die Unterhaltung, indem sie sich erhob und den Frühstückstisch, an dem sie zusammen gesessen hatten, abzuräumen begann. Als das beendet war und sie sich wieder dem Bruder gegenüber niederließ, diesmal am Fenster, wo er inzwischen mit der Zeitung und einer Morgenzigarre Platz genommen hatte, hoffte sie, das Thema in Vergessenheit gebracht zu haben. Franz legte die Zeitung bald mit einem ärgerlichen: »Ach – hol es dieser und jener!« aus der Hand: auf ihren fragenden Blick hin sagte er: »Ach, nichts Besonderes, nur das Übliche – aber es hängt einem ja zum Halse heraus. Dabei könnte ich gar nicht präzise sagen, warum mich unser ganzer Betrieb – unser pompöses Auftreten, unsre Selbstzufriedenheit, das Parteiengezänk im Reichstag, der Flottenverein, die Reisen und vor allem die Reden von S. M. und im Hintergrund die Stänkereien der Journaille und überhaupt der ganze stagnierende, schillernde Sumpf unsres Kulturlebens immer mehr irritieren. Sechs große Schritte – sechs Jahre dieses Jahrhunderts liegen nun bereits hinter uns, aber sein wahres Gesicht hat es noch nicht enthüllt, und mir ist immer, als würde es sich einmal unversehens ganz anders demaskieren, als uns lieb sein wird. Die Welt, in die unsre Kinder hineinwachsen – ich fürchte, wir sind sehr schlecht auf sie vorbereitet. Ich möchte nur wissen, was Lennacker zu dieser Entwicklung – oder vielmehr zu dem Ausbleiben jeder Entwicklung, wie er sie ersehnte, sagen würde.«

»Aber warum so pessimistisch, Franz? Vater pflegte doch zu sagen, daß die Geschichte keine Sprünge mache. Die Zustände gehen ineinander über, und jede Generation übernimmt das Erbe der vorigen und wird auf ihre Weise fertig damit.«

»Ja – so dachte er. Und selbstverständlich hatte er von seinem Standpunkt aus recht. Aber das Erbe, mit dem seine Generation fertig zu werden hatte, war eben anderer Art wie das unsrige. Ihre Aufgabe bestand darin, das übernommene

Erbe einer großen schöpferischen Zeit zu pflegen und zu erhalten – mir scheint, uns ist es auferlegt, das, was uns in so sorgfältiger Konservierung überkommen ist, eben weil es mumifiziert und nicht mehr lebendig ist, in Frage zu stellen. Ach, aber lassen wir das! Jedenfalls«, fuhr er unvermittelt fort, – »jedenfalls bin ich froh, daß dein Sohn hier in eurer zweifellos wunderbar geordneten matriarchalischen Welt doch nicht ganz ohne männlichen Einfluß aufwächst. Ich glaube doch, beobachtet zu haben, daß Jansen ihm ein geradezu väterliches Interesse entgegenbringt.«

Maria schien keine Lust zu haben, auf die persönliche Wendung des Gespräches einzugehen, oder wenigstens nicht in der Richtung, die Franz eingeschlagen hatte. Sie stützte die Stirn in die Hand, und halb von dem Bruder abgewandt, redete sie wie für sich selbst: »Was Achim zu allem sagen würde – ja, das muß ich auch immer wieder fragen. Nicht nur zu dem, was du die Entwicklung oder die ausgebliebene Entwicklung nennst. Er war da doch sehr skeptisch – nein, er erwartete sich keine schnelle Entwicklung und überhaupt nichts Gutes von der Zukunft im allgemeinen. Aber er wäre niemals verzweifelt, vor allem nicht an sich selbst, und Gott weiß, welche Aufgaben er noch vor sich sah, vor allem in dem, was er die Aktivierung des Christentums nannte. Ja – aktiv, das war er – er war nicht vorsichtig – er ging gerade auf sein Ziel los und setzte sich mit seiner ganzen Person dafür ein. Was Hannes an diesem Vater verloren hat, das wissen nur du und ich. Und was Jansen betrifft – natürlich ist es ein Glück, daß der Junge einen solchen Pädagogen zum väterlichen Freunde hat, ich unterschätze das nicht. Denn ein Pädagoge ist er, das muß man ihm lassen – ganz abgesehen von seiner Musik ...«

Sie wußte ganz gut, daß Franz hinsichtlich Jansens auf den Busch geklopft hatte; es war zum erstenmal geschehen, und es hätte ein paar Jahre früher vielleicht näher gelegen, es zu tun, denn damals mochte Jansen einem aufmerksamen Beobachter mehr Anlaß geben, in ihm einen Freier zu vermuten, obgleich er es im herkömmlichen Sinne auch damals nicht gewesen war. Aber Maria wäre in jener Zeit ähnlichen Bemerkungen des Bruders mit Gleichmut begegnet, sie hätte dem, was ihr Jansen als Freund bedeutete, unbefangen Gerechtigkeit widerfahren lassen, und zugleich hätte ihre an persönliche Gleichgültigkeit grenzende Haltung alle Vermutungen, daß sie seine Neigung erwidere, ausgeschlossen. Wie aber Franz es so kurz nach Lennackers Tod niemals in Betracht gezogen hätte, daß seine Schwester eine zweite Ehe eingehen könnte, so mochte ihm mit den Jahren die Einsamkeit, in der sie bei ihrer Jugend zwischen Mutter und Großmutter dahinlebte, immer mehr ein Gegenstand der Teilnahme und der Besorgnis geworden sein. Er schätzte Jansen, es war ihm bekannt, daß sein künstlerischer Ruf weit über Gerdesheim hinausreichte und daß die Stadt sich glücklich schätzte, ihn zu besitzen. Er fand die Abhängigkeit, in der ein Mann dieses Kalibers von zwei alten Jungfern lebte, peinlich mit anzusehen, und wie er seiner Schwester noch einmal die Erfüllung in einer Ehe und seinem Patensohn und Mündel Hannes die leitende Hand eines Vaters ehrlich wünschte, so wünschte er auch Jansen den Zustand, der, wie er meinte, seine Persönlichkeit erst zur vollen Entfaltung bringen würde. Maria hatte dies alles aus der behutsamen Anspielung des Bruders wohl herausgefühlt, aber eben weil sie seit einiger Zeit Jansen gegenüber in einer eigentümlich gespannten Empfindlichkeit lebte, war es ihr unmöglich gewesen, sich über ihn auszusprechen.

Es war schrittweise, gradweise gekommen, sie hätte selbst nicht zu sagen vermocht, wann es begonnen hatte, daß die Erstarrung ihres Herzens sich löste, daß es sich dem Leben wieder öffnete und daß sie mit anderen Augen als denen einer unbeteiligten Zuschauerin auf die Menschen blickte. Es mochte eingesetzt haben, als der Hannes das erste Jahr zur Schule ging und sein Leben sich kaum merklich, aber doch so, wie die Blüte sich von der werdenden Frucht löst, aus der Ausschließlichkeit der Gemeinschaft mit ihr und dem Hause zu lösen begann. Trennung war das nicht, aber ein Abschnitt war erreicht, der auch ihr eigenes Leben betraf. Dann war eine Reise gekommen, zu der Elisabeth sie beinah gezwungen hatte, denn in den Zyklen ihrer Selbstquälereien tauchte in gewissen Abständen regelmäßig auch die Sorge um die Tochter auf, die Zwangsvorstellung, daß es an ihr, der Mutter, liege, daß dies Kind verkümmere und verblühe, ohne je Gelegenheit zu finden, wieder Anschluß an das Leben zu gewinnen; denn daß der Herr Jansen, gegen den sie übrigens nichts einzuwenden hatte, keine solche Gelegenheit darstellte, schien ihr besiegelt zu sein. Maria fuhr also auf Besuch zu den Brüdern, fühlte sich in Berlin bei Dietrich und seiner eleganten Frau, die ihr gutmütig und beflissen das, was sie Abwechslung nannten, in gedrängter Fülle aufnötigten, herzlich unbehaglich und war dann eine Weile bei Franz und der Schwägerin Lene, der sie schwesterlich zugetan war, sehr glücklich. Ja, es war wohl damals, wußte sie zurückdenkend, daß der eiserne Reifen um ihre Brust sich gelöst hatte und sie plötzlich mit fast schmerzhaftem Erschrekken erfahren hatte, daß sie noch tief zu atmen vermochte. Zugleich war angesichts der glücklichen Zweisamkeit der Geschwister immer wieder das Bewußtsein ihrer Einsamkeit über sie gekommen und hatte sich in der Form eines unwiderstehlichen Heimwehs geltend gemacht; und dann war ihr klargeworden, daß sie sich gar nicht, wie sie sich zunächst hatte einreden wollen, nach dem Hannes und der geliebten Schattenwelt ihrer Erinnerungen sehnte, sondern daß sie ganz einfach wieder in der Nähe von Jansen sein wollte, und wenn es nur wäre, um sich an ihm zu ärgern. Denn das hatte schon vorher begonnen, daß sie sich an ihm ärgerte, nur daß sie in dieser Regung bisher kein Anzeichen von Zuneigung erkannt hatte, was ihr nun auf einmal bewußt wurde und sie beunruhigte.

Wenn sie den Affekt, den sein Verhalten neuerdings bei ihr hervorrief, als Ärger bezeichnete, so war das gleichsam der falsche Paß, unter dem sie sich eine durchaus vieldeutige Regung durchgehen ließ. Sie gab es nicht zu, daß die Ungeduld, die sie seit einiger Zeit angesichts seines geradezu gestirnhaft gleichmäßigen Wandels empfand, einem von Anfang an vorhanden gewesenen Zusammengehörigkeitsgefühl diesem Menschen gegenüber entsprang. Es hatte sich lange Zeit nicht anders als in ruhiger Sympathie, in Dankbarkeit für das, was er gab, in Bewunderung seiner Kunst und in einer gewissen melancholisch zärtlichen Ironie bei der Beobachtung seiner menschlichen Unzulänglichkeiten geäußert, und eben in Geduld, unerschöpflicher Geduld den sonderbaren Umwegen gegenüber, die er einschlug, um sie zu gewinnen, um sie gleichzeitig fast ängstlich fernzuhalten, und das war ja nun nahezu lächerlich, denn das glaubte sie zu wissen, daß sie gar nicht daran dachte, ihn mit Beschlag zu belegen und irgend jemandes Rechte auf ihn zu verletzen. Damit war es auf einmal vorbei. Sie ärgerte sich an ihm, und das Schlimme war, daß er es durchaus nicht bemerkte und sich in keiner Weise änderte. Es blieb dabei, daß sie sich fast immer nur im Beisein anderer sprachen und sahen, daß sie dann seinen Blick immer wieder auf sich ruhen fühlte, daß sie sich in einer Chiffresprache verständigten, die keinem anderen zugänglich war: und im übrigen blieb es bei dieser Korrespondenz, die sie allmählich ebenfalls lächerlich fand und auf die sie doch nicht verzichten konnte. Sie beobachtete, daß sie ihm gegenüber unsicher wurde, daß sie das, was sie ihm schrieb, immer wieder daraufhin prüfte, ob sie ihm auch nicht zu sehr entgegengekommen wäre; dann verfiel sie in das Gegenteil und kam ihm entgegen, sie meinte auch, es ihm bei ihren Begegnungen gelegentlich gezeigt zu haben, daß sie aus ihrer Passivität erwacht sei. Und daß er keine Folgerungen daraus zog, daß er in seinem bisherigen Verhalten beharrte – vielleicht mit einem Schatten von Schwermut in seinem Ausdruck, wenn er sie ansah, mit einem beschwichtigenden Wort oder Händedruck, wenn sie sich zu einem ihr eigentlich fremden provozierenden Ton hatte hinreißen lassen – aber doch eben, als sei Entsagung unabänderliches Gesetz, nicht nur für ihn, sondern auch für sie, das ernüchterte sie und ließ sie plötzlich wieder erkalten. Ihre briefliche Verbindung schien versiegen zu wollen, und wenn

Maria dann doch einmal wieder einen Umschlag voll dicht beschriebener Blätter lyrisch-phantastischen und betrachtenden Inhalts vorgefunden hatte, so kam sie jetzt bei ihren Begegnungen mündlich, wenn schon in verschlüsselter Ausdrucksweise, darauf zurück, und der sachliche Ton, in dem sie es tat, war nicht geeignet, sein Mitteilungsbedürfnis zu ermutigen. Niemand hätte feststellen können, daß sich etwas zwischen ihnen geändert habe, denn wie nah sie einander gekommen waren, war nach außen nie in Erscheinung getreten. Die Spannung, die jetzt zwischen ihnen entstand, hätte sich für beide zerstörerisch auswirken können, wenn sie zur zurückgestauten Enttäuschung geworden wäre. Sie fand indessen ihren Ausgleich darin, daß sie beide darauf verfielen, den Ausdruck ihrer Liebe – denn auch Maria versuchte nicht mehr, sich darüber zu täuschen, daß sie diesen unmöglichen Menschen liebe – in ihrem Verhalten gegenüber der Welt, den Menschen und ihren besonderen Aufgaben aufgehen zu lassen, so gut sie es vermochten.

So lagen die Dinge, als jenes Gespräch zwischen den Geschwistern stattfand, bei dem Maria die Anspielung des Bruders mit einem Achselzucken abtat. Sie fühlte dabei etwas wie schmerzliche Beschämung nicht nur darüber, sich nicht offen zu ihrer Neigung bekennen zu dürfen, sondern auch, daß sie die Gestalt des Toten heraufbeschwor, um sich dem Schein nach darauf zu berufen, daß er nach wie vor im Vordergrund für sie stünde. Denn, was sie sich selbst gleich einer geheimen Schuld nicht gern eingestand, es war doch zu einer Erkenntnis geworden, die sich nicht mehr hintenan halten ließ – die Einsicht, daß ihr Verhältnis zur Vergangenheit sich gewandelt hatte, daß sie nicht mehr wie in den ersten Jahren ihrer Verlassenheit in beständigem innerem Zwiegespräch mit Achim lebte, mit ihm abends sich niederlegte, mit ihm aufstand am Morgen und keinen Schritt tat, ohne seine Nähe und Begleitung zu fühlen. Auf einmal war es, als sei er an einer von ihr kaum beachteten Wegkreuzung in eine andere Richtung abgebogen als die, in der sie selbst weiterzugehen hatte. Sie konnte ihm nicht in das Licht nachfolgen, das seine irdische Gestalt allmählich aufgetrunken hatte, nur wenn sie ihn um ihrer selbst oder um des Jungen willen anrief wie einen Schutzgeist, dann fand sie Rat und Beistand durch ihn; freilich war das keine irdische Beziehung mehr. Zuweilen – aber diese wunderliche Erwägung kam ihr erst im Laufe der nächsten Jahre – meinte sie zu wissen, daß die Ura nicht nur Achim und den Vater, sondern noch eine ganze Gefolgschaft von Schatten, die durch sie im Hause heimisch geworden war, mit sich genommen habe, als sie eines Tages ohne viel Aufhebens aufgebrochen und aus dem Zwischenreich in die andere Welt hinübergegangen war. Diesem Gedanken hing sie nicht weiter nach, er wurde ihr nur manchmal eingeflüstert als Antwort auf die Frage, warum denn in ihrem Leben alles so unerbittlich eindeutig greifbar und gradlinig geworden sei, warum es nur noch die Wirklichkeit des Alltags mit ihren immer gleichbleibenden Pflichten, mit erträglicher Mühsal, gedämpften Freuden, mäßigen Sorgen gäbe – eine Wirklichkeit ganz ohne Überschwang des Glückes, der Sehnsucht oder auch des Schmerzes. –

Der Heimgang der Ura in seiner geheimnisvollen Natürlichkeit bildete noch Monate später das Thema für die Flüstergespräche zwischen dem Hannes und Maria, wie sie in der frühen Morgenstunde, wenn sie beide schon wachten, die Zeit zum Aufstehen aber noch nicht gekommen war, seit seiner frühesten Kindheit zur Gewohnheit für sie beide geworden waren. Es waren in diesem Winter des beginnenden Jahres 1907 die letzten Monate dieser vertrauten Gemeinschaft zwischen Mutter und Sohn, denn im Frühjahr sollte Hannes die Gartenstube, aus der die Ura ausgezogen war, als sein eigenes Zimmer beziehen, eine Aussicht, die den Zehnjährigen beglückte und erregte, während sie Maria mit Wehmut erfüllte, denn das würde dann die Besiegelung eines unwiderruflich abgeschlossenen Abschnittes bedeuten. Hin und wieder meinte sie zu spüren, daß auch er diesem Wechsel mit einer leisen Bedenklichkeit entgegensähe; aber obgleich er sich niemals deutlich darüber aussprach, blieb es ihr nicht verborgen, daß es weniger die bevorstehende Veränderung, die Loslösung aus ihrer Nähe war, die ihn nachdenklich stimmte, als eben die Erinnerung an die Ura und der Gedanke, daß er sie vollends aus dem Zimmer vertreiben würde, wenn es nun für ihn eingerichtet würde. Denn daß die Ura vorläufig immer noch dort in ihrem Zimmer wohnte, daran schien er fest zu glauben; er ging dort ein und aus wie immer, und Mutter und Großmutter, die sich nicht entschließen konnten, diesen Raum nun dunkel, kalt und öde stehen zu lassen, sondern ihn weiter pflegten, als sei er noch bewohnt, hatten nicht das Herz, es ihm zu verbieten. So fand ihn Maria immer wieder dort mit einem Buch auf dem Teppich liegend oder auf dem Schemel vor dem grünbezogenen Ohrenstuhl am Fenster sitzend, wo sie ihn auch an jenem Adventsmorgen gefunden hatte zu Füßen der alten Frau, die zurückgelehnt, mit geschlossenen Augen, ein kindlich erwartungsvolles Lächeln auf den stillen Zügen, dagesessen hatte, das Buch, nach dem sie ihm die Adventsverheißungen für den Kindergottesdienst abgehört hatte, auf dem Schoß. Hannes aber, der Mutter entgegenblickend, die etwas hastig eingetreten war, um das Frühstücksgeschirr zu holen, hatte warnend die Hand gehoben und leise den Kopf geschüttelt. »Sie schläft!« flüsterte er – und Maria war auf der Schwelle stehengeblieben und hatte sich mit der Hand ans Herz gegriffen.

Ja, sie schlief – sie war eingeschlafen, wie sie es in der letzten Zeit immer wieder an ihr erlebt hatten, daß sie, noch ein heiteres Wort auf den Lippen, unvermittelt in die Entrücktheit des Schlummers übergegangen war, aus der sie oft nach wenigen Minuten wieder zu sich kam, um weiterzusprechen, als sei sie sich keiner Unterbrechung bewußt. Diesmal war es anders, diesmal kehrte sie nicht zurück, um sich weiter des zarten Instrumentes eines Körpers zu bedienen, der ihr volle dreiundneunzig Jahre gehorcht hatte, ohne sich je dem liebevollen Willen zu versagen, mit dem sie ihn durchdrang.

Maria hatte auf den ersten Blick hin erkannt, was es dieses Mal mit ihrem Einschlafen auf sich hatte. Sie hatte dem Jungen gewinkt, das Zimmer zu verlassen; von der Tür aus sah er noch einmal unschlüssig zurück und hob die Augen fragend zu ihr, die seinem Blick auswich, den Arm um seine Schulter legte und ihn in ihr Zimmer führte, um ihn dort sich selbst zu überlassen. Die Mutter zu benachrichtigen und dann den Ausbruch des Schmerzes mitzuerleben, in dem Elisabeth sich neben der Toten auf die Knie hatte fallen lassen, war schlimm gewesen, viel schlimmer, als ihr eigener stiller Abschied von der Entschlafenen gewesen war, nachdem sie sich überzeugt hatte, daß das Leben wirklich entflohen war. Dann hatte sie in die Nachbarschaft laufen müssen, um den Arzt herbeizutelefonieren. Als sie zu Hannes zurückkehrte, stand er mit dem Rücken zum Fenster und sah ihr blaß und erschrocken entgegen. Sie zog ihn an sich. »Hat die Großmutter es dir gesagt?« fragte sie aufschluchzend. Er schüttelte den Kopf: »Nein – aber ich weiß ...«

Er entzog sich ihr und umfing sie seinerseits, die Augen fest auf ihre Augen gerichtet – und das waren ja Achims Augen, die sie da anblickten, dachte sie staunend. »Weine doch nicht, Mutter, weine doch nicht!« sagte er beschwörend, »sie hat ja fortgemußt, sie ist gerufen worden. Ich hab's nur nicht gleich verstanden ...«

»Was sagst du da – wie meinst du das, Hannes?« fragte sie verwirrt. »Er hat sie abgeholt«, sagte er leise, »der Urgroßvater! ›Franzl‹, hat sie gesagt, ›ist es endlich an dem, daß du mich abholen kommst? No, es war aber auch Zeit!‹ Und wie ich sie angeschaut habe – da schlief sie schon. Ich hab's nur nicht gleich verstanden ...«

»Wir wollen mit niemandem davon sprechen«, sagte Maria mühsam. Es war genug, daß Elisabeth schon in der ersten Stunde heftige Selbstvorwürfe geäußert hatte, weil sie sich die Schuld zuschrieb, daß die Mutter ohne Beichte und Absolution, ohne Letzte Ölung dahingegangen sei. Doch wider Erwarten trat dann eine Beruhigung bei ihr ein, als strahle von diesem bereitwilligen und schmerzlosen Aufbruch das Licht eines fast heiteren Friedens aus, dem auch sie sich nicht entziehen konnte. Auch daß Dominikus, der seit kurzem für immer aus den Tropen in ein Kloster seiner fränkischen Heimat zurückgekehrt war und seinen Besuch für das Jahresende angemeldet hatte, nun zur Beisetzung kam und, ein kleiner gebückter Greis, aber Zuversicht und Gelassenheit verbreitend, neben ihr am offenen Grabe und beim Seelengottesdienst im Dom stand, trug dazu bei, ihre Fassung zu stärken. Nur am Abend vor seiner Abreise, als sie alle in Marias Zimmer saßen – auch Franz und Dietrich waren gekommen, und dies gab wiederum Maria den besten Halt –, während Dominikus mit Franz eine jener schwebenden, anscheinend zusammenhanglosen Unterhaltungen führte, in deren sich unwillkürlich ergebenden Gedankenverbindungen immer wieder Worte aufklangen, die an zeitlose Dinge rührten und die Vergänglichkeit überwanden, überkam Elisabeth noch einmal die Verzweiflung. Dominikus, in sich versunken dasitzend, hatte das Bild der Mutter in liebevollem Rückblick auf ihr Leben noch einmal vor ihnen erstehen lassen und mit den Worten geschlossen: »Sie war in der Gnade – das war sie! Der heilige Thomas sagt: ›Die Gnade setzt die Natur nicht außer Kraft, sie vollendet sie.‹ Das haben wir an der Mutter erleben dürfen.«

»Aber sie hat sie mitgenommen, die Gnade!« brach es hier bitter aus Elisabeth hervor; »sie hat sie nicht weitervererbt, jedenfalls nicht auf mich. Dem einen wird alles zur Gnade – dem anderen alles zur Sünde und zum Gericht!«

»Ach, Schwester« – Dominikus wandte sich ihr mit so schneller Bereitschaft zu, daß die anderen kaum Zeit hatten, sich dieses Ausbruches erschrocken bewußt zu werden –, »liebe Schwester, die Gnade, die ich meine, vererbt sich nicht in Fleisch und Blut. Das Verwesliche wird nicht erben das Unverwesliche, schreibt St. Paulus...«

Und mit einem gutmütigen Lächeln fügte er zu Franz gewandt hinzu: »... um es gleich mit euch in der Fassung eures Luther zu sagen.«

Elisabeth erwiderte mit unverminderter Leidenschaft: »Und doch können Fleisch und Blut, kann die Natur des Menschen mehr oder weniger empfänglich für die Gnade sein. Du bist unserer Mutter Sohn, und dir hat sie diese Empfänglichkeit ihrer Natur vererbt – und sieh: *das* heiße ich einen erblichen Gnadenstand. Ich aber...« Sie verstummte und schüttelte schwer das Haupt.

»Nun, nun, das sind Haarspaltereien!« Die spiegelnden Brillengläser des Onkels waren vorübergehend auf Dietrich geheftet, dessen Haltung eine gewisse Pein ausdrückte; dann aber ruhte sein Blick auf Franz und Maria, und er lächelte. »Kann es nicht auch vorkommen«, fragte er sanft, »daß die Natur der Eltern erst in den Kindern durch die Gnade vollendet wird?« –

Dieses Wort des Alten, das Maria in ihrer damaligen Gemütsverfassung nicht auf sich oder einen ihrer Brüder, sondern auf ihr eigenes Kind und im Hinblick auf Achim, auf seinen Vater und das, was noch unentfaltet als Erbe dieses Vaters in ihm ruhte, bezogen hatte, begleitete sie durch die nächste Zeit wie eine Wegweisung, sie in der Richtung bestärkend, die sie ohnehin schon eingeschlagen hatte. Durch ihre in ihrer Zusammensetzung so glücklich abgestimmte Natur war sie der Gefahr enthoben, die durch Jansen erlittene Enttäuschung als ein gefühlsseligen Selbstgenuß begünstigendes Element festzuhalten; vielmehr entsprach es ihrer ganz unsentimentalen Veranlagung, sofort Gegenkräfte hervorzubringen, die sie wieder ins Gleichgewicht brachten. Das Schwerste war, über die Kränkung ihres weiblichen Stolzes, die Jansen ihr in seiner egozentrischen Ahnungslosigkeit zugefügt hatte, hinwegzukommen, ohne bitter zu werden, und ihm zuzugestehen, daß er, wie er nun einmal war, nicht anders hätte handeln können – daß dies Versagen eben die Kehrseite seines ungewöhnlichen und produktiven Wesens darstellte und darum Verständnis beanspruchen mußte. Es war ein sehr nüchterner Wille in ihr erwacht, die Folgerungen aus der durch ihre Liebe zu einem Menschen dieser Art für sie selber entstandenen Konstellation zu ziehen und sich mit dem abzufinden, was das Leben ihr immerhin noch bot, mit dem Glück, ein Kind, einen Sohn zu besitzen – ein Glück, das durch keine Enttäuschung beeinträchtigt werden konnte und das sie, wie es ihr nun erschien, noch niemals voll gewürdigt hatte, dessen sie also auch bisher noch nicht würdig geworden war. Es mochte sein, daß alle diese jetzt in ihr zu einem inneren Licht zusammenschließenden Einsichten sich nun, nach ihrem dreißigsten Jahr, daraus ergaben, daß sie endlich aus einer gewissen Kindlichkeit ihres Wesens, die ihr ungeachtet aller erfahrenen Schmerzen als einer durch Zärtlichkeit verwöhnten einzigen Tochter und Schwester immer noch angehaftet hatte, durch das Erlebnis dieser neuen Liebe erst zur Bewußtheit ihrer selbst gekommen war. Jedenfalls aber bewährte der Eintritt dieser Reife sich auch darin, daß sie sich dem Leben nun eher aufgeschlossener und teilnehmender zuwandte als bisher, aber mit jenem Verzicht auf persönliche Erwartungen, der uns erst fähig macht, den Erscheinungen liebend gerecht zu werden.

Daß in ihrer Beziehung zu Jansen keineswegs ein Abschluß, nur wieder einmal ein Abschnitt erreicht worden war, hätte sie damals kaum zugegeben, aber es sollte sich bald erweisen, daß ihr dieser Mensch nun einmal als Gegenspieler bestimmt war, zu jener dauernden Herausforderung des Schicksals, die, indem sie uns fortwährend in Atem hält, zugleich unsere Kräfte immer aufs neue auf die Probe stellt und sie für Aufgaben übt, die nicht notwendig mit dem Gegenstand, mit dem wir uns auseinanderzusetzen haben, in Verbindung stehen müssen.

Ohne daß er es wußte, auf eine ganz natürliche Weise, geschah es, daß Hannes ihr half, denn ihr Wunsch, bewußter mit ihm und für ihn zu leben, war hier die Erfüllung eines Bedürfnisses, das sich dem Jungen aus seiner Entwicklung ergab. Er hätte niemals dem Ausdruck geben können, wie öde und bang es ihm um das Herz gewesen war, seit die Ura aus seinem Leben entschwand und ihr geheimnisvolles Hin- und Herweben zwischen sichtbarer und unsichtbarer Welt, das seine Kindheit durchdrungen hatte, wie der nur ihnen beiden leuchtende Reflex einer anderen Sphäre um ihn her erloschen war; schließt sich doch der Raum hohen Alters an den Raum früher Kindheit, wie sich letztes und erstes Glied einer Kette berühren. Nicht das Erlebnis ihres Todes war es, das ihn in der Erinnerung verstörte; er war sich dieses Einschlafens gar nicht anders denn als eines sanften Überganges bewußt geworden, und die Eindrücke der Tage, die darauf folgten, hatten mit fremdartiger Feierlichkeit auf ihn gewirkt, ohne daß er zu begreifen vermochte, daß dies alles ein Ausklang war. Aber daß sie dann fort war und nicht wiederkam – daß das Zimmer, unverändert, wie es war, von solchem Schweigen erfüllt war, daß mit ihr auch die Gäste fortblieben, mit denen sie Umgang gehabt – dies alles drang allmählich mit so zermalmender Realität auf ihn ein, daß er nach einigen Wochen das Zimmer nicht mehr betrat und keinen anderen Ausweg fand, sich gegen das Unbegreifliche, gegen die unerbittliche Wandlung, die sich mit der Welt oder mit ihm selber begeben hatte, zu wehren, als indem er vorübergehend aus einem gutartigen, leicht zu lenkenden Kinde zu einem reizbaren, unberechenbaren und widerspenstigen wurde. Und das war es damals gerade, was Maria gebraucht hatte, um zu erkennen, daß er sie brauchte.

Maria schickte ihn während der Osterferien zu einer befreundeten Familie mit gleichaltrigen Kindern auf ein Gut in der Umgebung, und als er zurückkam, fand er die neue Einrichtung der Gartenstube vor und nahm mit zögerndem Staunen Besitz von seinem eigenen Reich. Mit einem asketischen Entschluß hatte Maria sich von Lennackers Schreibtisch getrennt, und dieser Arbeitsplatz am Fenster war es, der das Zimmer nicht nur grundlegend anders einteilte, sondern der in dem Jungen auch jenes Gefühl einer neuen Verantwortlichkeit und Selbstachtung weckte, die bei begabten Kindern oft so glücklich von einer phantastischen Ahnung künftiger Möglichkeiten durchdrungen ist, als sei ihnen nun etwas von dem Zauber anvertraut, durch den die Erwachsenen sich der Herrschaft über das Leben bemächtigt hatten. Eine solche Wirkung hatte Maria sich von dieser Einrichtung versprochen und sie durchgeführt, obwohl Elisabeth manches dagegen einzuwenden gehabt hatte. Während er sich in seine Selbständigkeit einlebte, die sich auch darin bekundete, daß er nun aus einem Spielkind immer mehr ein Lesekind wurde, bei welchem Übergang der Spieltrieb freilich meist ins Gedankliche umschlägt und die greifbaren Spielsachen nur durch Phantasiereisen und -abenteuer ersetzt werden, die das Leben mit einem Regenbogenschimmer umgeben, sah sich Maria in eben diesem Jahr durch den von den Brüdern jetzt durchgeführten vorteilhaften Verkauf eines Grundstückes, das viele Jahre zum wenig nutzbaren Besitz der Familie gehört hatte, aber durch die Ausdehnung der Stadt plötzlich beträchtlich im Wert gestiegen war, zum erstenmal in eine etwas unabhängigere Lage versetzt. Die Möglichkeit, mit dem Jungen kleine Reisen zu unternehmen, mit ihm zu Fuß oder zu Rad in der nahen Heide, im Harz oder in den Thüringer Bergen umherzuschweifen und dadurch die enge Gerdesheimer Welt manchmal hinter sich zu lassen, vor allem aber zeitweise den unvermeidlichen täglichen Begegnungen mit Jansen aus dem Wege gehen zu können, trug nicht nur dazu bei, sie mehr und mehr von dem Alpdruck der letzten Jahre zu befreien, sondern ließ auch während des nun folgenden Sommers und Herbstes eine Gemeinschaft mit jenem glücklichen Einschlag von Kameradschaft zwischen ihr und dem Jungen entstehen, die sie bald als die beste Grundlage erkannte, ihn zwanglos leiten und beeinflussen zu können. Als der Winter dann kam und die Musik wieder ihr Recht forderte, entschloß sie sich, dem Wunsche der Freunde, sich wieder bei ihr zu versammeln, dem sie sich geraume Zeit mit dem Hinweis auf das Trauerjahr entzogen hatte, wieder stattzugeben; sie fühlte sich wieder imstande, Jansen unbefangen zu begegnen, der Versuchung nachzugeben, die Überlegenheit über sich selbst, die sie erlangt zu haben glaubte, zu erproben, sie zu behaupten und auszuüben fast wie die Ausarbeitung und immer größere Vervollkommnung einer Rolle oder eines musikalischen Parts. Was sie daran reizte, war, daß hier fortwährend improvisiert werden müßte, daß nur der Charakter der Rolle, nicht aber die Szenenfolge, ja nicht einmal der

Inhalt des Stückes festgelegt waren; dieser würde erst zu übersehen sein, dachte sie einmal mit einiger Beunruhigung, wenn der Vorhang gefallen war, und daß es sich dann nicht als Lustspiel herausstellen würde, dies war das einzige, was sich voraussehen ließ. Ebenso gewiß aber ward ihr bald, daß Jansen in diesem Spiel keineswegs passiv zu bleiben gedachte und sich auch durchaus nicht von ihr an die Wand spielen, sich durch die ungewohnte heitere Sicherheit, mit der sie ihm entgegentrat, als er sich ihr mit der schwerfälligen Selbstverständlichkeit früherer Vertraulichkeit näherte, nicht verblüffen lassen würde. Hellhöriger, als sie es ihm zugetraut hatte, zog er sich ohne ein Anzeichen von Gekränktsein vorübergehend zurück, wartete ab, beobachtete und ging dann, anscheinend voll begreifend, in einer Weise auf den neuen unpersönlichen Umgangston ein, die zunächst geeignet war, sie ihrerseits zu verwirren. Seine Art, um sie zu werben, hatte bisher immer eine pathetisch-sentimentale Behutsamkeit gehabt, die sie leicht ungeduldig gemacht hatte; sie hatte eine Unsicherheit mit Bezug auf ihr eigentliches Wesen dahinter gespürt, und dies war es, was sie so lange gehindert hatte, ihn ganz ernst zu nehmen. Daß sich das dann geändert hatte – in jener langsamen, stetigen Entfaltung ihrer Liebe, durch die sie wie schlafwandelnd ins Leben zurückgekehrt war, um dann jäh und schmerzhaft zu einer Wirklichkeit zu erwachen, die sie wieder auf sich selbst zurückwarf –, das lag freilich hinter ihr, aber nicht, wie sie erkennen mußte, als ein überwundener Irrtum, sondern als das erste Stadium einer Beziehung, die jetzt erst in ein Spannungsverhältnis trat, an dem sich ihre Kräfte bewähren mußten.

Jansen – das blieb ihr nicht verborgen, obgleich es zu keiner Aussprache darüber kam – hatte durch den von ihr aufgerichteten Abstand so gelitten, daß er, da er ihr denn eine Aufrechterhaltung ihrer Freundschaft auf der bisherigen Basis nicht zumuten durfte, keine andere Wahl hatte, als sich ihrer Verwandlung anzupassen, wenn er sie nicht vollends verlieren wollte. Daß in seiner Art zu lieben etwas Unreifes, Schwärmerisches und Knabenhaftes, etwas zutiefst Selbstsüchtiges lag, das mochte ihn die Wendung, die in ihrer Haltung ihm gegenüber eingetreten war, mit einer bis dahin nie erfahrenen schmerzlichen Eindringlichkeit gelehrt haben. Dennoch – war diese Unfähigkeit, zu verwirklichen, was er ersehnte, und sein Leben zu gestalten, wie die Aufgaben, die ihm seine Kunst und sein Lehrberuf stellten, die Kehrseite seiner Begabung, wie Maria annahm, oder war jede Anlage, sich in dieser Richtung zu entwickeln, von früh an durch die Bevormundung der Schwestern erfolgreich unterdrückt worden – oder kam beides zusammen, um ihn jede äußere Schwierigkeit wie eine Bedrohung seiner Existenz empfinden zu lassen, die ihn mit lähmender Angst erfüllte: keine theoretische Einsicht war stark genug, ihn die natürlichen Folgerungen aus seiner Liebe ziehen zu lassen. Allein die Vorstellung, daß seine Verheiratung und die damit notwendig werdende Trennung von den Schwestern ihn vor die Verpflichtung stellen würde, für zwei Haushaltungen aufkommen zu müssen, verursachte ihm Beklemmungen, die ihm den Zugang zu seiner inneren Welt und die Verfügung über seine Schaffenskraft versperrten. Er geriet dann in einen Zustand wie ein aufs Trockene geworfener Fisch oder ein in einen geschlossenen Raum verirrter Vogel, irre hin und her schnellend und tobend, von Erstickungsnot und blinder Beängstigung fast an den Rand des Todes gebracht und sich besinnungslos immer weiter von dem heimischen Element und dem freien Luftraum entfernend, immer wieder gegen geschlossene Scheiben anprallend und das offene Fenster daneben nicht wahrnehmend. Da er es gelernt hatte, solche Krisen völlig allein durchzustehen und nach außenhin die unerschütterliche Gelassenheit männlicher Autorität zu wahren – was im Grunde ebenfalls eine Schutzhaltung war –, da er in der Nachfolge seines großen Vorbildes und Meisters, Bach, immer auch bemüht war, als Christ mit der Welt und mit sich selbst fertig zu werden, wozu ihm auch Herkunft und angeborene Neigung die Voraussetzungen mitgegeben hatten, so kam niemand auf die Vermutung, daß sich hinter dem einigermaßen gravitätischen Auftreten des Kantors und regens chori von St. Andreas Schwäche verbergen könnte. Die Schwestern hatten die ruchlose Gepflogenheit, dieses Auftreten vor der Welt zu respektieren, ihn aber innerhalb der vier Wände niemals vergessen zu lassen, daß er in allen Angelegenheiten des täglichen Lebens von ihnen abhängig war, was er zwar majestätisch ignorierte, aber weislich vermied, es darauf ankommen zu lassen, daß sie ihn ihre Macht spüren ließen. Bei Adele hatte das auch ihm gegenüber jene fatale Beimischung von Pädagogik, bei Malwine nahm es die Form der Nadelstiche und kleinen Rankünen an, indem sie ihre Hilfsarbeit im Kirchenchor, auf die er nachgerade angewiesen war, vernachlässigte, vor entscheidenden Proben ihre Migräne bekam, das Abschreiben der Stimmen verschleppte und ihn auch sonst in erfinderischer Weise fühlen ließ, daß sie unentbehrlich war.

Maria war nicht die erste Frau, die er liebte, wohl aber die erste, von der er nicht loszukommen vermocht hätte, auch wenn er gewollt hätte, was ihm bis jetzt jedesmal mehr oder weniger gütlich gelungen war, abgesehen von jenem vereinzelten Fall, der ihn gezwungen hatte, seine letzte Stellung aufzugeben und einen Ortswechsel vorzunehmen – und dies war ein Fall gewesen, an dem er persönlich so gut wie unbeteiligt gewesen war. Die Tatsache, daß eine junge, schöne und begabte Frau, die seine Schülerin geworden war, ihm plötzlich mitteilte, daß sie sich scheiden zu lassen gedenke, um frei für ihn zu werden, der ihr nicht mehr entgegenbrachte als eine aufrichtige Anerkennung ihrer Begabung und ästhetisches Wohlgefallen, war ihm so überraschend gekommen, daß er sich in schroffster Weise zurückgezogen hatte. Darauf hatte sie nach einigen vergeblichen Versuchen, ihn wiederzusehen, einen Selbstmordversuch unternommen, der mißglückte; da sie aber vorher einigen Freundinnen Andeutungen über ihr Vorhaben und seinen Grund gemacht hatte, hatte der Vorfall so viel Gerede verursacht, daß seine Stellung unhaltbar geworden war. Was er während dieser Affäre mit den Schwestern auszustehen hatte, bleibe auf sich beruhen; sie hatten sich dann in Gerdesheim, nachdem dieser Wechsel sich in mehr als einer

Beziehung als vorteilhaft erwiesen hatte, schneller mit der Erinnerung abgefunden als er, dem sie noch lange nachhing wie ein widerlicher Geschmack, den er nicht loswerden konnte. Aus dieser Depression hatte ihn die Begegnung mit Maria herausgeführt, und er hatte sich, wie er meinte, sehr bedachtsam und mit einem Gefühl der Verantwortung wie noch nie in diese Beziehung hineinbegeben, aber doch nur, wie er nun wußte, um zu beweisen, daß er nach allen Erfahrungen immer noch nicht gelernt hatte, sich selbst zu kennen und zu wissen, was man Frauen zumuten durfte.

Ein Pädagoge, der sich nicht selbst zu erziehen verstand; ein Liebender, der im Grunde nur sich selber vergötterte und sich narzissisch in dem Eindruck bespiegelte, den er auf die Geliebte machte. Ein Schwächling, unfähig, das hohe Gesetz, dem er in seiner Kunst diente, auch über seinem Leben aufzurichten; Konzessionen, Flucht in die Linie des geringsten Widerstandes, Zugeständnisse unwürdigster Art, Beugungen des Gesetzes mithin – das war also der Weg, auf dem er die Harmonie erzwang, ohne die er nicht leben zu können meinte oder ohne die seine Schaffenskraft versiegen müßte, was für ihn dasselbe bedeutete. Diese Harmonie war nichts als ein fauler Friede mit der Wirklichkeit. Das waren die Ergebnisse der Selbstprüfung gewesen, der er sich schonungslos unterzogen hatte in den schlimmen Monaten, als er annehmen mußte, Maria verloren zu haben. War ihre Folge Zerknirschung – schmerzhafte Auflockerung einer bis dahin niemals urbar gemachten Bewußtseinsschicht, so zeitigte diese Arbeit dennoch nicht »Buß' und Reu'« im Sinne einer aktiven Umkehr. Im Grunde blieb er ratlos wie zuvor und sah keine Möglichkeit, die äußere Lage, wie sie einmal war, zu ändern. Was sich indessen geändert hatte, war sein Verständnis für die Haltung, auf die sich Maria zurückgezogen hatte. Sein Gehör, dies der Musik gegenüber »absolute« Gehör, war jetzt zum erstenmal auch für kaum merkliche Schwingungen und für die Untertöne im Wesen eines Menschen, einer Frau, erschlossen. Mehr noch, er vermochte es bald, sich eben auf jene kaum meßbaren

Vibrationen einzuschwingen und in jenen Untertönen die führende Stimme zu erkennen, mit der er das Zusammenspiel aufzunehmen hatte, – wenn denn ein solches Zusammenspiel überhaupt noch möglich sein sollte. –

Wenn es zustande kam, dies Zusammenspiel, so war es eben, weil sie einander nicht mehr entbehren konnten und beide stillschweigend entschlossen waren, eher jede Forderung, die den anderen überfordern könnte, zurückzustellen, als darauf zu verzichten, sich wenigstens im Rahmen der gegebenen Möglichkeiten zu sehen, zu sprechen und des geheimen Glückes einer nur ihnen beiden zugänglichen Verständigung durch Blick und Wort und zuweilen nur durch die Tatsache, in einem Raum unter vielen doch miteinander allein zu sein, teilhaftig zu bleiben. Diese nach außen so konventionell erscheinende Befreundung, die während der nächsten Jahre weder den Hausgenossen noch der klatschbegierigen Gerdesheimer Gesellschaft jemals Anlaß zu erhöhter Alarmbereitschaft bot und als Beobachtungsgegenstand sogar von Malwine fast gelangweilt ad acta gelegt worden war, war für die beiden Nächstbeteiligten von jenen geheimen Spannungen durchdrungen, die wie nichts andres geeignet sind, dem Alltag einen Sinn und unerschöpflichen Reiz zu verleihen – jenes unersetzliche Stimulans, das einzige, das die Lebenskraft zu wahrer Produktivität zu steigern vermag, seltsamerweise niemals wirksamer, als wenn es mit Entsagung versetzt zum bittren Arkanum wird, das den ganzen Menschen durchdringt; nicht wie ein Rauschtrank verfliegt.

Jansen erlebte nach der Phase, deren Beginn so lange zurücklag, daß er sie selbst in resigniertem Beharren für endgültig gehalten hatte – einer Phase virtuoser Vervollkommnung seines Orgelspiels und seiner Gabe, eindrucksvoll und erfolgreich zu unterrichten, während derer aber die schöpferischen Kräfte seiner Jugend zum Stillstand gekommen zu sein schienen –, daß er wieder zu komponieren begann und zugleich in der Steigerung der Ansprüche, die er an sich selbst stellte, den Durchbruch einer ihm bis jetzt nicht verfügbaren seelischen Substanz in der Behandlung seiner Instrumente, vor allem der Orgel, erreichte, was ihm Ehren eintrug, auf die er in seiner quietistischen Natur gern verzichtet hätte. Gerdesheim konnte sich allmählich rühmen, in ihm einen der berühmtesten Organisten und Chordirigenten des Landes zu besitzen, und die Stadt tat alles, um ihn zu halten, obgleich diese Bemühungen kaum nötig gewesen wären, denn er dachte nicht daran, diesen Wohnsitz aufzugeben, wenn er auch einem Ruf an die Hochschule für Musik in Berlin insofern stattgab, als er seine Lehrtätigkeit am Gymnasium einschränkte und an einigen Tagen der Woche in Berlin unterrichtete, womit die Schwestern sich nach einigem Flügelschlagen und Wehklagen hatten abfinden müssen. Sie waren indessen keineswegs unempfänglich den äußeren Vorteilen gegenüber, die sich auch für sie aus dem Aufstieg des Bruders ergaben, und nur allzu bereit, die entscheidende Wandlung aus einem weichen und fügsamen »ewigen Jüngling« zu überlegener Männlichkeit und unabhängigem Künstlertum, die mit ihm vorgegangen war, sich selbst zuzuschreiben als eine Entfaltung, die er in erster Linie ihrer vermeintlichen Aufopferung zu danken hatte. Daß Maria gleichzeitig eine persönliche Vollendung erfuhr, ihr selbst nicht anders als in einer bisher nie gekannten inneren Freiheit und Sicherheit bewußt werdend, in einer unbekümmerten Freudigkeit zur Bewältigung des Lebens, das ihr doch bis vor kurzem nur ein Schauspiel bedeutet hatte, an dem sie nur noch am Rande beteiligt war – das entging ihnen völlig und ward auch von Elisabeth nur mit der tröstlichen Feststellung registriert, daß die Tochter sich nun anscheinend wieder »zurechtgefunden« habe. Elisabeth war seit Beginn ihrer Witwenschaft und zunehmend seit dem Tode der Ura – schließlich seit die Nachricht gekommen war, daß auch der »Ehrwürdige Priester und Diener des Höchsten, Dominikus Dornblüh, zu seines Herrn Freude eingegangen sei«, immer tiefer ins Alter hineingeglitten, das ihr körperlich wenig Beschwerden machte, aber ihr ohnehin niemals besonders lebhaftes Gefühl für die

Eigenart der mit ihr lebenden Menschen noch mehr herabdämpfte und sie nur noch moralische Maßstäbe anlegen ließ. In dieser Beziehung verbarg sie ihre Befriedigung über Marias Verwandlung nicht, die sich für ihre Augen als entschlossene Umkehr zu lobenswerter Tatkraft und Heiterkeit darstellte, sie meinte, die Gründe dafür in einem Sieg des guten Willens und zuletzt, was sie freilich nur andeutete, in ihrer unermüdlichen Fürbitte finden zu können.

Fürbitte freilich und Handreichung aus dem Unsichtbaren – wir wissen niemals, was alles wir ihnen verdanken. Maria glaubte, ihre Verbindung mit den Toten noch niemals so stark empfunden zu haben wie in dieser Zeit, da sie sich wieder als ein Teil des Lebens zu fühlen begann, und wenn Jansen der gegenwärtige und wirkliche Brennpunkt dieses Lebens war, so grenzte sein weiter Umkreis doch überall an den unerforschlichen Bereich, aus dem die Strahlen einfielen, die sich in dieser Liebe sammelten. Die Zeit, in der sie die Bindung ihres Gefühls an einen anderen Mann gleich einem Treubruch Achim gegenüber empfunden hätte, war vorüber, so sicher fühlte sie sich jetzt der unzerstörbaren geistigen Einheit, in der er in ihr weiterlebte; ja, sie sagte sich: wenn ich Jansen etwas bedeuten kann, so ist das nur möglich durch das, was ich durch Achim geworden bin. Und da war der Junge, aus dessen sich allmählich herausformenden Zügen, aus dessen zugleich verträumt und forschend blickenden Augen sein Vater sie ansah – durch dessen erwachenden Geist der Tote immer stärker seine Realität in ihrem Leben behauptete, aber in einer anderen Gegenüberstellung als einst – nicht mehr als der Gebende, sondern als der, der von ihr forderte, daß sie ihm dazu verhelfen möge, diesmal über die Grenzmarken hinauszukommen, an denen er einst erschöpft zusammengebrochen war – sich in seinem Sohne erfüllen zu dürfen. Dem Sohne alles zu geben, was dem Vater in seiner Jugend versagt geblieben war: diese Aufgabe stand in unverfehlbarer Deutlichkeit vor ihr. Und was hatte Achim in seiner Kindheit und Jugend andres gefehlt als einzig Liebe und wiederum Liebe? Ihm hatte sie es nicht mehr ersetzen können, wonach er zu lange gedarbt hatte, nein, für diese Art Liebe war sie damals zu jung, zu töricht gewesen; und wenn er ihr wieder und wieder gesagt hatte, daß das Glück, das sie ihm gab, alles gutgemacht hätte, was an ihm gesündigt worden war, so hatte er selbst nicht gewußt, daß das, was er an Kräften zugesetzt hatte, sich hinter ihm unwiederbringlich verzehrt hatte und nicht mehr einzubringen war. Aber an dem Hannes – sie sah mit erschrockener Dankbarkeit auf sein kurzes Leben zurück – an ihm war noch nichts versäumt, wenn sie auch gestern erst, wie ihr schien, begonnen hatte, mehr in ihm zu sehen als den besten Trost ihrer Einsamkeit. Wobei noch dazu Einsamkeit und Trost, wie Sehnsucht und Erfüllung so oft, nur hin und wieder zusammengekommen und einander erkannt – im übrigen nebeneinander und jedes für sich existiert hatten.

Sehr anders in der Tat gestaltete sich die Jugend des Hannes, der seinen vollen Namen: Hans Jakob Lennacker, einstweilen nur wie eine noch unerschlossene Formel auf seine Schulhefte schrieb, als die seines Vaters – wie denn kein Frühling dem anderen gleicht, und der eine, frostversehrt, nur eine kurze Blüte zeitigt, und der nächste sich in günstigem Wechsel von Sonne und Regen stetig und fruchtverheißend entfalten darf. Als mit der Ura das Reich der Kindheit hinter ihm zurückblieb, war der Übergang so sanft, daß er gleichsam nur den Schritt aus einer Gartenpforte auf einen Wiesenpfad in die Freiheit der offenen Landschaft erforderte. Die Pforte fiel nicht ins Schloß, man konnte jederzeit beliebig in den Schutz der Gartenhecken zurückkehren. Es war eigentlich nur so, als ob der Garten sich in geheimnisvoller Grenzenlosigkeit aufgetan hätte – daß keine Mauer, kein Graben, geschweige denn ein Abgrund ihn von der Welt trennte. Sie schien aus einem Stück zu sein, der Garten war ihr erster Aspekt gewesen, dem die Erfahrung, daß er nicht die ganze Welt darstellte, einstweilen nichts von seiner Gültigkeit nahm. Denn daß es den Tod gab, auch diese Erfahrung war schon in das früheste Bild des Lebens einbegriffen gewesen, und sie war verbunden mit der Ahnung feierlicher

Geheimnisse, nicht aber mit Grauen. Es war vielmehr so, daß das stille Fortwirken der Abgeschiedenen im Dasein der Lebenden, das dem Knaben in seiner Umgebung immer spürbar war, den ungebrochenen Zusammenhang mit der Vergangenheit ebenso zu gewährleisten schien, wie sich die Zukunft ihm als eine beständige sanfte Verwandlung der Gegenwart offenbarte, ohne daß der Schauplatz sich änderte, ohne daß diese ihm überkommene Welt Sprünge und Risse bekam.

Da sie so lebendig war, daß alles, womit sie in Berührung geriet, von dieser in ihr brennenden Flamme angestrahlt ward und Licht zurückwarf, konnte die im Aufsteigen begriffene Generation jenes ersten Jahrzehnts des angebrochenen Säkulums nicht erkennen, daß der Sand im Stundenglas der Epoche am verrinnen war und daß die gigantische Hand schon ausgereckt war, es umzustürzen und das Zeichen zum Anbruch einer erbarmungslosen Zeitwende zu geben. Sie sang, sie wanderte, sie entfachte ihre Johannisfeuer, diese Generation, die um 1914 ihr zwanzigstes Jahr erreicht haben würde; sie wandelte durch die Schatzkammern des Jahrtausends, in denen sie ihr unverbrüchliches Erbe zu entdecken meinte, und wählte aus dem »ewigen Vorrat«, der sich ihr bot, ohne noch zu ahnen, daß sie es war, von der die letzte und äußerste Bewährung dieses Erbes gefordert werden würde.

Dem Knaben Hannes kam diese Ahnung so wenig wie seinen Gefährten. Wenn er unter diesen Gefährten eine Sonderstellung einnahm, da er ihnen in der Beherrschung einiger Gebiete voraus war, die ihnen erst durch die Schule erschlossen wurden und in denen sie nicht von Hause aus heimisch waren wie dieser Sohn und Enkel gelehrter und geistbeflissener Männer, so trug das nur dazu bei, seine liebenswürdige Sicherheit, die ihn Lehrern und Kameraden gegenüber gleichmäßig den richtigen Ton finden ließ, zu bestärken. Er wurde kein Außenseiter, aber sein Hang, sich zeitweise auf sich selbst zurückzuziehen, und auch die Tatsache, daß er im guten Sinne ein Muttersohn war und blieb, indem ihn mit seiner Mutter nicht die Abhängigkeit von ihrer Autorität, sondern etwas wie Freundschaft zu verbinden schien, waren bekannt, und daß ihre Berechtigung anerkannt wurde, hatte er nicht nur sich selbst, sondern auch der Persönlichkeit dieser Mutter zu danken.

Maria hatte, vielleicht in dem Bedürfnis, der Einseitigkeit ihres Verkehrs mit den Jansens und ihrer Musikgemeinschaft ein Gegengewicht zu schaffen, dann aber in dem zunehmenden Verlangen nach Bestätigung, einige alte Beziehungen wieder aufgenommen und neue, die sich aus ihrer Mitwirkung im Kirchenchor ergeben hatten, entschiedener zu pflegen begonnen. Es kam ihr dabei nicht auf Beteiligung an irgendwelcher konventionellen Geselligkeit an; sie suchte vielmehr Anschluß an einige Frauen, die aus Neigung oder unter dem Zwang der Notwendigkeit berufstätig waren. Eine ihrer früheren Schulfreundinnen war Ärztin geworden, hatte sich mit einem Arzt verheiratet und teilte sich mit ihrem Mann in eine ausgedehnte Stadt- und Landpraxis; eine andere Bekannte war Volksschullehrerin, eine dritte arbeitete im Dienst der kirchlichen Fürsorge. Ein persönlicher Kontakt ließ sich mit diesen überbeanspruchten Frauen kaum herstellen, aber das war es auch nicht, was Maria suchte: sie suchte und fand durch sie jedoch den Zugang zu einer Wirklichkeit der Arbeit und des Leidens, die von der saturierten oberen Schicht der Bevölkerung überdeckt und verleugnet ward, von der sie aber wußte, daß Lennacker nur bei ihr die Menschlichkeit vorausgesetzt hatte, die anzusprechen und der beizustehen allein sich lohnte. Ob sie gehofft hatte, selbst ein Arbeitsfeld für ihre durch den kleinen Haushalt und den immer selbständiger werdenden Jungen nicht ausgefüllten Kräfte zu finden, hätte sie später kaum noch sagen können; jedenfalls sah sie sich bald mit allerlei Geschäften betraut, die sich alle unter den Nenner »soziale Arbeit« hätten bringen lassen, die jedoch von ihr, ob es sich um Erkundungsgänge zu Hilfsbedürftigen oder zu Eltern säumiger oder überwachungsbedürftiger Schulkinder, um Krankenbesuche oder was auf dieser Linie sonst liegen mochte, handelte, von ihr – mit so viel natürlicher Einfühlung in die

Voraussetzungen der einzelnen Fälle und unter Vermeidung jenes professionellen Auftretens, das den Leuten von vornherein den Mund verschließt, ausgeführt wurden, daß die von ihr eingebrachten Ergebnisse bald nicht nur kirchliche, sondern auch städtische Stellen um ihre Mitarbeit werben ließen. Sie selbst hatte in der Freiwilligkeit und Freizügigkeit ihres Tuns die größte Befriedigung gefunden, und so schrak sie zunächst davor zurück, sich, und sei es nur ehrenamtlich, fest zu verpflichten. Nach einer Weile des Zauderns aber überkam sie die Gewißheit, vor eine Entscheidung gestellt zu sein, der sie sich nicht entziehen dürfe, und ein von Gerbert in ihrer Gegenwart anscheinend achtlos hingeworfenes Wort, »daß, wo Eignung sei, auch Verpflichtung bestehe«, brachte den Entschluß, sich zur Verfügung zu stellen, zur Reife. Die Wahl, ob sie für die freie paritätische Wohlfahrtspflege – wie ihre ärztliche Freundin es befürwortete – oder im Dienst der Kirche arbeiten wolle, fiel ihr nicht schwer; obgleich sie zum voraus wußte, daß sie mit ihrer Art, die Arbeit aufzufassen, in einen Gegensatz zu den meisten andren freiwilligen weiblichen Hilfskräften der Geistlichkeit geraten würde, war sie entschlossen, es zu wagen und sich die Freiheit ihrer Art, mit den Menschen umzugehen, unter allen Umständen zu wahren. Dies gelang ihr dann in einem Grade, daß der gute Gerbert, bei dem die Fäden der evangelischen Liebestätigkeit der drei lutherischen Gemeinden der Stadt zusammenliefen, manchmal in Verlegenheit war, wie er diese Mitarbeiterin, die es sich vorbehielt, ihre Schützlinge nicht nach den gebräuchlichsten Maßstäben von »Verdienst und Würdigkeit«, sondern nach der Einsicht ihres Herzens zu beurteilen, vor der Behörde verantworten könne – ganz zu schweigen von der Notwendigkeit, ihr unparteiisches Eintreten für entlassene Sträflinge, leichtsinnige Mädchen, uneheliche Mütter und dergleichen schwarze Schafe immer wieder vor anderen seiner Helferinnen vom Schlage Adele Jansens rechtfertigen zu müssen. Er selbst räumte ihr bald in stillschweigendem Einvernehmen mit ihr eine Vertrauensstellung ein und konnte sicher sein, daß sie keinen falschen

Gebrauch davon machen würde. »Und warum tritt sie nicht unsrem Nähverein bei? – Und warum übernimmt sie nicht eine Gruppe im Kindergottesdienst? – Und warum weigert sie sich, Haussammlungen mit zu übernehmen?!«

Pfarrer Gerbert wurde schließlich für seine Verhältnisse sehr deutlich: »Meine Damen, lassen Sie die Frau doch, wie sie ist! Es sind mancherlei Gaben, aber es ist Ein Geist – daran wollen wir uns doch in diesem Fall einmal nachdrücklich erinnern. Ich glaube, wir sollten dankbar sein, daß wir sie haben.« Nun, Pfarrer Gerbert war, wie Adele Jansen längst festgestellt hatte, in vielen Stücken allzu tolerant. Aber Marias schöne Unbefangenheit setzte sich bald überall durch, und sie gewann durch die Übung verantwortlicher Fürsorge eine natürliche herzliche Würde des Auftretens, die ihr allenthalben Vertrauen und Zuneigung einbrachte. Elisabeth konnte sich nicht enthalten, gelegentlich in Frage zu stellen, ob in den Bestrebungen der evangelischen Kirche auf diesem Gebiet nicht humanitär-soziale Antriebe mehr im Vordergrund stünden als christlich-karitative, konnte aber doch nicht bestreiten, daß es jedenfalls dort, wo das Gebot der Nächstenliebe aktiviert und organisiert in Kraft träte, kaum möglich sei, humanitäre und christliche Motive zu unterscheiden, es sei denn, daß man in der sogenannten humanitären Geistesverfassung nicht eine der ursprünglichen Voraussetzungen für die Ausbreitung des Christentums anzuerkennen bereit sei. Aber auf derartige Probleme einzugehen, fühlte Elisabeth sich nun zu müde; sie redete der Tochter nirgends mehr ernstlich hinein und überließ sich dankbar der Beruhigung, die von Marias so unbeirrbar gewordener Selbständigkeit auf sie ausging. Wenn Dietrich nach einem seiner seltenen Besuche in Gerdesheim einmal an Franz schrieb: »Was unsere kleine Schwester betrifft – alle Achtung! Sie hat geradezu Stil bekommen!« – und wenn Franz, der häufiger Anlaß nahm, sich nach dem Ergehen von Mutter und Schwester umzusehen, darauf antwortete: »Deinen Eindruck von Maria kann ich nur bestätigen. Es ist bei ihr in der letzten Zeit etwas zum Durchbruch gekommen, was ich nur als eine merkwürdige Synthese unsres Alves-Dornblühschen Erbes mit Lennackerschem Geiste bezeichnen kann, und ich glaube, in dem Jungen wird das einmal zur Vollendung kommen...«, so lag in dieser brüderlichen Anerkennung, die zwar nicht bis zum Kern der Wahrnehmung drang, doch die Bestätigung der Verwandlung, die mit Maria vorgegangen war und die niemandem mehr zugute kam als Hannes. Denn die eigentümliche Isolierung, in die das Alvessche Haus mit den Jahren geraten war, hätte gerade diesen zwischen lauter Frauen aufwachsenden Jungen leicht zum Einzelgänger und Eigenbrötler werden lassen können, wozu allein schon seine phantasievolle und grüblerische Veranlagung die Voraussetzung bot.

Diese Veranlagung wurde jedoch von einem Zeitpunkt an, der ungefähr mit dem dreizehnten Geburtstag des Jungen zusammenfiel, durch niemand anderes als Jansen in die richtige Bahn gelenkt, der keinen besseren Weg hätte wählen können, der Mutter unmittelbar seine Ergebenheit zu beweisen, als indem er dem Sohne zum Mentor und geistigen Führer wurde. Die musikalische Begabung des Jungen war allerdings nur als latent zu bezeichnen, er hatte als Zuhörer einen vorzüglichen Geschmack, ein ausgesprochenes Qualitätsgefühl und Unterscheidungsvermögen, konnte aber keinen Ton richtig wiedergeben, und seine ausgesprochene Unlust, ein Instrument zu erlernen, veranlaßte Jansen bald, Versuche in dieser Richtung aufzugeben. Er verstand es jedoch, den Jungen, der ein spontanes Verhältnis zu jeder künstlerischen Ausdrucksform hatte, allmählich zwanglos und zunächst rein gesprächsweise für Musikgeschichte zu interessieren, und daraus erwuchs mit der Zeit ein theoretischer Musikunterricht, in dem durch Jansens besondere Gabe und Vorliebe, Querverbindungen zu anderen Gebieten herzustellen, und von der profanen und der Kirchenmusik ausgehend ein Liniennetz zwischen diesen und den anderen Künsten, vor allem der Dichtung und der Architektur, dann aber auch mit Einbeziehung von Mathematik und Philosophie deutlich zu machen, schließlich für den

Schüler das Höchste erreicht ward, was ein Lehrer zu vermitteln vermag, nämlich der Blick für den Zusammenhang und die gegenseitige Bedingtheit der großen Disziplinen einer geistigen Durchdringung der Welt. Dies hohe Ziel einer humanistischen Bildung strebte zwar auch das Gerdesheimer Gymnasium grundsätzlich an, blieb aber in der Praxis weit darunter zurück, und der schematische, schablonenhafte Trott bei der Durchführung der Lehrpläne ließ pädagogische Kräfte von Jansens Format brachliegen und Schüler von überdurchschnittlichen Voraussetzungen entweder verkümmern oder ausbrechen. Daß Hannes schon sehr früh in der Gefahr stand, sich privatisierend und bei wahlloser Lektüre zu verzetteln, war Jansen, der sich auf dem gemeinsamen Weg in die Schule oft mit ihm unterhielt, nicht entgangen. Ganz davon abgesehen, daß dies Marias Sohn war und daß ihm die Beschäftigung mit dem Jungen nun immer einen neutralen Gesprächsstoff bot, der für sie ein vitales Interesse hatte, fühlte er sich durch die sich in klugen Fragen und Antworten hier bekundende Begabung wohltätig angeregt, seiner sonst selten zum Zuge kommenden Neigung, sich aus innerer Fülle mehr mitteilend als dozierend zu ergehen, freien Lauf zu lassen, und er gewann die befriedigende Gewißheit, sich mit dem, was er zu lehren vermochte, wenigstens in diesem Fall nicht ins Leere auszugeben – eine Erfahrung, die ihm seine Schularbeit immer wieder verleidete.

Was sich während dieser Jahre zwischen Maria und ihm vollzog, war die Herausbildung eines Vertrauensverhältnisses, das sie beide schließlich mit um so stärkerer Gewißheit umschloß, als schon längst niemand mehr argwöhnte, daß zwischen ihnen noch eine andere Beziehung bestehen könnte als die der zufälligen Hausgenossenschaft und der daraus sich ergebenden Ungezwungenheit des Umgangstones. Jansen hatte in Gerdesheim den Spitznamen »Der Mönch« oder »Der Erzengel« mehr wie eine Art Titel als wie einen Spitznamen verliehen bekommen; niemand wußte, ob er von den Damen des Kirchenchores oder an einem der Stammtische geprägt worden war, und jedenfalls drückte er aus, daß die Stadt sich mit seinem Zölibat abgefunden und in der ihr zur Verfügung stehenden Form eines ironischen Zugeständnisses darauf verzichtet hatte, ihn verheiratet oder auch nur gerüchtweise in Beziehung zu bestimmten weiblichen Wesen bringen zu wollen. Es gab da dankbarere Objekte, an die man sich halten konnte. Was Malwine betraf, so ging seit der Wende ihres vierten Jahrzehnts eine Veränderung mit ihr vor, zu der die zunehmende Emanzipierung des Bruders von ihrem Einfluß zweifellos die Veranlassung war, und da sie, wie sie Adele gegenüber gelegentlich kopfschüttelnd betonte, seit Gottfried sich »so entschieden von Frau Lennacker zurückgezogen habe«, mit bestem Willen nirgends mehr ein Anzeichen dafür entdecken konnte, daß er »einer anderen Sirene« verfallen sein könnte, fand sie keinen rechten Ansatzpunkt für die Geltendmachung ihrer vermeintlichen Rechte ihm gegenüber mehr. Es wäre ihr nichts anderes übriggeblieben, als eifersüchtig auf seine Arbeit zu werden, in der er immer mehr aufging, hinter der er sich aber auch immer erfolgreicher verschanzte und die sie nur noch in ihren Ergebnissen und Erfolgen kennenlernte, denn die Zeit, in der er sich ihr über seine Pläne und ihre fortschreitende Gestaltung ausgesprochen hatte, schien für immer vorüber zu sein. Da es jedoch ihrer Eitelkeit von jeher hauptsächlich auf die Ergebnisse und vor allem auf den öffentlichen Erfolg, den sie erzielten, angekommen war und das Vertrauen, mit dem er Verständnis bei ihr suchte, für sie immer nur das Mittel bedeutet hatte, ihn durch eifrige Zustimmung beeinflussen und steigern zu können, so entbehrte sie in dieser Beziehung nichts, denn es war nun so weit, daß der Erfolg sich von selbst verstand. Das alles war triebhaft weiblich, kleinlich und berechnend, wie denn die ganze Malwine, mitgeborene Trabantin eines selbstleuchtenden, ruhig dahinwandelnden Gestirns, eine etwas fragwürdige Begleiterscheinung eines Menschen von Jansens Format darstellte. Aber sie war nun einmal vorhanden, und der Bruder war zu großzügig, möglicherweise auch zu phlegmatisch, um es sie entgelten zu lassen, daß er diese Fragwürdigkeit ihres Einflusses auf ihn nun endgültig erkannt hatte. Er ging auf seine Art vor, indem er einen luftleeren Raum, eine für sie unübersehbare Zone des Schweigens zwischen seiner Sphäre und dem Tummelplatz ihrer Betriebsamkeit anwachsen ließ. Eine Weile war sie immer von neuem blindlings gegen die unbegreifliche gläserne Wand angeprallt und zornig räsonierend daran auf und nieder gesurrt; dann aber, als sich ungeachtet dieser Wand gar nichts geändert zu haben schien – da der Bruder am Zusammenleben mit ihr und Adele festhielt, unermüdlich arbeitete und immer stärker anerkannt wurde –, ließ sie in einer etwas dümmlichen Selbstbescheidung davon ab, sich aufzuregen, und begnügte sich damit, auch weiter den Schein ihrer Vertrauensstellung aufrechtzuerhalten, was Jansen hinnahm, teils, weil sie ihm leid tat, teils, weil er in gewisser Weise auf ihre Hilfestellung angewiesen war. Wenn aber auch das Vertrauen, das er ihr so lange erwiesen hatte, ihr nie mehr bedeutet hatte als einen Anlaß, sich seiner rühmen zu können, so hatte es ihr doch, ohne daß sie sich dessen in ihrem törichten Dünkel bewußt war, gewisse nährende Kräfte zugeführt, die sie nun ebenso unbewußt, wie sie sie empfangen hatte, zu entbehren begann. Es fehlte ihr etwas, nicht zuletzt die kleinen Sensationen der Eifersüchteleien, zu denen seine frühere Haltung ihr eine Art Recht gegeben hatte, und so kam es, daß Malwine nach einiger Zeit an einer inneren Leere krankte, die sie in sonderbar schweifender Weise auszufüllen trachtete, indem sie sich neuerdings auf Beziehungen einließ, die einen viel intensiveren Charakter trugen als ihr gewohntes Geplätscher in oberflächlicher Geselligkeit. Adele beobachtete es kopfschüttelnd, Jansen nicht ohne grimmige Befriedigung und Maria mit einer Belustigung, die nicht ganz ohne Bitterkeit war. Gewisse Leute sprachen von Torschlußpanik, und ernst genommen wurde dies späte Frühlingserwachen nur von zwei gesetzten Herren, von denen der eine Oberlehrer und Junggeselle, der andere ein musikbegeisterter Zahnarzt und Witwer war. Daß Malwine sie vorläufig nur gegeneinander ausspielte, blieb ihnen verborgen.

Malwine war also beschäftigt, und schon seit geraumer Zeit hatte Jansen seine Besuche im Erdgeschoß wieder aufgenommen, ohne daß sie es beachtete. Als er das erstemal im Vorbeigehen bei Maria angeklopft hatte wie in früherer Zeit und unter der Begründung, daß er ihr Karten für ein in den nächsten Tagen stattfindendes Konzert anbieten wolle, eingetreten war, hatte sie es vermieden, ihm einen Stuhl anzubieten, denn es konnte ja doch wohl nur Zerstreutheit sein, daß er derartig von der Linie abwich und diese Schwelle außerhalb der Zeit und Gelegenheit der Quartettabende überschritt. Seine Zerstreutheit ging aber so weit, daß er, nachdem sie einige Minuten stehend hin und her gesprochen hatten, seinerseits sagte: »Könnten wir uns nicht setzen?«, worauf er sich umständlich niederließ und in überstürzter Weise von seiner Arbeit in Berlin zu berichten begann, während sie im Ausdruck seiner Augen ganz andere Dinge las, unter anderem die Beschwörung, sie möchte ihm die Situation nicht durch Verwunderung erschweren. Nachdem solche Vorstöße sich mehrmals wiederholt hatten, war sie dann auch so weit, sich nicht mehr zu wundern, konnte aber nicht umhin, sich zu fragen, wohin das nun führen sollte. Die lange Karenz, durch die die Vertraulichkeit ihres brieflichen Umganges abgebrochen und Jahre hindurch äußerlich von einer Art Maskenspiel abgelöst worden war, war ungeachtet des triumphierenden Willens, einander nicht aufzugeben, der sie unauflöslich verbunden hatte und in dem eines des anderen gewiß geblieben war, nicht von heute auf morgen durch eine neue Form gegenseitiger Annäherung auf realer Ebene zu ersetzen. Es waren sehr sachliche Gespräche, die sie jetzt miteinander führten, sie drehten sich um den Hannes, um die Schule, um alle möglichen Themen zwischen Himmel und Erde, nur nicht um das, was sie beide gemeinsam betraf, und die Beglückung, die sie empfanden, trat allein in dem Bemühen, einander zu verstehen und aufeinander einzugehen, hervor, das diese Unterhaltungen wie die Resonanz eines doppelten Bodens durchdrang.

Es dauerte lange, bis Jansen von sich selbst und endlich auch mit vielen Umschweifen von seinen persönlichen Verhältnissen zu reden begann, aber dann geschah es zum erstenmal, daß er sich offen auch über seine Schwestern aussprach, zunächst in Betonung dessen, was er Adele seit seiner Kindheit verdanke, dann aber auch darüber, wie satt er die beständigen Reibereien zwischen Adele und Malwine habe. Dies war ein Thema, das früher nicht nur zwischen ihnen beiden, sondern, von Jansen aus betrachtet, überhaupt unberührbar gewesen wäre, und darum schrak Maria zuerst davor zurück, darauf einzugehen, und beschränkte sich darauf, zuzuhören und nur die unumgänglichsten allgemeinen Bemerkungen zu machen. Endlich aber, als Jansen unumwunden aussprach, er habe den Eindruck, daß Malwine mit dem Gedanken umginge, sich zu verheiraten – daß sie seit einiger Zeit allerlei erlebe, entzöge sich zwar im einzelnen seinem Einblick, aber er sei ja nicht blind, und Adele erginge sich in sonderbaren Andeutungen und Prophezeiungen – konnte sie sich doch nicht enthalten, ironisch zu sagen: »Nun, das wird sie Ihnen doch nicht antun!« – worauf sie sich freilich gern auf die Zunge gebissen hätte, um diese Worte zurückzunehmen. Das Blut war ihm ins Gesicht gestiegen, er sah sie hilflos und vorwurfsvoll an und sagte leise: »Ich glaube, Maria, Sie sehen meine Situation nicht ganz richtig – es ist wohl auch nicht zu verlangen...«

Weit entfernt davon aber, eine Verlegenheit oder Verstimmung aufkommen zu lassen, hatte er gleich darauf von anderen Dingen zu sprechen begonnen und war nicht auf diesen Gegenstand zurückgekommen, bis er ihr vierzehn Tage später ein entliehenes Buch zurückbrachte – Bücher aus der Lennakkerschen Bibliothek zu entleihen und zurückzubringen, diente ihm neuerdings zum bevorzugten Vorwand für seine Besuche – und sich niedergelassen hatte, um ihr von einem Musikfest zu berichten, bei dem er inzwischen mitgewirkt hatte. Ganz unvermittelt, nach kurzem Schweigen, sagte er dann plötzlich: »Wenn es nun tatsächlich dazu käme, daß Malwine – Sie erinnern sich, was ich neulich sagte? – also wenn sie heiraten *sollte* – ich weiß gar nicht, wie Adele allein mit der großen Wohnung fertig würde. Damit liegt sie mir nämlich immer in den Ohren, und wenn ich ihr sage, dann würden wir eben ein Mädchen halten, dann tut sie, als ob ich ihr zumutete, sich von früh bis spät schwarz zu ärgern ... Hm – meine Schwestern – sie sind merkwürdig autokratisch veranlagt ...«

Maria sah ihn abwartend an; sie wußte nicht recht, worauf er hinauswollte, und hütete sich, die leise Belustigung zu zeigen, die sie empfand.

»Da habe ich mir so gedacht«, fuhr er fort, »daß sie es doch auch wahrhaftig verdient hätte, endlich einmal ihre Ruhe zu haben –« Er sprach immer schneller und blickte Maria nicht an – »und wie es wohl wäre, wenn sie dann hier herunter ins Erdgeschoß zöge und – wenn Sie sich entschlössen – wenn Sie sich doch noch entschließen könnten ...«

Maria wußte nicht, ob sie lachen oder weinen sollte, aber das erstere lag ihr näher. »Wie denken Sie sich das eigentlich, Jansen!« sagte sie, um Zeit zu gewinnen, denn es war ihr im Grunde ganz klar, wie er es sich dachte. Er sagte kleinlaut: »Ihre Frau Mutter und Adele vertragen sich doch ganz gut und würden sich ja auch bei der Teilung der Wohnung hier unten gar nicht in die Quere kommen. Damit wären dann die äußeren Schwierigkeiten aus der Welt geschafft. Und wenn dann Sie und ich – und der Hannes, natürlich, der Hannes! – oben wohnten – wenn Sie es mit mir wagen würden – ach, Maria, es wäre so wunderbar ...«

Noch während er sprach, hatte Maria die Tür der Gartenstube gehen und gleich darauf mit einem Gefühl der Erleichterung den Hannes über die Diele kommen hören. Er trat ins Zimmer, als Jansen eben ausgeredet hatte oder doch jedenfalls nun nicht weitersprach. Der Junge sagte: »Ich wollte nur einmal fragen ...«, verstummte dann aber und sah verwirrt zwischen der Mutter und seinem Lehrer hin und her, da sich ihm das Gefühl, gestört zu haben, in unerklärlicher Weise aufdrängte. Jansen hatte nach einem Buch, das vor ihm auf dem Tisch lag, gegriffen, hatte es aufgeschlagen und gleich wieder hingelegt, um aufzustehen und an den Flügel zu gehen, wo er sich niederließ, um in anscheinend völliger Geistesabwesenheit unbestimmt zu präludieren. Maria sagte ruhig: »Was wolltest du wissen, Hannes?«, konnte es aber nicht hindern, daß das Herzklopfen, das sie überkommen hatte, ihre Stimme fremd und unsicher klingen ließ. Während der Junge ihr nun sein Heft vorlegte und ihren Rat wegen einer französischen Übersetzung einholte, sprang Jansen auf und verabschiedete sich überstürzt; es sei die höchste Zeit für ihn – eine Konferenz ... Und schon hörten sie die Haustür hinter ihm zufallen. Hannes fragte nervös: »Was hatte er eigentlich?«, und Maria, die sich gefaßt hatte, antwortete: »Was er hatte? Anscheinend Eile.« Aber sie konnte sich nicht verhehlen, daß Hannes nun auch sie unruhig und prüfend angeblickt hatte. Sie hätte jetzt gern einen weiten Spaziergang mit ihm gemacht und sich selbst und ihn dadurch wieder ins Gleichgewicht gebracht, und doch war sie froh, daß er ausweichend sagte, er habe noch Schularbeiten zu machen, und daß sie allein bleiben konnte, um sich darüber klarzuwerden, was eigentlich geschehen sei.

Das Ergebnis war zu ihrer eigenen Überraschung, daß sie weder zu einer Entscheidung darüber kam, ob sie angesichts dieses verklausulierten Heiratsantrages mehr Grund zu lachen oder zu weinen hätte, noch überhaupt zu einer Auseinandersetzung mit der Tatsache, daß er es nun zum erstenmal ausgesprochen hatte, daß es ihm darauf ankäme, sie fürs Leben zu gewinnen, nicht nur, sich ihrer als unentbehrlicher Partnerin einer Gefühls- und Stimmungswelt versichert zu halten, die für ihn den Quellgrund bildete, aus dem der Strom seiner Schaffenskraft sich nährte. Sie erlebte vielmehr etwas, was sie bisher noch niemals an sich beobachtet hatte, nämlich ein fast unüberwindliches Bedürfnis – nun, etwa ein paar irdene Töpfe und Schüsseln auf dem Fußboden zu zerschmettern und darin die Entladung von etwas zu finden, was zweifellos Zorn war – Zorn, wie sie ihn noch niemals in ihrem Leben empfunden hatte. Als sie sich darüber klarwurde, war der Zorn auch bereits verraucht, und nun kamen allerdings Tränen, zugleich aber auch die Erkenntnis, wie lächerlich es sei, dies alles tragisch zu nehmen. Sie hörte sich selbst sagen: »Ach, du armes, unseliges Geschöpf!«, vermied es aber, darüber nachzudenken, wen sie damit gemeint habe, ob diesen unverbesserlichen Phantasten oder am Ende gar sich selbst. Zugleich hatte sie etwas wie eine Vision, wie verzweifelt ratlos er ausgesehen haben würde, wenn sie diese Töpfe, die ja im richtigen Augenblick ebensowenig zur Hand gewesen waren wie der zu ihrer effektvollen Anwendung notwendige Zorn, da sie viel zu erstaunt gewesen war, um etwas anderes zu empfinden als den Zweifel, ob sie richtig gehört habe, vor seine Füße geschmettert hätte. »Ja – geschmettert!« wiederholte sie sich, indem sie dabei sogar mit der Hand auf den Tisch schlug, und fand in der Drastik dieses Wortes und in dieser Geste eine solche Befriedigung, daß sie nun wirklich auflachen mußte. »Ach, du Armer!« sagte sie vor sich hin, während sie sich erhob und sich plötzlich im Nebenzimmer vor dem Spiegel wiederfand, um ihr Haar zu ordnen, wozu im Grunde keine Notwendigkeit vorlag, und sich damit mit einigem Erstaunen betrachtete. Zorn, dachte sie, soll ja eigentlich häßlich machen... Hieß es nicht von Kain, daß er »seine Gebärde verstellte?« Sie berührte ihre glühende Wange – nun, entstellt sah sie nicht aus – anders, ganz anders als sonst, so daß sie sich kaum wiedererkannte, aber der Anblick war nicht geeignet, sie zu beschämen oder zu entmutigen. Sie faßte ihren Eindruck von diesem Spiegelbild in den objektiven Gedanken zusammen, daß die Ura wohl wirklich sehr gut ausgesehen haben müsse; denn das hatte Dominikus einmal, schmallippig lächelnd, festgestellt, daß sie seiner Mutter, wie sie als junge Frau ausgeschaut habe, ähnlich sähe wie eine Rose vom gleichen Strauch. Aber, dachte sie weiter – ach, die Ura – es wird wohl alles ganz anders gewesen sein, und sie hat nie so – ich weiß nicht, wie – nun, so wehrhaft aus den Augen zu blicken gebraucht, wie ich es anscheinend tue, so sicher, so, als könnte es nichts mehr geben, was mich aus der Fassung zu bringen vermöchte. Sie hatte es wohl auch nicht nötig, es war eine andere Zeit und – der Jägermeister, das war halt ein *Mann!*

Sie fuhr herum, als hätte sie die letzten Worte von einer vertrauten alten Stimme gesprochen und von einem verwehenden kleinen Gekicher begleitet hinter ihrem Rücken laut werden gehört. »Ja, Ura, steh du mir bei!« flüsterte sie, als sie nun eilig das Zimmer verließ, um noch in die Stadt zu laufen und einige Besuche zu machen, die eigentlich gar keine Eile hatten.

Viel mehr als die Antwort, die sie Jansen zu geben haben würde, wenn er auf das unterbrochene Gespräch zurückkommen sollte, beschäftigte sie in den nächsten Tagen die Notwendigkeit, die Unbefangenheit wiederherzustellen, die dem Hannes seinem Freunde und Lehrer gegenüber bisher ebenso selbstverständlich gewesen war, wie er in ihr zweifellos und unbedingt das Wesen gesehen hatte, auf das er in erster Linie und weit vor der Großmutter und anderen Angehörigen das Anrecht ausschließlicher engster Verbundenheit hatte. Seit er über die Schwelle der Kindheit getreten war, stand seine Mutter so sehr im Mittelpunkt der Welt, die sich ihm aufgetan hatte, daß das Leben selber in ihr verkörpert schien; zugleich aber war der unbekannte Vater ihm nur durch die Vorstellung vertraut, die sie ihm vermittelt hatte, und die Bedeutung, die diese Vorstellung für ihn gewonnen hatte, verpflichtete ihn nicht nur, dieses Vaters würdig zu werden, sondern ebenso, sich der Mutter gegenüber als sein Vertreter zu fühlen, als ihr nächster Freund und Beschützer. Maria hatte dies gläubige Bemühen des Jungen immer wieder mit Ergriffenheit erfahren, und sie ahnte wohl, was dieses Verhältnis gleichsam als Kristallisationspunkt für die Ausrichtung seiner erwachenden inneren Kräfte bedeutete. Wenn es ihm bewußt sein sollte, daß seine Mutter eine immerhin noch junge Frau war, so verfiel er doch von sich aus gewiß nicht darauf, daraus den Schluß zu ziehen, daß sie noch andere Ansprüche an das Leben stellen könnte, als eben seine Mutter zu sein. Daß diese seine getroste Überzeugung in den kurzen Minuten, als er jene Unterhaltung zwischen ihr und Jansen unterbrochen hatte, zum erstenmal in Frage gestellt und erschüttert worden war, so daß er hinterher noch tagelang verstört und befangen erschien, war ihr schon blitzhaft aufgegangen, als sie den ratlosen Blick bemerkt hatte, den er zwischen ihr und Jansen hin und her gehen ließ. Sie hatte bisher noch niemals Anlaß gehabt, in diesem Zusammenhang Erwägungen anzustellen – jetzt aber erkannte sie unmittelbar und hellsichtig, was in ihm vorgehen mochte. Solange er ein Kind war, hätte er eine neue Ehe, die sie eingegangen wäre, nicht anders hingenommen als eine Umgruppierung der ihn umgebenden Welt; in dem Übergangsalter, in dem er jetzt mit seinen fast fünfzehn Jahren stand, würde dieses Erlebnis aus mehr als einem Grunde für ihn eine Erschütterung ihrer Verbundenheit bedeuten, die sie einander gegenseitig entfremden würde. Später – später vielleicht würde es möglich sein, dachte sie – dachte es aber nur flüchtig und nicht als Trost für sich selbst, sondern, wenn er dessen bedürfen sollte, für Jansen; später, wenn er selbständig geworden ist, wenn er, wie es ja kommen muß, von mir weg ins Leben hinausgehen wird... Aber kann ich diesen Zeitpunkt herbeiwünschen, darf ich ihm entgegensehen – habe ich dazu diese Jahre hinter mich gebracht und mich einigermaßen anständig mit allem abgefunden, um das alles nun plötzlich aufs Spiel zu setzen und freudig aufzuopfern, was mir anvertraut ist – auf die Aussicht hin, daß Malwine – möglicherweise – zu heiraten gedenkt?!

In der Pause eines der Konzerte, die Jansen zuweilen in der Provinzialhauptstadt gab und zu denen ihm die Gerdesheimer Musikfreunde, voran der Kirchenchor, immer eine Art Ehrengeleit gaben, war Maria einmal Zeugin der Unterhaltung zweier Unbekannter, die in ihrer Nachbarschaft saßen, geworden, zweier Musikexperten, wie es schien, denn sie nahmen das bisher Dargebotene nach so wesentlichen Gesichtspunkten durch, daß sie die Ohren gespitzt hatte, um Jansen später davon berichten zu können. Dabei war eine Bemerkung gefallen, die sie ihm allerdings vorenthalten, über die sie aber noch eine Weile nachgedacht hatte. Der eine der beiden hatte nach uneingeschränkt anerkennenden Feststellungen eine Pause eintreten lassen und dann mit einem kleinen Auflachen gesagt: »Das eigentliche Phänomen ist ja, daß ausgerechnet ein Mensch dieses Typs ein Bach-Interpret geworden ist, wie wir heute kaum einen zweiten haben!« Worauf der andere gleichmütig gesagt hatte: »Was wollen Sie – dergleichen kommt eher aus vollkommener menschlicher Gegensätzlichkeit zustande als aus einer inneren Verwandtschaft minderen Grades.«

Während sie in den folgenden Tagen in unbehaglicher Spannung darauf wartete, daß er auf das unterbrochene Gespräch zurückkommen werde, fiel ihr bei den gedanklichen Auseinandersetzungen, mit denen sie sich auf diese Aussprache vorzubereiten suchte, dieser Satz wieder ein, der sie damals beunruhigt hatte, bis sie ihn allmählich vergaß. Jetzt leuchtete ihr Gedächtnis ihn wieder an, und nun erschien er ihr wie eines jener warnenden Zeichen, über deren Bedeutung man sich erst klar wird, wenn man, ohne sie gleich zu begreifen, schon eine Strecke weiter in der verkehrten Richtung gegangen ist.

Jansen kam erst eine Woche später wieder zu ihr, da er inzwischen nach Berlin hatte fahren müssen. Wenn sie die Möglichkeit in Betracht gezogen hatte, es möchte ihm selbst vielleicht gar nicht ganz ernst gewesen sein, sondern er hätte sich, wie sie es oft an ihm beobachtet hatte, durch ein Spiel mit phantastischen Plänen über eine Periode geistiger Ebbe hinweghelfen wollen, so sollte sie sich damit geirrt haben. Vielmehr wiederholte er seine Frage, kaum daß sie einige einleitende Worte gewechselt hatten, und tat es viel dringlicher und unumwundener als das erstemal, die Augen beschwörend auf sie gerichtet, und wenn er es nicht aussprach, daß er ohne die Gewißheit, daß sie früher oder später seine Frau werden wolle, nicht weiterleben könne, so hatte doch alles, was er sagte, diese Betonung. Sie fühlte fast mit Erschrecken, wie ruhig sie blieb. Sie sagte: »Aber, lieber Freund, soweit ich Sie neulich verstanden zu haben glaube, kommt ein solcher Schritt für Sie doch nur in Frage, wenn Malwine sich verheiraten sollte – *sollte!* – wofür doch bis jetzt noch gar keine Aussicht besteht. Ich habe es ja mit den Jahren lernen müssen, zu verstehen, daß diese Rücksichten zwingend für Sie sind, aber – ich habe auch gelernt, mich dagegen zu schützen, daß ich durch Ihr beständiges Lavieren zwischen Ihren Schwestern und mir in eine ganz unhaltbare Lage gerate. Ich meine das nicht äußerlich und der Welt gegenüber, sondern einfach, was mich selbst und meine Pflichten betrifft. Ehe ich ja oder nein sagen könnte, müßte ich ganz genau wissen, woran ich eigentlich bin. Und darüber hinaus gibt es vorläufig keine Antwort, Jansen.«

Er starrte sie vorwurfsvoll an und legte dann gequält die Hand über die Augen. »Mein Gott, das klingt alles so schrecklich vernünftig«, murmelte er. »Maria! Sie standen mir doch einmal anders gegenüber! Ich weiß es. Ich habe es sogar schriftlich! Ist denn das alles vorüber?«

Sie sagte leise und sanft: »Sie vergessen, daß ich mehr als zehn Jahre älter bin als bei unserer ersten Begegnung. Und daß unser seltsamer Briefwechsel auch schon Jahre zurückliegt. Die Zeitlosigkeit, in der zu leben Ihnen Bedürfnis ist, Jansen, läßt Sie übersehen, daß das Verhältnis zwischen zwei Menschen in einem solchen Zeitraum Wandlungen durchmacht – auch wenn sich in seinen Voraussetzungen vielleicht wenig geändert haben sollte.«

»Und – diese Voraussetzungen?« Er fragte es flehend; und als sie den Kopf senkte und schwieg: »Ach, Maria – können Sie mir denn nicht wenigstens eine Hoffnung geben? Und – was heißt denn Wandlung? Ich – ich habe mich immer nur an diese Voraussetzungen gehalten, die Sie anscheinend nicht einmal bei Namen genannt haben wollen – und ich habe eben gehofft – gehofft, daß doch einmal alles Wirklichkeit werden würde ...«

Ja – gehofft und gehofft, und alles dem lieben Gott überlassen! Maria vermied es, das auszusprechen, sie sagte: »Jansen, es gab einen Zeitpunkt, wo alles möglich gewesen wäre. Sie wissen das, und Sie wissen auch, daß Sie diesen Zeitpunkt vorübergehen ließen. Ich will damit nicht sagen, daß es für immer zu spät geworden sei, aber ich muß Ihnen sagen, daß es jetzt, gerade jetzt zu früh ist, um etwas so Endgültiges wie eine Heirat ins Auge zu fassen. Und nicht nur, weil ich, verzeihen Sie, ganz überzeugt bin, daß sich in Ihren Verpflichtungen den Schwestern gegenüber so bald nichts ändern wird, sondern weil ich es – ganz gleich, ob ich mich überhaupt je dazu entschließen würde – für die nächsten Jahre ...«

Er fiel ihr ins Wort »... dem Hannes nicht zumuten will! Ist es so? Nun also – ich hätte es mir selbst sagen können.« Er lachte bitter. »So wären wir wenigstens quitt – was die Rücksichten anbetrifft, nicht wahr?«

»Wenn Sie es so verstehen wollen, Jansen, werde ich Ihnen nicht widersprechen, denn es wäre wohl aussichtslos, Sie von einer so bequemen und beruhigenden Auffassung abbringen zu wollen! Ich habe aber eine zu hohe Vorstellung von Ihrem Verständnis für junge Menschen, um anzunehmen, daß Sie gerade in diesem Fall nicht begreifen sollten ...«

Er wehrte ab. »Um Gottes willen, lassen Sie uns aufhören! Wir reden sonst alles in Scherben. Gut – ja – meinetwegen! Der Junge ist in einem gespannten Zustand, es ist mir nicht entgangen. Aber – er hängt doch an mir – er kann doch nichts gegen mich haben!«

Maria sagte, und sie bemühte sich, nicht zuviel betonte Geduld durchklingen zu lassen: »Es handelt sich hier nicht um Ihre Person, Jansen. Er will es nur nicht wahrhaben, daß seine Mutter – ach, verstehen Sie doch – er sträubt sich einfach gegen die Vorstellung. Ob nun Sie oder ein anderer – in jedem Fall würde es ihn mir entfremden, ihn von mir entfernen. Lassen Sie ihn ein paar Jahre älter werden ...« Sie stockte und unterdrückte die Versuchung, hinzuzufügen: »... und bis dahin hat sich dann Malwine vielleicht wirklich verheiratet.«

Merkt er denn nicht, dachte sie verzweifelt, daß ich einfach nicht will?!

Sie blickte reuevoll auf ihn, wie er halb von ihr abgewandt dasaß, vorgebeugt, das volle Haar, in das er so gern mit allen zehn Fingern hineinfuhr, wild um den mächtigen Kopf stehend, das Gesicht, in dem die Nase zu klein und etwas eingedrückt wirkte, durch einen Ausdruck unbeherrschten Kummers geistentleert, von fast tierhafter Traurigkeit. Er sah aus, als sei er plötzlich um Jahrzehnte gealtert – oder aber in eine ferne arme Kindheit zurückgesunken.

»Jansen, Sie dürfen es nicht so schwer nehmen – es bleibt ja doch zwischen uns alles, wie es war. Und Sie stehen auf einem Höhepunkt Ihrer Erfolge – Ihr Leben ist ausgefüllt wie noch nie«, sagte sie beunruhigt. Aber ehe sie fortfahren konnte, hob er die Hand und wandte sich ihr zu. »Genug, Maria, genug! Sie haben mir eben das Beste gesagt, was Sie mir unter diesen Umständen sagen konnten, nämlich, daß zwischen uns alles so bleiben würde, wie es war. Versuchen Sie nicht, das durch tröstliche Gemeinplätze zu übertreffen – oder auch einzuebnen! Denn – mein ausgefülltes Leben – jawohl! Es steht mir bis zum Halse. Nicht, daß ich undankbar wäre – aber, mein Gott, wie arm läßt einen alles, was Erfolg heißt, in dem Bereich, wo man eigentlich *lebt,* wo man Mensch ist und nach nichts verlangt als nach ein bißchen Wärme und Glück. Das aber scheint der Preis zu sein, mit dem sich der Teufel bezahlt für den Lorbeer macht. Nun« – er gab sich wieder Haltung, belebte sich sichtlich, und in seine Augen trat der übersichtige Blick, den sie liebte – »ich werde euch eine Kantate schreiben, daß euch die Ohren auf- und die Augen übergehen – um den Text herum ›Die Hungrigen füllt Er mit Gütern und lässet die Reichen leer‹! Glauben Sie mir, das ist das Leitmotiv meines Daseins. Alles, alles fällt mir in den Schoß – nur das eine nicht, das Einfache, das Natürliche – das Brot des Lebens, ach, *einmal* ohne Transsubstantiation! Schon gut, Sie brauchen nicht zu erschrecken, es ist keine Blasphemie, wenn ich es sage, Gott weiß schon, wie ich es meine.«

Es war jetzt besser, ihn reden zu lassen, sagte sie sich. Er hatte sich erhoben und begonnen, im Zimmer auf und nieder zu gehen, zuweilen vor einem der Bilder an der Wand oder an einem Fenster stehenbleibend, hinstarrend, als sähe er etwas zum erstenmal – hinausblickend, wohl ohne irgend etwas wahrzunehmen. »Wir leben in einer furchtbaren Zeit – wissen Sie das eigentlich? Nein – wir wissen es alle nicht, nur in manchen Stunden wird es uns klar, daß wir einer hinter dem

Rücken des anderen im Kreise gehen wie die Sträflinge in ihrem Hof – und das ist unsere Gemeinschaft. Und dann heißt es: Zurück in die Einzelzellen! und da hocken wir dann und verständigen uns durch Klopfzeichen – ja, und manchmal bricht einer aus oder erhängt sich am Fensterriegel – es kommt auf dasselbe hinaus. Das ist unsere geheiligte Gesellschaftsordnung, das ist ihre Sicherung – und ein Teil von uns ist gruppenweise mit Ketten aneinandergeschmiedet, so daß keiner sich rühren kann, ohne den anderen ins Fleisch zu schneiden, was dann im gegenseitigen Interesse vermieden wird – das ist die Urzelle des Staates, die Familie. Und das alles sanktioniert durch eine Religion, die in Formeln erstarrt ist, und einen Idealismus, der mechanisch angewandt wird, als sei er eine gebändigte Naturkraft auf den raffinierten Apparat unserer sogenannten Kultur angewandt, um seine Maschinerie in Gang zu halten. Und wir unterwerfen uns – wir unterwerfen uns, einfach weil wir nicht mehr wissen, wie wir anders existieren sollten. Aber die Füße derer, die mit uns aufräumen werden, sind schon vor der Tür!«

Maria seufzte. Sie hatte hin und wieder ähnliche Ausbrüche an ihm erlebt, aber sie hatten sich bisher immer auf das Gebiet der Kunst bezogen, und für dieses Gebiet war er zuständig, und sie gestand ihm die Berechtigung zu, von der Höhe der Ansprüche aus, die er an sich selbst stellte, wie ein Racheengel auf alles niederzustoßen, was selbstgenügsames Epigonentum und aufgeblähter Dilettantismus war oder was er in seiner freiwilligen Gebundenheit an eine strenge Form so empfand. Immer aber war ihr das haßvolle Herunterreißen und Zerfetzen, in dem er sich dann erging, gegen die Natur gewesen – und wenn nicht gegen die Natur, dann gegen den Geschmack, und der Eindruck, daß sich hier eher Schwäche bekundete als Kraft, wirkte auch diesmal so peinlich auf sie, daß sie wie immer, wenn er sich in diesen schneidenden Tönen erging, nur mit halbem Ohr hinhörte.

Sie sagte jetzt, da er verstummt war und mit dem Rücken zu ihr über den Flügel gebeugt stand und gedankenverloren einzelne Töne anschlug: »Ich weiß eigentlich nicht, was Sie mit diesen apokalyptischen Perspektiven aufzeigen wollen. Ich glaube, die Welt ist heute so gut und so schlecht, wie sie immer war. Die Vorzeichen, ja, die sind anders als in Ihrem geliebten siebzehnten und achtzehnten Jahrhundert – aber der Mensch ist derselbe geblieben – der Mensch, er müht sich eben, so gut er kann. Und die Bindungen, die Sie mit so häßlichen Vergleichen karikieren, gerade sie sind es doch, die uns den unerschütterlichen Halt geben können, wenn wir uns ihnen nur im rechten Geiste unterziehen. Ich möchte wissen, was ohne Ihre ältere Schwester aus Ihnen geworden wäre – aber das nur nebenbei. Ich muß jedenfalls von mir sagen, daß ich die Welt, so wie sie ist, als den mir zugewiesenen Raum meines Lebens hinnehme – und was darin nicht in Ordnung ist, das muß ich eben in meinem Teil in Ordnung zu bringen suchen, so gut ich kann.«

Da er nicht antwortete, sondern sich nun niedergelassen hatte und auf die Tasten starrte, ohne sie zu berühren, sprach sie nach einer Weile im gleichen Ton fort, sachlich und unpathetisch, aber jetzt so, als mühte sie sich, etwas auszudrükken, für das sie die Worte erst suchen müsse. »Eines muß ich Ihnen zugeben – eines empfinde auch ich immer stärker –, daß hinter der großen Versicherungsgesellschaft auf Gegenseitigkeit, in der alles im Gleichgewicht zu sein scheint, in der jedes Risiko ausgeschlossen ist, jeder Gefahr vorgebeugt wird, ehe sie auch nur auftauchen kann –, daß hinter diesem Zustand etwas lauert, was mich beängstigt – und es geht mir ja nicht allein so. All das Neue, was in den letzten zehn, zwanzig Jahren in die Welt gekommen ist und was wir hinnehmen, als verstünde es sich von selbst... Vielleicht wachen wir eines Tages auf und erkennen, daß wir am Rande eines Abgrundes geschlafen haben. Das Sonderbare ist nur, daß ich für mich selbst ganz ruhig bin. Es erscheint mir alles so – unaufhaltsam...«

Jansen hatte nun doch zu spielen begonnen, gedämpft, aber in einem harten Rhythmus, dessen Stakkato überging in eine monotone Weise, zu der er Verse vor sich hin brummte, bis er mit einer willkürlichen Dissonanz und einem halbunterdrückten Unmutslaut wieder abbrach.

»Was war das?« fragte sie, »komponieren Sie neuerdings moderne Lyrik? Oder hätte ich es kennen sollen? Ich habe nichts verstanden als ›Auf den Bergen hebt er schon zu tanzen an...‹ – und Ihre Begleitung – wie Negertrommeln.«

»Oh, nur ein kleiner Beitrag zum Thema«, sagte er kalt – »Verse eines jungen Dichters von heute. Und wer da tanzt? Der Krieg, Mutter Maria, der Krieg!«

»Jansen!« schrie sie auf. Er zuckte die Achseln, beugte sich über die Tasten und ließ die drohende Rhythmenfolge noch einmal aufklingen; dann, unvermittelt, wie ein Schiffer das Steuer herumwirft, um einer Untiefe auszuweichen, ging er in das majestätische Largo eines Sonatensatzes über. Als er nach zehn Minuten entrückten Musizierens den Deckel leise schloß und sich abschiednehmend über ihre Hand beugte, sagte sie auftamend: »So war es gut – Jansen, das ist die Sprache, in der ich Sie ganz verstehe. Besser als alle Worte.«

»Ja«, sagte er wie für sich selbst und schon der Tür zugewandt, »ja – wenn nur immer aus allem Geschrei in uns Musik werden wollte...«

In der Aufeinanderfolge der Sätze einer Sonate wird nicht nur eine durch Tradition sanktionierte Regel eingehalten, sondern es läßt sich darin ein Gleichnis der Stadien des Menschenlebens erkennen, wie es wohl einer für uns unerkennbaren höheren Absichtlichkeit entspricht, gleich der Symmetrie eines Blütenkelches oder eines Kristalles. Ob ein Allegro voransteht oder ein Andante, das Adagio ergibt sich zwischendurch wie das Zeitalter des wehmütigen Beharrens, ehe die Hoffnungen und Illusionen der Frühzeit in der Monotonie langer Regennächte sich auflösen und aus herbstlicher Klarheit der trotzige oder triumphierende Rhythmus eines Allegro con brio, eines Scherzo sich durchsetzt und endlich im Rondo noch einmal Thema und Gegenthema und die ganze Fülle der Figurationen im schwingenden Dur des Überwundenhabens ihre Vollendung und zugleich ihren Abgesang finden.

Wo ist freilich ein Leben, das so durchkomponiert erscheinen könnte, und welcher Mensch wäre wohl das unvergleichliche Instrument, das sich dem Meister, der seinen Entwurf mit seiner Vermittlung zum Erklingen bringen will, mit so straffgespannten, reingestimmten Saiten und mit der Resonanz eines durch lange Bearbeitung bis ins letzte willfährig gewordenen Klangbodens darböte, daß dieses Wunder sich vollziehen könnte – wo wäre endlich der so bis in die Tiefe erschlossene Hörer, der geneigte, der liebende Mensch, der sich die Zeit nähme, die Entfaltung jenes Tonstückes, das in jedem sich vollziehenden Leben mehr oder weniger rein zum Ausdruck drängt, lauschend zu verfolgen? Es ist hier ja nicht von den sogenannten großen Leben die Rede, die sich opernhaft auf der Bühne der Zeiten abspielen. Es ist viel Kammermusik in der Welt, viel einsames Solistentum, das seinen Preis allein in sich selbst findet.

Die Stadien – die Musiksätze – eines Lebens stehen in ihrer Abfolge nicht immer in einem Verhältnis zu den Maßen des biblischen Lebensalters. Der Einsatz des Rondos hängt nicht mit der zeitlichen Ausdehnung eines Lebens zusammen, sondern mit jenen uns bekannten Verhältniswerten, nach denen in jedem einzelnen Fall die Gewichte verteilt sind. – Es war eine ihr selbst unerklärliche Klarheit und Heiterkeit über Maria gekommen, nachdem sie jenen sie selbst überraschenden Durchbruch eines entschiedenen Aufruhrs gegen den Bann, den Magnetismus, den Jansen vielleicht weniger durch seine Persönlichkeit als durch seine Kunst und seine ebenso saugende wie lastende Liebe auf sie ausübte, an sich erlebt hatte. Sie hatte in den Tagen vor diesem Gespräch Zeit gehabt, zu erkennen, daß sie ihn nicht mehr entbehren konnte, daß sie ihn weiter lieben würde, aber mit jenem Abstand, mit dem man ein fremdes Land, in dessen Klima man verderben würde, um seiner Pracht und Fülle, ja, auch um seiner unwegsamen, gefährliche Nebel und Dünste aushauchenden, aber eben seine

Fruchtbarkeit bedingenden Landschaften willen liebt, sich aber bewußt an das hält, was eine einseitige Kultivierung gültig aus ihm hat hervorgehen lassen. Nicht, daß sie ihr Gefühl einer bewußten Analyse unterzogen hätte und den Unterschied des eigenen, auf Umriß, Maß und Abneigung gegen jede Verschwommenheit des Verhaltens gestellten Wesens anders als gefühlsmäßig erkannt hätte; dieses Gefühl aber war, wenn es sich einmal durchgesetzt hatte, nicht mehr irre zu machen, und es bedurfte keines besonderen Entschlusses, um sich nun von ihm bestimmen zu lassen. Auch dieses Gespräch, das sie stärker aufgewühlt hatte, als sie es sich hatte anmerken lassen, konnte nichts mehr ändern: es war eine Entscheidung gefallen, deren Auswirkung diesmal nicht wieder aufgefangen und niedergelebt werden konnte.

Daß Jansen das auch fühlte, bewiesen die Folgerungen, die er diesmal mit einer seinem Wesen sonst ganz fremden Entschiedenheit zog. Er kam am Ende derselben Woche nochmals zu ihr, um ihr mitzuteilen, daß er sich entschlossen habe, seine Stellungen an St. Andreas und am Gymnasium aufzugeben, und daß er zunächst um einen einjährigen Urlaub eingekommen sei. Während dieser Zeit wolle er sich ganz in Berlin niederlassen und auch Konzertreisen unternehmen, was ihm die Möglichkeit verschaffen würde, mehr zu verdienen als bisher und in völliger Loslösung von den überlebten Verhältnissen zu arbeiten. Es würde sich erweisen, wann er sich wieder imstande fühlen werde, nach Gerdesheim zurückzukehren, das er immer als ständigen Wohnort beibehalten würde. Übrigens, fügte er mit fast grimmigem Ausdruck ein, würde sein Nachfolger, den er jetzt schon für seine hiesigen Ämter vorgeschlagen habe und der einstweilen als sein Vertreter gelten würde, nicht etwa oben in seine Zimmer einziehen, das käme gar nicht in Frage! Oben sollte immer alles unverändert für ihn bereitstehen, so daß er jederzeit nach Hause kommen könne – »nach Hause, Maria!« setzte er nachdrücklich und mit einem Aufflackern jenes Flehens hinzu, das aber gleich wieder erstarb. Er erklärte sachlich, daß er es weder den Schwestern zumuten wolle, einen Fremden zu beherbergen und zu bedienen, noch – er verzog ein wenig den Mund – dem Kollegen, sich der eisernen Hausordnung seiner Damen zu unterziehen. Und, kurz und gut, er selbst würde es freiwillig nie aufgeben, hier, unter diesem Dach, seine Heimat zu sehen.

Maria sagte: »Das ist mir tröstlich, Jansen«, und wußte, daß sie es genau so meinte. Er wartete einen Augenblick, aber es fiel ihr nichts anderes ein. »Und daß ich nun also fortgehe – für lange Zeit –«, fragte er zögernd, »haben Sie mir dazu nichts, gar nichts zu sagen?«

»Aber, Jansen, das ist doch gut«, sagte sie lebhaft – »es ist doch das Gegebene. Sie sind längst über Gerdesheim hinausgewachsen, das wissen Sie doch auch.« Etwas in seinem Gesichtsausdruck ließ sie hinzusetzen: »Dabei denke ich nur an Sie, an Ihre Kunst – nicht an uns beide. Was das betrifft, so erscheint mir Ihr Entschluß als eine glückliche Zwischenlösung.«

Er lächelte etwas trübe und sah ins Leere. In dem Bedürfnis, das Thema zu ändern, fragte sie vielleicht etwas überstürzt: »Und Ihre Schwestern – was haben sie zu der bevorstehenden Veränderung gesagt?«

Er hob, erschrocken abwehrend, die Hand, und sie hatte fast den Eindruck, als wollte er den Finger auf den Mund legen. Hastig und gedämpft sagte er: »Sie wissen es noch gar nicht – ich bitte Sie dringend, weder Malwine noch Adele daraufhin anzureden! Ich habe mir von den amtlichen Stellen Schweigen zusichern lassen, bis alles perfekt ist, und Sie sind die einzige, die es jetzt schon erfährt. Montag muß ich sowieso wieder nach Berlin, und von dort aus werde ich es den Schwestern schreiben. Das heißt, der Brief ist schon fertig, ich stecke ihn bei der Ankunft gleich ein. Dann haben sie mehrere Tage Zeit, sich miteinander auszusprechen und sich an den Gedanken zu gewöhnen. Ich komme dann nur noch zurück, um alles zu ordnen und um meinen Nachfolger einzuführen. So wird es doch am schmerzlosesten sein – meinen Sie nicht?«

Sie sah ihn fassungslos an, unterdrückte aber die Antwort,

die ihr auf der Zunge lag, und sagte nur mit einer gewissen Heiterkeit: »Aber gewiß, Jansen – Sie müssen am besten wissen, wie es für alle Teile am leichtesten ist!« –

Die innere Befreiung, die Maria schon in den ersten Wochen von Jansens Abwesenheit empfand, wirkte sich in der Tat auf sie aus, als sei sie nach unausdenkbar langer Zeit, ja seit ihrer ersten Jugend zum erstenmal sich selber zurückgegeben, nachdem dieses Selbstgefühl sich jahrelang nur im steten Widerstand gegen einen unaufhörlich stumm und fordernd auf sie gerichteten Anspruch, der ihr eine wesensfremde Vorstellung von sich selbst hatte aufzwingen wollen, behauptet hatte. Dem einzigen Menschen, zu dem sie sich bisher hin und wieder ausgesprochen hatte, immer in der Gewißheit, auf jenes zurückhaltende Verstehen rechnen zu können, dessen sie bedurfte – der Freundin und Schwägerin Lene, der Frau ihres Bruders Franz – schrieb sie in jenen Jahren einmal:

»... Nein, ich fühle mich nicht als Entsagende, und ich entbehre nichts. Meine Tage sind voller Arbeit, mein Zusammenleben mit Hannes könnte nicht schöner sein, und mit der Mutter ist es ja schon seit langem immer leichter geworden. Und was Jansen betrifft – daß er nun den Weg geht, der ihm doch vorgezeichnet ist, und daß er ihn durch das, was ihm zuerst als mein Versagen erschien, gefunden hat, das fühle ich als Glück. Eines Tages wird er es vielleicht begreifen, daß ich ihn liebe, weil *und* trotzdem ich ihn so genau kenne – daß er mich aber zu lange geliebt hat, weil er in mir das Geschöpf seiner Träume verkörpert zu finden glaubte, von dessen seelischer Anatomie er aber bis vor kurzem nicht die geringste Ahnung hatte, und daß ich das nicht aushalten konnte – nicht, weil ich Anlage zur ›unverstandenen Frau‹ hätte, sondern einfach um der Wahrheit und Klarheit willen. Warten wir ab, ob er auch das Geschöpf lieben kann, das er nun kennt, das er wohl oder übel endlich in seiner ganzen bedingten Realität hat kennenlernen müssen! Dies mußte riskiert werden. Ändert er sich nicht, wer weiß, vielleicht wird es mir noch einmal möglich, mich anzupassen – aber darauf anlegen kann ich es nicht. Es scheint mir immer mehr, als sei ich in einer sonderbar fertigen Form auf die Welt gekommen, in die ich hineinwachsen mußte, ob ich wollte oder nicht. Und ich habe immer das Gefühl, als müßte ich nun so verbraucht werden, wie ich bin – wie ich ja so oft auch das merkwürdige Gefühl habe, als würde ich nicht sehr alt werden...«

Nun war natürlich eine Nachschrift nötig:

»Ich lese dies durch, und es überkommt mich, daß Du es vielleicht nötig finden wirst, mir etwas wie ›Todesahnungen‹ auszureden. Aber, Liebe, das wäre ein Mißverständnis! Ihr wißt ja auch, daß dies Gefühl schon seit Achims Tode in mir ist, und daß es damals ein tröstliches Gefühl war. Ich habe es niemals besonders beachtet, es stellt sich nur immer wieder ein, gerade wenn ich glücklich bin – so wie man bei einem schönen Buch, das aber keinen großen Umfang hat, sich vornimmt, langsam zu lesen, um mehr davon zu haben. Langsam lesen, ja, das kann man sich vornehmen – aber langsam leben – wie macht man das? Seit ich überhaupt wieder lebe, vergeht die Zeit so unaufhaltsam schnell...« –

Hier endet nun die Geschichte, die zu erzählen wir uns vorgesetzt hatten – die Geschichte der Mutter Hans Jakob Lennackers und deren Mutter, Elisabeth Alves, und deren Mutter, Charlotte Dornblüh. Sie sinken zurück in verdämmernde Vergangenheit, in den Schoß der Erde, wenn auch, da die Erzählung abbricht, zwei von ihnen noch für kurze Zeit über die Erde wandeln werden. Aber die Gestirne, die diese drei Generationen von Müttern begleiteten, sind tief in den großen Westen hinuntergesunken, und weder Elisabeth noch Maria werden den wolkenverhangenen Morgen erleben, wenn die nun unaufhaltsam einfallende Nacht vorüber sein wird. Keine Tochter bleibt zurück, um das Erbe an Qual und Seligkeit weiterzutragen, das jede Tochter von jeder Mutter übernimmt und das dann am Ende nicht mehr gewesen ist als

Erde – Erde, aus der sie ihre unsterbliche Seele, der das unverwesliche Erbe verheißen ist, frei machen sollte.

Doch geht ein junger Sohn durch die Dunkelheit des Krieges, der ein Jahrhundert nach der Geburt Charlotte Dornblühs die Welt seiner Herkunft aus ihren Fugen hebt, und trägt auf seinem Haupt den Segen dieses Erbes, und hat den Engel zur Seite, der auf die Gebete der Mütter hört. –